KB178702

부산의 문화 인프라와 페스티벌

문화동력

지식과교양

총론

문화 불모지 부산에서 문화 중심 도시로
새로운 문화의 발원지 부산을 꿈꾸며

과거 부산은 조선의 문화 수입 창구였다. 불행한 과거사의 일면이기는 하지만, 부산을 통해 조선은 서구와 일본의 근대 문물과 문화 심지어는 사상까지도 수입하던 시절이 있었다. 소위 '삼포개항'으로 불리는 역사적 사건은 부산을 통한 문물/문화/사상의 수입이 공식적으로 인정받은 계기가 되었다.

대신 부산은 첨단의 문화를 그 어떤 도시보다 더 신속하게 그리고 더 효율적으로 수용할 수 있었다. 심지어는 서울이나 서울의 관문 도시로서 인천보다도 더 신속하고 능률적이기까지 했다. 그로 인해 부산의 극장 문화는 다른 여타의 도시보다 더 일찍 보급될 수 있었다. 이러한 선구적 현상은 비록 처음에는 일본의 조차지역에 한정되기는 했지만 점차 부산 전체에 영향을 줄 정도로 강력한 파급 효과를 낳았다. 부산의 극장 문화는 이후 인천과 원산 등을 거치면서 조선으로 전래되었고, 새로운 조선식 극장 문화 형성의 기틀과 원동력이 되었다.

부산의 문화적 기반은 비단 신문화 도입기에만 빛을 발한 것은 아니었다. 부산은 특유의 환경으로 인해 많은 인재를 육성할 수 있었고, 탄력적인 아이디어를 다수 생산할 수 있었다. '조선키네마주식회사'로 대표되는 초창기 민간 영화사는 부산뿐만 아니라 조선 전체에 상당한 영향력을 끼쳤고, 이와 유사한 사건을 이후 발생시키는 문화사적 전례로 남았다.

일제 강점기가 지나고 다시 이어진 비극적인 6.25 전쟁 이후에도 다시 한번 부산은 문화의 중심으로 부상했다. 6.25 전쟁은 분명 한국을 혼란으로 몰아넣었지만 이러한 와중에도 문화적 위세와 역할을 되찾아야 한다는 운동이 부산을 중심으로 일어났다. 최초의 영화상을 만든 것도, 현재의 부산국제영화제를 비롯한 적지 않은 국제문화행사를 창안한 것도 부산의 힘이었다.

하지만 언제부터인지 부산은 '문화의 불모지'라는 표현에서 자유롭지 못했다. 실제로는 이러한 표현에 합당할 만큼 황폐한 지역이 아님에도 불구하고, 이러한 표현은 늘 부산 앞에 상투적으로 달라붙곤 했다. 그 이유를 찾는 것이 이 저술의 첫 번째 목적이다. 그리고 그 목적을 달성하는 순간, 이 표현이 실은 문화적 욕구와 자부심에 비해 턱없이 모자란 현상태를 반성하는 표현이라는 점을 확인할 수 있었다. 부산의 문화적 역량과 역사성은 장대하고 또 심원한 것임에도 불구하고, 현재의 부산 문화 인프라와 그로부터 파생되는 각종 페스티벌은 이러한 역사적 수준에 턱없이 미치지 못하는 안타까운 상태라고 정지할 수 있을 것이다.

이에, 이 저술은 두 번째 목적을 아울러 제시하지 않을 수 없었다.

현재 부산의 문화적 현황을 점검하고 그 문제점을 검토하여 그 대안을 모색하는 작업이 그것이다. 이를 위해 본 저술은 지난 몇 년 동안 각계 문화 인사를 중심으로, 부산의 시/소설/연극/영화/미술/도서/문단/경남 지역의 상황/문화적 지원 등을 개별적 화두로 삼아 관련 연구와 정책 제안을 시행한 결과(물)이다. 그래서 본 저서는 동류의 문제의식을 바탕으로, '부산의 문화적 동력'을 찾으려는 목적을 공유할 수 있었다.

다시, 부산의 문화적 상황을 점검해보자. 부산의 문화는 깊은 역사를 지니고 있고, 한국(조선) 문화의 선구적 역할을 수행했으며, 어려운 상황을 이겨내고 창발적 사고를 촉진하려는 노력의 표본으로 기능해왔다. 하지만 이러한 일련의 노력과 모색에도 불구하고 다양한 문제와 각종 난관으로 인해 소기의 목적을 완전히 달성하는 데에는 늘 모자람을 느꼈다고 해야 한다. 이에 그 문제점을 찾고 해결책을 강구하고자 한다. 이것이 이 저술이 겨냥하는 궁극적인 목적이자 숨겨진 의도라고 하겠다.

항상 그렇지만 자신의 모자람을 아는 이들에게만 길은 새롭게 열릴 수 있다는 사실을 다시 한 번 확인하는 자리가 되었으면 한다.

공동 필진을 대신하여 문학동력 대표 배상

차례

부산의 영화 인프라와 부산국제영화제

＊ 전 찬 일

I. 들어가며

단도직입적으로 물어보자. 과연 부산은 이 책 총론에서의 바람처럼 '문화 불모지'에서 '문화 중심 도시'로 거듭날 수 있을까? 오해의 소지가 큰 만큼, 영화로 한정하자. 때론 모더레이터(1996~2001)로, 때론 프로그램 코디네이터(2001~2007)로, 때론 프로그래머와 아시아필름마켓 부위원장, 연구소장(2009~2016)으로 부산국제영화제(이하 BIFF)와의 간 직접적인 관계 등을 통해 부산을 겪어온 지금 이 시점, 내 답변은 회의적이다. '미션 임파서블'이라고 여겨왔던 게 사실이다. 적어도 이 원고를 준비하기 전까지는.

부산이 2014년 '영화창의도시'로 선정됐다지만, 난센스인 감이 없지 않다. 외려 그 이후로 창의는커녕, 영화도시로서 부산조차도 내세울 수 없는 게 현실이다. 무엇보다 그 선정의 결정적 계기였을 BIFF-

2010년까지는 PIFF로 일컬어졌다-가 19회를 맞이했던 그 해, 이른바 '다이빙벨 사태'로 인해 마구 흔들리기 시작했고 3년째인 2017년 8월 하순 현재 총체적 파국에 직면해 있기 때문이다. 급진적은 고사하고 딱히 진보적이라고도 할 수 없을 영화제 내부 스태프들이 단합해 현 집행부의 퇴진을 요구하는 성명서를 발표하고, 그에 김동호 이사장과 강수연 집행위원장이 22회 BIFF를 마무리하고 물러나겠다고 천명한 상황이니, 그렇다고 진단하지 않을 도리는 없다. 영화창의도시라는 부산의 면모가 이럴진대, 영화 중심 도시도 아닌 문화 중심 도시를 꿈 꾼다는 게 어디 가당하기나 할까. 헌데 부산시가 지난 6월 22일 문화 체육관광부에서 진행된 외부 전문가 심사위원회를 거쳐 '2018년 동 아시아문화도시'로 최종 선정됐단다. 대체 어찌 된 영문일까?

　보도에 따르면, "동아시아문화도시는 2012년 제4회 한·중·일 문 화장관회의에서 도시 간 문화교류와 협력을 통해 갈등과 반목을 해소 하기로 합의하고 2014년부터 매년 한·중·일 각 나라의 문화적 전 통을 대표하는 도시 한 곳을 '동아시아문화도시'로 선정해 연중 문화 교류 행사를 개최하도록 한다는 취지에서 출범했다."[1] 부산이 "도시 인프라와 다수의 국제행사를 개최한 경험, 민선 6기 '문화로 융성하 는 부산'의 도시비전 달성을 위한 노력과 지역 고유의 문화특성을 활 용한 행사 프로그램 등이 '2018년 동아시아문화도시' 심사위에서 행 사 개최지로 적합한 것으로 평가받았다"는 것. 선정 배경으로 부산이 "6·25 전쟁 때 피난수도의 역할을 하면서 다양한 근·현대 문화유 산을 보유하고 있는 점 등"이 작용했고, "유네스코 피란수도 세계문

---

1) 『뉴스시』, 2017년 7월 6일 참조.

화유산 등재, 동남권 역사 문화관광벨트 조성사업을 추진하고 있"으며, "2014년 아시아 처음으로 영화 분야 유네스코 창의도시로 선정됐고 부산국제영화제 개최 등 한류문화 행사와 국제컨벤션 기반을 갖춘 세계 10위의 국제회의 도시로 평가받고 있다"고 기사는 전한다. 공식 발표는 8월 말 일본 교토에서 개최되는 제9차 한·중·일 문화장관회의에서 이뤄질 건데, 3국을 대표하는 '2018 동아시아문화도시' 3개 도시가 발표될 거란다. 그러면서 "부산시는 한·중·일에서 각각 개최되는 개·폐막식 참석을 비롯해 '부산원아시아페스티벌' 등 기존 국제문화교류사업과 연계해 동아시아문화도시 교류 프로그램을 연중 개최할 예정"이란다.

적잖이 당혹스럽다. 다른 거야 그렇다고 해도, "문화로 융성하는 부산"이라니 어리둥절할 따름이다. 문화로 융성시킨다면서 다른 이도 아닌 그 도시의 행정 수장인 시장이 아시아 최고 국제영화제를 넘어 일찌감치 대한민국을 대표하는 세계적 문화 브랜드로 국내외적 위상을 자랑해온 영화제를 대 파국으로 치닫게 하는데 앞장섰단 말인가? '블랙리스트 정권'의 꼭두각시마냥? 그 뿐이 아니다. 연계야 당연한 방향이겠으나, 부산원아시아페스티벌이 과연 50여 억 원이나 들여 지속시킬 만큼 과연 가치가 있는 행사일까. 개최(10월 22~31일) 한 달 전인 9월 22일부터 3일 간 엇비슷한 성격의 '2017 아시아송페스티벌'이 올해 네 번째로 부산에서 열린다면서? 한류 콘텐츠를 내세워 외국인 관광객을 유치하기 위해 만들어졌건만, 정작 첫 해였던 지난 해 25만3천 명의 관람객 중 외국인은 10%가 조금 넘는 3만2천 명에 그쳐 한류축제로서의 발전 가능성에 의문이 제기되어 왔다는 졸속 전시성 이벤트 말이다. 더욱이 주된 유치 대상국인 중국의 사드 이슈로 인한 한국 여행 금지 조치가 가장 큰 걸림돌이라지 않은가. 그래 부산시가 관람객 목표를 내국인 15만여 명, 외국인 3만여 명으로 대폭 낮췄다지 않은가. 하긴 오죽하면 예산을 결정하는 부산시의회가 "목표치를 달성하지 못했고, 외국인 관람객 유치에도 별다른 기여를 하지 못했던 것으로 평가해, 올해 예산을 52억 원으로, 지난해보다 15억 원 삭감"했겠는가. "부산만의 특색 있는 콘텐츠가 없는 행사로 체류형 관광 상품과는 거리가 멀다는 평가를 내린 것." [2)]

그럼에도 위 소식은 낭보임에 틀림없다. 그것도 "외부 전문가 심사위원회를 거쳐" 부산이 '2018년 동아시아문화도시' 중 하나로 선정되지 않았는가. 그렇다면 부산은 이미 문화 불모지는커녕 문화 중심 도시로 '일정 정도' 인정받고 있다는 의미 아닐까. 유네스코 영화창의도시 지정도 그와 같은 함의를 내포하고 있었던 건 아닐까. 문득 밀려드는 의문. 부산을 향한 위 외부 전문가들의 긍정적 판단과 나를 포함한 상당수 영화 관계자들의 부정적 시선 사이의 크고 작은 간극 괴리를 어떻게 이해해야 할까. 상기 심사위원들이 BIFF(의 위기) '따위'엔 무관심하거나 무지한 걸까. 혹 부산의 문화(잠재)력에 대한 내 인식이 지나치게 인색하며 비관적이었던 건 아닐까…….

Ⅱ. 부산의 영화 인프라

부끄러운 고백이나, 이 원고를 집필하기 전까지만 해도 부산의 영

---

2) 『프레시안』, 2017년 4월 8일 참조.

화 인프라에 대해 진지하게 사유해 본 적이 없다. BIFF가 '부산 영화' 내지 '영화 부산'의 모두인 걸로 간주해왔다. '다이빙벨 사태'를 거치며 BIFF가 큰 상처를 입기 전까지는, 그랬다. 언제부터인지 그 표현에서 자유롭지 못했다는 문화 불모지로서 부산이나, "문화를 이야기할 때 서울, 대구 혹은 광주 다음의 '삼류 도시'"[3]로서 부산이라는 등의 고정관념에 사로잡혀 있었던 것. 그러나 그것은 지독한 오해요 편견이었다. 이 원고를 준비하며 꼼꼼히 짚어보니, 부산에는 주목해야 마땅한 다양한 영화 인프라들이 적잖이 존재해왔던 것이다.

당장 이 나라의 주요 영화 관련 기구들인 영화진흥위원회와 영상물등급위원회가 2013년 10월과 9월에 서울에서 부산으로 이전했다. 대한민국 정부 문화체육관광부로부터 영화에 관한 특정 역할을 위임 받은 범국가 부문(Wider State Sector)의 전문 기구로 정부에서 예산은 지원받아도 정책적 독립성 및 자율성을 보장받는 '분권자율기관'이자 학술적으로는 준정부조직[4]인 그 기구들을 부산이라는 지역에 한정시킬 수는 없어도, 그 기구들이 부산의 핵심적 영화 인프라인 것만은 분명하다. 그 기구들 덕에 부산의 영화적 가치가 한층 더 제고되었음은 물론이다. 그럼에도 부산이라는 지역성 장소성 공간성에 방점을 찍을 경우, 부산에서 그들의 인프라성이 감소되는 것만은 사실이다. 대신 다른 몇몇 주요 영화 인프라가 한층 더 각별한 눈길을 끈다. 시네마테크부산을 필두로 부산영상위원회, 부산영화평론가협회상 등이 그들이다. 빈말이 아니라 그들은 예외 없이 '대한민국 NO.1'이거나

---

3) 김호일, 『아시아 영화의 허브 부산국제영화제』, 자연과 인문, 2009.
4) 관련 내용은 '영화진흥위원회' 홈페이지 참조.

그 못잖은 인정을 받아 합당한, 단지 부산에서만이 아니라 이 나라의 소중한 영화 인프라들이다.

1. 시네마테크부산과 영화의전당

시네마테크(Cinémathèque)는 필름 보관소나 보관된 영화를 상영 감상하는 곳을 가리키는 프랑스어다. 시네마테크부산은 1999년 8월 24일 해운대구 우동 수영만 요트 경기장 내에서, 전용관 시설을 갖춘 국내 최초의 시네마테크로 출범했다. 개원 이래 2002년 5월에 문을 열고 (사)한국시네마테크협회회가 운영해온 시네마테크 서울아트시네마 등과 더불어 시네마테크 본연의 역할에 충실히, 시중 영화관에서는 보기 불가능하거나 힘든 희귀 고전 영화나 수준 높은 예술 · 독립영화들을 상영해왔다. 2007년부터는 필름아카이브 기능까지 겸비해, 그 기능을 한층 더 강화시켰다. 또한 다채로운 교육 강좌들로 시네필들은 말할 것 없고 일반 시민들의 영화적 안목을 높이는데도 앞장서 왔다. 2011년 10월에는, 9월 29일 개관한 영화의전당(Busan Cinema Center)으로 이전해 제2기를 맞이했다. 영화의전당은 일명 '두레라움'(Dureraum)으로 불리기도 하는데, 순 우리말 '두레'(함께 모여)와 '라움'(즐거움)을 조합한 '함께 모여 영화를 즐기는 자리'를 뜻한다.[5]

두레라움은 총사업비 1,624억 원을 투입해 영상센터 부지 32,140m^2, 연면적 54,355m^2에 지상 9층, 지하 1층 규모로 완공됐다. 4,000석 규

---

5) 관련 내용은 '영화의전당' 공식 사이트 참조.

모의 야외극장을 비롯 841석의 하늘연극장, 413석의 중극장, 212석
의 소극장과 시네마테크 등을 갖추고 있다. 2016년 3월에는 영화의전
당 BIFF힐 지하에 자리 했던 예의 영화 시사실을 개조해 36석짜리 독
립영화전용관 인디플러스를 열었다. 이렇듯 두레라움 시대가 열리면
서 시네마테크부산은 영화 애호가들에게 과거와는 비교할 수 없는,
더욱 쾌적한 시설과 환경을 제공해왔다. 프로그램들의 외연 및 내포
도 한층 더 다양해지고 심화된 편이다.

하지만 개인적으로 시네마테크부산과 맺은 가장 강렬한 추억은 수
영만 시절의 어느 특별전이다. 2002년 8월, 국내에서 처음으로 열려
시네마테크의 본령을 새삼 확인시켜준 구로사와 아키라 회고전! 그
때 나는 수십만 원을 들여 2주 연속 서울과 부산을 오가며 세계 영화
사의 으뜸 거장의 걸작들과 조우했고 감탄했다. 그가 왜 일본 영화
의 천황으로 일컬어지며, 스티븐 스필버그나 조지 루카스 같은 뉴 할
리우드 시네마의 대표주자들이 왜 그에게 경외감을 표하고 열띤 성
원을 보냈는지 등을 확인했다. 비디오가 아닌 스크린으로 접한 최대
대표작 「라쇼몽」도 그렇지만, 그 걸작들 중에서도 「7인의 사무라이」
(1954)와 「이키루」(살다, 1952) 두 편에 특히 더 열광했다.

200분이 넘는 완전판 「7인의 사무라이」는, 1980년대 영화 스터디
시절 자막도 없이 열악한 화질의 비디오로 봤던 2시간대의 축약판
과는 달라도 너무 다른, 완전히 다른 영화였다. 내러티브, 비주얼, 사
운드 등 영화의 전 층위에서 그야말로 구로사와 영화 세계의 진수였
다. 당시 2주에 걸쳐 두 번을 본 영화는 그 이후, 장 르누아르의 「게임
의 규칙」(1939)에 이어 내 인생의 영화 베스트 2위를 차지하고 있다.
「살다」의 감흥 또한 「7인의 사무라이」 못잖았다. 어느 날 살날이 3개

월밖에 남지 않았다는 위암 말기 선고를 받는 초로의 공무원 주인공의 삶과 죽음을 축으로 펼쳐지는 페이소스 짙은 감동의 휴먼 드라마. 「라쇼몽」으로 1951년 아시아 영화사상 최초로 베니스영화제 황금사자상을 수상했을 때, 감독이 왜 그 시대극이 아닌 현대극 「살다」가 수상의 영예를 안았더라면 더 좋았을 거라는 회한을 표했는지 이해할 수 있었다. 영화 보기 약 50년, 영화 스터디 35년, 영화 평론 24년의 내 영화 인생에서 시네마테크 하면 자동적으로 시네마테크부산과 구로사와 회고전이 떠오르는 까닭은. 그 정도가 아니다. 시네마테크부산은 단지 부산에서만이 아니라 나아가 이 땅의 천박하기 짝이 없는 영화 문화를 다소나마 풍요롭게 해준, 흔치 않으며 귀하다 귀한 영화 인프라로 손색없다. 그런데도 부산에 영화 인프라가 부재해왔다고?

2. 부산영상위원회

부산영상위원회(Busan Film Commission/BFC)도 시네마테크부산과 나란히 부산의 대한민국 NO. 1 영화 인프라 중 하나다. "부산광역시의 주도로 한국영화산업의 활성화와 영화도시로서의 정착을 위해 영화제작 원 스톱 행정지원 서비스 제공을 목적으로 1999년 12월 20일 발족되었다. 국내에서는 최초로 아시아에서는 두 번째로 설립된 필름커미션"[6]이다. 1990년대 후반부터 불기 시작한 한국영화 르네상스와 때를 같이해 부산영상위원회가 발족하자, 다른 시도에서도 앞서거니 뒤서거니 영상위원회들이 출범했다. 현재 지역영상위원회는 총

---

6) 홍영철, 『부산영화(釜山映畵) 100년』, 한국영화자료연구원, 2001 참조.

11개. 부산을 필두로 강원, 경기, 대전, 서울, 인천, 전남, 전주, 제주, 청풍, 충남영상위원회가 그 주인공들이다.

"부산영상위원회는 부산이 지난 지역 문화적 특성을 활용하여 영화 영상산업의 기반을 다지고 국제경쟁력을 갖춘 영화도시로 자리매김하는 데 핵심적인 역할을 수행해왔"(이하 부산영상위원회 홈페이지 참고 인용)다. 2017년 5월 기준, 누적 촬영지원 영화 영상물이 총 1,122편을 기록했다. 8월 20일을 기해 한국영화로는 15번째, 외국영화 포함 19번째로 '천만 영화 클럽'에 진입한 「택시운전사」 이전까지 역대 국산 천만 영화 14편 중 부산영상위원회 지원작은 「도둑들」, 「국제시장」, 「베테랑」, 「부산행」 등 총 7편(영화진흥위원회 통합전산망 기준)에 달한다. 위원회가 운영하는 부산영화촬영스튜디오는 2016년 「공조」, 「더 킹」, 「치명도수(중국)」 등 대작들을 유치하기도 했다.

「택시운전사」의 경우도 5·18 민주화 운동이 제재인 만큼 대개가 광주 전남에서 진행됐으나, 김만섭(송강호 분)이 단발머리를 부르며 달리던 택시 내부 장면, 만섭이 먼저 잠든 딸을 깨워 식사하는 집 장면, 위르겐 힌츠페터(토마스 크레취만)가 갓김치를 먹고 구재식(류준열)이 노래를 부르고 춤을 추던 황태술(유해진) 집 장면 등은 부산 스튜디오 내 세트장에서 촬영됐다. 만섭이 상구 아빠(고창석)와 밥을 먹다가 다른 택시기사의 예약 승객인 힌츠페터를 가로채는 '삼거리식당' 시퀀스도 부산에서 찍었다고. 「택시운전사」의 부산 촬영 분량은 총 7회 차에 이른다(국제신문 인터넷 판 8월 15일 자 참고).

부산영상위원회는 2017년을 기점으로 새로운 비전을 향해 매진 중(이하 부산영상위원회 홈페이지)이다. "부산영화산업의 선순환 구조를 확립하고 '제작하기 좋은 도시 부산'으로 나아가기 위해 그간 운영

해온 사업들을 집적화하여 부산의 자체 제작시스템을 갖추는 발판을
마련"하려는 것. 먼저 로케이션 촬영과 더불어 제작지원사업을 확대,
강화하고, 3월에 오픈한 영화인 숙소 시네마하우스 호텔부산과 10월
2단계 증축 완공을 앞둔 영상산업센터는 수도권 영화인 및 기업 유
치를 적극 유도할 계획이다. 국내외 영화·영상인력을 육성하기 위
한 노력도 계속된다. 지난 3월 정식 개교한 부산아시아영화학교도 그
노력의 일환이다. 아시아영화학교 국제 영화비즈니스 아카데미의 첫
정규 프로듀싱 과정은 20명의 입학생을 선발, 3월 교육과정을 시작
으로 개별 프로젝트 개발을 주도해나가고 있다. 지난해 새 단장을 마
친 아시아영화포럼 & 비즈니스쇼케이스(LINK OF CINE-ASIA)는 산
업 이슈를 다루고 영화비즈니스를 매칭하는데 주력하고, 기간 중에는
부산영상위원회가 사무국을 맡고 있는 아시아영상위원회네트워크
(AFCNet, 18개국 60개 회원) 정기 총회를 개최한다. 올해는 해외 영
화인들을 초청하여 부산 팸투어(FAMTOUR in Busan)도 실시한다 .
  이렇듯 부산의 대표적 영화 인프라 중 하나인 부산영상위원회는 한
국 영상위원회들의 맏형으로 선구적 모델적 역할을 충실히 해왔다.
앞으로도 그럴 게 확실하다.

3. 부산영화평론가협회

  부산 지역 이외에서는 별 다른 관심을 끌어오진 못했으나, 부산
영화평론가협회 또한 부산의 귀중한 영화 인프라 중 하나다. 1950
년 9월 10일 임시수도 부산에서 창립된 한국영화평론가협회에 이어
1958년 3월 20일 "영화문화의 향상, 발전을 위하여 국내외의 영화작

품을 비평하고 일반의 감상력을 높이며 연구를 조성하고 이에 수반되는 사업을 행함"을 목적으로 창설된 지역 유일의 영화 비평가 그룹이다. 부산일보가 1958년 제정한 부일영화상을 주도했고 엄격한 비평과 우수영화를 추천하는 등, 한국 영화 발전에 기여했으며 시민들의 영화감상력을 높이는데도 큰 영향을 끼쳤다(『釜山映畵 100年』 등 참고 인용).

뿐만 아니라 창설 후 10여 년간 영화 관련 세미나 개최와 소형 영화 제작 발표회, 시나리오 워크숍, 영화 동호회 지도 등의 왕성한 활동을 펼쳤다. 흔히 한국영화 침체기로 간주되는 1970년대에는 활동이 미비했다. 1984년 2차 재건 총회 이후, 가톨릭 센터와 공동 주최로 정기적인 영화 감상회와 토론회를 개최하는 보다 더 적극적인 활동을 펼쳤다. 1986년에는 당시 영화진흥공사(현 영화진흥위원회)와 공동 주최로 '지방 영화 문화의 활성화 방안'에 관한 세미나를 열었다. 1990년에 '80년대 한국 영화의 대표작' 영화제 및 심포지엄을, 1994년에 광복 50주년 기념 '광복 영화제'를 개최했다. 1998년 회원들의 비평과 연구 성과를 묶은 『영상 문화』를 출판하기 시작했다. 그리고 2000년부터는 부산영화평론가협회상(부산영평상)을 시행 올해 제18회 시상식을 앞두고 있다.[7]

부산영평상은 부산영화평론가협회의 존재감을 가장 뚜렷이 각인시켜온, 지역적 색채 물씬 풍기는 '파격적' 영화상이다. 1회 수상 목록부터 개성 만점의 파격을 드러냈는바, 그 파격은 의도적 비-주류성 혹은 지역적 마이너성 등의 결과물로 다가선다. 한국영화평론가협회

---

7) 「부산영화평론가협회」, 『한국향토문화전자대전』, 한국학중앙연구원.

가 1980년부터 수여해온 영평상 결과와 비교해보면 그 파격은 단연 도드라진다. 부산영평상 부문에 맞춰 2000년도 제1회 부산영평상과 20회 영평상수상 결과를 비교해보자.

*최우수작품상 : 「오! 수정」(홍상수 감독) vs. 「박하사탕」(이창동 감독)

*감독상 : 배창호, 「정」 vs. 이창동, 「박하사탕」

*남우주연상 : 송강호와 이병헌 공동 수상, 「공동경비구역 JSA」 vs. 박중훈, 「인정사정 볼 것 없다」

*여우주연상 : 전도연, 「해피엔드」 vs. 전도연, 「해피엔드」

*각본상 : 홍상수, 「오! 수정」 vs. 이창동, 「박하사탕」

*촬영상 : 김성복, 「공동경비구역 JSA」 vs. 정일성, 「춘향뎐」

*남우조연상 : 유오성, 「주유소습격사건」 vs. 없음

*여우조연상 : 김호정, 「플란다스의 개」 vs. 없음

*신인감독상 : 변혁, 「인터뷰」 vs. 정지우, 「해피엔드」

*신인남우상 : 유지태, 「동감」 vs. 설경구, 「박하사탕」

*신인여우상 : 하지원, 「진실게임」 vs. 김민선, 박예진, 이영진, 「여고괴담 두 번째 이야기」

*심사위원 특별상 : 류승완, 「죽거나 혹은 나쁘거나」 vs. 없음

총 12개 중 양 측이 겹치는 부문은 9개. 그 가운데 여우주연상을 제외하고는 모두 다 수상자가 다르다. 제 아무리 평론가들의 영화적 취향·지향 등이 다르다 할지라도 어찌 이렇게 다를 수 있을까. 대체 이 차이를 어떻게 받아들여야 할까. 한국영화평론가협회 회원 중 1인으

로서, 도저히 부산영평상의 일부 선정에 동의하기 힘든 게 사실이다. 예나 지금이나. 사회성 짙은 한국 영화사의 문제적 휴먼 드라마인 「박하사탕」을 어찌 그렇게 철저하게 외면할 수 있는 것인지, 이해 불가다. 「오! 수정」에 작품상을 안긴 것이야 그렇다손 쳐도, 어떻게 감독상을 「박하사탕」 아닌 「정」에 수여할 수 있는 것일까. 어떻게 「해피엔드」가 아닌 「인터뷰」에 신인감독상을 줄 수 있었던 걸까…….

　부산영평상과 영평상 사이에 늘 이런 차이 내지 괴리가 일어나는 건 물론 아니다. 최우수작품상이건 대상─부산영화평론가협회 현 회장인 김이석 동의대 영화과 교수의 전언에 의하면, 2010년 11회 때부터 수상 부문 수를 대거 줄이고 감독상을 없애는 대신 최우수작품상을 대상으로 변경해 제작자 아닌 감독에게 시상해왔다─이건 두 상이 동일한 경우는 총 5차례다. 2001년 「봄날은 간다」(허진호), 2004년 「올드보이」(박찬욱), 2006년 「가족의 탄생」(김태용), 2008년 「밤과 낮」(홍상수), 2009년 「마더」(봉준호)가 그 주인공들. 때론 개인적으로 영평상보다는 부산영평상 쪽이 더 끌리기도 한다. 2002년 이창동 감독의 「오아시스」가 아닌 박찬욱 감독의 「복수는 나의 것」의, 2012년 김기덕 감독의 「피에타」 대신 윤종빈 감독의 「범죄와의 전쟁 : 나쁜놈들 전성시대」의 손을 들어줬을 때이다.

　대상에 초점을 맞추면 부산영평상의, 즉 부산영화평론가협회 사람들의 몇 가지 특이점이 드러난다. 2014년에는 영평상 최우수작품상을 거머쥔 홍상수의 「자유의 언덕」 아닌 장률의 「경주」를 최종 선택하긴 했어도, 총 17회 중 무려 4번이나 홍상수의 품에 최고의 영예를 안겼다. 그로써 영화전문주간지 씨네21처럼 '홍상수주의자들' 아니냐는 의심을 받아도 할 말이 없게 됐다. 그에 반해 이창동 감독에겐

단 한 번도 최고상을 안기질 않았다. 대체 왜, 이창동은 그들에게 그렇게 인기가 없는 걸까. 2010년 영평상 작품상과 각본상을 가져간 한국 영화사의 걸작 「시」를 완전히 배제하고 홍상수의 「옥희의 영화」 등을 선택한 부산영평의 안목을 신뢰하기는 힘들다. 2013년 「설국열차」(봉준호) 대신 「지슬 — 끝나지 않은 세월2」(오멸)이 대상을 거머쥔 거야 부산영평의 어떤 지향이라 치부하더라도, 2000년 대 이후 한국영화 최고작으로 평가돼 온 봉준호의 「살인의 추억」 대신 장준환의 '튀는' 데뷔작 「지구를 지켜라」가 2003년 정상에 오른 건 부산영평의 어떤 치기로밖에 읽히지 않는다. 그 동안 부산영평상 결과나 부산영화평론가협회의 활동에 별다른 관심을 기울이지 않은 것도 실은 그래서였다. 심심치 않게 보편적 설득력을 잃었다고 할까.

하지만 지금 이 순간, 부산영화평론가협회나 부산영평상이 적잖이 소중하게 다가서는 게 솔직한 심정이다. 그것이 파격이든 개성이든 뚝심이든 치기든 고집이든 오기든 그 무엇이든 간에 그들의 '다름', '차이'가 새삼 소중하고 아름답게 비쳐서다. 예의 블랙리스트 정권에서 드러났듯, 우리네 삶에서 절대적으로 요청되는 그 덕목들이 얼마나 억압되고 차별 받아왔던가. 그리고 언제부터인가 부산영화평론가협회보다 더 오랜 역사를 지니고 있고, 회원 수도 많으며, 활동 범위도 한결 더 큰 한국영화평론가협회가 '표류'를 넘어 '타락'의 길을 걷고 있는데 비해, 그들은 자신들만의 노선을 꿋꿋이 견지해왔다. 정체 내지 부진 등의 내·외부의 비판에도 불구하고 말이다.

일부 매체(『문화일보』, 2017년 2월 27일)에서는, 영평이 지난 2월 23일 총회를 열어 김병재 한국영상정책연구소장을 제24대 영평 신임 회장으로 선출했다고 썼다. 허나 그건 명백한 거짓이다. 총회를 열긴

했어도 의당 총회 결정 사항인 회장 선출을 전임 회장단을 포함해 일부 (원로?) 회원들의 일방적 독단으로 총회 의결 없이 강행한 것. 뿐만 아니다. 김병재 회장은 지난해 1월 국제신문에 "부산국제영화제를 보는 또 다른 시선"이란 제하의 기고를 한 바 있는데, 그 기고문이 문화체육관광부와 영화진흥위원회가 합작해 부산국제영화제 연관 여론 조작을 시도하는데 이용됐다는 의혹(노컷뉴스 등 참고)을 받고 있는데 그 장본인이기도 하다. 그런 이가 20년 가까이 몸담아 왔고, 한때는 크디 큰 애정을 바쳤던 영평의 수장이란 현실이 부끄러울 따름이다.

대체 부산영평과 영평 간의 대조를 어떻게 받아들여야 할까. 이제부터는 대한민국 NO.1 영화 평론가 조직이 더 이상 한국영화평론가협회가 아니라, 부산영화평론가협회일 지도 모른다. 부산영평에 더욱 남다른 기대가 향하는 건 그래서다.

Ⅲ. 부산국제영화제

위 세 인프라말고도 부산에는 얼마든지 언급할 만한 영화 인프라들이 존재한다. 시네마테크부산, 부산영상위원회와 마찬가지로 1999년 공식 창립한 부산독립영화협회와, 그 협회가 주최하며 올해로 19회를 맞이하는 메이드인부산독립영화제, 1980년 대한민국단편영화제로 출발해 숱한 변천을 거치며 34회에 이른 부산국제단편영화제, 공정성 및 신뢰성 등에서는 이 땅의 그 어떤 영화상에도 뒤떨어지지 않을, 26회를 맞는 부일영화상, 그리고 부산국제영화제 등 한둘이 아니다. BIFF 이외의 다른 인프라들에 관해서는 하지만 다음 기회에 다뤄야 할 듯. 이제 전격적으로 BIFF 현황과 문제점, 대안을 짚어보자. 이 저술의 두 번째 목적, "부산의 문화적 현황을 점검하고 그 문제점을 검토하고 나아가서는 그 대안을 모색하는 작업"에 부응해.

1. BIFF의 현황

현황이라고 해서 BIFF의 프로그램들로는 어떤 것들이 있고, 마켓이나 각종 부대행사로 어떤 것들이 있으며, 또 BIFF를 떠나기 전 내가 이끌었던 연구소는 어떻게 처리됐는지 등에 대해서 말하진 않으련다. BIFF의 현 상황은 앞서 말했듯 '총체적 파국'이자 '치명적 위기' 국면에 처해 있다. 흔히 위기야말로 기회라고 하건만, 이번 경우는 말장난에 지나지 않는다. 내·외부에서 "정상화" 운운하지만, 그 역시 어불성설이다. 대체 인물들이 확보되긴커녕 그 가능성조차 확실치 않은 마당에, 당장 BIFF 창설 및 운영의 세 주역이었던 이용관 전 위원장과 전양준 전 부위원장, (고)김지석 전 수석 프로그래머 겸 부위원장이 모두 BIFF를 떠나 있지 않은가. 그런 불확실한 현실에서 정상화라니, 과욕도 과한 과욕이다. 더욱이 아시아 영화 관련 세계 최고 전문가 중 한명이었던 김지석은 올 칸영화제에서 저 세상 사람이 되지 않았는가. 현 BIFF 아시아 영화 담당 프로그래머 김영우 등이 김지석을 대신해 어떤 식으로든 보완을 하고 열심을 다하고 있겠지만, 그의 부재가 남길 틈새는 예상보다 훨씬 크고 깊으며 길 게 틀림없다. 능력 여부와 상관없이 그 공백은 김영우 등이 메울 수 있을 성질의 것은 아니다. 다시 말하건대 아시아 영화와 연관해 김지석의 존재감은 '절대적'이었다 해도 과언이 아니었다. '대체 불가'랄까.

이용관은 또 어떤가. 경성대와 중앙대를 거쳐 동서대에 이르기까지 30여 년을 영화과 교수로 재직해온 비평가 출신의 학자이면서도 20년이란 짧지 않은 세월 동안 BIFF를 만들어내고 지켜왔던 핵심 인물. 지지 및 추종 못잖게 크고 작은 비판이 가해져온 논란의 주인공이기도 하다. 말 많았던 그의 영화제 리더십은 2015년 제20회 BIFF를 통해 확연히 입증됐다. 그해에 '다이빙벨 사태' 여파로 BIFF는 영화진흥기금을 통한 국고 지원이 전년도의 14억6000만 원에서 8억 원으로 대폭 삭감되는 등의 우환을 겪었다. 제20회 BIFF가 큰 타격을 입으리라는 건 자연스러운 예상이었다. 헌데 당연한 예측과 달리 20회 BIFF는 큰 탈 없이 '순항'했다. 초대 손님 포함 총 관객 수 227,377명으로 19회에 비해 약 1천 명가량 늘어나는 반전을 연출해냈다. 그 반전은 이용관 혼자 이뤄낸 것은 물론 아니다. 프로그래머들을 포함해, 페스티벌-마켓-연구소에 이르는 일선 스태프들과 BIFF의 자랑인 수백 명 자원봉사자들이 협력해내 일궈낸 귀한 성취였다.

그럼에도 그 성취가 이용관의 리더십에 일정 정도 힘입었다는 사실을 부인할 수는 없다. 그는 특유의 리더십을 발휘, 줄어든 예산 등으로 인한 위협들을 이겨내는데 성공했다. 그 점은 20회 BIFF를 21회 BIFF와 비교해보면 단적으로 드러난다. 박근혜 정권(의 청와대 비서실장 김기춘 등)과 서병수 부산시장 등이 합세해 2016년 2월 총회에서 이용관 재연임안을 아예 상정하지도 않고 쫓아낸 뒤, 김동호 이사장과 강수연 집행위원장, 김지석 부위원장 3인 체제 하에서 치렀던 지난해의 BIFF와. 75개국 302편에서 69개국 299편으로 영화 초청 편수는 3편 줄어들었고 프리미어 수도 월드 94편 인터내셔널 30편으로 인터내셔널 프리미어에서 고작 1편 줄어들었건만, 관객수는 165,149 명으로 20회에 비해 27%가 넘는 62,128명이 줄어드는 '참사'(?)가 일 어난 것.

그 참사 또한 이용관의 부재 탓에 일어났다고 할 수만은 없다. 오비 이락이라고, 개막일(10월 6일) 전날 부산을 강타한 태풍 차바도 그렇 거니와 충분한 사전 준비 없이 다소 급격하게 도입 적용된 김영란 법 과 그 법을 둘러싼 숱한 오해 및 곡해들, 그리고 영화계를 양분시킨 보이콧 소동 등 복수의 악재들이 겹쳤다. 그렇다면 이들 중 가장 심각 한 악재는 과연 무엇이었을까. 태풍 차바? 김영란법? 보이콧 아니었 을까. 비단 나만이 아니라 대다수는 그런 의견을 보일 성싶다. 그렇다 면 그 보이콧의 가장 주된 원인은 무엇일까. 다른 그 무엇보다 이용관 의 불신임 및 불명예 퇴진, 이용관을 향한 무리한 정치 탄압과 검찰 기소 아니던가.

"사무국 전직원 일동" 명의로 지난 8월 7일 성명서를 공표한 것도 이용관의 명예 회복과 복귀 요청의 연장선상에서 벌어진, BIFF 역사 의 대사건이었다. 이용관 체제 하라면 발생은커녕 상상조차 할 수 없 었을 일종의 '하극상'이랄까. 그 역사적 성명서가 요구한 바는 "이용 관 전 집행위원장의 복귀"만은 아니다. 그에 앞서 성명서는 "서병수 부산시장의 공개 사과"를 요구했고, 뒤 이어 "국내외 영화인들의 지 지와 참여를 호소"했다. 다소 길더라도 'BIFF 사태'를 파악하는데 요 긴한 데다 기록적 가치를 감안해, 성명서 전문을 옮겨보는 건 어떨까.

부산국제영화제 사무국 전직원 일동은 영화제 정상화와 제22회 영 화제의 올바르고 성공적인 개최를 위하여, 서병수 부산시장의 공개 사

과, 이용관 전 집행위원장의 복귀, 그리고 국내외 영화인들의 지지와
참여를 호소합니다.

부산국제영화제는 2014년 다큐멘터리영화 「다이빙벨」 상영을 빌미
로 박근혜정부를 위시한 정치권력에 의해 철저히 농락당했습니다. 국
정농단을 일삼은 세력과 부역자들은 촛불혁명과 특검을 통해 진상이
드러나 단죄되고 있습니다. 그러나 부산국제영화제 탄압에 대해서는,
가해자는 그 누구도 책임지지 않았고, 피해자는 명예회복을 위해 악전
고투하고 있으며, 사무국 직원들이 입은 상처는 아물지 않고 있습니다.

「다이빙벨」 상영 직후부터 시작된 부산시와 감사원의 전방위적인
감사는 거의 1년 동안 융단폭격처럼 영화제사무국을 초토화시켰습니
다. 어마어마한 분량의 자료제출은 그렇다 하더라도, 이용관 전 집행
위원장과 사무국 직원들에게 협박과 회유, 먼지털이식 조사를 진행하
였습니다. 결국 영화진흥위원회는 지원금을 절반으로 삭감하였고, 서
병수 부산시장은 이용관 집행위원장을 검찰에 고발하여 영화제로부터
내쫓았습니다. 현재까지 이용관 전 집행위원장은 힘겹게 법정다툼을
이어가고 있습니다.

사태의 해결을 위해 구원투수처럼 등장한 강수연 집행위원장에게
직원들은 기대를 걸고 그의 뜻에 묵묵히 따르며 영화제 개최를 위해
열심히 일해 왔습니다. 그러나 기대와 달리 취임 이후 지금껏 보여 온,
영화제 대내외 운영에 대한 소통의 단절과 독단적 행보는 도가 지나치
며, 사무국 직원들은 물론 외부로부터 심각한 우려와 질타를 받고 있
습니다. 「다이빙벨」을 상영하지 말라고 지시했던 장본인이자, '당신이
물러나면 영화제는 건들지 않겠다'는 비겁한 조건을 달아 전 집행위원
장에게 사퇴를 종용한 서병수 부산시장에게 책임을 묻고 사과를 받기
는커녕 면죄부를 주었습니다. 보이콧사태 해결을 위해 영화인 및 지역

시민사회와 적극적으로 소통하고 여론을 수렴하여 영화제의 정상화에 힘써야 했으나, 그렇게 하지 않았습니다. 두 번의 영화제를 개최하는 동안 실무자에 대한 불통과 불신으로 직원들의 사기는 땅에 떨어졌습니다. 심지어 그가 최근 독단적으로 부집행위원장에 임명한 자의 복무규정 위반사례와 직원들로부터 도덕적 해이에 대해 지탄을 받아왔음이 밝혀졌는데도 불구하고, 즉각적인 조사와 조치를 취하기는커녕 그를 변호하고 사실을 덮으려 하여 직원들의 공분을 사기도 했습니다. 이런 와중에, 다년간 누구보다 자부심을 가지고 열심히 일해 온 동료 몇 명은 분노와 좌절 끝에 희망을 잃고 사표를 던지기도 했습니다.

이에 우리 직원 일동은 더 이상 망가지는 영화제를 좌시할 수 없어 단체행동을 시작하기에 이르렀습니다. 지난 2개월여 동안 집행위원장을 향하여 합리적인 의견개진과 대화를 시도하였으나, 그는 논점 흐리기와 책임 전가로 일관하며 대화와 소통에의 의지를 제대로 보여주지 않았습니다. 결국 김동호 이사장에게 진정하기에 이르렀는데, 이마저도 문제해결의 방향으로 진전되지 않았습니다. 이에 우리 전직원 일동은, 영화제의 정상화와 금년 영화제의 오롯한 개최를 위해, 참담한 심정을 억누르고 목소리를 높여 다음과 같은 세 가지 사항을 강력히 요구합니다.

하나, 서병수 부산시장에게 공개 사과를 요구합니다.

서병수 시장은 박근혜정부 문화계 농단사태의 직접 실행자로 부산국제영화제 파행에 가장 큰 책임이 있습니다. 영화제 정상화를 위한 첫 걸음은 서병수 시장이 책임을 통감하고 반성과 함께 공개적으로 사과하는 것입니다.

둘, 이용관 전 집행위원장의 조속한 복귀를 요청합니다.

이용관 전 집행위원장은 부산국제영화제 집행부로 복귀해 올해 제

22회 영화제의 정상적인 개최를 위해 최선을 다해주시기를 요청합니다. 영화제 탄압사태의 직접적 피해자로서 그 피해와 훼손된 명예가 아직 회복되지 않은 상황이지만, 대승적인 결단을 내려주시기를 당부드립니다.

셋, 한국영화계 및 해외영화인께 지지와 참여를 호소합니다.

부산국제영화제의 몰락은 한국영화는 물론 아시아영화 성장의 토대가 되었던 든든한 버팀목이 무너지는 것이나 다를 바 없습니다. 영화제의 모든 직원은 엄중한 위기상황을 슬기롭게 극복하고 무너진 영화제를 복원하는데 한마음 한뜻으로 헌신하고 있으며, 이에 반하는 어떤 일에도 힘껏 싸울 것입니다. 한국영화계와 세계 각국 영화인들은 위의 요구사항이 관철될 수 있도록 적극 지지해 주시기를 호소합니다. 나아가 보이콧을 철회하는 것과 더불어 영화제가 순항할 수 있도록 뜻을 모아 주시기를 당부드립니다.

영화제의 존재 근거는 헌법에 명시된 표현의 자유이며, 영화예술을 통한 문화다양성의 수호입니다. 여기에는 어떠한 이기적인 조작이나 정치적인 간섭이 허용되어서는 안 됩니다. 조작과 간섭의 잔재를 청산하고, 영화인과 시민이 돌아와야만 이 생태계가 다시 이전과 같은 활력과 생기를 회복할 수 있습니다. 부산국제영화제는 절대 멈추지 않을 것입니다.

2017. 8. 7. 부산국제영화제 사무국 전직원 일동

그런데 이 성명서는 상당히 모순적이다. 성명서에서 직접 요구한 건 "서병수 부산시장의 공개 사과"부터 "이용관 전 집행위원장의 복귀"와 "국내외 영화인들의 지지와 참여 호소" 크게 세 가지인데, 사실상 그 속내는 김동호 이사장과 강수연 집행위원장을 향한 불신임이

관건이다. 아니나 다를까, 두 사람은 그 다음 날 동반 사퇴를 천명했다. 아래는 입장 표명 전문이다.

> 부산국제영화제 김동호 이사장과 강수연 집행위원장은 최근 일련의 사태에 책임을 지고 사퇴하기로 했습니다.
> 다만 어떠한 경우에도 영화제는 개최되어야 한다는 확신에서 두 달도 채 남지 않은 올해 영화제를 최선을 다해 개최한 다음, 10월 21일 영화제 폐막식을 마지막으로 영화제를 떠나기로 결정했습니다.
> 끝으로 올해 영화제가 성공적으로 개최될 수 있도록 영화계와 국민 모두의 변함없는 성원과 참여를 부탁드립니다.
> 2017년 8월 8일
> (사)부산국제영화제 이사장 김동호

언뜻 당연하게 비치나, '김'과 '강'의 전격적 사퇴 천명은 솔직히 예견치 못한 기습적 결정이다. 그 이전에도 두 사람은 여기저기서 제기된 사퇴 요구를 묵살해왔지 않은가. 그런 그들도 내부 전직원들의 집단적 반발   문제제기에는 굴복한 셈이다. 그들 나름의 '반격'을 가하면서. 뭔 말이냐고? 성명서가 내건 세 가지 요구 중 단 한 가지도 현실화될 수 있을지 불투명한 상황에서, 영화제를 이끌어온 두 수장이 대뜸 영화제를 떠나겠다고 선언했기에 내리는 진단이다. 물어보자. 그들이 떠난 뒤, 과연 이용관이 복귀할 수 있을까. 달리 말해 이용관의 복귀가 현실적으로 가능할까.

BIFF 직원들은 김 이사장과 강수연 위원장이 여전히 자리를 지키고 있는데도, "이용관 전 집행위원장은 부산국제영화제 집행부로 복귀해 올해 제22회 영화제의 정상적인 개최를 위해 최선을 다해주시기를 요청"했다. 그게 과연 가능할까. 그 얼마나 비현실적 요구인가. 명분이야 영화제의 정상 개최라고 치자. 어떤 모양새 어떤 직위로 이용관이 복귀하란 말인가. 이용관이 기회 있을 때마다 백의종군하겠다고 천명했으니, 일선 스태프로? 난센스 아닌가. 게다가 그는 BIFF로는 돌아가지 않겠다고 누누이 밝히지 않았는가. 설사 이용관이 복귀 의사가 있다고 가정해보자. 현 BIFF의 정관 상 그것이 가능할까. 처우는 공무원이 결코 아니건만, 공무원에 준해 벌금 300만 원 이상이면 위원장 자리에 취임할 수 없다던데? 이용관은 지난 7월 21일 열렸던 항소심에서 기존의 집행유예 2년에서 벌금 5백만 원으로 감형됐다. 집행유예 1년이었던 전양준 전 부위원장이나 양헌규 전 사무국장도 동일한 형량으로 감형됐고.

복귀가 어렵기는 전양준도 매한가지다. 내가 아는 한 국제영화제에 대한 감각 지식 매너 등에서 국내 1인자일, 평론가 출신의 베테랑 영화제 프로페셔널. BIFF 창립 멤버로 월드 프로그래머를 거쳐 부 집행위원장직을 수행했고, 2013년부터는 아시아필름마켓 위원장직 겸하다 영화제 측의 권고사직에 의해 지난해 12월 BIFF를 부득이 떠나야 했던 비운의 주인공. 그는 부산시의 검찰 고발 시에는 명단에 없었으나, 참고인 조사를 받으러 갔다 1,100만원의 영화제 협찬 커미션으로 인한 '실수'가 드러나 피의자 신분으로 전환되면서 재판을 받게 되었고, 그 결과 정든 영화제를 타의에 의해 떠나게 된 불운한 케이스다.

헌데 말이다, 위 성명서의 서병수 시장은 공개 사과를 할까? 그 간의 숱한 사과 요구들을 외면해왔거늘? 서 시장이 끝내 공개 사과를 하지 않으면, BIFF 전직원을 무엇을 할(수 있을)까. 올해 BIFF를 보이콧이라도 할까. 그럴 리 만무다. 그렇다면 그 요구는 의례적이며 허망하기 짝이 없는 한바탕 해프닝으로 귀결되는 셈이다. 또 국내외 영화인들은, 작년과 달리 예의 폭넓은 지지와 참여를 보여줄까? 진심으로 그러기를 바란다. 허나 나는 그럴 생각이 없다. 서병수가 공개 사과를 한다면 모를까, 보이콧에 적극 동참할 생각이다. 평론가로서는 좋은 영화들을 챙겨봐야겠지만, 그 영화들을 포기할 참이다. 이쯤 되면 BIFF의 현황이 총체적 위기라는 내 진단이 과장은 아니지 않을까.

2. BIFF의 문제점

BIFF의 문제점들은 얼마든지 들 수 있을 터. 어떤 교수는 내게 대체 BIFF가 그 동안 부산에 기여한 게 뭐가 있냐는 힐난을 퍼부은 적도 있다. 그런 힐난은 단언컨대 경청할 가치조차 없는, 맹목적 지적이요 무지에 지나지 않는다. 제 아무리 마음에 들지 않는다고 출범 몇 년 만에 "아시아의 칸"(월 스트리트 저널, 1998), "지난 주 아시아에서 전화를 받지 않았다면, 그건 모두 부산에 갔기 때문"(버라이어티, 1999), "아시아 최고의 축제이자 국가적 명예의 근원"(인디펜던트, 2002), "많은 아시아 영화 제작자들에게 꿈을 실현시켜주는 디딤돌"(타이페이 타임즈, 2002), "아시아에서 가장 열정적인 영화제"(마이니치 신문, 2004), "아시아 최고의 영화제, 부산국제영화제"(타임, 2004) 같은 평가를 굴지의 국외 매체로부터 받아온 영화제를 그런 식으로 단죄하다니, 어불성설이다. 일고의 설득력을 갖추지 못한 부당한 비난이다.

문제점, 즉 과가 있으면 공이 있기 마련인 게 인생사의 자명한 이치다. 지난해 어느 날 만난 부동산 업계의 큰 손인 후배가 BIFF의 경제적 가치는 몇 백억, 몇 천억 정도가 아니라 조 단위라고 단언했으나, 수치에 워낙 약한 만큼 경제 파급 효과 운운은 하지 않으련다. 더욱이 무형의 부가가치를 무시한 채, 가시적인 물질적 가치에 천착하는 접근은 신뢰하지도 않거니와 시도하고 싶지도 않다. BIFF의 으뜸 공은, 주지하다시피 부산의 도시 브랜드를 상당 정도 제고시켰다는 것이다. 문화적 견지에서 부산은 'BIFF 이전'과 'BIFF 이후'로 나뉜다. 1996년 BIFF 출범 이전에 서울 출신의 외지인인 내게 부산은 태종대, 해운대 (해수욕장) 정도가 거의 전부였던 문화 불모지였고 삼류도시에 지나지 않았다. 그런 부산이 BIFF 이후 그 이미지가 서서히 변모해갔다. 영화를 중심으로 한 문화가 미력하나마 부산의 이미지를 변화시켰다. 제1회 BIFF를 찾았던 거의 모든 이들이 그렇겠지만, 지금도 난 배를 타고 해운대와 남포동을 오가던 추억을 품고 있다. 남포동 밤거리 노상 술자리의 낭만도 잊지 못하고 있다. 그야말로 인간적 문화였고, 우리는 문화적 인간들이었다.

　언제부터인가 할리우드 없는 미국을 상상할 수 없는 것처럼 BIFF 없는 부산을, 나아가 BIFF 없는 대한민국을 떠올릴 수 없게 됐다. "부산국제영화제 덕분에 부산 시민들은 실로 엄청난 규모의 다양성 영화에 노출될 수 있었다. 부산 시민들의 영화 향유의 다양성을 급격히 올렸던 것이 바로 부산국제영화제였다. 덕분에 영화제가 끝나도 이 다양성 영화를 향유하려던 사람들이 생겼고, 비키영화제, 단편영화제와 같은 큰 규모의 영화 말고도, 관객영화제, 탈핵영화제, 평화영화제, 초록영화제, 여성영화제 등 다양한 공동체 상영회 같은 것이 생겼다. 심지어 부산국제영화제와 같은 국제문화행사가 연달아 열릴 수 있었다

(「지역과 문화공공성: 비판, 위기, 임계」, 김동규).”

단 '다이빙벨 사태' 이전까지만이다. 그 사태 이후 BIFF는 한국 영화제들의 '더 원'(The One)에서 '원 오브 뎀'(One of Them)으로 추락하기 시작했다. 그 자랑스러운 BIFF의 국제적 위상도 하강했음은 두말할 나위가 없다. BIFF 탓에 2류 영화제로 밀려났던 홍콩 및 도쿄 국제영화제의 미소와 웃음소리가 눈을 끌어당기고 귀를 때리기 시작했다. 지난해 16만 명대로 급감한 관객 수는 그 증거 중 하나일 따름이다. BIFF의 추락과 더불어 BIFF를 사랑해왔던 부산시민들과 이 땅의 수많은 영화인들의 자부심도 낙하했다. 다시금 개탄컨대 그 추락을 정권의 명령을 자발적으로 받든 비문화적일대로 비문화적인 현직 부산시장이 앞장 서 야기시켰다는 사실이다.

이렇듯 서병수라는 비문화적 시장이라는 존재 그 자체가 BIFF의 가장 큰 문제점이었다. BIFF는 전 조직위원장인 서병수를 지나치게 존중하면서, 그에 의해 너무 심히 휘둘렸다. 지원은 받되 간섭은 받지 않겠다는 팔 길이 원칙을 어떻게든 고수했어야 했는데, 그러질 못했다. 하긴 2009년 14회 때부터 예산이 100억을 넘었던 바, 그 예산의 과반이 부산시에서 나왔으니 그렇지 않다면 외려 비정상일 터였다. 예산의 과도한 시 의존이야말로 BIFF의 가장 큰 문제점 중 하나였던 것이다. 다른 문화 분야는 몇 억은커녕 몇 천만 원을 지원받기도 쉽지 않은 현실에서, 아시아 최고의 세계적 영화제란 명분으로 5·60억 원이 넘는 거액을 몇 년째, 그것도 '당연한 양' 받아왔으니 주위로부터 원성을 사는 것도 무리는 아니었다. 균형감이라곤 전혀 없었던 위 교수의 힐난도 그 때문에 비롯된 것이었으리라.

포스트-이용관을 비롯해 포스트-전양준, 포스트-김지석을 일찍이

찾아 키우지 않은 것도 비판 받아 마땅한 BIFF의 큰 문제점이었다. 당
사자들에게는 말하기 조심스러우나 더 큰 문제는 그 잠재력에도 불구
하고 전양준이나 김지석이 100% '이용관 이후'일 수 없었다는 것이
다. 그들은 공히 국내 최고의 영화(제) 프로페셔널로서 영화적 실력
능력 등에서는 타의 추종을 불허했으나, 영화제 위원장에게 의당 요
청되는 '마당발적' 혹은 '오지라퍼적'인 폭넓은 대인관계에는 상대적
으로 적극적이지 않았다. 애당초 '다이빙벨 사태' 이후 2015년 공동위
원장으로 영입한 배우 강수연도 포스트-이용관일 수는 없었다. 어느
인터뷰에서 인정했듯, 이용관의 선택은 오판이었다. 임시방편으로서
야 별 문제없겠으나 근본적 처방으로선 한계가 분명했다. 실례를 무
릅쓰고 밝히면, 전양준과 함께 작년 12월 자의반 타의반으로 BIFF를
떠나기 전까지 강수연과 연관해 제일 많이 받은 질문이 그가 '얼굴마
담'이 아니냐는 것이었다. 그때마다 결코 아니라고, 강에겐 나름대로
의 역할이 있다고 강변해 왔는데, 내 판단이 옳았는지 여부는 잘 모르
겠다. 최근 발생한 BIFF의 내부 분열도 실은 포스트-이용관의 부재와
이용관의 오판 때문에 벌어진, 예견된 비극이었다. 일찍이 BIFF의 간
판이었던 김동호도 되돌아와서는 안 되었다(는 게 내 견해다). 상황
논리에 의해 부득이 돌아온 것이라면, '구원투수' 역할에 만족했어야
했는데, 책임감이 너무 강했거나 과욕을 부리다 그간의 축적된 명성
을 무색케 하는 수모를 겪고 있다.

영화를 넘어 '문화적 공론장'으로까진 나아가지 못했다는 것, 아니
그 방향으로 나아가려조차 하지 않았다는 것이 개인적으로는 제일 안
타까운 BIFF의 큰 문제점이다. 클리셰가 된 지 오래지만, "영화는 종
합예술이다. 그렇다면 영화는 다른 장르의 문화와 결합될 수 있는 여

지가 있다. 그리고 거대 규모의 영화제가 이미 지역 단위의 소규모 영화제와 연결된다면, 부산은 실로 1년 365일 동안 영화제가 열리는 도시가 된다. 큰 규모의 공공성이 작은 규모의 공공성 그리고 유사한 이웃의 문화공공성과 연계할 수 있다면, 이는 실로 지역문화의 공공적 잠재력이 지역을 넘어서는 국제적으로 뻗어나가는 사례가 될 것이다(김동규)." 하지만 BIFF는 그러질 않았거나, 못했다. 21세기에 접어들면서 바야흐로 세계가 융·복합으로 질주했거늘, 타 분야의 문화 예술들을 끌어들이고 그들과 연계하려고 하질 않았다.

영화의전당도 내 뇌리에는 BIFF의 큰, 아니 치명적 문제점 중 하나로 머물러 있다. 부산의 랜드마크이자 BIFF의 자랑이거늘, 무슨 헛소리요 궤변이냐고? 단적으로 문화가 아니라 부동산 개발 논리에서 입지가 최종 결정되고 강행되어서이다. 그와 관련해선 김호일이 『아시아 영화의 허브 부산국제영화제』 중 「PIFF 패밀리 '두레라움'」 편에 적시하고 있다. 설립 필요성 제기부터 개관에 이르기까지 10년 가까운 긴 세월이 소요되는 등 두레라움 탄생을 에워싼 우여곡절을 상술했는데, 부산시가 1년여 간의 입지 논란 끝에 2004년 4월 30일 해법을 찾았으나, 영화의전당을 해운대구 센텀시티 내에 건립하기로 결정하면서 '최악의 선택'을 했다는 것. "당시 김동호 위원장은 전용관 건립 1안으로 해운대 극동호텔 부지, 2안으로 수영만 요트경기장을 생각하고 있었고 영화제 사람들도 비슷한 입장이었다. 하지만 부산시 공무원들은 지방 산업단지로 개발 중인 센텀시티 분양이 저조하자 영화제 전용관을 그곳에 밀어 넣은 것이다."

분리적으로 바라보면 두레라움은 멋지다고 하지 않을 수 없다. 건축 전문가들이 부러워할 정도로 스펙터클하며 예술적이기까지 하다.

1968년 오스트리아 빈에서 설립된 합동 건축 설계 회사인 '쿱 힘멜브라우'(Coop Himmelb(l)au)의 디자인이 2005년 국제 지명 현상 설계 공모에서 선정돼 기본 설계를, 희림종합건축사사무소가 실시 설계를, 한진중공업이 시공했다. 85m로 한쪽 끝은 고정돼 있으나 또 다른 한쪽 끝은 받쳐지지 않은 상태로 돼 있는 외팔보(Cantilever) 지붕 빅루프는 세계 최장 길이로 2012년 기네스북에 등재됐다. 부산의 랜드마크라고 자랑할 만도 하다.

아지만 개인도 주변인들과의 관계 망 속에서 파악돼야 하는 것처럼 아무리 멋진 건물이라도 주변 환경과의 관련성에서 관찰돼야 한다. 그런 눈으로 바라볼 때 영화의전당은 고립된 섬 같다는 인상을 떨치기 어렵다. 한쪽엔 세계 최대 규모라(고 해 역시 기네스북에 올랐다)는 백화점이, 또 다른 한쪽엔 하늘 높이 치솟은 방송국 건물과 아파트들이 전당을 에워싸고 있다. 문화의 향취를 맛보기란 거의 불가능하다. 그나마 위안이 되는 건, 아파트 건물 등에 연한 수영강과 공원인데 무려 1,600억 원이 넘는 거액을 퍼부었다면서 수영강과 전당을 잇는 언더패스조차 내지 않았다. 이제 와 그 길을 만들려면 수백 억의 예산이 별도로 있어야 한단다. 그 얼마나 상상력 빈곤의 비문화적 발상인가. 출범 때나 그 이후로나 한 동안 BIFF의 최대 강점은, 돈이 아니라 해운대 바다와 남포동의 서민적 시장 등 부산만의 공간(Venue)이었다. 영화의전당이 센텀시티에 들어서면서, 교통적 시설적 편의성이나 청결성 등은 높아졌을지는 모르나, 부산 고유의 장소성은 희석 상실됐다. 섬 같은 고립성도 반드시 풀어야 할 BIFF의 숙제다. 이쯤이면 영화의전당이 문제인 이유가 충분히 제시된 거 아닐까.

BIFF의 문제점들은 BIFF 측에서도 SWOT 분석에 의해 일찌감치 진단 제시한 바 있다. 영화의전당 시대를 맞이하게 될 2011년 5월 내부적으로 공유했던 「부산국제영화제 비전 2020 중 장기 발전계획(안)」을 통해서다. 거기서도 "개최 공간의 분산으로 인한 관객 불편"이 가장 큰 약점으로 지적됐다. 그밖에도 "협찬에 대한 과도한 비중으로 재정 불안정", "참가규모에 미치지 못하는 직항노선, 영어 서비스, 숙박시설 등 인프라 부족", "마켓이 있으나 비교적 늦게 출발한 후발주자", "낮은 재정자립도에 따른 사업추진상의 애로" 등이 약점으로 지적됐다. 위협 요인들로는 "아시아영화를 비롯한 외화수입 시장의 축소 및 한국영화의 수출 정체", "아시아 영화제들의 견제 및 경쟁의 심화", "낮은 수준의 국고지원" 등이 제기됐다.

그 '안'이 작성된 지 6년여의 짧지 않은 시간이 흐른 지금도, 그때 그 약점들 위협들 즉 문제점들은 여전히 유효하다. 해결의 손길을 간절히 기다리고 있다.

3. BIFF의 대안

대안이라? 솔직히 제시하기 쉽지 않다. 여전히 유효하다고 판단되는 만큼 다시 상기 '발전계획(안)'을 빌려보자. 그 안은 국제영화제의 당면과제로 다음을 제시했다. 먼저 "출품 국가의 다변화 및 확대"다. 아시아의 대표 영화제로서 정체성은 유지하면서 장기적으로 출품국을 한층 더 글로벌화하는 것이다. 둘째 "필름마켓의 확대"다. 아시아 영화에 대한 투자 및 제작환경의 새로운 방향을 모색하고, 세계 시장 진출의 교두보로서의 역할을 확대하는 것이다. 그리고 "안정적 재원의 확보"다. 장기적인 관점에서 사단법인인 BIFF를 재단법인화시키고, 한국 영화산업의 견인차로서 공공성을 지닌 영화제로 중앙정부 차원의 지원을 확대할 필요가 있다는 것이다. 대안까지는 아닐지언정, BIFF가 나아가야 할 방향으로 손색없다.

그 안에서 도출된 당면과제들도 주목을 요한다. 우선 강점과 기회를 살릴 수 있는 S-O 전략. 다분히 주관적으로 BIFF의 치명적 문제점 중 하나라고 진단하긴 했으나 영화의 전당을 부산을 넘어 세계적인 랜드마크이자 아시아영화산업의 상징 공간으로 육성한다. 영화제 기간에 한정하지 않고, 한해의 중요한 한국과 아시아 영화를 모두 감상할 수 있는 장을 마련한다. 영화진흥위원회, 영상물등급위원회 등 영상 관련 공공기관과 부산광역시와의 유기적인 공조를 통해 부산의 산업기반에 중추적 역할을 한다. 그리고 전세계 영화 관련 학회와 단체의 연례 학회를 대거 유치하여 권위 있는 글로벌 포럼을 정착시킨다. 이 중 글로벌 포럼 건은, 이용관 이후의 집행부가 연구소를 폐지하기로 전격 결정―하지만 총회에서는 이 문제가 다뤄지지 않았다. 따라서 김동호-강수연 이후의 새 집행부가 연구소 문제를 어떻게 처리할지는 두고봐야한다―하면서, 향후 어떻게 될지는 미지수다. 지난해 비프컨퍼런스와 포럼(BIFF Conference &Forum/BC&F)은 정식으로 열리지 않았으나, 그래도 중국영화포럼 등 기존의 몇몇 학술적 프로그램들은 예년처럼 개최됐다. 하튼 이 S-O 전략은 BIFF의 대안으로서도 큰 모자람 없어 보인다.

강점을 살리고 약점을 보완할 수 있는 S-W 전략도 대안적이긴 마찬가지다. 타당성 여부는 따져봐야겠지만, 센텀시티로 영상관련 산업을 집중시켜 집적화에 따른 아시아의 할리우드로 육성한다. 실현 가능 여부는 불확실하나, 동남권 신공항 등 교통, 물류, 항만 중심 도시를 활용한 필름마켓 거래 활성화의 기반을 마련한다. 국내·외 메이저 관광사등과 연계해 체류형 문화관광 마케팅을 실현시킨다. 축제의 속성상 예산의 완전 자립이야 불가능하겠으나, 그래도 다양한 전략적 수익사업 추진을 통해 재정적 자립 기반을 마련한다.

약점을 보완하고 기회를 살릴 수 있는 W-O 전략도 마찬가지다. 영상 관련 공공기관들이 부산에 들어와 있는 만큼, 대한민국 영상산업 육성을 집중화하고 시너지 효과를 창출한다. 아시아지역 영화제들만의 네트워크 결성 등 강력한 영상문화산업 네트워크를 구축한다. 그동안 역점을 두고 추진해왔던 아시아필름아카데미(AFA), 아시아시네마펀드(ACF) 등 아시아영화산업 지원 프로그램을 확대시킨다. 칸이나 베를린에 비해 상대적으로 저렴한 마켓참가비 등을 활용해 마켓 참여율을 높인다. 수많은 영화제들이 부러워하는, 세계 최고 수준의 열정적 관객을 기반으로 다양한 계층의 영상문화 저변을 확대한다. 마켓 시기, 기간 등을 적절히 조율해 영화제 전 기간에 걸쳐 산업적 비즈니스 분위기를 조성한다. 약점을 보완하고 위협에 대비할 수 있는 W-T 전략도 눈길을 요한다. 전략적인 육성과 지원으로 한국 및 아시아 영화의 세계 진출을 보다 강력하고 지속적으로 지원한다. '아시아영상도시특별법' 등을 추진해 안정적인 지원 기반 구축을 위해 노력한다.

판단컨대 상기 안은 '비전 2020'에 걸맞게 미래지향성을 담보하고 있다. 목하 펼쳐지고 있는 BIFF의 치명적 위기성 등이 문제긴 하나, 이미 실현되고 있는 비전들도 있고 실현이 기대되는 비전들도 있다. BIFF의 대안적 비전과 연관해, "영화라는 장르의 트렌드 변화뿐만 아니라, 영화작가 간의 창작성과 작품성을 가늠하고 대중들에게 영화

를 소개하는 '국제영화제'의 탄생과 발전, 성공요인 등을 분석한"『국
제영화제의 탄생』(박강미 저, 스토리하우스, 2013)도 참고할 만하다.
"영화의 대중화 과정에서 탄생한 국제영화제는 지역과 국가를 넘어
글로벌화 되면서 진화하고 있다. 또한 세계 3대 국제영화제와 아시아
의 주요 국제영화제, 그리고 부산국제영화제가 큰 성공과 더불어 영
화산업을 견인하고 있으며, 작게는 도시와 크게는 국가 경제를 견인
하고 이미지를 제고하는 역할을 하고 있다."

　화학도 출신으로 영화 분야에 뛰어든 저자는 "영화와 국제영화제
에 앞서 '문화의 지역정체성'과 관련한 '문화적 정체성'의 개념을 정
리하고 있다. 특정한 국가나 지역 단위에서 생겨나는 문화와 문화적
내용을 담고 있는 축제는 그 지역의 문화적 정체성을 필연적으로 담
게 된다. 그러나 이러한 축제의 문화정체성은 경제의 세계적 재편과
정이라는 상황을 통해 변화한다. 그것은 로컬 시대에서 글로벌 시대
로의 변화이거나 혹은 글로벌 시대에서 세방화 시대로의 변화이기도
하다. 문화 축제이자 이벤트인 영화제 또한 이러한 시대적 변화에 따
라 성격이 변화함을 알 수 있다." 이렇듯 저자는 국제영화제라면 모름
지기 세방화(Glocalization)로 나아가야 한다고 역설한다.

　이 세방화야 말로 BIFF가 그 동안 간과해온 핵심 방향성이다. 정확
히는 국제영화제로서 '국제성' 즉 세계성(Globality)에 치중하느라 상
대적으로 BIFF의 기반인 부산이라는 지역성(Locality)에 상대적으로
소홀히 해온 것. 작금의 BIFF 사태도 실은 그 여파라고 할 수도 있다.
비록 부산에 위치하고는 있으나 부산(시)에 속한 영화제는 아니며,
따라서 지역이 아니라 국제무대를 중심으로 '놀겠다는' BIFF 사람들
의 비지역적 애티튜드가 별 거 아닌 사소한 일을 감당키 어려운 사태

로까지 비화시킨 감이 없지 않다고 할까.

따라서 김동호와 강수연이 그들의 천명대로 22회 영화제가 끝난 후 퇴진한다면, 새 집행부는 임원진은 말할 것 없고 프로그래머, 스태프, 자원봉사자에 이르기까지 조직 구성부터 세방화에 부응하는 방향으로 나아가야 한다. 지역성과 세계성을 동시에 겸비한 인재들을 발굴해 기용해야 하는 것이 바람직하겠으나 현실적으로 그런 재원들을 확보하기 쉽지 않은바, 지역성과 국제성에 각각 부합하는 인물들을 균형감 있게 뽑아 배치시켜야 한다.

BIFF의 대안으로 위에서 제기한 BIFF의 문제점들을 해결하는 방향으로 가야한다는 건 굳이 강조할 필요가 없을 듯. 마지막으로 박강미가 BIFF의 SWOT 분석에서 진단한 강점과 기회를 옮기면서 이 대안 제시를 마무리 지으련다. 개별적 설득력 여부는 논란의 여지 크나, 대개는 BIFF의 대안으로 모자람 없기 때문이다.

강점 : 부산국제영화제의 아시아적 정체성 확고, 영상도시의 이미지, 강력한 영상산업 육성의지, 우수한 자연환경 및 국제교통망, 할리우드 영화에 대한 대안적 모색, 언론의 관심 및 지원, 한국영화의 수준 향상, 외국에서 주목받는 영화 증가, 영화제 상징화에 성공, 영화 교육장으로서의 기능, 아시아영화계 인재 육성의 지속성….

기회 : 세계 영화시장의 아시아영화에 대한 관심 고조, 영상산업의 고성장 및 디지털화, 한류열풍, 글로벌화 및 국제협력 확대, 후발영화제로서의 이점(벤치마킹 유리), 경쟁 **부문** 미도입

으로 작품 선정, 상영에 유리, 아시아영화의 중심 영화제로
서 위상 확립, 아시아 영화산업과의 연계, 아시아영화제/영
화 관계자 간 인적 네트워크 형성, 얼굴 있는 영화제(전문성
보유), 탈정치화 고수….

IV. 나가며

이 원고를 쓰며, 청탁을 거절하지 않은 내 자신을 적잖이 자책했다.
세상의 모든 글쓰기는 배움의 과정일 터, 끙끙거리며 원고를 써가면
서 부산의 영화 인프라와 부산국제영화제에 대한 내 관점이 시정되
고, 다소는 성숙해짐을 느낄 수 있었다. 그 점에서 이 글을 쓸 수 있음
에 감사하련다. 이 글은 또한, 학자적 논문이 아니라 현장 평론가로서
비평적 에세이를 의도했다고 강변해야겠다.

부산의 영화 인프라에 대해서는 처음이나, 그동안 부산국제영화제
에 대해서는 적잖은 글을 써왔다. 지난 2010년에는 부산에서 발간되
는 계간 『오늘의 문예비평』에 "PIFF를 위한 변명―아시아의 영화제들
속에서 부산국제영화제의 위상"에 대해 쓰기도 했다. 다소 길긴 하나,
그때 썼던 대목들을 여기에 옮기면서 이 글을 마치련다. 영화제에 대
해 흔히들 품곤 하는 몇몇 오해에 관한 것이었다.

두 번째 오해는 프로그래머의 기능에 관한 것이다. 프로그래머의 최
우선적 역할은 물론 적절한 프로그래밍이다. 왕왕 잊혀지곤 하지만, 그
러나 그것이 전부는 아니다. 그 못잖게 중요한, 프로그래머에게 요청되

는 덕목들은 그 외에도 즐비하다. 우선 다양한 나라 다양한 영화 프로
페셔널들과의 깊고 폭 넓은 '관계 망'(Human Network)을 구축해야 하
며, 더 나아가 그 망을 지속적으로 유지해야만 한다. 세간의 우려와는
달리, PIFF가 기대 이상으로 일찍 국제영화제로서 위상을 확립시킬 수
있었던 것도 그 휴먼 네트워크 덕분이었음은 널리 알려진 바다. 김동
호 위원장을 필두로, 전양준 부위원장 겸 월드 영화 프로그래머, 아시
아 영화 담당 김지석 수석 프로그래머 등이 인적 망 구축, 유지에 각별
한 노력을 기울여 온 것이다…….

   마지막 강변. PIFF는 결코 PIFF 조직위원회나 집행부의 것이 아니라
는 것이다. PIFF에 제 아무리 막대한 예산을 준다한들 그것은 부산시청
의 소유도 아니다. 그것은 부산시민 모두의, 나아가 대한민국 전체의
소중한 자산이다. '문화 삼류도시'였다는 부산시를 일약 '문화 일류도
시'로 격상시켰으며, 대한민국이라는 브랜드를 힘껏 제고시킨 국가 재
산! 그것은 그 어떤 위치에 있건 일개 개인이 왈가왈부하거나 쥐락펴
락할 수 없으며, 그래서도 안 되는 우리 모두의 문화 자산인 것이다. 국
회의장마저 인정한 경제 효과[8]는 PIFF의 수두룩한 가치 중 하나일 따
름이다. 유지나 동국대 영화과 교수도 역설했듯 영화제란 것은 "단순
히 영화계만의 일이 아니라 사회, 정치, 문화를 가로지르며 벌어지는
축제이자 현상"이다. "그렇기 때문에 부산영화제 자세히 들여다보기는
지난 10여 년간 한국 사회, 문화의 변화와 추이를 관찰하게 해주는 상
호텍스트적인 관찰을 하며 이 사회를 성찰하게 만들어 주기도"하는 것
이다.

---

8) 김호일, 『아시아 영화의 허브 부산국제영화제』, 자연과 인문, 2009, 9면 참조.

부산의 시 인프라와 시문학제
−축제로서의 시 인프라 방향성과 대중화 방안−

* 정 진 경

Ⅰ. 들어가며

축제는 심리적인 충전을 위한 일탈의 시간이다. 과거 지배자들은 축제를 지배체제를 유지하고, 피지배자의 생산성을 향상하는 수단으로 사용했다. 알튀세르에 의하면 현대사회에서의 축제도 심리적 미래를 지향하는 생산성을 전제로 한다[1]. 하지만 현대사회에서 축제의 이데올로기 전략은 현실적 가치에 따라 좀 더 광범위하게 적용된다. 문화와 휴가, 경제, 관광 등 여러 가치를 동시에 추구하는 문화전략으로서의 기능을 많이 가지고 있다. 축제의 성격이 과거와는 다르게 변화하기는 했지만 축제를 향유하는 주체가 대중이라는 점은 변함이 없다. 그 목적이 통제전략이든 문화전략이든 간에 축제에서 대중의 감

---

1) 존 스토리, 박모 옮김, 『문화연구와 문화이론』, 현실문화연구, 1994, 10~18면 참조.

수성은 아주 중요한 요소라 할 수 있다.

축제의 현실적 가치를 가장 잘 보여주는 것이 지역축제이다. 일반적인 지역축제의 문화전략을 보면 "시 · 공간성, 지역성, 문화성, 제도화, 경제성, 유희성"[2] 등에 중점을 두고 있다. 이러한 요소들은 심리적 억압의 분출과 일상의 일탈을 강조하던 과거와 다르다는 점에서 주목할 필요가 있다. 관광자원으로서의 기능과 연결되어 어떻게 하면 '경제적인 부가가치를 창출할까'에 초점이 맞춰진다. 물질과 정신뿐 아니라, 다양한 가치를 노리는 것이 현대 축제의 한 양상이라 할 수 있다.

문화전략으로서의 축제는 각종 예술 장르의 변화를 가져오고 있다. 문화적인 패러다임은 순수한 혈통을 고집하기보다는 장르와 장르 간의 융합이나 과거와 현대를 접목하는 등 하이브리드 현상으로 나아가고 있다. 시대의 가치관이나 대중의 감수성을 반영하는 추세로 나아가고 있다.

하지만 주로 문학제나 문학상의 양상으로 이루어지는 시 장르의 축제는 많이 변화하지 않고 있다. 문학제는 대개 한 작가의 작품세계와 문학정신을 기리고, 그것을 통해 문학적 소통과 발전의 토대로 삼는다는 점에서 의미가 있지만 문학제에서 주로 하는 문학상, 세미나, 백일장, 시화전 등 핵심적인 구성은 이 행사가 대중이 아닌 작가들의 축제임을 알게 한다. 특히 작가에게 상을 수여하는 행사를 하는 문학상은 더욱 작가 중심의 축제라 할 수 있다. 문학제는 대중의 호응을 많

---

2) 안성혜, 「지역문화축제 활성화를 위한 전략적 기획 방안 모색」, 『한국콘텐츠학회논문지』 제8-12호, 한국콘텐츠학회, 2008, 170면.

이 얻는 다른 장르와는 달리 사회변화에 따른 문화적 패러다임을 반영하는 속도가 늦다고 할 수 있다. 그런 만큼 문학제에서 대중이 중심이 되고, 그들의 감수성이 반영되는 시 인프라가 좀 더 많이 형성되어야 할 필요성이 있다.

그래서 이 논문은 시문학제가 장르 발전을 촉진하면서도 작가와 대중이 함께 소통, 향유할 수 있는 문학축제로서의 시 인프라 방향성과 대중화 방안을 찾아보는 것을 목적으로 한다. 이런 맥락에서 현재 부산지역의 문학제에서의 시 인프라 현황과 한계를 알아보고, 그에 따른 시문학축제의 방향성과 방안을 제시해 보도록 할 것이다.

Ⅱ. 부산지역 문학제의 시 인프라 현황과 한계

'시 인프라'는 시의 창작, 유통, 소비, 향유 등을 위한 시설과 제도를 의미[3]한다. 시의 창작과 유통, 소비를 위한 제도적 차원의 시 인프라는 문화예술을 지원하는 한국문화예술위원회와 부산시와 부산문화재단을 통해 주로 이루어지고 있다. 이들 단체의 지원으로 개인 창작과 더불어 시집 발간, 출판의 활성화가 이루어지고 있다. 이 외에도 문학관과 문학상 지원 그리고 문학단체와 출판사, 도서관과 복지관 등 제도적인 차원에서는 시의 생산에서 소비까지 어느 정도 시 인프라가 구축이 되어 있어 시의 발전과 저변 확대에 기여[4]를 하고 있다.

---

3) 강연호, 「문학창작 강좌의 확산과 지역 문화 인프라의 기반」, 『인문학 연구』 제6호, 원광대학교인문학연구소, 2005, 5~6면 참조.
4) 부산문화재단 http://www.bscf.or.kr/ 참조. 창작 지원 사업: 기초예술 지원의 분

그런데 문제는 이러한 제도적 지원이 주로 작가를 중심으로 많이 이루어진다는 점이다. 현재 부산에서 열리는 대표적인 문학제와 문학상 중 시 인프라가 구축되어 있는 것은 '요산문학축전', '한국해양문학제', '국제 문학제', '이주홍문학축전', '김민부 문학상', '최계락 문학상' 등이라 할 수 있다. 이들 문학제와 문학상은 원론적으로 지역문학을 활성화하고, 문학의 저변확대를 꾀한다는 점에서 긍정적인 평가를 받고 있다. 하지만 '시 장르 정체성을 가진 문학제가 있느냐' 하는 물음과 '작가와 대중이 함께 향유할 수 있는 시 인프라가 제대로 구축이 되어 있느냐' 하는 물음에는 뭔가 미진한 부분이 많다.

2016년에 개최된 문학제의 팸플릿에 나와 있는 프로그램[5]을 통해 이러한 문제를 알아보기로 하자.

문학제	중심 주체	주관 기관	프로그램 내용
요산 문학축전	소설가	(사) 요산기념사업회 주최 (사) 한국작가회의 부산지회 주관	요산고유제, 요산문학상(소설), 요산 창작지원금수여(시, 소설), 요산독후감토론대회, 요산문학기행, 요산 김정한 백일장, 요산을 찾아, 부산문학을 찾아 인증샷, 임수생시인 추모 콘서트, 심포지엄, 사화집 등.
한국해양 문학제	해양문학 지역성	부산문인협회 한국해양문학회 운영위원	해양문학 공모(시, 소설, 수필), 해양문학 심포지엄, 해양문학의 밤, 시극, 시낭송, 시 퍼포먼스 등.

야, 문화예술분야 연구창작 활동지원, 부산원로예술가 창작지원, 창작공간의 제공 등.지역출판 지원과 소비의 활성화: 지역 출판사 우수도서 선정, 지역 내 작은 도서관에 지원, 창작지원 사업의 시집 출간 등.

5) 요산문학관 http://www.yosan.co.kr/부산광역시 문인협회 http://www.blo.co.kr/ 이주홍문학관 http://www.leejuhong.com/

| 부산국제
문학제 | 국제성 | 부산문인협회 | 다문화시낭송대회, 주제강연, 국제문학심포지움, 한국작가초청강연, 국제시낭송대회 등. |
| 이주홍
문학축전 | 소설
아동문학 | (사) 이주홍문학
재단 | 문학상, 어린이 백일장, 시낭송, 문학기행 등 |

부산지역에서 개최되는 문학제는 주체와 상관없이 장르 혼합형 인프라로 구축되어 있다. 한 장르로 특화되지 않고, 여러 장르로 동시에 행사 프로그램을 구성하는 것은 문학정신의 확장과 많은 문학인이 함께 축제를 즐긴다는 좋은 취지를 가지고 있다. 또한 문학 간 장르 혼합형 인프라는 융합의 시대에 바람직한 한 방향성이라고도 할 수 있다. 하지만 한정된 예산으로 장르 혼합형 문학제를 개최한다고 할 때 전 장르가 발전적일 수는 없다는 한계가 있다. 이는 곧 특성화된 문학제로서의 취약성을 가지고 있다는 것을 의미한다. 특히 문학제에서 비주체로 참여하는 시 장르는 더욱 그런 환경에 처해 있다고 할 수 있다.

'요산문학축전'은 소설가 김정한의 문학정신을 기리지만 시 행사를 같이 하고 있다. '요산문학축전'은 요산이 부산 출신이고, 소설의 무대가 주로 부산인 만큼 지역적 특성을 잘 알리고, 지역문학의 활성화를 기한다는 점에 아주 좋은 축제이다. 하지만 시 인프라의 관점에서 보면 '요산문학축전'의 시 프로그램은 개성적이지 않다. 소설가 김정한의 문학정신을 기리는 만큼 행사의 구성 요소가 소설 장르를 중심으로 짜여 있다. 요산문학상은 소설가에게만 주고 있으며, 요산의 묘소 참배인 고유제, 문학기행, 부산문학을 찾아서 인증샷 등 거의 모든 행사들이 요산의 소설적 행적을 중심으로 구성되어 있다. 그나마 하고 있는 창작지원금 수여, 백일장, 시화전, 시낭송, 사화집 발간 등은 시인이나 시독자에게 고무적이라 할 수 있으나, 시적 특성화나 대중화로 나아가지 못한다는 한계를 가지고 있다. 여러 장르의 행사를 동시에 하는 것은 좋지만 한정된 예산으로 여러 프로그램을 짜다보면 가장 기본적인 행사만을 할 수밖에 없다.

또한 '해양문학'과 '지역성'을 주체로 하는 '한국해양문학제' 도 장르 혼합형 행사로 구성되어 있다. 부산시와 부산문인협회가 개최하는 이 문학제는 한국의 해양문학을 활성화하고, 부산의 지역적 특성과 문화적 지평을 넓히자는 취지로 구성되어 있다. 소설, 수필, 시 등의 해양문학 공모는 지역의 공간적 정체성을 알리는 홍보뿐 아니라, 개성적인 장르 정체성을 발전시킨다는 점에서 특성화된 지역 문학제라 할 수 있다. 그리고 국제성을 주체로 하는 '국제문학제' 또한 장르 혼합형 행사를 하고 있는데 여러 행사에 외국인 작가와 외국인 대중이 참여한다는 점에서 특화된 문학제라 할 수 있다. 이 두 문학제는 '문학의 개성화'에 기여한다는 점에서 좋은 방향으로 나아간다 할 수 있으나 이 또한 작가 중심의 행사에 치중해 있다는 점에서 한계를 갖고 있다.

그리고 '이주홍문학축전'은 작가들에게 각 장르의 상을 시상하는 문학상에 가깝다. '문학축전'이라는 이름과는 달리 행사 구성이 문학상, 문학기행, 어린이 백일장 등으로 구성되어 있는 것을 보면 알 수 있다. 부산지역은 문학상도 대부분 장르 혼합형이다. 아동문학가인 이주홍을 주체로 하는 문학상은 아동문학, 시, 소설, 문학평론, 문학연구, 희곡 등 전 장르를 대상으로 한 혼합형이고, 김민부나 최계락이 시를 잠시 썼다고는 하지만 한국시사에서 그들의 평가는 시조나 아동문학에서 더 비중있게 다룬다.

상황이 이렇다보니 부산지역 문학제나 문학상에서 개성적인 시 장르로 구축되어 있는 시 인프라가 전반적으로 약하고 대중은 배제되어 있다. 시라는 장르의 특성으로 인해 창작자 중심의 시 인프라가 많이 구축될 수밖에 없지만 대중을 외면하면 시는 시인들만의 고급 취미생활로 남을 수밖에 없다. 부산지역의 문학제는 지역시를 활성화하고, 정체성을 확립하려고 노력한다는 점에는 고무적이긴 하지만 개성적인 시 장르의 특성화나 대중적인 공감을 얻지는 못한다는 한계를 가지고 있다. 그런 점에서 축제로서의 문학제로 발전할 수 있는 개성적인 시 인프라와 프로그램의 대중화 방안을 마련할 필요가 있다.

Ⅲ. 문학축제로서의 시 인프라 방향성과 대중화 방안

문학제가 대중과 향유하는 축제가 되려면 "일방적, 정태적, 구연하는 문학, 관람중심적, 단성적(單聲的), 결정적, 생산자 중심"의 행사에서 "대화적, 역동적, 재창조하는 문학, 참여중심적, 다성적(多聲的), 구성적, 향유자 중심"[6]으로 바꾸어야 가능하다. 이런 관점에서 볼 때 부산지역 문학제는 전자에 속하기 때문에 축제로서의 기능이 많이 약하다. 경우에 따라서는 창작자 중심의 문학행사가 필요하지만 문학제만큼은 대중이 공감하고, 참여할 수 있는 방향으로 나아가야 작가와

---

6) 정지훈, 「문학축제의 미학-'블룸스데이'와 '김유정문학제'의 비교고찰」, 『동서비교문학저널』제30호, 동서비교문학회, 2014. 6, 259면 참조.

대중이 상호 소통하면서 문학을 발전시킬 수 있는 방향으로 나아갈 수 있다. 현재의 문화적 패러다임이 대중에 의해 주도되고 확산, 발전된다는 점을 문학제 주최 측은 간과해서는 안 된다. 문학제나 각종 문학행사에서 대중의 낮은 참여율은 이미 그것을 말해준다. 백일장이나 문학기행 이외의 관람 위주의 행사들은 거의 대중이 없는 작가들만의 행사라 해도 과언이 아닐 것이다. 사회의 변화로 대중의 문화적인 패러다임이 변화하고 있는데, 시문학제의 기획 의식은 변화하지 않고 있는 것이다. 부산지역 문학제가 시를 매개로 대중과 소통하고, 발전을 위한 계기를 마련하기 위해서는 대중과 함께 향유하는 능동적인 문학제로 변화할 필요성이 있다. 그래서 이 장은 시 장르 정체성을 가진 문학제의 필요성과 그에 따른 시문학제로서의 방향성을 다른 지역 문학제와 비교하면서 논의해 볼 것이다.

1. 시 장르 정체성을 가진 문학제 필요

부산지역에는 시 장르의 정체성을 가진 문학제가 없기 때문에 이를 신설할 필요가 있다. 문학제의 장르 간 혼합 인프라가 좋은 기능을 하는 것은 사실이지만 시 장르의 관점에서는 시가 비주체이기 때문에 시적 정체성과 개성화를 꾀하는 데에 어려움이 있다. 문학제에서 비주체라는 시의 위치는 적은 수의 행사와 적은 예산으로 연결될 수밖에 없다.

이러한 측면은 다른 지역 시문학제의 행사 구성이나 예산을 보면 확연히 알 수 있다.

2016년 각종 문학제 행사 프로그램[7]

다른 지역 문학제	행사 내용	부산지역 문학제	행사 내용
미당 문학제 및 질마재 문화축제	시낭송공연, 국화길걷기, 달집소원 달기 등 체험행사, 먹거리장터, 풍물 장터 운영, 민속놀이, 지역예술단체 공연, 문학콘서트, 미당백일장, 시화 전시회, 미당시댓글달기 등.	요산문학 축전	요산창작지원금 수여, 요산백일 장, 사화집, 임 수생 추모콘서 트 등.
오장환 문학제	초중학생 백일장, 시그림그리기, 생 가 작은음악회, 시노래 어린이합창 경연대회, 학술세미나, 오장환시인 다큐영상 상영, 문학상 및 신인문학 상, 문학제(시낭송 · 시노래 등).	한국해양 문학제	해양문학 공모, 해양문학의 밤 부대행사(시극, 시낭송, 시 퍼포 먼스 등).
김달진 문학제	동화구연대회, 문학심포지움, 문학 상 시상식, 오페라단 칼라 콘서트, 뮤 직컴퍼니오케스트라 연주, 김달진 생가와 문학관 방문, 세계문학 특강, 국제시낭송콘서트, 시화전 등.	부산국제 문학제	다문화시낭송대 회, 국제시낭송 대회, 시인초청 등.
옥천 지용제	길거리 퍼포먼스, 시끌벅적 지푸라 기 놀이터문학상, 지용신인문학상, 전국지용백일장, 문학포럼, 문학기 행, 가족시낭송대회, 전국시낭송대 회, 시화전, 詩끌 BOOK 적한 향수체 험, 옥천 지용 창작가요제, 전국정지 용 청소년 문학상공모, 문화마당축 제, 옥천짝짝꿍 전국동요제, 학생 그 림 그리기, 군민 한마음 노래자랑 &	이주홍 문학축전	문학상

7) 김달진문학제 www.daljin.or.kr/bbs/zboard.php?id=notice&no=136
미당문학제 및 질마재 문화축제 korean.visitkorea.or.kr/kor/inut/where/festival...
오장환문학관 janghwan.boeun.go.kr
옥천 지용제 www.okcc.or.kr/gy-festival/ 부산지역 문학제, 앞의 사이트 참조.

옥천 지용제	향수 콘서트, 詩등 점등식, 불꽃놀이, 7080 향수음악다방 운영, 카페프란 스 운영, 타유 ~ 국제트랙터 마차, 정 다운 고향이발소 운영,고향 골목길 자전거 투어 등등.	이주홍 문학축전	문학상

도표는 전국적인 인지도가 있는 몇몇 시문학제와 부산지역 문학제
의 시 행사 구성을 정리해 놓은 것이다. 다른 지역 시문학제의 행사
구성을 보면 부산지역 문학제의 행사 구성이 얼마나 빈약한가를 알
수 있다. 행사 내용을 보면 부산지역 문학제는 작가 중심의 문학상,
백일장, 시화전, 시낭송, 사화집 등으로 구성되어 있는 반면 다른 지
역 문학제는 기본 구성 외에도 좀 더 대중을 위한 다양하고 흥미로운
행사로 구성되어 있다.(프로그램 구체적인 분석은 3절에서 언급) 다
른 지역 문학제에서는 시대의 변화에 호응하거나, 대중의 가치관을
반영하여, 대중과 함께 소통하고, 향유할 수 있는 프로그램을 확대해
나가고 있다는 것을 알 수 있다.

부산지역 시 인프라의 빈약은 무엇보다 부산지역 문학제에서 시가
주체가 아니라는 데에 있다. 전국 시인과 대중이 관심을 갖고 있어 인
지도가 있는 '미당문학제 및 질마재문화축제', '오장환문학제', '김달
진문학제', '지용제' 등은 문학제의 주체가 한국시사에서 중요하게 언
급되는 시인들이다. 시인들 출생지와 활동지역, 그들이 창작한 작품
과 시세계 등은 문학제의 시적 미학과 정체성을 결정하는 요인이 된
다. 한 예로 가람 이병기문학제가 리얼리티와 모더니티의 정체성을
가지고 있으며[8] 진해에서 개최되는 '김달진문학제' 또한 '한국 서정

---

8) 김동인, 「실감과 실정 그리고 리얼리티와 모더니티-2012년 가람 시조 문학제」,

시의 메카'라는 지역 문학제 정체성을 확실히 갖고 있으면서 지역과 중앙을 다층적으로 아우르고 있다.[9] 지명도가 있는 시인은 대표성을 가지고 지역을 홍보하는 데에 기여하면서 관광효과나 경제효과를 유발하기 때문에 지자체와 공공기관의 제도적 지원으로 자연스럽게 연결될 가능성이 많다.[10] 지자체와 공공기관, 각종 문화재단의 지원은 문학제 예산으로 연결되고, 예산의 규모는 행사의 규모와 프로그램의 다양성으로 이어질 수밖에 없다.

그런데 부산지역 문학제는 시 문학제가 없을 뿐더러, 문학제의 예산 또한 다른 지역에 비해 많이 부족하다. 다른 지역의 문학제와 부산지역 문학제의 예산[11]이 현격하게 차이가 난다는 것을 아래 도표를 보면 알 수 있다.

다른 지역 문학제	2016년 예산	부산지역 문학제	2016년 예산
옥천지용제	360,000,000	국제문학제	45,000,000
미당문학제 및 질마재문화축제	36,000,000	요산문학축전	27,000,000
오장환문학제	70,000,000	한국해양문학제	53,100,000
김달진문학제	100,000,000	이주홍문학축전	27,000,000

『시조시학』, 제45호, 고요아침, 2012, 126면 참조.

9) 이정모, 「한국 서정시의 메카, 진해」, 『서정시학』제12-3호, 서정시학, 2002, 192면 참조.

10) 지자체의 관심으로 문학제를 서로 유치하려고 하는 데도 있다. 유치환 문학관은 통영시와 거제시 둔덕면 방하리에도 있는데 유치환의 출생지인 거제와 4살 때부터 살았던 통영은 서로 자기 고향을 대표하는 시인이라고 주장을 한다.

11) 각 문학제 담당자 전화 설문 조사.

지방자치단체로부터 예산이 가장 많이 지원되는 문학제는 '옥천지용제'로 360,000,000이다. 예산의 규모만큼이나 행사 구성이 많고 다양하다. '오장환문학제'는 70,000,000 '미당문학제'는 다른 문학제보다는 다소 적은 36,000,000을 지원받지만 '질마재문화축제'와 융합 형태로 하면서 축제로서의 행사 다양성과 홍보의 시너지 효과를 높이고 있다. 그리고 부산지역 인근에서 개최되고 있는 진해의 '김달진 문학제' 예산만 해도 100,000,000이다. 부산보다 작은 단위의 지역인데도 시의 개성화와 지역의 특성화를 위해서 많은 금액을 지원받고 있다.

부산지역에서 어느 정도 지원을 받는 문학제는 '요산문학축전'과 '한국해양문학제', '국제문학제', '이주홍문학축전'이라 할 수 있다.[12] 다른 지역 시문학제에 비해 적은 금액인데도 부산지역 문학제의 2016년 예산은 2015년도 예산에서 전체적으로 10% 삭감이 되어 지원되었다. 문학제의 장르 혼합 인프라와 적은 예산은 문학제가 대중에게 능동적일 수 없는 원인이라 할 수 있다. 부산지역 시문학제의 한계를 극복하기 위해서는 대표성을 가진 부산 시인의 발굴과 더불어 예산 지원의 증액이 절실하다고 할 수 있다.

그런 점에서 조향 시인의 시세계와 문학정신을 기리는 문학제를 만드는 것도 한 대안이 될 것이다. 초현실주의 시인인 조향은 진주에서 출생했지만 생의 많은 시간을 부산에서 보낸 시인이다. 1947년 서정주의 후임으로 동아대학교의 시간강사가 된 그는 1966년 동아대학교

---

12) 김민부 문학제 운영위원회 cafe.daum.net/kimminboo
시인 최계락 홈페이지 http://www.grchoi.com/
최계락 문학상'과 '김민부 문학상'은 뜻 있는 사람들이 기부금을 모아 자체적으로 그 명맥을 이어나가고 있다.

를 퇴임할 때까지 부산에서 시를 쓰고 활동을 하였다. 그가 한국전쟁 때 부산에서 '후반기' 운동을 계속했다는 사실은 부산을 대표하는 시인으로서 손색이 없음을 말해준다. 그리고 요즘 부산에서 모더니즘 시잡지인『시와 사상』이 약진하고 있으며, 조말선, 김언, 김참 등 초현실주의시와 모더니즘시를 쓰는 시인들이 많다는 점에서 조향을 주축으로 하는 모더니티 정체성을 가진 시 장르의 문학제를 만드는 문제를 한번 고려해 볼 만하다. 시문학제의 활성화 방안은 부산시인의 의지가 있어도 예산 확보 없이는 어려운 일이다. 그러기 위해서는 시인들과 문학단체, 부산문화재단과 부산시가 이 문제에 대해 다함께 인식을 하고 노력을 해서 방안을 찾아야 할 것이다.

2. 대중 중심의 시문학축제로 변화

시의 대중화를 위해서 문학제가 이제 대중의 관점에 기획되고 행해지는 문학축제의 양상으로 변화되어야 한다. 그런데 부산지역 문학제는 축제 기능이 약한 작가 중심의 행사를 하고 있다. 대중의 관점에서 행사를 기획하기보다는 작가의 작품을 전시 혹은 낭송하거나 심포지엄이나 세미나를 개최해 놓고 관람하거나 방청을 해라는 식이다. 시를 소통하고, 향유하는 방식이나 관점이 독자나 대중이 아니라 작가의 필요성에 맞춰져 있다. 그러다보니 문학제는 '작가에 의한 작가를 위한 축제'가 되고 있다. 시문학제가 작가와 대중이 함께 소통하고, 향유하는 능동적인 문학축제가 되기 위해서는 그동안 해왔던 문학제의 형태가 먼저 변화해야 된다. 기본 행사의 방향성이나 내용이 대중이 많이 참여할 수 있는 방식으로 변화하고 다양성을 꾀하여야 할 것이다.

문학축제는 "생산자와 소비자 모두에게 동시대의 생활, 문화, 환경 등 경험한 것들이 중요하게 작용"[13] 할 때 소통이 되고 의미를 갖는다. 그런 점에서 '시'라는 코드 하나만으로 작가와 대중이 소통하기에는 그 범위가 너무 협소하다. 시에 관심이 있거나 미래의 잠재적인 창작자 이외에는 문학제에 관심을 가지지 않아 시의 저변확대나 장르적 발전을 기대 할 수 없다. 이런 문제가 아니더라도 예술 장르에서 시는 대중과의 거리가 멀다. 시문학제가 시인과 대중이 함께 소통하는 문학축제가 되기 위해서는 그동안 해왔던 방식의 틀에서 벗어나 좀 더 능동적으로 대중 속으로 들어가야 한다. 대중의 흥미를 유발해야 대중이 관심을 갖게 되고, 그들이 관심을 가져야 시가 발전하기 때문에 이미 흥미로운 축제로 인식되어 있는 지역축제와의 융합은 부산지역 문학제의 한계를 극복할 수 있는 한 가지 대안이 될 수 있다.

문학제와 지역축제의 융합은 시 정신을 기린다는 문학 고유의 기능을 살리면서 지역문학의 특성화로 나아간다는 장점이 있다. 지역성은 지역문학의 정체성 확립과 시인의 시세계와 문학정신의 계승하기 위해서는 결코 외면 할 수 없는 요소이다. 특히 시적 담론으로 언급되는 지역적 특성은 대중에게 "사회적 관계 속에서 일상생활을 영위하는 삶의 터전이며, 개인이나 집단의 정체성을 제공하는 사회 문화적인 장소"[14]이자, 정신적인 장소이다. 또한 "지역에 대한 자긍심과 공동체 의식을 높여 지역적 정체성 확립과 더불어 시적 수준을 높일 수 있는

---

13) 이정모, 앞의 논문, 255면 참조.
14) 최병두, 『근대적 공간의 한계』, 삼인, 2002, 137면.

요소"[15]라 할 수 있다.

이러한 특성을 잘 살린 문학제의 예가 '미당문학제 및 질마재문화축제' 라 할 수 있다. 고창의 질마재는 미당 서정주의 고향인 동시에 작품의 무대가 된 장소이다. 서정주의 시인정신을 대중에게 널리 알리고, 함께 향유하기 위해서 그가 시적 소재로 삼은 질마재라는 장소를 축제의 장으로 공간화하였다. 문학제와 지역축제가 함께 어우러진 미당문학제의 방식은 시가 대중에게 가까이 다가감으로써 자연스럽게 대중과 함께 할 수 있는 계기를 만들어낸다. 사람과 작품 양면 모두에서 질마재는 고창지역문학제의 대표성을 가진 장소로 인식되고 있다. 질마재라는 지역적 공간의 특수성 속에 시적 요소와 지역적 요소가 융합을 하고 있다.

그리고 '옥천지용제'는 외연적으로 지역축제와 융합을 하지는 않았지만 시인 정지용의 작품에 나오는 지역적 소재와 고향을 잘 활용하여 축제화하고 있다. 행사 프로그램을 시인이 아니라 대중이 흥미를 가질 수 있는 체험이나 놀이로 변환하여 참여하도록 유도하고 있다. 시인의 작품 속 소재나 내용이 축제의 공간 속에 재현되어 대중과 소통을 한다는 점에서 기존의 문학제보다는 문학축제로서의 기능이 강화되었다고 할 수 있다.

부산지역에서도 문학제와 지역축제를 융합한 것은 있다. '한국해양문학제'와 '부산바다축제'이다. 문학제와 축제의 융합은 문학제를 문학축제로 바꾸려는 시도를 했다는 점에서 바람직한 방향성을 가지고 있다. 하지만 이 행사 또한 핵심이 전 장르의 공모전으로, 대중의 소

---

15) 인성혜, 앞의 논문, 170면.

통과 향유의 측면에서는 미진한 점이 많다. 시상자의 수상이 축제 현장의 대중 속에서 이루어지는 게 아니라 문학인들만 모인 자리에서 이루어진다. 결국 잠재된 문학창작자를 중심으로 행사를 한다는 점에서 대중과는 거리가 멀다. 어쨌든 '한국해양문학제'는 '해양'이라는 지역적 장소 특성과 '해양문학'이라는 개성적인 문학의 생산을 촉구하고, 저변확대를 하고 있다는 점에서 나름대로 개성적인 정체성을 가진 문학제이며 발전할 가능성이 있다. 그렇지만 이 또한 시가 주체가 되는 문학제가 아닌 만큼 시문학제로 특성화하는 데에 한계가 있다고 할 수 있다.

현재 부산에서 행해지고 있는 축제 중 역사성과 장소성을 동시에 가지고 있는 축제가 '동래읍성 역사축제'(2016. 10. 07.~2016. 10. 09.)와 '영도다리축제' (2016. 09. 02.~2016. 09. 04.)' 등이라 할 수 있다. 동래 읍성은 임진왜란 등과 관련되어 있는 역사적 장소로 많은 역사적 인물과도 관련이 있다. 그리고 영도다리는 6 · 25와 부산의 근대사와 맞물려 있는 역사적 장소이다. 지역적 특성에는 장소성 뿐만 아니라, 역사와 문화, 인물, 관습 등 다른 지역과 변별되는 많은 요소들이 있다. 이런 특성들은 지역축제에서 많이 활용되고 있지만 문학제에서는 거의 활용되지 않고 있다. 부산지역 시문학제에서는 향토적 지명이나 역사, 그리고 인물 등을 활용할 필요가 있다. 이런 것들을 활용해서 대중과 소통할 수 있는 행사 프로그램의 개발도 필요하다.

현재 부산지역 시문학제에서 지역적 특성이라 할 수 있는 것은 지역 출신 작가들의 문학정신을 기린다는 것 외에는 특별한 프로그램이 없다. 그 대표적인 예가 문학제에서 하는 각종 행사의 주제를 지역화하는 것이다. 심포지엄의 주제를 지역문학의 현안 문제나 전망을 다루거나, 시인들의 시화전이나 사화집을 부산을 소재로 하는 시를 대상으로 하는 점 등은 지역시의 정체성을 확립하고, 개성화하는데 기여한다고 할 수 있다.

하지만 지역시의 정체성 확립과 개성화에 대중은 배제되어 있다. 때문에 대중이 지역성에 관심을 갖고, 그에 관한 시를 읽고, 향유하게 하는 것은 문학제를 개최하는 주최 측의 몫이다. 그런 맥락에서 백일장의 시제나 공모를 지역적 장소나 인물[16] 역사, 관습 등으로 하는 것도 한 방안이 될 것이다. 그렇게 한다면 시 독자는 지역성에 관심을 가질 것이고 이로 인해 지역적 정체성이 높아질 뿐 아니라, 지역시의 개성화로 나아갈 것이다.

개성적인 지역성은 경제적·문화적 차원에서 부산 사람들의 정신적 인식의 기반이기도 하지만 세계화의 토대가 된다. 그런데 지역적 개성과 정체성을 살리는 문화콘텐츠나 인프라는 주로 지역 경제를 활성화 할 수 있는 축제나 관광 자원에 치중해[17] 있다. 물질적 기능의 치중은 예술 장르, 특히 시 장르를 개성화하는 데에 많은 어려움이 있다. 그렇다고 하더라도 시인들이 지역적 소재를 경원시한다면 개성적인 지역시의 발전은 더 이상 없을 것이다. 가장 지역적인 것이 가장 세계적인 것으로 통하는 시대이다. 한류가 세계적으로 확산되는 것은 한국적 요소와 21세기의 경제, 문화 등의 여러 가치관이 융합되어 나타난 현상이다. 지역성 특성을 시의 개성화로 이어가는 시 인프라를

---

16) 양산시가 지역을 빛낸 인물을 대상으로 스토리텔링 소설을 공모하는 것을 한 사례로 삼을 수 있다.

17) 강연호, 「디지털 시대, 지역문화콘텐트 개발의 의미와 방향」, 『이야기문화연구소 창립 기념 심포지움 발표문』, 이야기문화연구소, 2011, 277면 참조.

모색해야 할 것이다.

3. 시적 소통을 위한 디지털 프로그램 개발

 장르의 특성 상 시는 대중성이 약하다. 대중성이 약하다는 말은 대중의 가치관이 반영되어 있지 않고, 흥미로운 요소가 별로 없어 소통이 잘 되지 않는다는 말이기도 하다. 가다머는 축제가 사회구성원의 모두를 위한 것으로, 특정 계층의 것은 아니라고 한다.[18] 대중을 외면하고, 창작자의 특권의식으로 개최되는 문학제는 진정한 축제의 의미를 지니지 못한다. 특히 문학축제는 작가, 작품, 독자(대중) 그리고 기획자의 미의식과 상관관계를 가지고 있다. 시 작품에 구현된 시인정신은 행사의 프로그램을 통해 미적 가치가 반영되는데 대중이 공감할 때 소통이 된다. 그들은 작가와 정신적 교류를 하는 공동유희를 위한 존재이면서 축제를 통해 자신의 정체성을 실현하는 존재가 된다. 문학축제는 대중의 공동체적인 소통 욕구가 출발이 되며 그들이 자신의 자유와 개성을 향유할 때 축제다운 모습을 띠게 된다. 축제는 사람의 개성과 자아를 표출하는 장소[19]이기 때문에 작가나 대중 모두 일상의 지위나 규칙을 버리고 소통을 해야 한다. 문학제를 주관하는 측은 일상적 문학지위와 규칙을 버리고 접근해야 새로운 방안을 찾을 수 있을 것이다.
 아날로그적인 시의 내용이 흥미롭지 않다면 시대의 가치관에 맞는

---

18) 정지훈, 앞의 논문, 256~257면 참조.
19) 위의 논문, 260면 참조.

형식적 흥미로움을 통해서 대중에게 접근하게 하는 방식도 한 방안이 될 것이다. 그렇다면 요즘 대중이 가장 관심을 갖고 있고, 흥미로워하는 형식은 무엇일까? 그것은 아마도 디지털화된 프로그램일 것이다. 그런 점에서 인터넷이나 스마트폰을 활용한 다양한 디지털 프로그램을 활용하면 좋을 것이다. 21세기 대중의 시선은 아날로그적인 텍스트에 머물러 있지 않다. 물론 시 또한 시인들의 개별 작품에서 그리고 발표지면의 웹화를 통해서 이러한 시대적 패러다임을 반영하고 있지만 문학제 프로그램은 여전히 아날로그적이다.

　다른 지역에서 한 '2016년 각종 시문학제 행사 프로그램'[20]을 참조하여 행사 프로그램의 특징과 방향성을 한번 알아보자.

　다른 지역 시문학제는 부산지역 시문학제보다는 시대의 패러다임을 반영한 다양한 프로그램을 개발하여 활용하고 있다. '미당문학제 및 질마재문화축제'의 시낭송공연, 미당시 댓글달기, 그리고 '오장환 문학제'의 시그림 그리기, 시 노래 합창 경연대회, 다큐 상영, '김달진문학제'의 국제시낭송콘서트, '지용제'의 가족시낭송대회, 전국시낭송대회, 길거리 퍼포먼스, 시끌벅적 지푸라기 놀이터문학상, 詩끌BOOK 적한 향수체험, 옥천 지용 창작가요제, 옥천짝짝꿍 전국동요제, 학생 그림 그리기, 군민 한마음 노래자랑 &향수 콘서트, 詩등 점등식, 불꽃놀이, 7080 향수음악다방 운영, 카페프란스 운영, 타유 ~ 국제트랙터 마차, 정다운 고향이발소 운영, 고향 골목길 자전거 투어" 등은 시인이 아니라 대중의 관점과 가치관을 반영하여 만든 프로그램들이다.

---

20) 2016년 각종 문학제 행사 프로그램, 앞의 도표 참조.

특히 주목할 프로그램은 온라인 글쓰기 방식을 활용한 미당시댓글 달기, 시와 그림을 융합한 시그림 그리기, 시와 음악을 융합한 시 노래 합창 경연대회, 온 가족의 참여를 유도하는 가족시낭송대회 그리고 정지용 작품의 소재를 지역축제화 한 행사들이다. 이 행사들은 시와 시인을 주체로 하면서도 대중이 즐길 수 있는 흥밋거리를 제공한다. 또한 융합적 사고와 더불어 자기계발을 중시하고, 가족주의를 지향하는 시대적 가치관이 반영되어 있다.

시대적 가치관과 대중의 감수성을 반영한 행사 프로그램은 대중이 스스로 문학제의 참여를 적극적으로 하게 되는 계기가 된다. 시가 가지지 못한 유희적 요소를 다른 장르와 융합을 통해서 극복하여, 시적 미학과 시인정신을 대중과 향유하고, 소통하는 계기로 삼는다. 문학제가 대중에게 만들어주는 능동성은 독자의 저변확대와 시 장르 발전의 계기가 된다.

다른 지역 문학제 행사 구성의 실례들은 다양한 프로그램 개발의 필요성을 보여준다. 하지만 이런 프로그램 또한 대중이 문학제의 현장으로 와야만 가능하다는 불편한 점이 있다. 물론 정보는 각종 문학의 홈페이지나 언론의 기사를 통해 얻겠지만 현장에 올 수 없는 사람은 문학제에 참여할 수가 없다. 특히 시에 대해 관심이 없는 젊은 층에게 시를 알리고 관심을 갖도록 유도하기 위해서는 그들이 시선을 집중하고 있는 인터넷이나 스마트폰을 적극 활용하는 방안을 찾아볼 필요가 있다.

그것의 한 방안으로 모바일 인터넷 공모를 활용하는 방식이다. 어떤 특정 공간에서 행사를 진행하는 것보다는 인터넷 같은 디지털 매체를 활용하는 것이 더 많은 시적 성과를 올릴 수 있다. 자본주의 구

조가 공간적인 매장이 아니라 디지털 플랫폼, 즉 웹 사이트만 가지고
서도 거대 기업으로 성장하는 시대라는 것을 감안하면 공간적인 측면
에서도 문학제는 오프라인에서 온라인으로 나아가야 할 필요성이 있
다. 가령 가족시낭송대회, 전국시낭송대회, 시노래 어린이합창 경연
대회를 현장 개최가 아니라, 동영상을 통해서 공모한다거나, 미당시
댓글달기 스마트폰 웹으로 개최하는 방안도 있다. 그리고 해양시 공
모와 같이 부산의 다른 장소 그리고 인물이나 문화 등을 소재로 디지
털 기기를 활용한 공모를 할 수 있다. 이러한 공모의 예선은 디지털
기기로, 본선은 현장에서 개최하는 융합적 방식도 검토해볼 만하다.
문학제에서 사이트나 웹을 만들어, '시인의 시에 댓글 달기' '시노래
만들어 올리기' '시극이나 시 퍼포먼스 만들어 올리기' 등을 동영상으
로 만들어 올리기 대회를 해도 좋을 것 같다. 대중의 가치관에 맞는
웹 사이트 공모전이나 디지털 시 행사를 만드는 것도 한 방법이라 할
수 있다.

 제4차 산업혁명의 시대로 진입한 현재 사회는 오프라인보다는 온
라인을 통해서 문화와 경제, 생활 등의 구조가 만들어지고 있다.[21] 각
종 장르의 문화 또한 인터넷이나 모바일 인터넷 등 디지털 매체나 기
기들로 인해서 전세계적으로 쉽게 전파, 소통이 되는 양상으로 나아
간다. 시간과 공간을 초월한 전지구적 소통 방식은 민족이나 국가, 계
급 등과 같은 집단에 의해서 유지되고 발전했던 문화적 양상이 개인
이 갖는 공감력의 호응도에 따라 번성과 쇠퇴의 길을 걷는다는 것을

---

21) 클라우스 슈밥, 송경진 옮김, 『클라우스슈밥의 제4차 산업혁명』, 새로운 현재,
 2016, 8~10면 참조.

의미한다. 현대사회에서 대중은 문화를 생산, 유통, 향유하는 핵심적
인 주체로 자리했다고 할 수 있다. 현 시대의 문화는 어떤 양상이든
대중과 함께 동행을 해야 발전할 수 있기 때문에 그들의 가치관을 반
영하고 또한 쉽게 접할 수 있는 문학제의 디지털 프로그램을 개발해
야 한다.

Ⅳ. 나가며

  창작자와 대중이 함께 시를 소통하고, 향유할 수 있는 축제의 장
(場)이 문학제다. 하지만 부산지역 문학제는 시 인프라의 부족으로
인해서 작가와 대중이 함께 할 수 있는 시문학제가 없는 실정이다. 각
종 문학제나 문학상이 특정 장르의 작가정신이나 지역성을 주체로 하
고 있지만 행사 내용이 장르 혼합형이 많아 특정 장르를 개성화할 수
없다는 단점이 있다. 그런 점에서 부산지역 문학제는 대중과 창작자
가 함께 하는 문학축제의 기능보다는 창작자만을 위한 문학제로서의
기능에 머물러 있다. 창작자와 대중이 시적 미학을 함께 공유하고, 사
회의 구성원으로서 일체감을 가질 수 있는 문학축제로의 전환이 필요
하다는 것을 알 수 있다. 그런 맥락에서 문학제를 시문학축제로 전환
하기 위해 살펴본 시 인프라 방향성과 대중화 방안은 다음과 같다.
  우선적으로 시 장르 정체성을 가진 문학제의 개최가 필요하다. 현
재 부산지역 문학제는 장르 혼합형이라는 것과 예산이 적다는 문제가
있다. 이러한 문학제 인프라는 한 장르를 특성화하거나 개성화 할 수
없다는 한계로 작용하고 있다. 때문에 시인을 주체로 하는 시 장르 정

체성을 가진 문학제의 개최가 필요하다. 다음은 대중의 관점에서 행사를 기획하고, 진행하는 시문학축제로의 변화가 필요하다. 부산지역 문학제에서 시 행사는 창작자 중심으로 구성되어 있어 대중과 함께 소통이나 향유를 하기에는 미진한 점이 많다. 창작자의 가치관에 맞는 권위적인 시 행사보다는 대중의 흥미와 관심, 열정을 촉발할 수 있는 시문학축제의 형태로 나아가기 위해서 시문학제와 지역축제의 융합 등, 문화전략으로서의 지역발전과 더불어 시를 개성화하는 방향으로 나아갈 필요가 있다. 이러한 것을 제대로 실현하기 위해서 시대의 가치관을 반영하고 대중의 감수성에 맞는 디지털 프로그램 개발이 필요하다. 전반적인 사회의 소통 방식이 온라인을 통해 이루어지는 만큼 인터넷 같은 디지털 매체를 활용하여 대중의 흥미와 관심을 유발하는 행사 프로그램을 만들어 활용할 필요가 있다.

문화 인프라의 차원에서 문화예술을 지원하는 한국문화예술위원회와 연계한 부산문화재단의 지원은 '지역 문화 예술의 활성화'와 '지역 문화의 정체성 확립'을 하면서도 '시민들의 문화 향유 기회를 확대'할 수 있는 여건을 만들어 주려고 노력한다. 시 또한 창작지원과 시집 출판 등을 통해서 시를 생산하는 인프라는 어느 정도 구축되어 있다. 하지만 창작한 시를 책으로 발간해서 대중에게 소비하려는 시도 외에는 그리 눈에 띄는 것이 없다. 이제는 시인들이 적극적으로 대중이 시를 향유하는 방법을 제공하기 위해 고민해야 할 시점이라 본다. 축제로서의 시인프라의 방향성을 창작자와 대중이 함께 즐길 수 있는 방안에 초점을 맞추어야 할 것이다. 또한 지역에서 하는 문학제라는 점에서 지역적 특성화와 개성을 가진 시문학제, 시대의 가치관과 문화적 패러다임에 맞는 시문학제를 만들어야 할 것이다.

참/고/문/헌

〈연구논문〉

• 강연호, 「문학창작 강좌의 확산과 지역 문화 인프라의 기반-전북 지역 문학창작 강좌의 운영 현황과 전망」, 『인문학 연구』제6호, 원광대학교인문학연구소, 2005.

　　　, 「디지털 시대, 지역문화콘텐트 개발의 의미와 방향」, 『이 야기문화연구소 창립 기념 심포지움 발표문』, 이야기문화연구 소, 2011.

• 김동인, 「실감과 실정 그리고 리얼리티와 모더니티-2012년 가람 시조 문학제」, 『시조시학』제45호, 고요아침, 2012.

• 김석진 · 김진수, 「문화 인프라가 문화성광 미치는 영향」, 『한국 경제연구』제16호, 한국경제연구학회, 2006.

• 김창경, 「창조도시 부산 조성을 위한 지자체의 문화정책 방향」, 『동북아문화연구』제26호, 동북아시아문화학회, 2011.

• 문재원, 「문학담론에서 로컬리티 구성과 전략」, 『한국민족문화』 제32호, 한국민족문화학회, 2008.

• 송경숙, 「수산의 기억과 로컬리티-'부산의 인물'과 '부산의 문화 재'를 중심으로」, 『한국도서관정보학회지』제43-2호, 한국도서관 정보학회, 2012.

• 송화섭, 「전통축제와 현대축제의 발전 방향」, 『인문콘텐츠』제2 호, 인문콘텐츠학회, 2003.

• 안성혜, 「지역문화축제 활성화를 위한 전략적 기획 방안 모색」, 『한국콘텐츠학회논문지』제8-12호, 한국콘텐츠학회, 2008.

- 이정모, 「한국 서정시의 메카, 진해」, 『서정시학』제12-3호, 서정시학, 2002.
- 이재희, 「문화복지와 부산문화재단의 역할」, 『지역사회연구』제20-4호, 한국지역사회학회, 2012.
- 이중한, 「문화 인프라의 중요성과 한국의 상황」, 『문화예술』, 한국문화예술위원회, 1995.
- 임기헌 , 「충북 문학인 기념 사업의 현황과 전망-충북지역 문학제를 중심으로」, 『충북학』제6호, 충북연구원, 2004.
- 정지훈, 「문학축제의 미학 – '블룸스데이'와 '김유정 문학제'의 비교고찰」, 『동서비교문학저널』제30호, 한국동서비교문학학회, 2014.
- 정치영, 「문화 · 역사지리학에서 지역문화 연구의 동향과 과제」, 『정신문화연구』제30-3호, 한국학중앙연구원, 2007.

〈단행본〉
- 최병두, 『근대적 공간의 한계』, 삼인, 2002.
- 클라우스 슈밥, 송경진 옮김, 『클라우스슈밥의 제4차 산업혁명』, 새로운 현재, 2016.

〈기타 자료〉
- 김달진문학제 www.daljin.or.kr/bbs/zboard.php?id=notice&no=136
- 김민부 문학제 운영위원회 cafe.daum.net/kimminboo
- 미당문학제 및 질마재 문화축제 korean.visitkorea.or.kr/kor/

inut/where/festival...

- 박재삼문학제 cafe.daum.net/parkjaesam
- 부산광역시 문인협회 http://www.blo.co.kr/
- 부산문화재단 http://www.bscf.or.kr/
- 이주홍문학관 www.leejuhong.com
- 오장환문학관 janghwan.boeun.go.kr
- 옥천 지용제 www.okcc.or.kr/gy-festival/
- 요산문학관 http://www.yosan.co.kr/
- 시인 최계락 홈페이지 http://www.grchoi.com/

부산의 소설 인프라와 페스티벌

* 정미숙

I. 들어가며

이 글은 부산지역 소설의 형성과 발전 과정을 지역문학 매체와 연관시켜 고찰한다. 이를 위해 먼저 '부산지역문학'이라는 범주를 설정하고자 한다. 그 동안 속지주의(屬地主義)와 속인주의(屬人主義)와 같은 법률적 용어를 쓴 이도 없지 않으나 보다 단순하게 접근하고자 한다.[1] 지금의 '부산광역시'는 일제시대부터 현재에 이르기까지 이름을 여러 차례 바꾸었다. 부산부→부산시→부산직할시→부산광역시로 그 지리와 위상이 확장되었지만 모두 지금의 '부산광역시'(이하 부산)라는 지리적 범주를 전제하는 것이다. 현재의 행정 구역인 '부산'

---

1) 양왕용, 「해방기와 50년대의 부산시문학사」, 『부산문학사』, 부산문인협회, 1997, 21~22면.

에서 활동한 문인들의 문학행위를 생각하고자 한다. 행정지도의 변천을 따라 배제와 포함을 논의하는 불필요한 소모를 줄이고자 하는 것이다.

부산광역시의 지리적 영역 안에서 문인들이 행한 문학 활동이라고 그 범주를 정하더라도 문제가 전혀 없는 것은 아니다. 한시적으로 부산에 이주하여 활동한 문인들을 포함할 것인가의 여부이다. 대표적으로 한국전쟁기 피란문인들의 경우가 그러한데 이들의 존재를 부산지역문학에 포함시킬 것인가 아닌가의 여부는 간단한 일이 아니다. 이들의 활동을 기억하는 일이 부산지역문학과 무관한 것은 아니다. 그럼에도 적게는 1년 많게는 3년 정도 전란을 피해온 사람들을 지역문학 범주에 포함시켜 논의의 대상으로 삼는 것은 무리가 있다.

태생과 이주를 따질 것이 아니라 '부산에서 태어나 오랜 동안 부산에 정주하며 활동한 문인'과 '부산에서 태어나지 않았으나 부산으로 이주하여 오랜 동안 활동한 문인을 대상'으로 하자는 것이다. 이들 가운데 직업적인 이유로 일시적으로 다른 지역으로 이주하였다 다시 돌아온 이들도 있을 것이다. 이는 특히 부산 소설사의 첫머리에 놓이는 요산 김정한의 경우가 해당한다. 그는 학업 등의 사유를 제외하면 거의 평생 부산에 정주한 작가이다. 등단할 무렵 요산은 남해에서 교사로 재직하고 있었으나 그의 등단작인 「사하촌」의 배경을 다수의 사람들이 '범어사'로 추정, 확신한다. 이는 그가 진정한 '부산 작가'이기 때문이다. 한편 부산지역 문인이 아니면서 부산을 작품 속에 담은 작가들이 있다. 피란문인은 말할 것도 없고 염상섭, 이태준, 박경리 등도

해당한다. 그러나 이들은 논의의 대상에 포함되지 않는다.[2]

이런 맥락에 유의하여 부산지역소설과 매체라는 데 초점을 두어 살펴보고자 한다. 다시 말하여 문학 활동의 장이라는 관점에서 접근하는 것이다. 문학 활동의 장은 흔히 문단이라고 지칭되기도 한다. 장을 구성하는 요소는 크게 문인, 문인단체, 매체라 할 수 있을 것이다. 부산지역 소설 문학의 장이라는 관점에서 1) 소설가의 등단과 매체, 2) 주요 발표 매체, 3) 소설가 단체 등의 순으로 논의할 수 있다. 지역소설가들의 등단 과정은 중앙매체와 지역매체로 나누어진다. 발표매체 또한 중앙매체와 지역매체를 아우르는 형편이지만 지역매체의 열세 현상이 두드러진다. 본론에서 구체적인 양상이 분석되겠지만 부산지역에서 소설을 게재하는 매체는 활성화되어 있지 못하다. 발표매체를 지역적 불균등성을 규정하는 기준으로 삼을 수는 없다. 매체의 편중은 지역 소설가들의 생산력이라는 측면에서 부차적이다. 이러한 점에서 지역매체를 논급하기 전에 주요 소설가들의 활동매체를 확인하는 과정이 필요한 것이다. 등단매체와 활동매체에 대한 고찰에 이어서 부산소설가들의 계보를 그리고자 한다. 주요 흐름과 더불어 다양한 경향을 종합하려는 것이다. 마지막으로 지역문인단체인 부산소설가협회의 구성과 활동을 살펴고자 한다.[3]

---

2) 부산지역문인이 부산을 작품 속에 담을 수도 있고 담지 않을 수도 있다. 이와 같은 장소성의 문제는 본고의 주제가 아니다.
3) '부산소설가협회'에 대한 자료는 http://www.bsnovel.com 참고.

Ⅱ. 부산지역 소설의 발흥기와 이인 문단시대

부산소설사의 첫 머리에 요산 김정한이 놓인다는 데 이의를 제기할 사람은 없을 것이다. 현재까지 김정한 이전에 활동한 지역작가는 알려진 바가 없다. 김정한이 처음 소설을 쓴 것은 와세다대학 유학 시절이다.[4] 그 당시 쓴 소설인 「구제사업」은 지금 전하지 않는다. 현전하는 그의 첫 소설은 「그물」(1932)인데 고향인 동래와 양산의 농민들의 삶에 관한 경험적 서술을 바탕으로 하고 있다. 이는 남해교원 시절에 쓴 등단작인 「사하촌」(1936)으로 발전한다. 「그물」은 1932년 12월 『문학건설』에 발표된다. 이 해 요산은 여름방학을 기하여 농민운동에 가담하여 피검되고 9월에 학업을 중단하게 된다. 연보에 의하면[5] 9월 26일자로 와세다 대학에서 학비미납으로 제적된 것으로 알려져 있다. 이듬해인 1933년 9월 26일 남해 교원으로 발령 받은 것을 고려할 때 요산이 남산동 고향집에서 「그물」을 쓴 것으로 볼 수 있다. 이와 같은 사실을 통하여 이 소설을 부산지역 소설의 출발로 보아도 무방할 것이라 생각한다. 앞에서 잠깐 밝혔듯이 요산의 등단과 본격적인 작품 활동은 남해에서 이뤄진다. 그가 남해에서 발표한 소설은 다음과 같다.

「사하촌」(1936, 『조선일보』), 「옥심이」(1936, 『조선일보』), 「항진

---

4) 구모룡, 「21세기에 던지는 김정한 문학의 의미」, 『감성과 윤리』, 산지니, 2009, 197면.
5) 연보는 조갑상 외 편, 「작가 해적이」, 『김정한 전집 5호』, 요산기념사업회, 2008 ; 조갑상 외 편, 「작품 해적이」, 『김정한 전집 5호』, 요산기념사업회, 2008 참조.

기」(1937, 『조선일보』), 「기로」(1938, 『조선일보』), 「당대풍」(1938, 『조광』 제4권 제12호), 「그러한 남편」(1939, 『조광』 제5권 제6호), 「월 광한」(1940, 『문장』 제2권 제1호), 「문인자살도」(1940, 『조광』 제6권 제1호)

요산이 남해 교원을 그만두고 『동아일보』 동래지국을 맡은 것은 1940년 3월이다. 따라서 「낙일홍」(1940, 『조광』 제6권 제4, 5호), 「추 산당과 곁사람들」(1940, 『문장』 제2권 제8호), 「묵은 자장가」(1941, 『춘추』 제2권 제11호), 「인가지」(1941, 『춘추』 제4권 제8호) 등은 식 민지 시기 부산지역에서 거주할 때 발표한 작품들이다. 요산의 문학 인생에서 부산을 떠나 있었던 것은 남해 7년 뿐이다. 1940년부터 그 는 타계할 때까지 부산지역에서 문학 활동을 지속한다.

해방공간에서 요산이 발표한 작품은 「옥중회갑」(1946, 『전선』 창 간호), 「설날」(1947, 『문학비평』 제1호), 「하느님」(1949, 『부산신문』) 등이다. 이후 1950년대에도 다수의 작품을 발표하지만, 「병원에서 는」(1951, 『부산일보』), 「도구」(1951, 『한일신문』), 「처시하」(1953, 『경남공보』 제12호), 「누가 너를 애국자라더냐」(1954, 『경남공론』 제19호), 「사라진 사나이」(1954, 『경남공론』 제21호), 「농촌세시기」 (1954-1956, 『경남공론』 제26-33호), 「남편 저당」(1955, 게재지 미 상), 「액년」(1956, 『신생공론』 제6권 제3호), 「개와 소년」(1956, 『자 유민보』) 등 비교적 소품들이다. 1956년 발표된 「개와 소년」 이후 1966년 「모래톱 이야기」가 나오기까지 약 10년 동안 요산의 작품으 로 알려진 것은 지금으로서는 찾을 수 없다. 이러한 간극을 염두에 두 면서 식민지시기에 시작하여 1950-1960년대에 이르는 기간을 부산

소설의 발흥기로 보고자 한다.

요산과 더불어 기억해야 할 향파 이주홍이 1947년에 부산으로 이주한다. 그는 경성 배재중학교에 근무하면서 해방과 더불어 결성된 조선프롤레타리아 문학동맹, 조선프롤레타리아 미술동맹, 조선프롤레타리아 영화동맹, 조선프롤레타리아 문학동맹 등에서 위원, 위원장 등의 직책을 맡고 이듬해 결성된 조선문학가동맹의 아동문학위원회 위원으로 참여한다. 1946년 조선문학가동맹 서울지부 보선 때는 집행위원이 되는 등 조직원으로서 활발하게 활동한다. 이즈음 그는 카프시대에 상응하는 시와 소설을 발표하지만 어떤 연유에서인지 1947년 경성 생활을 접고 부산으로 내려온다. 이 시점은 사회주의 문인들 대다수가 1, 2차에 걸쳐 월북한 때와 일치한다. 객관적인 정세 악화와 그가 지닌 문화주의적 경향이 맞물려 사회주의 노선으로부터의 이탈이라는 선택을 취한 것이라 보인다. 1946년 말과 1947년 초 향파의 활동에 대한 구체적인 기록은 아직 발견되고 있지 않다. 다만 연보에는 그가 1947년 사회주의 문학 단체와 손을 끊고 동래중학교 국어교사로 근무하면서 연극운동에 몰두했다고 기록되어 있다.[6] 식민지 시기에 향파 이주홍이 발표한 소설은 모두 21편이다. 그는 단편소설 「가난과 사랑」이 『조선일보』 선외가작으로 입선하면서 작품 활동을 시작한다. 등단 초기인 1929년과 1930년에 4편을 발표하고 1936년에서 1945년 사이에 17편을 발표한다. 작품 목록은 다음과 같다.

「가난과 사랑」(1929, 『조선일보』), 「결혼전날」(1929, 『여성지우』),

---

6) 류종렬, 『이주홍과 근대문학』, 부산외국어대학교출판부, 2004, 423~237면. 이하 이주홍 관련 자료는 이 책의 연보에 의거한 것임.

「치질과 이혼」(1930, 『여성지우』), 「그 놈을 그대로 두었나」(1930, 『여성지우』), 장편 『야화』(1936, 『사해공론』), 「산가」(1936, 『비판』), 「여운」(1936, 『조선문학』), 「하이네의 안해」(1936, 『풍림』), 장편 『화원』(1937, 『중외시보』), 「완구상」(1937, 『조선문학』), 「하숙매담」(1937, 『비판』), 「제수」(1937, 『풍림』), 「제과공장」(1937, 『조선문학』), 「동연」(1938, 『비판』), 「화방도」(1938, 『광업조선』), 「한 사람의 관객」(1939, 『조선문학』), 「비각 있는 외딴집」(1939, 『광업조선』), 「내 산야」(1941, 『야담』), 「지옥안내」(1941, 『동양지광』), 「청일」(1944, 『야담』).

향파 이주홍은 시쓰기에서 소설쓰기로 나아간 요산 김정한과 달리 동시, 동화, 소설, 희곡, 시나리오, 평론 등 장르의 경계를 넘어서 창작 활동을 펼쳤다. 실제 그는 소설보다 아동문학에 더 주력하였고 식민지 후기에는 시나리오와 영화에도 관여한다. 해방공간에는 연극 활동을 하면서 시와 희곡 그리고 소설을 발표한다. 이 가운데 소설은 「가족」(1946, 『여성공론』, 1948, 『대중일보』), 「명암」(1946, 『인민』), 「거문고」(1946, 『문학』) 등이 대표적이다. 1947년 부산으로 이주한 이후 그는, 아동문학과 희곡을 창작하면서 연극 활동에 개입한다. 1948년 소설 「김노인」(『대중신보』)을 발표하지만 그의 관심은 아동문학과 연극 쪽으로 더 기울어져 있었다. 1949년 부산수산대학(현 부경대학교)에 부임하면서 연극 활동은 더욱 활발해진다. 장르의 경계를 넘어서서 활동하는 향파의 입장은 1950년대에도 내내 지속된다. 다음은 1950년대에 발표한 소설 목록이다.

전작 장편소설 『탈선춘향전』(1951, 남광문화사), 「희문」(1952, 『국제신보』), 「안개낀 아침」(1952, 『수산』), 「도소주」(1952, 『부산일보』), 「종차와 여왕」(1952, 『경남공보』), 「낙선미인」(1952, 『주간국제』), 「철조망」(1953, 『수도평론』), 「늙은 체조교사」(1953, 『문화세계』), 「권태」(1953, 『태양신문』), 「방파제」(1953, 『수산타임스』), 「심설」(1954, 『사해공론』), 「동복」(1954, 『주간국제』), 「소녀상」(1954, 『자유평론』), 「악야」(1955, 『민주신보』), 「연」(1958, 『신조문학』).

이처럼 이주홍은 1947년 부산 이주 이후 활발한 창작활동을 펼친다. 부산지역 소설의 출발은 멀리 1932년 김정한의 「그물」로 볼 수 있겠다. 해방 이후 김정한의 활동에 1947년 이주홍의 이주가 더해지면서 층이 두터워지기 시작한 것이다. 오영수와 김팔봉의 활동이 부가된 것도 1950년대이다. 오영수는 1949년 『서울신문』 신춘문예에 「남이와 엿장수」가 입선하면서 등단한다. 이 소설은 김동리의 추천으로 이 해 9월 『신천지』에 다시 발표된다. 이듬해인 1950년 『서울신문』 신춘문예에 「머루」가 당선작으로 뽑히게 되는데 이 역시 『신천지』에 게재된다. 「머루」는 오영수 문학의 실질적인 단초를 알리는 작품이라 할 수 있다. 전시에 오영수는 청마 유치환과 함께 종군작가로 참전하고 종군을 마친 이후 학교에 복직한다. 1951년 부산중학으로 전근하면서 전쟁이 끝나는 1953년까지 「갯마을」, 「코스모스와 소년」 등을 발표하여 전쟁 상황에 대한 우회적인 비판과 더불어 그의 향토주의를 표나게 드러내게 되는 것이다. 그는 1953년 『현대문학』 창간과 더불어 서울로 이주하고 만다. 부산 태생으로 일신여학교를 나온 김말봉은 한국전쟁기에 많은 피란문인들을 도운 것으로 유명하지만 부산지역에서 쓴 소설이 거의 없다. 함남 북청 태생으로 부산대학을 나온 김학은 1956년과 1957년 『현대문학』에 「전쟁은 끝나다」와 「종」을 발표하면서 문학 활동을 시작하였다. 이 당시 시와 소설과 동화를 함께 쓰던 손동인도 있었지만 오영수, 손동인, 김학은 1960년대 초반까지 모두 부산을 떠나고 만다.[7]

부산지역 소설의 발흥기가 완성되는 것은 윤정규의 등장으로 평가할 수 있다. 1957년 『현대문학』 7월호에 단편 「축생도」가 계용묵의 추천으로 발표되어 등단하게 되는데 만 스무 살 때 일이다. 이후 사업 등으로 분주하다 오영수에 의하여 1963년 『현대문학』 7월호에 「사각」이 2회 추천되면서 다시 문학에 대한 열의를 지피게 된다. 당시의 문학제도에 따라 윤정규가 작가로서 공식적인 위치를 얻는 것은 이때부터다. 실제 「축생도」는 현실적 위악에 대한 풍속화에 그치고 있다. 물론 이러한 현실적 악에 대응하는 주체의 문제는 윤정규 문학의 지속적인 주제가 된다. 그럼에도 이는 「사각」의 서술과 주제에 미치지 못한다. 이 소설을 통해 그는 개인보다 구조 우위의 세계에 대한 통찰을 전개한다. 행위자의 실존을 뭉개는 세계의 부조리를 서술함으로써 윤정규는 전후문학의 대열에 합류하게 된다.[8] 윤정규와 더불어 부산지역 소설문학의 발흥기를 완성한 이들은 최해군, 정종수, 윤진상 등이다. 최해군은 1962년 『부산일보』가 시행한 장편 현상공모에 『사랑의 폐허에서』가 당선되어 등단하였고, 정종수는 1965년 『부산일보』 신춘문예에 「땅뛰기」가 당선되면서 활동을 시작하였다. 윤진

---

7) 성병오, 「부산소설사(1930~1960년대)」, 『부산문학사』, 부산문인협회, 1997, 162~163면.

8) 구모룡, 「윤정규론을 위한 각서」, 『작가와 사회』 2012년 가을호. 이하 윤정규에 관한 연보자료는 이 글을 참조하고 보완하였음.

상은 1964년 『현대문학』에 「파편족」으로 1회 추천을 받은 뒤 1971년 『서울신문』 신춘문예에 「불안한 마당」이 당선되기까지 침체기를 겪기도 한다.[9]

부산지역 소설문학의 발흥기는 요산 김정한과 향파 이주홍의 이인시대에 이어 오영수, 김학, 김팔봉, 손동인 등이 가세하다 이들 주도가 약화된 형국에 윤정규, 최해군, 정종수, 윤진상 등이 출현하면서 완성된다. 오영수, 김학, 김팔봉은 어떤 의미에서 피란문단의 전말과 행보를 같이 한 일면이 있다. 피란문단이 부산지역문학에 끼친 공과에 대한 것은 보다 엄밀하게 고찰될 필요가 있다. 임시수도의 화려한 기억의 이면에 부산지역문학의 상대적 빈곤이 자리하고 있기 때문이다.

살펴본 것처럼 부산소설의 시작 발흥기는 걸출한 부산 소설가이자 문인인 요산과 향파 이인시대라고 할 만하다. 부산에서 발간되는 문학 매체가 전무한 상태에서 요산과 향파라는 문인의 전국적 입지의 정립은 그 시대적 상황을 감안한다 하더라도 시사하는 바가 많다. 널리 알려진 대로 요산 김정한은 '저항과 인간 해방의 리얼리즘'[10]으로 서울중심의 문단세계를 균열하며 돌올한 자신의 문학을 정립하였다. 그의 뚜렷하고 개성적인 작품 세계와 다양한 문학 매체를 통한 소설 발표가 그를 부산지역문학의 초석으로 자리매김한 것이다.

향파 소설은 리얼리즘을 지향하지만 김정한과는 달리 문제 제시적이며 유연하면서도 다양성을 지녔다고 평가되고 있다.[11] 부산지역문

---

9) 성병오, 앞의 글, 165면.

10) 김종철, 「저항과 인간해방의 리얼리즘 - 김정한론」, 강진호편, 『김정한』, 새미, 2002, 89면.

11) 김중하, 「문학활동과 현황」, 부산대학교 한국민족문화연구소편, 『부산의 역사와 문화』, 부산대학교 출판부, 1998, 274~275면.

학사뿐만 아니라 더 나아가 우리근대문학사에서 소설, 아동문학, 희곡 연극, 시나리오, 시, 수필, 번역, 만문, 만화 등 문학의 전 장르에 걸쳐 60여 년 동안 작품 활동을 하였고 90편의 소설을 비롯하여 펴낸 책만 200여 권에 이르는 작가는 향파 이외에는 없다고 해도 과언이 아니다.[12] 요산과 향파의 이인 시대는 상이한 개성의 두 작가가 지역과 장르의 벽을 넘어 가열차게 자신을 확장한 결과가 아닌가 생각된다.

Ⅲ. 부산지역 소설가와 활동 매체

식민지 시기 부산지역에서 소설을 게재하는 매체는 없었던 것으로 보인다. 이는 청마 유치환이 1937년 시동인지 『생리』를 발간한 일과 대비된다. 김정한과 이주홍의 초기 발표지면은 모두 중앙지들이다. 해방과 더불어 해방의 열기를 반영하고 새로운 민족국가를 만들기 위한 발언들을 담아낼 매체들이 부산지역에도 등장하게 된다. 『인민해방보』, 『대중신문』, 『민주중보』, 『전선』, 『중성(衆聲)』, 『자유민보』, 『부산신문』, 『문예신문』, 『부산일보』 등의 신문과 잡지가 그것이다. 김정한의 경우 해방공간에서 「옥중회갑」(1946, 『전선』 창간호), 「설날」(1947, 『문학 · 비평』 제1호), 「하느님」(1949, 『부산신문』)을 발표하고 있다. 시조도 쓰고 다수의 주장을 담은 에세이를 발표하기도 하는데 지역매체의 역할이 컸다. 「옥중회갑」을 게재한 『전선』은 민주주의 민족전선 계열의 신문이다. 부산에서 처음 발간된 잡지는 월간지

---

12) 류종렬, 앞의 책, 63면.

『중성(衆聲)』으로 1946년 2월 20일 창간된다. 이 잡지는 우파 성격을 지닌다. 이 잡지에 소설「원한」을 싣는 등의 활동을 한 소설가 천세욱이 있다.[13] 해방공간의 부산지역 문단은 시와 주의 주장을 담은 논설에 치우친 경향이 있다.[14] 이는 요동하는 시대상황에 대응하는 데 있어 시와 에세이가 더 유용했기 때문이라 생각한다.

한국전쟁으로 부산 지역문학이 두터워진 것이 사실이다. 80여 명의 문인이 유입되었고 100여 명 이상의 시인과 소설가들이 활동하였다. 두 번의 임시수도라는 위치에서 많은 문화예술가들이 한꺼번에 몰려든 형국이지만 휴전과 더불어 이들이 썰물처럼 빠져나가면서 부산문단은 다시 전형기를 맞게 된다. 김정한, 이주홍, 오영수, 김말봉이 주축인 부산 소설계에 일시적이나마 황순원, 김동리, 김내성, 김성한, 염상섭, 이무영, 박계주, 방인근, 안수길, 장용학, 정한숙, 허윤석, 한무숙, 손소희 등이 함께 자리하는 사태가 발생한 것이다. 그러나 피란시대가 하나의 자산이라고 하더라도 한시적인 예외상태에서 형성된 문단을 지역문학 안으로 다 포함할 수는 없는 일이다. 이 시기의 종합지로『문학예술』을 들 수 있다. 50년대에 부산에서 발행된 잡지와 동인지는 모두 15종으로 조사된 바 있다.[15] 김정한과 이주홍이 소설을 발표한 지역매체를 들면『부산일보』,『경남공보』,『경남공론』,『주간국제』,『신조문학』등이다. 신문과 언론사가 발간하는 잡지를 발표의 장으로 삼거나 문예종합지에 소설을 발표하고 있는 것이다. 50년대의

---

13) 이순욱,「광복기 부산지역 문학사회의 형성과 창작 기반」,『석당론집』제50호, 동아대학교 석당학술원, 2011, 109면.
14) 이순욱, 위의 논문, 117~121면 참조.
15) 황국명,「부산지역 문예지의 지형학적 연구」,『한국문학논총』제37호, 한국문학회, 2004, 336면.

매체들은 대부분 시 장르에 치우쳐 있고 경우에 따라서 동인지의 한계를 지닌 것으로 보인다. 여기에 부산문필가협회나 한국문협경남지부, 예총 부산지부, 문협부산지부 등이 기관지를 발간하면서 회원들의 작품이 간헐적으로 연간 사화집에 실리게 된다. 『문필』은 1957년 부산문필가협회가 발간한 기관지이나 곧 종간된다. 문협경남지부가 『문협』을 발간한 것은 1962년이고 예총부산지부가 『부산문예』를 간행한 것이 1964년이다. 또한 문협부산지부가 기관지 『부산문학』을 발간한 것은 1967년이다. 이러한 가운데 『문학예술』(1952), 『한극문예』(1957), 『신조문학』(1958), 『신군상』(1958), 『문학시대』(1966) 등의 매체들이 창간과 종간을 거듭하며 명멸한다. 다시 말해서 1960년대에 이르기까지 소설을 게재하는 안정적인 지역매체는 없었던 것이다. 여기서 김정한과 이주홍의 이인중심의 문단시대를 확장한 윤정규의 활동을 예로 들어 보자.

> 1957년 「畜生道」(『현대문학』 7월)
> 1963년 「死角」(『현대문학』 7월)
> 1964년 「피해자」(『현대문학』 2월)
> 1965년 「군중」(『현대문학』 1월), 「단면」(『도정공론』 4월), 「심판」(『현대문학』 7월), 「천사」(『부산문예』 10월), 「월야」(『현대문학』 12월)
> 1966년 「타계의 음향」(『문학시대』 3월)
> 1967년 「이 에덴에서」(『현대문학』 3월), 「孤影」(『부산문학』)
> 1968년 「비인서설」(『현대문학』 4월), 「사족기행」(『창작과 비평』 여름)

1969년 「오욕의 강물」(『창작과 비평』 봄), 「기정사실」(『현대문학』 12월), 「근대주의자」(『월간문학』 12월)

1970년 「모반」(『월간문학』 7월), 「전환반응」(『현대문학』8월)

1971년 「인형의 성」(『월간문학』 5월), 「恨水傳」(『현대문학』 7월), 「장삼이사전」(『신동아』 7월), 「토요일」(『기독교사상』 8월)

1972년 「애국합시다」(『월간문학』 3월), 「관절염」(『다리』 4월), 「미스 송의 연인」(『월간문학』 8월), 「장렬한 화염」(『상황』 여름, 「불타는 화염」으로 개제)

1973년 「繫馬辭說」(『漢陽』 1월), 「산타클로스는 언제 죽었나」(『상황』 봄), 「탈선 박충신전」(『현대문학』 6월), 「어떤 사임」(『漢陽』 8월), 「공포의 계절」(『신동아』 12월), 「맹정승의 유훈」(미확인)

1974년 「파랑새 사냥」(『세대』 2월), 「몽몽춘추록」(『현대문학』 4월), 「단면」(『여성동아』 6월), 「흐르지 않는 물」(『창작과 비평』 여름), 「나는 놈 위에 기는 놈」(『월간문학』 7월), 『폐허의 태양』(『부산일보』 11월-연재, 『우리들의 황제』로 개제)

1975년 「신앙반전」(『창작과 비평』 봄·여름), 「어떤 죄인」(『월간문학』 6월), 「유민기」(『현대문학』 11월), 「거인」(『한국문학』 11월), 「五季의 候鳥」(『현대문학』)

1976년 「영락의 들」(『현대문학』 8월), 「단층」(『현대인』 8월), 「밤(栗)」(『신동아』 9월), 「臭蟲」(『부대신문』 6월), 「아리랑」(발표지 미확인), 「吹雪」(미확인),

1977년 「조그만 실패」(『시문학』 6월), 「미로」(『소설문예』 9월), 「청원서」(『한국문학』 9월), 「어떤 인과」(『남부문학』 겨울), 「초토에 진 웅지」(『민족문학대계』)

1978년 「한강」(『현대문학』 4월, 「한강의 흐르는 물은」으로 개제), 「어떤 죄인」(『월간문학』 6월), 「두 老友」(『국민회의보』 110호), 「방황변이」(『문예중앙』 여름), 「영혼과 유령」(『오늘의 문학』 창간호)

1979년 「쉽게, 새롭게 살기」(『현대문학』), 「두 실업자 1」(『월간문학』), 「돌아오지 않은 탕자」(『세대』 연재-「한국중편소설문학전집 9』(을유문화사, 1996 수록 중편)

1980년 「두 실업자 2」(미확인)

1981년 「인생유전」(미확인), 「노상에서」(미확인)

1982년 「배신」(『부산문학』), 「운명의 늪」(『제3문학』)

1983년 「두 나그네」(『소설 열네 마당』), 「조그만 이야기 하나」(『부산문예』 2집)

1984년 「강아지와 아파트」(『목요문화』 9월), 「나의 조국(봄)」(『토박이』 창간호)

1985년 「잊혀진 소년」(『부산문학』), 「臭蟲」(『오늘의 작가 9인 소설집』), 「나의 조국(여름)」(『부산문예』)

1986년 「굴절의 피안」(『예술계』 신년호), 「어머니의 겨울」(『소설마당』 2집), 「나의 조국(가을)」(『토박이』 2집), 「떠다니는 죽음」(『동서문학』), 「마지막 귀향」(『예술계』)

1987년 「탁이와 억이(희곡)」(『문학과 실천』 창간호), 「마지막 축배」(『창비신작소설집』)

1988년 「모와 자, 그리고 아버지」(『예술계』 9월), 「무인동2」(미확인), 「따귀 한 대」(미확인), 「두터운 아이들」(미확인),

1989년 「무인동 3」(『문학과 현실』 창간호)

1992년 「무인동 1」(『나는 이유를 알고 싶다』)

1993년 「수치스런 명예」(『가톨릭사회』 여름)

2001년 「럭스비누로 목욕을 하며」(『작가사회』)

2002년 「논두렁에서」(『소설마을』 창간호)

확인된 매체를 중심으로 살펴볼 때 중앙지와 지역지의 비율을 생각할 수 있을 것이다. 윤정규는 등단 매체인 『현대문학』에 많은 작품을 발표한다. 이는 조연현-오영수가 운영하던 이 잡지의 지역적 경향과도 무관하지 않지만 서서히 다른 매체로 확장하고 있음을 알게 된다. 밑줄을 그은 것이 지역매체에 발표한 작품들이다. 적어도 1970년대 후반에 이르러 지역매체가 있고 거기에 작품을 싣게 되는 것이다. 계간지 『남부문학』과 『오늘의 문학』이 등장하지만 그리 오래가진 못한다. 1980년대는 지역문학의 연대이기도 하다. 윤정규의 경우 작품 활동은 다소 줄지만 많은 작품을 지역매체에 발표하고 있음을 알 수 있다. 문인협회와 예총 기관지인 『부산문학』, 『부산문예』가 있다. 이보다 하나의 획기적인 사건이 『소설 열네 마당』이 아닌가 한다. 이로써 부산소설가협회가 구성되기 때문이다. 『토박이』, 『문학과 실천』, 『문학과 현실』, 『작가사회』는 5.7문학협의회와 부산작가회의의 기관지들이다. 1980년대를 경과하면서 지역문학운동이 활성화되고 부산소설가협회가 결성된 것이 지역 소설과 매체의 진화를 가져왔다.

IV. 부산지역 소설의 중흥기와 매체의 정체

부산소설가협회는 김정한, 윤정규, 최해군 등이 주축이 되어 형성한 단체이다.[16] 이 단체에 부산의 소설가 대부분 가입해 있다는 점을 고려하여 먼저 등단매체들을 분석하고 이들이 활동하는 주요 지역매체를 언급하고자 한다. 전체 회원 75명의 등단매체는 다음과 같다.

경인일보-나여경

국제신문-강성민, 구영도, 김지윤, 박영숙, 이미욱, 이상섭, 이수정,
　　　　　정우련, 정혜경, 조미형, 최은순

김유정문학상-장소연

동리목월문학-이윤길

동서문학-김일지

동아일보-조갑상

머니투데이-김정진

문예중앙-정영선

문학사상-조명숙, 허택

문화방송-문성수

부산일보-김가경, 김부상, 김유철, 김초옥, 박향, 박명호, 박영애, 배
　　　　　길남, 서정아, 신종석, 오선영, 이병순, 이정임, 임회숙, 정
　　　　　태규, 진계림, 황은덕

사상계-신태범

삼성문학상-곽태욱

서울신문-김가경, 윤진상, 이복구

세계일보-강동수

시문학-이규정

16) http://www.bsnovel.com

신동아-김종찬, 최화수

신라문학상-안지숙

영남일보-박정선,

월간문학-강인수, 김민혜, 김서련, 성병오, 정형남, 최유연

21세기문학-정인

조선일보-김성종, 전용문

진주가을문예-최시은

창작과비평-김하기, 이상섭

한겨레-서진

한국문학-김문홍

한국소설-김현, 김대갑, 김헌일, 배이유, 오영이, 유연희, 장세진, 정
            인, 정광모, 정미형, 최정희

현대문학-윤진상, 이송여, 정형남,

혼불문학상-박혜영

전작소설-이하천

　이들 가운데 두 개의 매체에 등단하거나 지역매체로 등단한 이후 다시 중앙매체로 재등단한 경우도 있다. 전작소설을 통하여 자신이 소설가임을 증명한 이하천의 경우를 제외하면 대부분 신문 신춘문예, 잡지, 문학상 공모를 통하여 제도 속으로 진입하였다. 먼저 지역 매체와 중앙 매체의 비율이다. 거의 대등한 비율을 보인다. 지역매체 가운데 부산 지역이 아닌 경우도 적지 않다. 부산지역의 경우『부산일보』와『국제신문』이 중요한 창구이다. 서울 매체 가운데『한국소설』이 중요한 매개가 되고 있음도 알 수 있다. 1980년대까지 등단의 주요 경로는 중앙 매체이다. 그러나 1990년대 이후 지역 매체가 등단의 중

요한 수단이 된다.

1970년대에 부산지역에서 소설을 게재하는 잡지는 1977년 창간하여 1978년 10호로 종간한 『남부문학』과 1977년 창간호가 종간호가 된 『오늘의 문학』뿐이다. 1980년대는 무크지의 시대이다. 『지평』, 『전망』, 『토박이』를 통하여 지역문인들이 스스로 매체를 생산한 것이다. 또한 『문학과 실천』, 『문학과 현실』을 발간한 5.7문학협의회의 활동도 기록할 만하다. 이들이 문인협회의 연간지 『부산문학』의 한계와 부산소설가협회의 사화집 『소설마당』의 한계를 넘어서는 대안 매체로 작동한다. 여기서 주목해야 할 일은 계간지 『추리문학』이다. 추리 작가 김성종이 1988년 발간한 이 매체는 한국추리문학의 중심을 부산지역으로 이동시키는 계기가 된다. 김성종은 발행 겸 편집인이 되어 계간 문예지 『추리문학』을 간행했다. 그는 창간사 '문학의 전체주의를 경계하며'에서 1970년대 이후 순수 또는 리얼리즘의 흑백논쟁을 경계하며 문학의 다양화 추구를 위해서 한국문학에 추리문학의 새 지평을 열겠다고 했다. 창간호에서 특집으로 '김내성 추리문학'을 다루었다.[17] 그의 이러한 시도가 주목되는 것은 작가가 밝혔듯이 추리문학이라는 장르가 부산 지역이 갖는 개방성과 역동성이라는 공간적 이미지와 어울리기 때문이다. 하지만 지역 내 추리문학의 저변이 부족하여 서울로 매체가 이동한다. 김성종과 부산지역 추리문학의 중심성에 대한 논의는 추후 계속되어야 할 사안이다. 그러나 추리문학관을 해운대에 세워 그곳에서 강좌를 열고 문학 세미나를 개최하고 있

17) 강인수, 「부산 소설문학사(70년대와 80년대)」, 『부산문학사』, 부산문인협회, 1997, 176면.

는 김성종은 그 자체로 부산 소설의 중대한 자산이 아닌가 한다.

1990년대는 지역의 매체가 다변화된다. 계간지 『겨레문학』은 1989년 창간되어 1990년까지 선을 보인다. 모처럼 종합계간지의 출현은 광주항쟁 특집 건이 문제되어 폐간되고 만다. 1993년 창간된 계간지 『지평의 문학』도 지역소설을 게재하면서 창작에 활기를 불러일으킨다. 이 잡지는 1996년 문학지평으로 제호를 바꾸면서 발간되다 종간된다. 1991년 창간된 비평전문지 『오늘의 문예비평』이 소설에 문호를 개방하기도 하지만 이는 하나의 실험으로 끝난다. 부산문인협회의 기관지가 계간지 『문학도시』로 거듭난 것은 1995년이다. 이후 격월간 시대를 거쳐 월간지로 발전하였다. 1997년 창간된 『작가사회』는 반연간지로 부산작가회의 기관지로 출발하여 현재까지 계간지 『작가와사회』로 발간되고 있다. 2002년에 소설전문 계간지 『소설마을』이 창간된 바 있다.

한국해양문학가협회의 『해양과 문학』도 2003년 창간된 이래 해양소설을 싣고 있다. 부산의 지역성을 고려하고 그것을 문학적으로 전략화하기 위하여 '해양문학', '해양소설'에 대한 관심은 필요하다. 우리나라에서 본격적인 해양문학의 시대를 연 김성식과 천금성 같은 걸출한 해양문학가가 있다. 김성식은 선장으로서 해양체험을 해양시로 표출하였고 천금성 또한 원양조업의 체험을 해양소설로 서술하였다. 모두 선원으로서의 생활양식을 표현하고 재현하였다.[18] 김성식의 해양시와 천금성의 해양소설은 한국해양문학의 전범을 이뤘다. 안타깝게도 이들 기라성 같은 해양문학가의 출현 이후 30년이 지난 여지껏

---

18) 구모룡, 『해양풍경』, 산지니, 2013, 196면.

현대 한국해양문학사는 이들을 넘어설 전통을 만들고 있지 못하다.[19] 그들의 뒤를 이어 소설가 김종찬, 장세진, 옥태권, 김부상, 박정선, 유연희, 문성수와 해양시인 심호섭, 이윤길 등이 활동을 하고 있다. 해양문학의 외연이 크게 확대되지 못하는 요인이 있다. 그것은 무엇보다 해양문학이 요구하는 구체적인 체험의 바탕이다. 고유한 해양체험과 문학적 능력을 겸비한 문인이 많지 않다는 것이다. 사정이 이러한데다 해양문학잡지와 그 단체(한국해양문학가협회)의 활동이 더욱 활발하여야 한다는 지적도 있다. 부산이 그 기원이자 중심이 될 수 있는 전략적 장르에 해양문학이 있음은 재론할 이유가 없다. 지원과 관심이 필요하다.

『소설마을』이 폐간된 뒷자리를 현재 잘 메우고 있는 것은 2007년에 창간해 오늘에 이르고 있는 계간지인 『좋은 소설』이다. 부산소설가협회의 매체로서 단편소설만 게재하는 잡지이다. '좋은 소설'이란 잡지명에서 알 수 있듯이 엄선한 소설을 실으면서 자극과 경쟁을 유도하는 기폭제가 되려고 한다. 『좋은 소설』은 상대적으로 부산 문인에게 기회를 많이 주고 있는 것 같지만 실제로는 전국적인 규모의 문인들에게 그 문화를 개방하고 있다. 그런 점이 이 잡지가 갖는 신뢰성이고 미덕이다. 한정된 지면을 통해서라도 우리가 알 수 있는 것은 왕성하게 생산하고 있는 작가적 역량의 현주소이다. 부산 문단의 어른이지만 변함없이 창작의 동력을 놓고 있지 않은 젊은 작가 이규정, 김성종을 비롯하여 소설의 실제와 이론에 이르기까지 한 전범이 되고자 노력하는 조갑상이 존재하는 부산의 소설 역량은 괄목할 만하다. 놀

---

19) 구모룡, 위의 책, 200면.

라운 역량과 성취를 보여 있는 정태규, 강동수, 이상섭, 허택, 정광모 등은 부산 소설의 자존심이기도 하다. 그들은 매체 여건이 열악한 부산의 조건을 탓하기보다 곁눈질하지 않고 전작 장편을 발표하거나 예술성 있는 선명한 단편으로 자신의 입지를 묵묵하게 선연히 다져나갔다는 생각이다.

그리고 개인적 관심이자 아쉬움은 부산 여성 소설가들이다. 두루 알다시피 우리 문단에서 90년대부터 발흥한 여성소설의 르네상스는 지금까지 이어져 내려오고 있다. 가까운 선배 여성작가인 박경리, 박완서, 오정희, 윤정모를 필두로 김향숙, 공지영, 공선옥, 신경숙, 은희경, 전경린, 권지예, 권여선, 서하진, 한강, 정유경, 김숨, 권리, 윤성희 등에 이르기까지 쟁쟁하다. 여성소설가들의 소설적 향유 없는 출판계와 독자의 일상을 생각할 수 없을 지경이다. 전래적 구분인 남성/여성, 중심/주변의 경계를 무색하게 만들고 있다. 여성소설의 시대를 상업주의의 편승, 대중소설 운운의 비판도 있었으나 남성소설이 결여하거나 넘지 못할 부분을 메우고 넓혔다는 평가를 외면할 수 없다.

부산 여성 소설가들의 약진도 만만치 않다. 조명숙, 정혜경, 정우련, 정영선, 박향, 황은덕, 정인, 고금란, 유연희, 김서련, 나여경, 이병순, 이정임에 이르기까지 꾸준한 작품을 발표하고 성과를 내고 있다. 부산 문단이 다소 느슨하고 그 매체가 활성화되고 있지 않기에 차라리 독보적인 완성도 있는 전작 장편소설, 매혹적인 소설집으로 그 개성을 떨쳐 펼칠 수 있기를 바란다. 동일한 매체에 엮여서 발간하거나 활성화되기를 기다리기에는 지면이 너무 좁다. 그래서 생명의 터전인 바다를 끼고 있는 부산이 생동하는 여성 문학의 한 산실이 되기를 진심으로 바란다.

　부산소설가의 양적 팽창은 뚜렷하다. 김정한, 이주홍 이인시대를 지나 피난문단 시대의 소란스러움을 경과한 뒤에 윤정규, 최해군, 정종수, 윤진상 등이 합류한 지역소설계는 1970년에 이르러 이복구, 이규정, 김문홍 등이 합류하면서 일정한 공동체를 형성하기 시작한다. 그리하여 1980년대에 이르러 부산소설가협회가 결성되는데 조갑상을 위시하여 최화수, 정형남, 김하기, 정태규 등의 소설가들이 속속 등장하면서 가능했던 일이다. 이러한 과정은 1990년대의 놀라운 팽창으로 이어지고 현재 80명에 육박하는 작가군을 거느리게 된 것이다.

　부산지역 소설가들의 양적 팽창에 비하여 이들의 작품을 수렴할 매체는 부족하다는 이야기들이 많다. 지역출판의 한계와 연관된 일이지만 지역매체로 등단한 작가의 수가 지속적으로 늘어난 요인도 있다. 매체 환경을 변화시켜야 하고 이를 부양하는 문화정책이 필요한 것이 사실이다. 또한 작가들이 지역적 불균등성이라는 이데올로기를 무기로 삼을 것이 아니라 지역을 넘어서 자기를 확인하는 노력을 경주해야 할 것이다. 지역문학이 안고 있는 한계를 모두 유통구조로 돌릴 수는 없다. 지역 소설의 생산력을 신장하는 것은 개별 작가들의 몫이다. 그럼에도 지속가능한 매체를 만들어 창작활성화에 기여할 필요성은 상존한다.

V. 나가며

　이 글은 부산지역 소설의 형성과 발전 과정을 지역문학 매체와 연관시켜 문학 활동의 장이라는 관점에서 접근하였다. 문학 활동의 장은 흔히 문단이라고 지칭되기도 하는데 장을 구성하는 요소는 크게 문인, 문인단체, 매체라 할 수 있다. 부산지역 소설 문학의 장이라는 관점에서 1) 소설가의 등단과 매체, 2) 주요 발표 매체, 3) 소설가 단체 등의 순으로 논의할 수 있다. 지역소설가들의 등단 과정은 중앙매체와 지역매체로 나누어진다. 발표매체 또한 중앙매체와 지역매체를 아우르는 형편이지만 지역매체의 열세 현상이 두드러진다. 본론에서 구체적인 양상이 분석되었듯이 부산지역에서 소설을 게재하는 매체는 활성화되어 있지 못하다. 부산지역 소설 흐름과 매체 규명을 위해 1. 부산지역 소설의 발흥기와 이인 문단시대 2. 부산지역 소설가와 활동매체 3. 부산지역 소설의 중흥기와 매체 정체기 순서로 정리한다.

1. 부산지역 소설의 발흥기는 크게 요산 김정한과 향파 이주홍 이인 문단시대라 부를 수 있다. 요산과 향파의 초기 소설 발표 매체는 중앙지 중심이었다. 「사하촌」(1936, 『조선일보』)으로 등단한 요산은 『조선일보』『조광』『전선』『한일신문』『경남공론』 등 중앙지 중심에서 중기로 넘어서면서 지방지에 이르기까지 다양하게 발표한다. 향파는 「가난과 사랑」(1929, 『조선일보』)으로 등단한 이후에 잘 알듯이 여러 장르에 걸쳐 작품을 발표한다. 그가 활동한 매체는 『조선일보』『여성지우』『조선문학』『중외시대』『동양지광』『야담』 그리고 『부산일보』『태양신문』 등 다양하다. 두 사람의 초기 명성은 중앙지에서 먼저 구축되었다고 할 수 있다.

2. 해방과 더불어 해방의 열기를 반영하고 새로운 민족국가를 만들기 위한 발언들을 담아낼 매체들이 부산지역에도 등장하게 된다. 『인민해방보』, 『대중신문』, 『민주중보』, 『전선』, 『중성(衆聲)』, 『자유민보』, 『부산신문』, 『문예신문』, 『부산일보』 등의 신문과 잡지가 그것이

다. 한국전쟁으로 부산 지역문학이 두터워진 것이 사실이다. 두 번의 임시수도라는 위치에서 많은 문화예술가들이 한꺼번에 몰려든 형국이지만 휴전과 더불어 이들이 썰물처럼 빠져나가면서 부산문단은 다시 전형기를 맞게 된다. 부산지역 소설의 발흥기가 완성하는 것은 윤정규의 등장이라고 평가할 수 있다. 1957년 『현대문학』 7월호에 단편 「축생도」가 계용묵의 추천으로 발표되어 등단하게 되는데 만 스무 살때 일이다. 이후 사업 등으로 분주하다 오영수에 의하여 1963년 『현대문학』 7월호에 「사각」이 2회 추천되면서 다시 문학에 대한 열의를 지피게 된다. 윤정규와 더불어 부산지역 소설문학의 발흥기를 완성한 이들은 최해군, 정종수, 윤진상 등이다.

3. 부산소설가협회는 김정한, 윤정규, 최해군, 윤진상, 이규정, 조갑상 등이 주축이 되어 형성한 단체이다. 다양한 매체로 등단한 회원의 대거 유입으로 전체 회원이 75명을 넘어섰으나 그들을 수용할 부산 소설매체는 빈약한 것으로 드러났다. 지역매체로 등단한 이들이 절반에 이르는 사정이나 여성작가들의 도약을 주목할 수 있다. 부산문인협회의 기관지가 계간지 『문학도시』로 거듭난 것은 1995년이다. 이후 격월간 시대를 거쳐 월간지로 발전하였다. 1997년 창간된 『작가사회』는 반연간지로 부산작가회의 기관지로 출발하여 현재까지 계간지로 발간되고 있다. 2002년에 소설전문 계간지 『소설마을』이 창간된 바 있다. 『소설마을』이 폐간된 뒷자리를 현재 잘 메우고 있는 것은 2007년에 창간해 오늘에 이르고 있는 계간지인 『좋은 소설』이다. 부산소설가협회의 매체로서 단편소설만 게재하는 잡지이다. 한국해양문학가협회의 『해양과 문학』도 2003년 창간된 이래 해양소설을 싣고 있다.

부산지역문학에서 소설가의 양적 팽창은 경이로운 일이다. 그러나 이들의 역량을 담보할 수준 높은 종합문예지가 부족하다. 이제 지적 팽창으로 가기 위한 매체의 활성화를 기획할 단계이다. 또한 매체의 취약함을 넘어 자신의 역량을 꾸준하게 발휘하는 작가정신이 더 요청된다. 부산 소설의 내부에 대한 분석이 소홀한 것은 이 글의 한계이다. 향후 부산 소설 내부의 위계와 담론의 분석을 통하여 질적 연구를 수행하는 일을 중요한 과제로 남겨둔다.

참/고/문/헌

〈연구논문〉

- 강인수,「부산 소설문학사(70년대와 80년대)」,『부산문학사』, 부산문인협회, 1997.
- 김종철,「저항과 인간해방의 리얼리즘-김정한론」, 강진호 편,『김정한』, 새매, 2002.
- 김중하,「문학활동과 현황」, 부산대학교 한국민족문화연구소편,『부산의 역사와 문화』, 부산대학교출판부, 1998.
- 성병오,「부산 소설문학사(1930-1960년대)」,『부산문학사』, 부산문인협회, 1997.
- 양왕용,「해방기와 50년대의 부산시문학사」,『부산문학사』, 부산문인협회, 1997.
- 이순욱,「광복기 부산지역 문학사회의 형성과 창작 기반」,『석당론집』제50호, 동아대학교 석당학술원, 2011.
- 황국명,「부산지역 문예지의 지형학적 연구」,『한국문학논총』제37호, 한국문학회, 2004.

〈단행본〉

- 구모룡,『해양풍경』, 산지니, 2013.
- 류종렬,『이주홍과 근대문학』, 부산외국어대학교출판부, 2004.
- 조갑상 외,『김정한전집』, 요산기념사업회, 2008.

〈기타자료〉

- 부산소설가 협회 홈페이지 http://www.bsnovel.com

부산의 연극 인프라와 연극제
-2010년 이후의 부산연극제 현황 및 현안-

* 박 경 선

I. 들어가며

부산연극제는 2016년에 34돌을 맞이한 연극축제이다. 부산연극제의 첫걸음은 1983년 부산에서 개최된 제1회 전국지방연극제가 개최되었을 때였다. 당시 전국지방연극제에 참가할 부산지역대표극단을 선발하기 위해 부산연극제를 개최한 것이다. 전국지방연극제는 지방극단만이 참가하는 연극제로 지방연극인들의 창조의욕을 고취하고 지역 간의 문화격차를 해소함과 동시에 지방연극의 진흥을 도모하기 위한 목적으로 개최된 연극제였다.[1] 전국지방연극제는 제6회부터 '지방'이라는 용어를 빼고[2] 전국연극제로 명칭이 바뀌었고, 2016년에 서

---

1) 김동규, 『부산연극사』, 예니, 1997, 179면.
2) '지방'이라는 말이 '서울'과 대비되어 차별성의 느낌을 주어 명칭을 바꾸었다(김문홍, 「도약, 중흥, 그리고 르네상스(1973~2008년)」, 『부산연극사 한국연극 100년

울이 참가한 것을 계기로 전국연극제는 서울을 포함한 전국 16개 시 · 도가 참여하는 대한민국연극제로 바뀌었다.

한편 부산연극제는 부산시가 주관하던 것을 제3회부터 한국연극협회 부산지회가 이관 받아[3] 현재까지 명칭의 변화없이 이어져오고 있다. 34회까지 오는 과정이 순탄하지만은 않았다. 1986년 제4회 부산연극제에서는 협회측 처사에 대한 불만의 표시로 수상거부라는 불상사가 일어나기도 했다.[4] 그로 인해 대부분의 소속극단들이 지부를 탈퇴하여 '한국연극협회 부산지부 임시집행위원회'라는 새로운 단체를 결성하는 분열이 일어났다. 이후 서로가 양보하여 다시 1987년 3월 14일부터 4월 1일까지 16일간 제5회 부산연극제를 개최키로 합의함으로써 분열은 일단락되었다. 1994년 제12회 부산연극제는 2개의 극단만이 본선에 참가한 연극제가 되었다. 우리나라 연극제 사상 최초로 창작 초연 작품만으로 치른 연극제[5]로, 보다 나은 연극제를 치루기 위해 예심제를 도입[6]했으나 오히려 극단들의 참여가 저조한 연극제가 된 것이다.

2016년 현재 부산연극제는 '국내 작가의 창작극으로 초연 작품에 한하여 참가할 수 있다'고 참가 조건을 고수하고 있다. 이와 같은 부산연극제의 방침은 연극인의 문화 예술 창작욕을 높이고, 다양한 작품들을 선보이며 지역 창작극의 활성화에 일조하고 있다는 평가를 받

부산연극 100년』, 해성, 2008, 76면).
3) 김동규, 『부산연극사』, 예니, 1997, 222면.
4) 김동규, 『부산연극사』, 예니, 1997, 243면.
5) 「〈연극계〉제12회 부산연극제 26일 개막- 본선작 2편 경연 관심집중」, 『국제신문』, 1994. 3. 21.
6) 김동규, 「인사말」, 『제12회 부산연극제』 공연 팸플릿, 1994, 5면.

는다. 그리고 2016년 부산연극제는 'IN 부문', 'OFF 부문', '부산시민연극제'로 치루어진다. 'IN 부문'은 전국연극제에 출전할 대표를 뽑는 창작 초연작들의 경영 무대이며, 'OFF 부문'은 소극장 연극의 활성화를 위해 전국연극단체들이 참여하는 부문이며, '부산시민연극제'는 부산 시민들이 만드는 시민극단들의 공연이 펼쳐지는 부문이다.

'10년이면 강산도 변하다'고 하는데 부산연극제 또한 34돌까지 오면서 크고 작은 변화를 겪었다. 다시 말해 부산연극제가 시작부터 현재의 모습이었던 것은 아니라는 것이다. 제1회부터 제34회까지의 부산연극제 변화의 모습을 살펴봐야겠지만, 그 부분에 관한 연구는 추후로 미루고 본고에서는 2010년 이후의 부산연극제에 관해 살펴보고자 한다. 그리고 부산연극제의 현황과 더 나은 연극제가 되기 위해 해결해야 할 부산연극제의 현안에 관해 살펴보고자 한다.

Ⅱ. 2010년 이후 부산연극제 현황

1. 제도의 변화

2010년 이후의 부산연극제의 큰 변화는 지금과 같은 체계인 'IN 부문', 'OFF 부문', '부산시민연극제'의 형태를 갖춘 것이라고 할 수 있다. '경연작'과 '자유참가작'으로 부르던 명칭을 'IN 부문'과 'OFF 부문'으로 명칭을 바꾼 것은 제32회 부산연극제이다. 명칭의 변화가 기능의 변화를 동반하는 것은 아니지만 그렇다고 기능을 그대로 둔 채명칭만을 바꾼 것은 아니다.

경연부문 참가작 중 우수 작품을 뽑아 전국연극제에 부산 대표선수를 내보내는 역할을 한 '경연작' 부문은 기능의 변화 없이 'IN 부문'으로 명칭만 바뀌었다. 하지만 연극, 무용, 음악 등 다양한 공연예술팀을 초청하여 치루어지던 '자유참가작' 부문은 'OFF 부문'으로 명칭이 바뀌면서 기능 또한 변화하였다. 'OFF 부문'은 부산의 다양한 연극을 무대에 올려 '부산 연극 붐'을 일으키겠다는 목표를 가지고 연극만 참여할 수 있게 하였다. 그뿐만이 아니라 공연장을 확대하였다. 이전까지 부산문화회관과 부산시민회관을 공연장으로 활용하였지만 이때부터 소극장 연극을 살린다는 취지에서 소극장 무대도 활용하기로 하였으며, 참가 대상도 전국 극단으로 넓혀 '소극장 연극 축제'를 표방하였다.

그리고 극단의 참여를 독려하기 위해 'OFF 부문'에서 시상금을 내걸었다. 시상금은 최우수작품상 200만 원, 연출상 100만 원, 연기상 100만 원이다. 하지만 모든 일이 계획대로 이루어지는 것은 아니었다. 부명칭을 바꾸고 소극장 연극 축제를 표방하였지만 참가팀이 적어 기대효과를 얻지는 못했다. 제32회 부산연극제 'OFF 부문'의 참가팀은 극단 에저또의 '아니나 다를까 붕어빵', 극단 도깨비의 '모자여행', 극단 아프리카몽의 'Y2' 등 세 팀에 불과했다.[7] 제33회에는 5개 팀[8]이 참여하였고, 제34회에는 4개 팀[9]이 참여하였다. 제32회 보다

---

7) 「부산연극제 '비경연 부문' 올해는 OFF?」, 『국제신문』, 2014. 4. 15.
8) 자유바다 「전설의 박도사를 불러라」, 여정 「파랑새」, 끼리프로젝트 「욕하고 싶은 날」, 바다와문화를사랑하는사람들 「고도, 없다!」, 불의 전차 「행성의 진화 초기 단계, 불확실한 미래」 등 5개 극단이 참여하였다.
9) 사계 「하녀들」, 다섯손가락 「만복사」, 누리에 「수업」, 시나위 「바람, 바람」 등 4개 극단이 참여하였다.

참가 극단의 수가 1~2개 증가하였지만 소극장 연극 축제의 목표를 달성한 것으로 보기는 어렵다.

2010년 이후 부산연극제의 또 다른 변화는 '한형석 연극상'과 '전성환 연극상'이 신설된 것이다. 부산연극협회는 제33회 부산연극제에서 'OFF 부문'에 각각 상금이 500만 원인 '한형석 연극상'과 '전성환 연극상'[10]을 신설하였다. 고(故) 한형석은 부산의 독립운동가이자 예술가로 이름을 떨친 인물이며, 전성환은 부산을 대표하는 배우이다. 부산연극협회는 이들의 공로를 기리고 후배들이 이들의 예술혼을 이어받도록 하자는 취지에서 이 상을 신설하였다. '전성환 연극상'은 배우에게 상을 돌리려고 했으나, 현실적인 문제로 팀에게 주기로 했다. 제34회 부산연극제부터 '전성환 연극상'과 '한형석 연극상'의 명칭을 '전성환 연기상'과 '한형석 연출상'으로 바꾸었다.

2016년 부산연극협회는 새로운 시도를 하였다. 제34회 부산연극제에서 종합티켓을 판매한 것이다. 종합티켓은 'IN 부문' 참가작 및 개막 축하 공연 포함 10작품을 관극할 수 있는 티켓으로 가격은 5만 원이다. 부산연극제에서 '종합티켓' 제도를 도입한 것은 관객을 확대하기 위해서이다. 이 이외에도 2015년부터 'IN 부문'에 우수단체에 수여하는 '우수상'을 추가로 신설하였다.[11] 제33회 우수작품상은 이그라의 「진리가 너희를 자유케 하리라?」가 수상하였고, 제34회 우수작품상은 배우창고의 「급제록」이 수상하였다.

이상에서 알 수 있듯이 부산연극제는 고정되어 있는 것이 아니라

---

10) 「부산연극제 '전성환상' 신설, 배우 전성환 인터뷰」, 『국제신문』, 2015. 4. 7.
11) 「부산연극제 '한형석상 · 전성환상' 신설」, 『국제신문』, 2015. 1. 13.

관객층의 확보와 부산연극의 발전을 목표로 끊임없이 변화하고 있다.

2. 참가 극단 및 참가 작품

2010년부터 2016년까지 부산연극제 'IN 부문'에 참가한 극단[12]과 참가 작품은 아래와 같다.

참가년도	참가 극단 및 참가 작품
2010	누리에 「꿈꾸는 화석」, 도깨비 「1.22」, 바다와문화를사랑하는사람들[13] 「The Solar System」, 부산레파토리시스템 「늙은 날의 초상」, 시나위 「한」, 에저또 「네메시스」, 하늘개인날 「방외지사 이옥」
2011	누리에 「여자 이발사」, 도깨비 「상사화」, 바문사 「연애의 시대」, 세진 「여름의 문장」, 자유바다 「돌고 돌아가는 길」, 한새벌 「선택」
2012	누리에 「개 짖는 날」, 도깨비 「꼬까비」, 맥 「대양 07호」, 몽키프로젝트 「여명의 샤먼」, 바문사 「여자이야기 Herstory Ⅱ 죽어피는 꽃」, 세진 「개짖는날」, 시나위 「여인화」, 에저또 「공기인형」, 자유바다 「나무목 소리탁」, 하늘개인날 「그분이 오신다」
2013	누리에 「꽃섬을 바라보다」, 더블스테이지 「모래폭풍」, 도깨비 「깊이 묻다」, 동녘 「운악」, 맥 「시골동화」, 바문사 「그리워할, 戀[연]」, 세진 「뜰 앞의 개고기」, 이그라 「모함[강빈死花]」, 하늘개인날 「뜰 앞의 개고기」
2014	누리에 「칼치」, 더블스테이지 「라랄라 홍신소」, 몽키프로젝트 「뮤지컬 꽃동네」, 바문사 「비어짐을 담은 사발 하나」, 배우창고 「가카가 오신다」, 세진 「웃으며 안녕」, 이그라 「들꽃 소리」, 이야기 「천국 이야기」, 하늘개인날 「불꽃의 청년, 박재혁」

---

12) 극단명의 '가나다' 순으로 표기한다.
13) 이후 '바문사'로 표기한다.

2015	누리에 「사초」, 더블스테이지 「별 헤는 밤」, 도깨비 「벅수의 별」, 맥 「임진왜란」, 바문사 「무한각체가역반응」, 시나위 「색동다리」, 이그라 「진리가 너희를 자유케 하리라?」, 이야기 「피안도」, 하늘개인날 「뺑덕」
2016	누리에 「구멍 속 구멍」, 더블스테이지 「달빛 소나타」, 도깨비 「늙은 연가」, 바문사 「표풍」, 배우창고 「급제록」, 세진 「모의」, 이그라 「남은 여생의 시련」, 이야기 「당금」, 한새벌 「섬섬옥수」

2010년 이후 부산연극제에 참여한 극단들을 살펴보면 참가 극단이 특정 극단에 편중되어 있음을 알 수 있다. 누리에(28회, 29회, 30회, 31회, 32회, 33회, 34회)와 바문사(28회, 29회, 30회, 31회, 32회, 33회, 34회)가 7회 참여하였다. 도깨비가 6회(28회, 29회, 30회, 31회, 33회, 34회) 참여하였으며, 세진(29회, 30회, 31회, 32회, 34회)과 하늘개인날(28회, 30회, 31회, 32회, 33회)은 5회 참여하였다. 이그라(31회, 32회, 33회, 34회)와 더블스테이지(31회, 32회, 33회, 34회)는 4회 참여하였으며, 이야기(32회, 33회, 34회)와 맥(30회, 31회, 33회)은 3회 참여하였다. 배우창고(32회, 34회), 창작연구소 몽키프로젝트(30회, 32회), 에저또(28회, 30회), 자유바다(29회, 30회), 시나위(28회, 33회), 한새벌(29회, 34회)은 2회 참여하였고, 부산레파토리시스템(28회)과 부산연극제작소 동녘(31회)은 1회 참여하였다.

2010년 이후 한번이라도 부산연극제에 참여한 극단은 17개 극단이다. 3회 이상 참여한 극단은 9개 극단이고, 5회 이상 참여한 극단은 5개 극단이다. 2016년 12월 현재 부산연극협회 회원인 극단은 25개[14]

14) 공연예술 전위(1963), 한새벌(1973), 부산레파토리시스템(1978), 부두연극단(1984), 맥(1986), 예사당(1987), 도깨비(1988), 하늘개인날(1988), 사계(1992),

이다. 25개 극단 중 17개 극단이 참여하였기 때문에 극단의 참여율이 저조하다고 할 수는 없을 것 같다. 그러나 7회의 연극제가 치러지는 동안 59작품이 공연된 것을 고려하면 극단의 참여율이 높다고 할 수는 없다. 5개 극단이 공연 작품의 절반 가량을 공연한 것에서 부산연극제의 참여 극단이 특정 극단에 편중되어 있다고 할 수 있다.

　많은 극단이 참여한 것이 좋은 공연을 보장하는 것은 아니다. 오히려 참여 횟수가 많은 극단이 좋은 공연을 할 가능성이 높다. 실제로 7년간 매 회 참여한 누리에와 바문사가 전국연극제에서 은상을 수상하기도 했다. 하지만 제31회 연극제에 1회 참여한 동녘이 「운악」으로 전국연극제 대상을 수상했다는 사실은, 참여 횟수가 작품의 질을 보장하는 것이 아님을 보여준다. 부산연극제는 말 그대로 부산의 연극 축제이다. 몇몇 극단의 행사가 아니라 부산연극의 축제가 되어야 한다. 그렇게 되기 위해서는 보다 많은 극단들이 참여하는 연극제가 되어야 할 것이다.

　2010년 이후 부산연극제에 참가한 작품들을 살펴보자. 제28회 부산연극제에는 '관객이 주인공입니다'는 슬로건 아래 7개 극단이 참여하였다. 각 극단의 참가 작품을 살펴보면 다음과 같다. 누리에의 「꿈꾸는 화석」은 일제강점기에 '친일'을 선택한 조선인을 통해 인간의 잘못된 결정이 가져오는 사회적 파문을 그리고 있다. 도깨비의 「1.22」

자유바다(1993), 동녘(1995), 액터스(1995), 에저또(1996), 이야기(1996), 누리에(1997), 바문사(1997), 시나위(1997), 세진(2000), 가마골(2002), 프로젝트팀이틀(2005), 더블스테이지(2007), 몽키프로젝트(2008), 배우창고(2008), 이그라(2008), 여정(2013)이다(부산연극협회 홈페이지 참조).

는 2009년 국내 출산율 1.22라는 수치를 통해 저출산 사회의 심각성을 말하고 있다. 바문사의 「The Solar System」은 자신의 의지대로 사는 지, 주어진 시스템이나 운명에 따라 사는 지, 살면서 갖게 되는 의문을 다루고 있다. 부산레파토리시스템의 「늙은 날의 초상」은 노인 네 명의 살아가는 이야기를 통해 같은 문제라도 노인과 젊은이는 다르게 느끼고, 다르게 행동할 수 있다는 사실을 관객에게 보여준다. 시나위의 「한」은 고조선 중흥기에 내부 암투와 갈등을 통해 살인, 강도 등 살벌한 사건에도 무감각해져 가는 현대인의 삶을 생각해 보게 한다. 에저또의 「네메시스」는 현대인이 가진 내면의 트라우마를 극복하는 방법을 이야기하고 있다. 하늘개인날의 「방외지사 이옥」은 문인 이옥의 삶을 통해 거대한 정치권력 앞에서 당당하게 자신만의 길을 가는 지식인을 표현하고 있다.

2011년 제29회 부산연극제에는 '싱싱한 연극, 감성을 충전하다'는 슬로건 아래 6개의 극단이 참여하였다. 누리에의 「여자 이발사」는 일제 강점기 이후 60년간 한국에서 살았던 일본인 여성 에이코의 이야기를 담고 있다. 도깨비의 「상사화」는 동래야류의 할미과장을 모티브로 한 작품이다. 경연을 통해 얻은 사위가 첩을 만들어 집을 나가고, 최부자와 아들은 집 나간 가장을 찾아 나서는 이야기이다. 바문사의 「연애의 시대」는 1920년대 신여성과 그들의 연애, 사랑, 가치관의 변화를 담고 있다. 세진의 「여름의 문장」은 허균이 모함을 받아 죽게 되자 그 억울함을 이기지 못해 도술로 죽기 전 시간으로 되돌아가는 이야기이다. 자유바다의 「돌고 돌아가는 길」은 임진왜란을 배경으로 기득권을 가진 집안과 의병장 집안의 대립을 통해 되풀이 되는 나라를 위해 헌신한 사람들이 대우받지 못하는 현실의 문제를 꼬집고 있다.

한새벌의 「선택」은 광해군 시절 강홍립 장군을 중심으로 청나라와의 갈등을 다루고 있다.

2012년 제30회 부산연극제에는 '서른, 축제를 시작하다'는 슬로건 아래 10개 극단이 참여하였다. 누리에의 「개 짖는 날」은 개농장을 운영하는 가족의 이야기다. 도깨비의 「꼬까비」는 권력자가 청춘남녀의 사랑을 방해해 결국은 이루지 못하는 이야기다. 맥의 「대양 07호」는 명태잡이 어선에서 일어나는 일을 그렸다. 몽키프로젝트의 「여명의 샤먼」은 인간의 욕심으로 오염된 지구와 그런 인간을 괘씸하게 여겨 신이 태양을 빼앗아 버린 세상의 이야기를 담고 있다. 바문사의 「여자이야기 Herstory Ⅱ 죽어피는 꽃」는 사대부 집안에서 일어난 의문의 살인 사건을 통해 그 시대 여성의 삶을 바라본다. 세진의 「개 짖는 날」은 개농장을 운영하는 가족의 이야기다. 시나위의 「여인화」는 조선시대를 배경으로 권력자들의 다툼과 희생당할 수밖에 없는 민중을 통해 부조리한 현실을 보여준다. 에저또의 「공기인형」은 타인과의 관계에서 실패한 사람이 공기인형에 의존해 대리 만족을 느끼는 것을 이야기한다. 자유바다의 「나무목 소리탁」은 횟집 요리사였던 목탁 만드는 사람의 이야기로 불교의 인연과 윤회를 표현한다. 하늘개인날의 「그분이 오신다」는 추사 김정희가 그린 세한도를 둘러싸고 벌어지는 이야기다.

2013년 제31회 부산연극제에는 9개의 극단이 참여하였다. 누리에의 「꽃섬을 바라보다」는 2008년 충남 서천군 지석리에서 발생한 기동슈퍼 화재사건을 재조명한다. 더블스테이지의 「모래폭풍」은 아프리카를 배경으로 해적들의 이야기를 담고 있다. 도깨비의 「깊이 묻다」는 어떻게 살 것인가에 대한 인생 문제를 다루고 있다. 동녘의 「운악」은 현진건의 단편소설 '운수 좋은 날'을 재해석한 작품이다. 맥의 「시골동화」는 방영웅 소설 '분례기'를 각색한 작품이다. 바문사의 「그리워할, 戀[연]」은 섬에 고립된 세 여자와 돌아오지 않은 남편의 이야기다. 세진의 「뜰 앞의 개고기」는 인간의 끊임없는 번뇌와 자기 성찰 문제에 집중한다. 이그라의 「모함[강빈死花]」은 조선시대 인조의 장남 소현세자와 세자빈 강씨를 다룬 사극이다. 하늘개인날의 「뜰 앞의 개고기」는 인간의 끊임없는 번뇌와 자기 성찰 문제에 집중한다.

　2014년 제32회 부산연극제에는 '연극의 열림, 몸의 끌림, 감동의 울림'이라는 슬로건 아래 9개 극단이 참여하였다. 누리에의 「칼치」는 갈치잡이 어선 삼봉호에서 벌어지는 사건을 담고 있다. 더블스테이지의 「라랄라 흥신소」는 흥신소에 일곱 살 난 꼬마를 죽여달라고 찾아온 하얀 노인과 돈 때문에 살인을 해야 하는 흥신소 직원들의 소동을 이야기 하고 있다. 몽키프로젝트의 「뮤지컬 꽃동네」는 뮤지컬로 깊은 산골 마을에 가려진 추악한 비밀이 하나씩 밝혀지는 이야기이다. 바문사의 「비어짐을 담은 사발 하나」은 왜로부터 도자기를 지키려는 조선 도공들의 삶과 사랑, 그리고 그들의 후손 이야기를 담고 있다. 배우창고의 「가카가 오신다」는 1980년대 가상의 섬을 배경으로 아버지의 죽음에 의문을 품은 아들, 딸과 진실을 덮으려는 자들의 대치를 그리고 있다. 세진의 「웃으며 안녕」은 삶의 의미를 잃어버리고 자살을 시도했던 주인공이 상조회사에서 일하며 자신의 삶을 되돌아보는 이야기이다. 이그라의 「들꽃 소리」는 일제 강점기 인간 생체실험(마루타)을 자행했던 731부대와 위안부 문제를 정면으로 다루고 있다. 이야기의 「천국 이야기」는 천국에 가게 된 엄마가 지옥에 있는 아들을 보기 위해 천국행을 거부한다는 이야기이다. 하늘개인날의 「불꽃의 청년, 박재혁」은 부산의 대표인물인 독립투사 박재혁의 이야기를 다루고 있다.

2015년 제33회 부산연극제에는 9개의 극단이 참여하였다. 누리에의 「사초」는 연산군 시대 벌어졌던 무오사화를 소재로 사관들의 강직한 역사관과 언론관을 이야기하고 있다. 더블스테이지의 「별 헤는 밤」은 일제강점기 때 한 극단을 무대로 독립운동가, 친일행각을 일삼은 인물, 희생당한 소녀 등 여러 인물을 내세워 참혹했던 시대와 세월호 천막을 오버랩 시킨다. 도깨비의 「벅수의 별」은 어른들의 욕심으로 한 소년이 받은 상처와 그것을 치유해가는 과정을 담은 성장드라마이다. 맥의 「임진왜란」은 동래성 전투를 소재로 하고 있지만 당시 전투를 재연하는 작품이 아니다. 온 몸으로 싸움을 막아내다가 결국 칼에 희생당한 백성을 주인공으로 하는 작품이다. 바문사의 「무한각체가역반응」에서 무한각체가역반응의 주인공은 문인 이상과 김유정이다. 시나위의 「색동다리」는 자살을 소재로 다루며 죽음과 삶의 본질을 깨닫는 이야기이다. 이그라의 「진리가 너희를 자유케 하리라?」는 권력에 따라 진실을 조작하는 현대사회의 부조리를 꼬집은 작품이다. 이야기의 「피안도」는 폭력에 관한 성찰을 다룬 작품이다. 하늘개인날의 「뺑덕」은 아들 뺑덕(병덕)과 어멈을 주인공으로 내세워 그들의 기구하고 억척스러운 삶과 그 안에서 느껴지는 모자의 정을 그려내는 작품이다.

2016년 제34회 부산연극제에는 '연극의 감동을, 시민의 가슴에'라는 슬로건 아래 9개 극단이 참여하였다. 누리에의 「구멍 속 구멍」은 1년 계약을 맺고 섬에 들어가 불법 포획한 고래를 해체하는 정태와 수인의 이야기이다. 더블스테이지의 「달빛 소나타」는 친부에게 성폭행을 당한 딸이 자신만의 세계를 만들어 단 한 번도 가져본 적 없는 행복한 가족을 만들기 위해 사람을 죽이고 시체를 미라로 만드는 이야기다. 도깨비의 「늙은 연가」는 치매 앓는 어머니의 삶을 통해 가슴 뭉클한 가족애를 그리고 있다. 바문사의 「표풍」은 삼국사기에 나오는 거문고 악곡 '표풍'을 소재로 신라시대 거문고 명인 귀금과 그 제자들의 이야기를 그리고 있다. 배우창고의 「급제록」은 영남 선비 윤재수가 한양으로 과거를 보러 떠나는 여정을 이야기한다. 세진의 「모의」는 파산 위기에 처한 모영훈 사장의 은닉 재산을 노리는 세 무리의 모의가 얽혀 일어나는 우여곡절을 그리고 있다. 이그라의 「남은 여생의 시련」은 일제 강점기 강제 이주된 사할린 동포가 영주 귀국하는 과정에서 일어나는 우여곡절을 그린 작품이다. 이야기의 「당금」은 삼신할머니 설화인 '당금애기'를 모티브로 했다. 양반집 규수 당금이 유랑예인 집단인 초라니패 세준을 만나 하룻밤을 보내고 고초 끝에 아이를 낳은 뒤 아이, 세준과 길을 떠나는 이야기이다. 한새벌의 「섬섬옥수」는 1980년대 운동권 동기들이 행려병자로 사망한 장민주의 장례식장에 모여 과거를 회상하는 내용이다.

2010년부터 2016년까지 부산연극제에 참여한 59작품을 현대극, 역사극, 인물극, 문학각색극으로 나누면 아래와 같다.

참가 년도	현대극	역사극/시대극	인물극	문학 각색극
2010	「1.22」 「늙은 날의 초상」 「네메시스」	「꿈꾸는 화석」, 「한」 「The Solar System」 「방외지사 이옥」		

2011		「여자 이발사」 「상사화」,「선택」 「연애의 시대」 「여름의 문장」 「돌고 돌아가는 길」		
2012	「개 짖는 날」-2편 「꼬까비」 「대양 07호」 「여명의 샤먼」 「공기인형」 「나무목 소리탁」	「여자이야기 Herstory Ⅱ 죽어피는 꽃」 「여인화」 「그분이 오신다」		
2013	「꽃섬을 바라보다」 「모래폭풍」 「깊이 묻다」 「그리워할, 戀[연]」 「뜰 앞의 개고기」-2 편	「모함[강빈死花]」		「운악」 「시골동 화」
2014	「칼치」 「라랄라 홍신소」 「뮤지컬 꽃동네」 「가카가 오신다」 「웃으며 안녕」 「천국 이야기」	「비어짐을 담은 사발 하나」 「들꽃 소리」	「불꽃의 청년, 박재 혁」	
2015	「벽수의 별」 「무한각체가역반응」 「색동다리」 「진리가 너희를 자 유케 하리라?」 「피안도」	「사초」 「별 헤는 밤」 「임진왜란」 「빼덕」		
2016	「구멍 속 구멍」 「달빛 소나타」 「늙은 연가」 「모의」 「섬섬옥수」	「표풍」 「급제록」 「남은 여생의 시련」 「당금」		

2012년 부산연극협회 회장이었던 김동석은 "부산 연극제는 예산이 지원되다 보니 아무래도 극단들이 평소 예산 때문에 해보지 못한 시대극이나 사극을 많이 하는 것 같다"고 말했다.[15] 그의 말이 틀린 말은 아니다. 2010년과 2011년에는 현대극보다 역사극이 많았다. 심지어 2011년에는 부산연극제 참가작 6작품이 모두 역사극이었다. 그러나 위의 표에서 알 수 있듯이 2012년부터 2016년까지는 역사극보다 현대극의 비중이 높다. 2013년에는 문학각색극이 나타났고 2014년에는 인물극이 나타났다. 다시 말해 2010년 이후의 부산연극제 참가 작품은 처음에는 역사극의 비중이 높았지만 2012년을 기점으로 현대극의 비중이 높아졌고, 인물극과 문학각색극 등 다양해졌다고 보아야 할 것이다.

Ⅲ. 2010년 이후 부산연극제 현안

1. 관객의 부재

관객은 연극의 4요소 중 하나이다. 연극에 있어서 관객이 중요한 이유는 일반대중이 공연물을 보기 전까지는 보통 그것을 연극이라 부르지 않기 때문이다.[16] 특히 연극축제에 있어서 관객은 함께 참여하고 향유하는 역할을 한다. 연극축제를 열었는데 관객이 없다는 것은

---

15) 「[제30회 부산연극제]② 과거로의 여행, 시대극」, 『부산일보』, 2012. 3. 28.
16) 오스카 브로켓, 김윤철 역, 『연극개론』, HS MEDIA, 2009, 16면.

축제의 의미를 살릴 수 없다는 것을 말한다.

부산연극제의 문제점으로 거론되는 것은 관객의 부족이다. 2010년 이후 부산연극제의 관객 변화의 추이를 살펴보자. 제28회 관객 수는 1만 3천여 명으로, 지난해보다 3천여 명이나 늘어난 것이다.

올해 7개 경연 작품은 극단마다 색깔이 다른 작품을 올려 관객의 호응을 얻었다. 개막 축하 작품 「레인보우 코리아」(극단 나비소풍)와 6개 자유 참가 작품도 관객의 큰 관심을 끌었다.[17]

김동석은 관객 증가 이유를 극단마다 색깔이 다른 작품을 무대에 올린 것과 개막 축하 작품에 대한 관객들의 높은 관심도로 보고 있다. 제28회 부산연극제에 참가한 작품들은 역사적 인물과 역사적 상황뿐만 아니라 인간이 살아가면서 갖는 근원적인 문제를 소재로 선택하였고 출산율과 노인문제, 현대인의 트라우마 등 현대 사회가 가지고 있는 다양한 문제 또한 소재로 선택하였다. 또한 작품의 완성도도 높았다. 개막 축하공연인 서울 극단 나비소풍의 「레인보우 코리아」 공연에서 774석 규모의 중극장이 만석을 이루었고, 입장하지 못한 100여 명의 관객이 돌아가기도 했다.[18]

제29회 관객 수는 1만여 명으로 집계됐다.[19] 제28회보다 오히려 3천여 명이 줄었다. 제29회의 참가작은 제28회의 참가작과 달리 6작품

---

17) 「막내린 부산연극제 … 최우수 작품상 '꿈꾸는 화석'」, 『부산일보』, 2010. 4. 12.

18) 「28회째 맞는 부산연극제 막 올랐다」, 『부산일보』, 2010. 3. 27.

19) 「[제29회 부산연극제 폐막] 역량있는 젊은 연기자들 미래 희망 쐈다」, 『부산일보』, 2011. 4. 11.

모두 역사극과 시대극이었다. 비슷한 느낌의 작품들이었기 때문에 관객의 호응을 받기 어려웠을 것으로 짐작된다.

제33회 부산연극제에서는 공연마다 전체 좌석의 60% 이상을 채우며 관객 동원에 성공할 수 있었다.[20] 이러한 결과는 부산연극협회가 각별히 홍보에 공을 들였기 때문에 얻을 수 있었다. 제32회 연극제에서 홍보 부족으로 시민들의 관심을 끌지 못했다는 지적을 받았고, 이를 만회하기 위해 홍보에 공을 들인 것이다.

제34회 부산연극제에서는 제33회 때 60% 이상 찼던 객석이 반도 차지 않았다. IN 공연을 치른 부산문화회관 중극장(767석)의 객석 점유율은 약 30%였고, 부산시민회관 소극장(407석)은 50% 이하였으며 OFF 공연을 한 부산문화회관 소극장(212석)은 40%였다.[21] 이그라의 「남은 여생의 시련」이 객석 점유율 약 90%(9일 부산시민회관 소극장 407석 중 365석이 찼다[22])를 달성했다는 점을 감안하면 타 극단들의 객석 점유율은 더 낮아지게 된다.

그나마 참여한 관객들도 순수 시민으로 보기 어렵다. 부산연극제 관객들 중 많은 사람들이 연극 관련학과 학생들이거나 연극 관련 종사자들이기 때문이다.[23] 시민 없는 부산연극제가 됨으로써 부산 연극계의 최대 축제인 부산연극제가 진정한 시민의 축제가 아닌 연극인만

---

20) 「연출자 이름값에 관객 응답했다」, 『국제신문』, 2015. 4. 12.

21) 「'표풍' 최우수 작품상 … 부산연극제 젊은 연출 빛났지만 흥행 참패」, 『국제신문』, 2016년 4월 17일.

22) 「부산연극제 관객이 준 별점⟨4⟩ 이그라 '남은 여생의 시련'」, 『국제신문』, 2016. 4. 11.

23) 「'표풍' 최우수 작품상 … 부산연극제 젊은 연출 빛났지만 흥행 참패」, 『국제신문』, 2016년 4. 17.

의 축제로 그쳤다는 평가를 받을 수밖에 없다.

부산연극제는 관객을 극장으로 인도하기 위해 다양한 노력을 했다. 제28회 연극제에서는 관객과의 토론회를 열었고, '부산연극사', '부산연극지', '창작비평희곡집' 등의 자료도 무료로 나누어 주었다.[24] 제31회 연극제에서는 관객이 선정한 인기상도 뽑고, 역대 연극제 최우수작품상 사진 전시회를 열었으며 부산 연극에 관한 정보관도 만들었다.[25] 제34회에서는 분장체험 등 시민과 함께 하는 부대 행사[26]를 마련하고, 종합티켓을 판매하였다.

이러한 노력에도 불구하고 부산 연극을 찾는 관객은 계속해서 감소하는 추세다. 연출자, 배우, 연극제 관계자들은 "더 많은 관객을 만나고 싶다"고 하지만[27] 정말 부산연극제가 관객 부재의 문제를 해결하기 위해 최선을 다했을까를 생각해 보아야 한다. 의무적으로 시행되어 오던 관객과의 대화가 제31회부터 극단의 자율 결정으로 바뀌자 일부 극단에서 관객과의 대화를 꺼리는 현상이 나타났다. 관객들의 질문 수준이 떨어지고, 극단에서 행사를 주도하다 보니 매끄럽지 못한 상황이 많이 발생하기도 하며, 창작 초연은 긴장도가 몹시 높아 공연 후 배우들의 피로도가 상당하고 또 자체적으로 공연을 가다듬기 위한 시간이 필요하다는 이유 때문이다.[28] 그러나 관객과의 대화

24) 「28회째 맞는 부산연극제 막 올랐다」, 『부산일보』, 2010. 3. 27.
25) 「9개팀 창작 초연작 경연 ⋯ '연극의 미래'를 보라」, 『국제신문』, 2013. 3. 24.
26) 「[제34회 부산연극제] 4., 그 막이 오르면 ⋯ '연극 향기' 솔솔」, 『부산일보』, 2016. 3. 29.
27) 「"무대는 열림, 관객 시선은 끌림" 진한 '감동'과 큰 '울림'의 현장」, 『국제신문』, 2014. 4. 8.
28) 「부산연극제 '관객과 만남' 뜨거운 감자」, 『국제신문』, 2013. 4. 3.

는 배우와 관객이 만날 수 있는 창구이자 공연 뒷이야기를 할 수 있어
관객과의 거리를 좁힐 수 있는 장이다. 그렇기 때문에 힘들고 귀찮은
면이 있다고 해도 관객과 만날 수 있는 기회를 포기해서는 안 될 것이
다.

관객 부재의 문제를 해결할 수 있는 방안으로 수준 높은 작품의 공
연과 적극적인 홍보를 들 수 있다. 제28회 연극제에서는 다양하고 수
준 높은 작품이, 제33회 연극제에서는 적극적인 홍보가 관객의 증가
요인이었다. 부산연극제는 매 회 반복되는 관객 부족의 상황을 탓하
기 보다는 좋은 작품을 무대에 올리고 적극적인 홍보를 하여 이 문제
를 해결해야 한다. 다시 말해 부산연극제가 전국연극제에 보낼 부산
을 대표하는 극단을 뽑는 행사가 아니라 관객과 함께하는 축제의 장
이 될 수 있도록 다양한 방안을 강구해야 한다는 것이다.

2. 참가 조건인 창작 초연작

부산연극제는 2005년 'IN 부문'(경연작 부문)의 참가작을 국내 작
가의 창작극으로 초연 작품에 한하여 참가할 수 있다는 원칙을 세운
후 현재까지 이 원칙을 고수하고 있다. 부산연극제에서 이와 같은 원
칙을 세운 것은 서울 위주의 작품을 공연하는 것이 아닌 지역 연극의
중흥을 모색하기 위해서이다.

창작 초연작이어야 한다는 부산연극제 참가 조건은 부산연극 창작
극 발전에 기여한 것은 분명한 사실이다. 2010년 이후 부산연극은 전
국연극제에서 괄목할만한 성과를 거두었다. 제31회 전국연극제에서
부산연극제작소 동녘의 「운악」이 최우수작품상(대통령상), 연출상

(윤우진), 연기상(이혁우), 무대예술상(황경호) 등 4개 부문 상을 받았다. 「운악」의 수상은 2002년 부산연극이 전국연극제에서 대통령상을 받은 이후 11년 만이었다. 제32회 전국연극제에서는 극단 배우창고의 「가카가 오신다」가 은상을 수상하였고, 제33회 전국연극제에서는 극단 누리에의 「사초」가 은상과 무대예술상을 수상하였다. 제34회 대한민국연극제에서는 바다와문화를사랑하는사람들의 「표풍」이 은상을 수상하였다. 수상과 더불어 「운악」을 연출한 윤우진과 「가카가 오신다」를 연출한 박훈영 등 지역 연극계의 주목받는 연극인으로 각인되었다.[29]

이와 같은 성과에도 불구하고 창작 초연작이어야 한다는 조건으로 인해 부작용 또한 생겨났다. 매 회마다 논란이 되고 있는 것은 작품의 질적인 저하이다. 제29회 연극제에서 한 원로배우는 "부산연극제가 극단이나 동네잔치가 아니고 부산연극을 대표하는 행사인데 수준에 못 미치는 작품을 거르지 않고 무대에 올렸다는 게 창피했다"고 했다.[30] 제31회 연극제 심사위원인 이성규, 호민, 김지용 등은 전반적으로 작품 수준이 떨어졌다는 냉정한 평가를 했다.[31] 제32회 연극제의 12개 작품 중 11편을 관람한 기자는 '실망스럽다'는 결론을 내렸고, 그 이유로 기대 이하의 작품 수준을 꼽았다. 그는 이러한 상황이 벌어진 원인을 연극제 경연작이 창작 초연 작품이란 점에서 찾았다.[32]

---

29) 「'가카가…' 연출 박훈영 "권력의 추악한 뒷모습과 진실 담았죠"」, 『부산일보』, 2014. 4. 21.
30) 임은정, 「'창작 초연' 제도 보완해야」, 『국제신문』, 2011년 4월 12일.
31) 「최우수 작품상 '운악' … 연출상 신예 윤우진 등 4개 부문 석권」, 『국제신문』, 2013. 4. 14.
32) 김현주, 「'축제의 주연' 시민 놓친 부산연극제」, 『국제신문』, 2014년 4월 20일.

'창작 초연'을 강조하는 것이 사전에 희곡 심사나 철저한 작품 검증 없이 창작 초연이기만 하면 무조건 부산연극제에 참여시키는 문제를 발생시킨 것이다.[33] 그로인해 연극제 출품용 일회용 희곡만 양산되고 있으며 연극의 질을 떨어뜨린다는 지적을 받기도 한다.[34] 더 나아가서 창작 초연이라는 제한 조건이 경우에 따라서는 희망하는 극단의 연극제 참가를 원천적으로 봉쇄하는 결과를 낳기도 한다.[35]

창작 초연작이라는 조건을 제시하고 부산연극협회가 관련된 문제를 해결하기 위해 아무런 노력을 하지 않은 것은 아니다. 부산연극협회는 2008년 매년 참신한 희곡 발굴을 위해 전국을 대상으로 진행하는 공모전을 도입했다.[36] 전국창작희곡공모전의 수상작에 대한 저작권은 3년 동안 부산연극협회에 있으며, 창작 희곡을 준비하지 못한 극단들은 수상작 중 자신이 원하는 작품으로 공연할 수 있다.

제28회 부산연극제에 전국창작희곡공모전의 수상작으로 참여한 극단은 누리에, 부산레파토리시스템 그리고 시나위이다. 누리에는 「꿈꾸는 화석」으로 부산레파토리시스템은 「늙은 날의 초상」으로 시나위는 「한」으로 참가하였다. 제29회에는 세진이 「여름의 문장」으로, 제30회에는 세진과 누리에가 같은 작품인 「개 짖는 날」로 참가하였고, 맥이 「대양 07호」로 참가하였다. 제31회[37]에는 세진과 하늘개

---

33) 임은정, 「'창작 초연' 제도 보완해야」, 『국제신문』, 2011년 4월 12일.

34) 「창작희곡 푸대접 … 부산의 셰익스피어 못 키워」, 『국제신문』, 2015. 11. 29.

35) 김남석, 「연극축제 공공성의 한계와 대안 '부산연극제'」, 『연극평론』 제78권, 한국연극평론가협회, 2015, 19면.

36) 응모 자격은 신인 및 기성작가로 공연(학교 공연 포함) 또는 어떤 지면(인터넷 매체 포함)에도 발표되지 않은 순수 창작희곡에 한하며 대상 상금 1000만원, 금상 상금 700만원, 은상 상금 500만원이다.

37) 더블스테이지의 「모래폭풍」은 부산신인창작희곡공모전에서 수상한 작품이다.

인날이 같은 작품인 「뜰 앞의 개고기」로 참가하였다. 제32회에는 세진이 「웃으며 안녕」으로, 누리에가 「칼치」로 참가하였다. 제33회에는 이그라가 「진리가 너희를 자유케 하리라?」로, 이야기가 「피안도」로 참가하였다. 제34회에는 세진이 「모의」로, 누리에가 「구멍 속 구멍」으로 참가하였다.

창작희곡공모전을 통해 극단들에게 작품을 제공하고자 하는 부산연극협회의 노력에도 불구하고 여전히 창작 초연작이어야 한다는 참가 조건은 논란의 중심에 있다.

한국적 연극을 정립하기 위해서는 창작극을 만드는 방법뿐이다. 좁게 보면 부산 연극이 스스로 발전하기 위해서, 넓게 보면 한국 연극의 발전을 위해서 창작극을 해야 한다.[38]

희곡은 연극의 뿌리와 같다. 창작희곡 초연제가 작가 개발에 이바지한 면이 크다. 타 시도의 벤치마킹 대상이 되는 마당에 초연제 폐지는 이해할 수 없는 주장이다.[39]

위의 글은 창작 초연작이라는 참가 조건이 가져오는 긍정적인 측면에 대해 말하고 있다. 작가 개발에 이바지한 면이 크며, 부산 연극뿐만 아니라 한국 연극의 발전을 위해서도 필요하다고 한다.

그러나 아래의 인용글들은 창작 초연작이라는 참가 조건이 가져오

38) 「20년 창작극만 … 부산연극계 아름다운 고집쟁이」, 『국제신문』, 2013. 6. 23.
39) 「"초연작 한정된 부산연극제 출전 자격 완화를" 부산 연극 발전 위한 끝장 토론회」, 『국제신문』, 2013년 1월 30일.

는 부정적인 측면에 대해 말하고 있다. 이 조건이 연극 전체의 침체를 가져올 우려가 있고, 관객들에게 실망감을 줄 수도 있다고 한다.

> '창작희곡에 한 한다'고 규정한 것은 경우에 따라 창작희곡을 살리기 위해 배우의 다양한 표현능력이나 연기술을 위축시키고 연극전체에 침체를 몰고 올 우려마저 있다. 이를테면 국적 불명의 의미 없는 창작극에 흥미를 잃은 관객들이 실의에 차 연극을 외면할 여지도 있기 때문이다. 물론 창작극에서 좋은 작가와 작품도 나왔고 좋은 연기가 나왔던 것도 사실이지만 그렇잖아도 어려운 연극여건에 창작극만 공연하라는 단서는 이것에 구애되어 결과적으로 극단의 이념이나 좌표를 상실케 할 우려도 얼마든지 있다는 데 문제가 있다.[40]

> 부산연극제는 연중 가장 큰 축제다. 관객도 기대를 하기 마련인데, 초연작으로 한정해 성숙되지 않은 작품을 공연하면 관객의 실망으로 이어질 수밖에 없다.[41]

어느 입장이 맞고 어느 입장은 틀렸다고 할 수는 없다. 창작 초연작이라는 참가 조건으로 인해 긍정적인 결과를 얻기도 했고, 때로는 부정적인 결과가 발생하기도 했기 때문이다. 하지만 이 원칙을 세운 지 10여 년이 지난 현 시점에서는 다시 생각해 보아야 하는 문제임은 분명하다. 연극은 공연을 통해 완성되는 예술이다. 창작 초연작이어야 한다는 참가 조건은 부산연극제가 그들만의 축제가 아닌 관객과 함께

---

40) 김동규, 『부산연극사』, 예니, 1997, 216면.

41) 「"초연작 한정된 부산연극제 출전 자격 완화를" 부산 연극 발전 위한 끝장 토론회」, 『국제신문』, 2013년 1월 30일.

하는 진정한 축제의 장이 되기 위해서 해결해야 하는 과제이다.

Ⅳ. 나가며

본고에서 2010년 이후의 부산연극제 현황 및 현안에 관해 살펴보았다. 부산연극제는 1983년에 시작되어 2016년 34돌을 맞이하였다. 그동안 부산연극제는 신작 창작극 산출의 무대가 되었고, 지역연극인 양성의 무대가 되었으며, 지역 연극의 활성화를 위한 동력이 되었다.

2010년 이후 부산연극제의 변화는 여러 가지 면에서 나타난다. 먼저 '경연작'과 '자유참가작'으로 부르던 명칭을 제32회 연극제에서 'IN 부문'과 'OFF 부문'으로 변경한 것이다. 'IN 부문'은 명칭만 바뀌었지만 'OFF 부문'은 내용의 변화가 있었다. 연극, 무용, 음악 등 다양한 무대예술이 참여하던 것에서 연극만 참여할 수 있게 바뀌었고, '소극장 연극 축제'를 표방하며 참가 대상도 전국 극단으로 확대하였다. 또 다른 변화는 'OFF 부문'에 '한형석 연극상'과 '전성환 연극상'을 만든 것이다. 이 상을 만든 취지는 부산을 대표하는 한형석과 전성환의 공로를 기리고 이들의 예술혼을 후배들이 이어받도록 하자는 것이다. 이 외에도 '종합티켓' 제도를 도입하였고, 'IN 부문'에 '우수상'을 신설하는 등의 변화가 있었다.

2010년에서 2016년까지 부산연극제에 참여한 극단은 17개 극단으로 참가 작품은 모두 59작품이다. 2016년 현재 부산연극협회 회원으로 활동하는 극단이 25개인데, 일곱 번의 부산연극제가 치러지는 동안 누리에, 바다와문화를사랑하는사람들, 도깨비, 세진, 하늘개인날

등의 5개 극단이 30작품을 공연하였다. 이는 2010년 이후의 부산연극제에서 특정 극단의 편중현상이 나타난 것을 말해준다. 59편의 참가 작품은 2010년과 2011년에는 역사극이 주를 이루었지만 2012년을 기점으로 현대극의 비중이 높아졌고, 인물극과 문학각색극이 등장하며 다양해졌다.

2010년 이후 부산연극제의 현안으로는 관객 부재와 창작 초연작이어야 한다는 참가 조건을 들 수 있다. 연극 축제에 있어서 관객은 축제를 축제답게 만드는 요소이다. 관객 부족의 현상만 탓하지 말고 작품의 완성도를 높이고 적극적인 홍보를 하여 관객을 유치할 수 있도록 노력하여야 할 것이다. 창작 초연작이라는 참가 조건은 창작극 발전에 기여하기도 하였지만 작품의 질적인 저하를 가져오기도 하였다. 부산연극협회가 창작 초연작이어야 한다는 참가 조건을 보완하기 위해 전국창작희곡공모전을 열어 작품을 제공하고 있지만 이 조건은 여전히 논란의 중심에 놓여 있다. 어떤 결정을 내리는 것이 부산연극제를 위한 것인지 고민해야 할 것이다.

참/고/문/헌

〈연구논문〉

- 김남석, 「연극축제 공공성의 한계와 대안 '부산연극제'」, 『연극평론』제78호, 한국연극평론가협회, 2015.
- 김남희, 「지역 축제의 운영 사례를 통한 성공요인 분석 : 밀양여름공연 예술축제를 중심으로」, 대구가톨릭대학교 석사학위논문, 2015.
- 김성희, 「전국연극제의 역사와 방향 모색」, 『드라마연구』제28호, 한국드라마학회, 2008.
- 이경미, 「한국 연극의 새 발화주체 호모 사케르와 공적 영역의 복원-」, 『드라마연구』제43호, 한국드라마학회, 2014.
- 이종원, 「문화 예술이 지역 경제에 미치는 효과 연구 : 대학로 공연예술을 중심으로」, 세종대학교 박사학위논문, 2010.
- 이한석, 「문화도시마케팅으로서 지역문화예술축제의 가치와 발전방향에 관한 질적 연구 부산국제연극제를 중심으로-」, 『한국항공경영학회지』제9-4호, 2011.
- 정봉석, 「청년연극의 출발 제21회 부산연극제」, 『연극평론』제29호, 한국연극평론가협회, 2003.
- 정봉석, 「제1회 부산국제연극제를 돌아보며」, 『연극평론』제35호, 한국연극평론가협회, 2004.
- 정지은, 「지역예술축제의 서비스품질과 스토리텔링이 브랜드 자산 및 방문객 만족도에 미치는 영향 : 거창국제연극제를 중심으로」, 『상품학연구』제33-1호, 한국상품학회, 2015.

_____, 「지역예술축제의 현황과 개선방안에 관한 질적 연구 : 거창국제연극제와 수원연극제를 중심으로」, 『관광연구』제31-7호, 대한관광경영학회, 2016.

〈단행본〉
• 김동규, 『부산연극사』, 예니, 1997.
• 김문홍 · 정봉석 공저, 『부산연극사자료집 (1)』, 해성, 2006.
• 정봉석, 『열린 연극의 담론과 비평』, 세종출판사, 2001.
• 한국연극협회 부산광역시지회 편, 『부산연극사-소극장사 1963~2009』, 혜성, 2009.
• 한국연극협회 부산광역시지회 편, 『부산연극사-한국연극 100년 부산연극 100년』, 혜성, 2008.
• 오스카 브로켓, 김윤철 역, 『연극개론』, HS MEDIA, 2009

〈기타자료〉
• 『국제신문』, 『부산일보』

부산의 도서 인프라와 '작은도서관'
―공·사립 '작은도서관'의 재정비와 재분배를 중심으로―

* 선 선 미

Ⅰ. 들어가며

부산시에는 362개의 '작은도서관'이 있다.[1] 이 중에 공립 작은도서관은 74개관이고, 사립 작은도서관은 288개관이다. 공립과 사립으로 나누는 기준은, 말 그대로 작은도서관의 설립 주체에 의거한다. 개인이나 단체가 설립 주체이면 사립 작은도서관이고, 구청, 교육청, 문화체육부 등 국가 기관이 설립 주체이면 공립 작은도서관으로 분류된다.

이 작은도서관은 사립이든, 공립이든 '작은도서관'이라는 명칭을 사용하지만 도서관 서비스에는 큰 차이가 보이고 있다. 공립 작은도

---

1) http://www.busanlib.net:부산광역시 대표도서관인 부산시민도서관에서 제공하는 자료를 바탕으로 산출하였음.

서관은 그 작은도서관을 설립한 지자체로부터 운영비를 지원받아 그 명맥을 유지해 나가고 있다. 지자체가 공립 작은도서관에 지속적으로 운영비를 지원하는 이유는, '책'을 구심점으로 삼아 지역주민의 지적 수준을 향상시키려는 의지 때문이기도 하지만 또 다른 이유도 분명 겨냥하고 있다.

그러니까 각 지자체는 마치 경쟁이라도 하듯 막대한 예산을 들여 작은도서관을 설립했는데, 이 명분을 유지하기 위해서라도 예산을 계속 쏟아 부어야 하는 곳이 부지기수이다. 2000년도 이후로 급속도로 생겨난 사립 작은도서관이 예산 부족으로 제 구실을 못하거나 문을 닫아야 하는 곳이 즐비했지만, 지자체는 그러한 상황을 개선하는 데에는 힘을 쏟지 않았다. 오히려 공립 작은도서관을 세우기에 급급했다. 그 결과 불모지였던 공립 작은도서관은 2016년 74개관으로 늘어났으며, 이를 어떻게든 유지해야 하는 설립자들은 '파리 한 마리'를 위해서라도 냉난방비를 지원해야 하고, 서가에 먼지가 쌓여도 도서구입비 등을 지원할 수밖에 없는 딜레마에 처하고 말았다.

그나마 명맥을 유지하는 공립 작은도서관은 '평생교육 프로그램'을 운영하며 회원 유치에 급급한 실정이다. 평생교육 프로그램은 책과 관련성이 떨어진 주제들이 대부분이어서 도서관의 지속성을 유지하기에 부적합한 경우가 대부분이다. 이러한 현재 상황은 주객이 전도된 형태로, 작은도서관을 유지하기 위해 프로그램을 운영하는 것에 불과하다고 보아야 한다. 이러한 상황에서 우리는 기본을 돌보지 않을 수 없다. 즉 작은도서관도 엄연한 도서관이니, 도서관의 기본 역할을 재삼 상기하지 않을 수 없는 것이다.

본래 작은도서관은 '새마을문고'에 기반을 두고 있었다. 새마을문고는 대국민 사업인 새마을운동의 일환으로 촉발되었다. 새마을운동이 시작되고 정신 교육의 중요성이 부각되면서 '새마을문고사업'이 전국에 시행되기에 이른 것이다. 일례로, 1970년 당시 낙후된 지역을 계몽하기 위한 사업으로, 마을마다 '새마을문고'를 국가적 사업으로 시행하였다.

이러한 대국민 사업의 일환으로 시작된 '새마을문고'는 국민들이 쉽게 책을 접할 수 있도록 그 역할을 해나갔다. 그 결과 국민들이 물질적, 정신적으로 성장하면서 '새마을문고'는 서로 다른 변모 양상을 보였다. 각 마을의 형편에 따라, '새마을문고'가 없어지거나 명칭이 변경되기도 한 것이다.

그 중의 하나로 명칭의 변화를 꼽을 수 있다. 대한민국 어느 마을에서나 일괄적으로 '새마을문고'였던 이름이 차츰 지역의 특징에 따라 개성 있는 명칭으로 변경되었다. 예를 들면, '훈민정음 사립문고', '새벗 사립문고' 등이 그것이다. 그리고 지자체는 이러한 'ㅇㅇ문고' 명칭을 받아들여 문고를 등록하고 관리해 오다가, 2007년 도서관진흥법이 공포되자 '작은도서관'의 명칭을 폭넓게 수용했다.

이렇게 작은도서관의 역사를 정리해 보는 이유는 '새마을문고'가 존재했던 이유와 목적을 잊어서는 안 되기 때문이다. 도서관이 크든 작든, 혹은 회원이 많고 적음을 떠나 그 무엇보다 우선적으로 책을 통해서 인간의 안정적인 정서와 지적 능력을 향상시키기 위해서 힘써야 하는 시설이다. 이것인 한국에 존재하는 작은도서관의 작지만 중요한 존재 이유이다.

그런데 이러한 이유나 명분은 지켜지지 않고 있다. 공립 작은도서관은 지역민들의 구미를 당길 수 있는 무료 프로그램을 개설하지만 그 작은도서관의 존재 가치(존립 이유)를 억지로 강요하는 데에 여념이 없다. 반대로 사립 작은도서관은 심각한 재정난에 허덕이며, 해당 강사에게 지급할 예산도 확보하지 못한 채 매년 폐관하는 곳이 속출하는 실정이다.

이러한 심각성을 인식한 부산대표 도서관인 '시민도서관'은 5년 전부터 작은도서관을 대상으로 '찾아가는 독서문화프로그램'을 기획하여 수요처를 공모하였다. 공모한 작은도서관 중에 30여 개의 작은도서관을 선정하여 년 1회성 강사를 지원하여 작은도서관의 갱생에 도움을 주고자 하였다. 하지만 360여 개 중에서 30개의 작은도서관을 선정하기 때문에, 이러한 지원은 실질적인 수혜로 가능성이 매우 낮은 상태이다. 또한 운영에 거의 도움이 되지 않는 프로그램을 지원받는 것도 늘 반가울 수만은 없는 일이다.

부산시 곳곳에 400여 개에 육박하는 작은도서관이 속출하는 현상은 기본적으로 부산시민이 사회적/심리적 결여를 채우기 위한 방편이자 욕구로 볼 수 있다. 자발적으로 또는 의도적인(정치성) 이유에서일지언정, 작은도서관이 성행하는 이유를 부산시민의 정서의 발로로 볼 여지도 있다. 그러니 더욱 더 부산시 작은도서관에 부산시민의 정서를 함양하고 마음을 어루만져줄 지속가능한 프로그램이 필요하다고 볼 수 있다. 그 프로그램은 책을 중심으로 해야 세세연년 이어져왔던 도서관의 역할과 기능을 더욱 충실하게 된다.

Ⅱ. 작은도서관, 운동이 아니라 이제는 힐링과 소통의 공간

그 기원으로 볼 때, 작은도서관은 책을 좋아하는 사람들이 자신의 책을 이웃과 함께 나누고자 하는 의지를 앞세워 자발적으로 책과 공간을 제공하는 데서 비롯되었다. 하지만 최근 도시 재생의 물결 속에서 작은도서관에 대한 개념들이 매우 다채롭게 속출하고 있다.

일단 안찬수[2]는 기존 문고들의 부실성에 대한 이용자들의 부정적인 평가를 넘어서고 운영의 충실성을 기하기 위한 운동 차원에서 작은도서관이 성장시켰다고 말한다. 한편, 최진욱[3]은 대한제국 시기 대동서관, 일제 강점기의 경성도서관이 작은도서관의 뿌리라고 지적하고 있으며, 그래서 작은도서관의 운동성(성향)이 깊다는 논리를 펴고 있다. 박정숙 역시 작은도서관은 문맹 퇴치와 농촌계몽 운동 혹은 어린이독서문화운동과 연관되어 있다고 주장한다.[4] 이러한 주장들은 작은도서관을 국책사업의 일환으로 소환하고 이에 맞게 제도화 하기 위한 조건으로 볼 수 있다.

만일 작은도서관이 제도화된다면, 운영자들은 경제적인 부분, 관리 부분에서 부담을 덜 수 있을 것이다. 하지만 이웃을 내밀하게 바라보고 친밀하게 접근하는 작은도서관의 기본 취지는 사라질 것이고, 주민 소통으로서 공간 기능 역시 퇴화하고 말 것이다.

한편 이진우는 작은도서관을 '사립문고' 중심으로 바라봐야 한다는

---

2) 안찬수, 「문고가 아닌 어엿한 도서관으로」, 『도서관계』141호, 2006, 10면.
3) 최진욱, 「한국사회 작은도서관 운동사」, 『디지틀도서관』48호, 2008, 68~83면.
4) 박정숙, 「작은도서관을 말하다」, 『디지틀도서관』70호, 2013, 31~46면.

주장[5]을 편다. '작은도서관은 1980년대 초부터 주로 사립문고를 중심
으로 사용되기 시작'하였다고 보기 때문이다. 그러면서 이 연구는 작
은도서관의 실제적인 역할과 기능의 가능성을 찾을 수 있는 중요한
단서를 제공했다. 작은도서관이 '사립문고'라는 주장이 그것이다.

  말 그대로 '사립문고'는 민간인이 아무런 조건 없이 자신의 보유한
책을 이웃과 나누고자 시작한 자발적 제도 혹은 소통의 염원에 출발
한 소박한 실천 운동의 성격을 지닌다. 그러면서 민간인의 소박한 바
람인 사립 작은도서관이 몇 천 개에 육박했는데, 이를 국공립도서관
의 축소형으로 접근하는 연구들은 결국 사립작은도서관을 제도적 틀
안에 가두고 마는 오류를 양산하기도 한다.[6]

  자발적으로 생겨난 작은도서관을 '운동'의 관점에서 볼 수 있다면,
이러한 운동은 커뮤니티운동(Community Movement)이라고 할 수
있을 것이다. 사회는 인간이 예측하지 못하게 진화하기도 마련인데,
이러한 사회의 변화를 국가가 먼저 인지하지 못한다면 그 변화를 수
용하기 위해서 개인이 나서지 않을 수 없게 된다.

  작은도서관 역시 이러한 개인의 참여에서 시작하여, 양적으로 팽
창한 사회의 문제가 팽배할 때에 그 돌파구로 주목된 바 있다. 실제
로 이웃 간 단절이나 계층 간 대립으로. 동시대적 환경 하에서 많은

---

5) 이진우, 「작은도서관설립운동의 실체와 공공도서관의 관련성」, 한국도서관정보학
   회, 2006. 동계 학술대회발표에서 발표한 자료임
6) 부산시의 구별 지자체의 경우를 보면, 이미 곳곳에 사립 작은도서관이 있음에도 불
   구하고, 이 곳에 관심은 전혀 없고 새로운 공립작은도서관을 설립하여 공립도서관
   축소형으로 방만하게 운영하고 있다. 사립작은도서관에는 늘 사람이 있지만, 공립
   작은도서관은 공익 등의 인력을 배치하여 사립작은도서관을 책을 대출하는 공간
   으로 절하하고 있다.

가정, 이웃, 사회에 문제가 발생하곤 했다. 이러한 문제를 구체적으로 살펴보면, 학교폭력으로 '눈치꾸러기'로 전락한 학생들, 하루가 다르게 증가하는 자살률, 노인의 소외와 고독사, 청소년들의 실업으로 인한 좌절과 정신적 배회 등을 들 수 있다.

그리고 이러한 문제를 야기하고 있는 사회는, 이 문제를 포괄적으로 직시할 수 있는 정신적, 정서적 공간을 요구하기 마련이다. 그 요구로 생겨난 공간 중 하나로 작은도서관을 꼽을 수 있다. 이때 요구되는 공간은 서로 친밀하지만 간접적이어야 하고, 소통을 할 수 있으면서도 그 소통 방식이 노골적이지 않아야 하며, 인간을 인간으로 대할 수 있는 가까운 거리에 위치한 곳이어야 한다. 이러한 요구를 충족시키기에 적당한 공간 중 하나가 작은도서관이었다.

점차 우리 사회는 기계화되고, 획일화되고 있는데, 이에 비해 가치는 단일화되는 상황이 펼쳐진다. 더욱 많은 집단의 구성원들이 사람보다 기계와 마주해야 하는 곤혹스러운 처지에 빠지고, 설령 공동체가 존재한다고 해도―시스템에 의해 운영된다고 해도―결국에는 개인화되고 마는 셈이다.

이러한 현상이 심각하게 발생하고 있는 대표적인 장소가 학교인데, 현재 대한민국의 교육과정은 학교로 하여금 성적 중심의 기관으로 변모하도록 강요하고 있다. 이러한 학교는 청소년들이 활동하는 시간 중에서도 상당한 시간을 보내야 하는 곳인데, 이로 인해 이러한 문제적 요소는 더욱 가속화되기에 이르렀다. 이러한 체제에서 우리 사회의 개인은 정신과 마음이 매몰되었는데 이를 회복하고 환기해야 할 때이다.

미국은 이미 1900년경 근린주구론을 내세우며 커뮤니티운동을 펼친 바 있다. 근린주구론은 오래된 마을의 커뮤니티 특징을 파악하고 대도시에서 재현하기 어려운 소통과 유대 관계를 맺을 수 있는 정신적 기반을 찾는 운동이었다.

이때 커뮤니티에서 가장 중요한 것은 '장소'이다. 한국의 도시계획은 이러한 근린주구론의 영향을 많이 받았다[7]고 말한다. 하지만 한국은 근린주구론을 도입하면서, 도시계획 중 형식적인 측면에 치중한 흔적이 농후하다. 이러한 형식적 침윤은 강한 영향력을 상징한다. 더구나 도시계획 선진국형 형식에 치중하여 정서적인 부분까지 획일화하고 단순화시키는 악영향을 끼쳤다.

그 결과 사회적 공간은 풍부해졌지만 이에 비해 개인은 더 고독해지고 말았다. 그러자 노인, 아이, 중·장년층 그리고 많이 가진 자와 덜 가진 자, 공부 잘하는 학생과 못하는 학생…… 등이 함께 할 수 있는 공간이 더욱 절실하게 필요해졌다. 이러한 공간은 시민과 마을 옆에 가까이 있어야 했는데, 이러한 안성맞춤 공간이 작은도서관이었다.

작은도서관은 비단 운동으로 끝날 것이 아니라, 힐링과 소통의 역할을 함께 담당할 수 있어야 한다. 이에 작은도서관은 책을 중심으로 혼자 앉아 자신과 독대할 수 있는 공간이어야 하고, 책을 위시하여 둘러앉은 상대를 바라볼 수 있는 공간이어야 한다. 하지만 이러한 작은도서관의 역할은 손쉽게 간과되고, 이에 따라 함께 흔들리는 시민들의 정체성은 그 심각성이 더해가는 실정이다.

---

7) 최재연, 김찬호, 「지역커뮤니티 거점으로서의 작은도서관의 특성과 역할」, 『대한국토 도시계획학회지』제50권-4호, 2006. 166~167면.

당장 청소년만 하더라도, 학교 이외의 다른 '정서적 소속'이 없기 때문에 학교에 지나치게 소속감을 집중할 수밖에 없는 상황이다. 청소년의 과도한 집중으로 인해, 학교는 왕따, 폭력, 게임, 휴대폰 중독 등의 문제에 직면하게 되었다. 그리고 책을 읽지 않는 학교가 되어가고 있다.

오래된 과거에는 마을 단위로 훈장을 두고 그 훈장의 지시에 따라 학생들이 수업을 받으며 모두 함께 둘러 앉아 한 권의 책을 외울 정도로 통독하는 교육 방식을 활용할 수 있었다. 비록 한 권의 책을 오랫동안 읽어야 했지만, 그 책의 내용을 풍성하게 수용할 수 있었고 그 과정에서 인간 사이의 유대도 더욱 친밀하게 다듬을 수 있었다. 그 이유는 책에서 찾을 수 있었다. 책을 중심으로 만나는 공간이기 이전에 그 공간은 마을의 공간이었고, 그로 인해 함께 할 수 있는 공간이 될 수 있어야 했다. 책을 통해 향토성을 확인할 수 있었고, 통독의 재미와 함께 어울리는 삶의 태도를 배울 수 있었으며, 지적인 영감과 자극이 모두와 함께 이루어질 수 있었다.

중 · 장년층의 우울 증세가 길어지고 심각해진 점도 이러한 문제 중 하나이다. 현대 인간의 삶은 예전에 비할 수 없이 젊고 건강한 삶으로 바뀌었다. 그만큼 중 · 장년층으로서 일을 해야 하는 재미와 고난을 동시에 생각해 볼 수 있다. 우스갯소리 격으로 들리지만, UN이 재규정한 '청년기'는 18세~65세에 이르고 있고 이에 따라 중년기는 66세~79세로 이전했다고 한다. 그만큼 중 장년층으로 일해야 하는 시기는 길어졌다고 해야 한다.

그래서 그런지 4 · 50대의 중 · 장년층들은 개인적인 이유들로 고단한 삶을 이어가고 있는 실정이다. 청년층과 확연히 달라진 지적 능력과 우수한 체력으로 여유도 없이 일에만 매달려 있는 것처럼 보이지만, 또한 그만큼 심각하게 정서적으로 우울(감)을 느끼며 살아감에도 불구하고, 그들이 마음 놓고 쉴 곳은 거의 없는 실정이다. 마음을 부려놓고 쉴 곳은 없다. 작은도서관을 운영하다 보면, 4·50대가 정서적으로 의지 공간이 필요하다는 점을 함부로 외면하기 어려워진다.

5년 전 부산시민도서관 공모 사업 일환 격으로 '독서를 통한 일상 치유(중년 대상)'라는 프로그램을 운영한 바 있다. 여러 통계에서는 4·50대의 중년 여성들이 우울증을 보편적으로 앓고 있다고 하지만, 이 문제를 두고 남성/여성을 분리하여 이해하는 것은 무의미하며 실제로도 그 구별이 어렵다는 점을 이해할 필요가 있다. 또한 남성, 여성을 따로 구별하기가 여간 어려운 것이 아니라는 점을 이해할 필요가 있다.

활발하게 영업직에 종사하는 남성, 호텔 수리 남성, 신발 가내공업 운영 남성 등이 "책을 읽으면서, 나의 속 이야기를 나누고 살고 싶다."라는 본심을 토로하며 프로그램에 열정적으로 참여하였다. 프로그램에 참여한 여성들 역시 동일한 반응을 보였다. "의미 없이 수다를 떨며 이야기를 나누는 것보다 책을 읽으면 지적수준도 향상시키고 '나의 이야기'를 나누고 싶다."라는 반응이었다. 이처럼 어쩌면 한국 사회는 자연스럽게 순수한 작은도서관을 원해 왔던 셈이다.

참조로, 필자는 청소년, 중·장년층, 노년층의 독서 프로그램을 운영하며 이들이 공통적으로 달라진 점을 볼 수 있었다. 어떤 방법으로든 그들이 마음을 열고, 입을 열게 해 줄 수 있다면, 곧 그들은 기본 텍스트 이외의 다른 책을 자발적으로 추천해 달라고 요청한다는 점을 부기할 필요가 있다. 물론 이 청원의 거절이 되지 않는 작품이었다.

Ⅲ. 부산시, 공공작은도서관과 사립작은도서관의 협력과 재분배

부산시에는 16개의 구 단위의 행정구역이 있고, 362개의 작은도서관이 곳곳에 존재한다. 부산진구나 해운대구에는 작은도서관이 다른 구에 비해서 훨씬 더 많은 편이지만, 구별 평균 22개의 작은도서관이 존재하고 있는 셈이다. 작은도서관의 구별 평균 수는 그 행정구역의 특성을 충분히 살려서 책을 매개체로 지적 수준 향상과 소통의 공간으로 쓰이기에 적합한 편이다.

하지만 작은도서관 역할은 대부분 공공도서관의 주기능인 도서대출의 범위에서 크게 벗어나지 못하고 있다. 작은도서관은 도서관 고유기능을 하는 것도 중요하지만 그 지역의 특성을 살린 역할을 할 수 있는 곳이어야 한다. 특히 작은도서관은 사회의 심리적 요인에 의해서 자생했다는 것을 감안할 때에 지역 사회의 특징을 살리는 것은 매우 중요하다. 어떤 근원에서 비롯했는지 정확하지 않지만 작은도서관은 산업화 사회의 가속화로 이웃이 단절되고, 개인이 고립되면서 곳곳에 자연스럽게 생겨난 책을 매개체로 한 소통 공간이다. 특히 부산 지자체는 국책 사업으로 시행한 도시재생 사업의 일환의 공공작은도서관 설립을 매우 적극적으로 추진한 도시이다. 그래서 사립작은도서관과 공립작은도서관의 지원에 대한 극명한 차이를 보여주고 있는데 작은도서관의 자생 이유와 그다지 부합되어 보이지는 않는다.

현재 부산시에 소속된 362개(2016년 기준)의 작은도서관 중에 문화체육부가 막대한 예산을 쏟아 부어 설립한 국공립 작은도서관은 표면적으로 순조롭게 운영되고 있다. 반면 지자체가 설립주체이어도 아까운 예산 낭비로 이어지는 작은도서관도 있다. 어떤 취지로 설립된 작은도서관이든 지속력 있는 프로그램이 운영되지 못하면 예산만 탕진하고 만다. 이러한 문제가 지속되면 가장 많은 사립 작은도서관은 서리 맞은 배추꼴이 되고 말 것이다. 특히 사립 작은도서관에 지속력 있는 독서프로그램이 운영되지 못하면 현재 부산의 사립 288개관이 있지만, 생겨나는 속도보다 사라지는 속도가 빨라질 것이다. 또한 이렇게 부실한 사립 작은도서관이 사라지면 공립작은도서관의 실체도 불분명해질 것이다. 공립 작은도서관의 모태는 엄밀하게 사립 작은도서관이기 때문이다.

【설립 주체에 따른 작은도서관(2016년 말 기준)】

	관수	주체
사립작은도서관	288개관	사립, 단체포함
공립작은도서관	74개관	구립, 공립포함

작은도서관 프로그램 현황(2017년 상반기 기준)

공립작은도서관	사립작은도서관
동화 속 미술놀이터(부산진구 어린이 청소년작은도서관)	- 년1회 시민도서관이 지원하는 "찾아가는 독서문화 프로그램" 이 강좌는 시민도서관이 제시한 시간을 작은도서관이 선택하면 강사를 보내준다. 작은도서관은 시민도서관이 정해서 보내주는 강사와 강의 주제에 어울리는 회원을 모아주는 수고를 하지만, 만족도는 매우 낮다.
김상욱 작가 초청강연회(부산진구 어린이 청소년 작은도서관)	
그리스문명기행(부산진구 어린이 청소년 작은도서관)	
세계사 속의 한국사(부산진구 어린이 청소년작은도서관)	
문화가 있는 날, 내 생애 시쓰기(연제구, 거제2동 새마을 문고 작은도서관)	

요가(부산진구, 사랑마실작은도서관)
레크레이션(부산진구, 사랑마실작은도서관)
동요로 배우는 한자(연제구, 밤골작은도서관)
내일은 과학왕(연제구, 밤골작은도서관)
생활 속 일본어(연제구, 밤골작은도서관)
오물조물 힐링공작소(연제구, 밤골작은도서관)
냅킨아트(연제구, 밤골작은도서관)
주제찾기,까치와 소담이의 수수께끼(남구, 감만1동 쌈지도서관)
역할글,토끼와 호랑이(남구, 감만1동 쌈지도서관)

＊ 국공립 작은도서관의 프로그램은 각 도서관의 홈페이지에 올라온 내용과 직원 인터뷰를 통해서 확인하였으나 사립 작은도서관은 대부분 홈페이지를 운영하지 않았고, 대화를 기피하여서 확인할 방법이 없었음.

위의 표에서 볼 수 있듯이 사립작은도서관은 국공립작은도서관에 비해 훨씬 많다. 하지만 사립작은도서관은 프로그램을 거의 운영하지 못하거나 운영하고 있다 하더라도 홍보할 매체도 확보하지 못하고 있는 실정이다. 사립 작은도서관은 대부분 비영리 사업장의 한켠에 마련된 공간이다. 지역아동센터, 교회, 아파트관리사무소, 복지센터 등의 여유로운 공간을 활용하여 작은도서관의 형태를 갖추고 있다. 이러한 사립 작은도서관은 대부분 설립주체가 운영을 하기 때문에 특성화의 가능성을 가지고 있다. 그 특성화가 작은도서관 프로그램으로 전화될 수 있는 가능성은 무궁무진하다. 하지만 현재 작은도서관의 지원 대상은 설립주체나 운영자나 그 회원에 해당하는 사람에게는 일체의 금액이나 보상을 할 수 없도록 엄격하게 제한하고 있다. 이러한 운영과 운영비에 대한 제한이 사립작은도서관 운영자의 사기를 꺾었고, 지속발전 가능성을 저해하는 가장 큰 요인이다.

반대로 공립작은도서관은 다양한 프로그램이 운영되고 있지만 1회성 성격이 강하다. 책이 중심이 되어야 할 작은도서관에서 '요가', '냅킨아트', '미술'등의 광범위한 문화 프로그램이 운영되고 있는데 그 적합성을 점검해 봐야 한다. 프로그램을 지원함에 있어서 수강모집의 가부를 논의하기 전에 '작은도서관 프로그램'으로서의 적합 여부를 따져야 할 것이다. 작은도서관이 책을 읽는 것보다 취미나 특기 살리는 일에 앞장 서는 일은 없어야 할 것이다. 지자체는 운영하는 프로그램 점검에 대한 점검이 필요하다. 작은도서관의 역사와 의의를 살펴보았을 때, 그 프로그램은 책과 관련이 있어야 하고 지속 가능성을 우선으로 삼아야 할 것이다.

공립 작은도서관은 넘치는 강사를 동원하여 다양한 프로그램을 홍보하지만 대부분의 프로그램이 회원몰이로 늘 분주하다. 짐작하건대 프로그램을 운영하는 이유는 운영비를 국가 또는 지자체로부터 지원받을 수 있는 명분을 만들기 위해서일 것이다. 이렇게 지역의 특성을 전혀 고려하지 않고, 도시재생, 도시재개발의 시책 바람을 타고 공립작은도서관을 운영하는 것은 바람직하지 않다.

지자체는 낡은 공공건물을 무작정 경쟁적으로 수억 대의 세금을 투자하여 공립 작은도서관 만들기에 열연하기 전에 그 주변에 이미 존재하는 사립 작은도서관을 활용 가능성을 타진해 보아야 할 것이다. 매년 집계를 다시 내야할 만큼 폐관되고 개관되는 사립작은도서관에서 그 지역의 답을 찾을 수 있을 것이다.

또 도서관을 정리하고 정비함에 있어서 사서는 매우 중요한 존재이다. 공립 작은도서관에는 상시 상주하는 사서가 갖추어져 있지만 사립 작은도서관은 년말에 순회사서를 요청하면 그 다음 해에 지원을 받을 수 있다. 이렇게 사서 지원의 시간적인 어려움이 따른다. 하지만 이보다 더한 문제는 작은도서관 전문 사서가 없다는 것이다. 우리나라 전역에 작은도서관은 수천 개에 달했고, 부산시만 하더라도 366개관이 존재하는데 사서의 역할은 한정되어 있다. 부산시의 366개관의 작은도서관을 순회하는 사서는 고작 두 명 정도에 불과하고 그들의 역할도 일반 도서관의 한계를 벗어나지 못하고 있다.

공립작은도서관	사립작은도서관
상주(직원 또는 비정규직)	순회사서(요청에 의해)

Ⅳ. 나오면서

필자는 2017년 연제구의 평생교육센터에 상반기 평생교육 프로그램 개강식을 다녀왔다. 그 개강식은 연제구청 내에서 진행할 프로그램 14개의 강좌를 소개하는 시간이었는데, 200여 명의 수강생들이 강당을 가득 메웠다. 더 놀라운 것은 이외에 연제구청 소속의 다른 공립기관 40여 곳에서 수 백 종류의 프로그램이 평생교육으로 개설한다는 종합안내문이다. 이렇게 여러 기관에서 수 백 종류의 평생교육 프로그램을 운영하는데 왜 작은도서관에서도 이와 다를 바 없는 여타의 프로그램을 운영해야 하는지에 대해 의문과 자괴감이 들었다.

작은도서관에는 책과 사람이 중심이 되고, 정서적 안정이 우선 시되는 차별화된 프로그램이 운영되어야한다. 독서를 통해서 개인 스스로 자신을 만나고 친구를 만나고 이웃을 만날 수 있어야 한다. 작은도서관은 자신과의 문제, 단절과 소외, 외로움, 고독 등의 내적 사회의 결여를 채우고 정화하기 위한 힐링 공간으로 바로 이웃에 생겨났다.

작은도서관은 우리 내적 사회가 요구한 정서적 공간이다. 그 요구의 공간은 친밀하지만 간접적이고, 소통을 하면서도 노골적이지 않고, 인간을 대할 수 있는 가까운 거리에 있는 곳이다. 이 요구를 충족시키기에 가장 바람직한 공간이 작은도서관이다. 이러한 공간으로 자리매김하기 위해서 지자체는 공립과 사립을 구별하지 말고 지원하여야 한다. 작은도서관의 존재 이유를 잊고 지나치게 시의적인 면에 치중한 편중된 지원을 거듭한다면 부산시는 유령도시의 쓴맛을 감수해야 할 것이다.

통계에 의하면 우리나라 사람들이 평균 5년 단위로 이사를 다닌다고 한다. 한 곳에 정착하지 못하는 이유는 물질적인 문제도 있지만 거의가 정서적으로 안정하지 못하기 때문이다. 한 마디로 이웃이 냉랭하여 마음 한 구석 의지 할 대상, 공간의 결여에서 비롯된 이사풍조이다.

이웃과 이웃이 책을 매개체로 문을 열고 대화하고 소통할 수 있는 공간은 기계시스템 설비가 되어 바코드에 의해서 부자가 울리거나 공익이 마네킹처럼 책을 건네주는 곳이 아니다. 그 동네의 사정을 잘 아는 운영자 또는 이웃 주민이 책을 찾아주고 권해주고 그 책에 대해서 이야기 할 수 있는 소박한 독서프로그램이 작은도서관에서 운영되어야 한다. 오래된 테베의 도서관에는 "도서관은 영혼을 치유하는 장소"라는 현판이 남아 있는데 오늘날 그와 같은 영혼의 치유 장소는 걸어서 갈 수 있는 거리에 사람이 있는 작은도서관이다.

참/고/문/헌

〈연구논문〉

• 박정숙, 「작은도서관을 말하다」, 『디지틀도서관』70호, 2013.
• 안찬수, 「문고가 아닌 어엿한 도서관으로」, 『도서관계 』141호, 2006.
• 이진우, 「작은도서관설립운동의 실체와 공공도서관의 관련성」, 한국도서관정보학회, 2006.
• 최진욱, 「한국사회 작은도서관 운동사」, 『디지틀도서관』48호, 2008.
• 최재연 · 김찬호, 「지역커뮤니티 거점으로서의 작은도서관의 특성과 역할」, 『대한국토 도시계획학회지』제50권-4호, 2006.

〈기타자료〉

• 부산시민도서관 도서정책부 주무관 인터뷰
• 부산진구청 문화체육부 작은도서관 담당 주무관 인터뷰
• 부산시사립작은도서관협의회 회장 인터뷰

부산의 미술 인프라와 공공성
-문화예술의 공공성과 부산지역 공공미술-

* 김 만 석

I. 들어가며 : 공공미술 프로젝트의 역사적 실패들

2006년 공공미술 프로젝트가 'art in city' 사업단에 의해 진행되었다. 이 사업은 한국문화예술위원회에 의해 "소외지역 생활환경 개선을 위한 공공미술사업"으로 도입되어 "주민참여에 기초한 공공미술" 프로젝트로 출발했다. 초기 사업은 공공미술에 대한 모델 창출을 목표로 시행되었으며 공공미술추진위원회가 진행해나갔다. 첫해의 운영자금은 복권기금에서 12억 2천 5백만 원을 지원받았고 공모사업 10곳과 시범사업 1곳을 선정해 사업이 진행되었다. 공모사업은 지역의 시민이나 단체로부터 요구된 시설과 장소에 개입하는 '사업대상 공모'와 이를 통해 선정된 대상에 공공미술 전문가들이 참여하는 '프로젝트 공모'의 단계로 수행되었다. 첫해의 사업에서 애초에 의도했던 바와는 달리 '장식적 공공미술'에 머물렀다는 평가를 받아 2007년에는 이를 개선해 "2006년 사업의 사후관리, 주민만족도 조사, 예산의 현실화 등의 항목을 추가해 2006년도 사업을 수정·보완"하려 했다.

2007년에는 "사회양극화 해소를 위한 문화나눔 사업", "쾌적하고 문화적인 환경에서 생활할 권리의 실현", "주민참여에 기초한 공공미술의 새로운 모델 창출"에 주안점을 두어 추진되었다. 그러나 'art in city' 사업은 2007년을 끝으로 종료되었고 총괄적인 평가를 한 『소외지역 생활환경 개선을 위한 공공미술 사업 평가보고서』에서는 "결과적으로 'art in city' 2007에서 사업의 성과관리 및 2006년도 문제에 대한 개선은 거의 제대로 이루어지지 못했고 사실상 오히려 문제가 악화된 형태로 나타났다"고 평가했다. 미술을 공적인 것으로 전환하려는 사업의 의도와 미술이 갖는 전문성 그리고 현장이라는 세 축에서 대체로 '미술'의 위치에 대한 고민이 부족했거나 현실화되지 않았던 결과였다. 미술적 실천과 개입이 현장과 유리되거나 지나치게 단순한 미술적 행위로만 제한되거나, 해당 지역의 커뮤니티와 무관한 방식으로 전개되었다는 것이 이를 잘 보여준다.

공공미술 프로젝트는 이후 벽화 그리기나 조형물 설치와 같은 천편일률적인 방식으로 해당 지역의 관에 의해 수행되는 경향으로 나아갔으며 한편으로는 '마을만들기'라는 구조 속에 편입하여 장식적인 경향으로 제한된 채 수행되어왔다. 달리 말해, 공공미술이라는 합성어는 공공과 미술이라는 상이한 두 가치 체제의 결합을 선도했지만, 공적인 것과 사적인 것을 접속하는 데에 실패했다는 것이고 해당 지역의 커뮤니티를 형성하는 '매개'로 한계를 노출하는 것으로 그쳤다고 할 수 있다. 이 사업의 최대 실패로 운위되는 '물만골 프로젝트'의 경우에, 해당 지역을 친환경 생태마을로 구성하려 했으나, 당시 지역주민들은 이 사업을 '재개발 사업'으로 이해하고 있었고, 마을에 설치되는 놀이터의 구조물 역시 친환경 생태마을 구성의 일환으로 간주하지 않았다고 할 수 있다. 즉 '물만골'에 개입하고자 했던 기획자들은 마을의 복합적인 구성이나 정체에 대해 간과하고 마을의 환경적 조건만을 '낭만적'으로 이해하여 시행했던 것이라고 하겠다.[1]

공공미술의 역사적 실패는 공공디자인의 경향으로 나아가는 길을 마련했으며 서로 상이한 두 개념의 절합을 모색했던 정책은 오히려 미술의 장식성만을 더 강조하고 말았다고 할 수 있다. 미술적 실천의 과정이 중요시되었음에도 그것이 결과물의 성격만이 역설적으로 강조되었던 것은 이 사업이 대체로 '도시재개발'의 일환이나 지대의 상승이라는 기대치와 연동되었던 탓이었다. 또 공공미술 사업에서 커뮤니케이션의 구도는 아주 복잡한 방식으로 전개되어야 했지만, 짧은 시간 내에 이를 수행하고 실현하기란 애초에 불가능한 것이기도 했다. 말하자면, 사업의 목적을 이루기 위해, 기획자와 작가는 일정 부분 계몽적 형식을 취해야만 했으며, 실질적으로 상호적인 방식의 의제 설정이나 논의가 진행되는 데에는 시간이 부족할 수밖에 없었다. 즉, 미학적 성과에만 치중하거나 장식적인 방식으로만 구조물이 제작된 것도 우연일 수 없다는 것이다. 이 때문에 일부 공공미술의 구조물들이 '플롭-아트'라는 의심을 사게 되었고 그런 방식으로 이해하는 것도 큰 무리일 수는 없었다.[2]

---

1) 「환대의 공간 공공미술 아카이브」, 『경향 아티클』, 2013년 10월호.
2) 임성훈, 「공공미술에 대한 미학적 고찰」, 『현대미술학 논문집』, 현대미술학회, 2008.

한편, 환경개선을 일정 부분 달성할 수 있다고 해도, 환경개선이라는 목표가 공공미술의 개입에 일정한 한계를 부과할 수밖에 없었다는 사실도 고려해야 한다. 공공미술의 전문가가 제대로 확보되지 않았던 당시의 사정에 따르면, 참여한 예술가들의 실천들이 '기획'에 종속되어 있었던 탓에 해당 지역의 장소나 경험, 역사 등을 적절하게 담보하는 것도 어려웠다. 이는 해당 지역이나 장소의 삶을 미술적 형식 안에 담아내는 데 관심을 투여하기보다, 수동적인 방식으로 아카이브 구조물을 설치하거나 주민들을 다큐멘터리적으로 담아내는 데 그치면서, 오히려 환경개선에만 치중하도록 만드는 데에만 집중했던 것으로 판단된다. 환경개선에는 실제로 주민들의 요구가 가장 능동적으로 반영되었지만, 공공미술은 대체로 구조물 설치의 방식으로 나타나, 환경개선을 지나치게 물리적인 방식으로만 구조화해버린 경향들로 나타났다고 하겠다. 중요한 지점은 공공미술에서의 '공공'의 개념을 환경개선과 같은 물리적인 차원에만 제한해서 사고할 수 없도록 만든다는 점이다.

공공미술 사업 시행 당시 미술의 확장이라는 점에서 환영을 받았고 예술 정책의 쇄신을 통해 문화예술의 향유자를 확대하고 이로부터 소외된 시민들에게도 평등하게 문화예술의 체험을 할당한다는 점에서 긍정적으로 논의되었던 바가 있다. 하지만 이러한 이념적 차원에서의 긍정과 달리, 현실에서는 공공미술에서 수행된 가치들이 주목받지 못하거나 미학적이라는 이유로 폄하되기도 했다.[3] 이런 평가들은 대체

---

3) 강수미, 「공동체를 위한 예술과 공공미술」, 『현대미술학 논문집』, 현대미술학회, 2008.

로 미술을 엘리트적인 가치를 담지한 것으로 가정하고 있거나, 해당 지역에 거주하는 주민들의 의식을 열등한 것으로 가정해버리고 있다는 판단에서 비켜서지 못하고 있다. 이는 모순적인 형식일 수밖에 없는데, 지역민들의 자발적 참여를 구성하는 것과 미학적으로 고양된 예술적 실천이 갖는 부정적 판단은 서로 양립될 수 없는 것이기도 하기 때문이다. 따라서 공공미술의 실패는 단순히 당시의 공공미술에 참여한 기획자와 예술가들만의 실패로 치환할 수는 없다.

이 시기의 공공미술과 이후 형성된 공공미술의 경향에서 발생하는 문제들을 구체적으로 살피기 위해서는 공공미술의 역사적 흐름을 우선 살펴볼 필요가 있다. 이 흐름을 통해서, 공공미술이 추구해왔으나 실현하지 못한 '공공성'이 무엇인지를 검토하고 향후 공공미술의 다른 가능성을 가늠해 보려고 한다. 무엇보다 신자유주의적 기획이 제안하는 상상력이나 창조의 개념과 문화·예술적 기획이 서로 구별되기 어려운 상황에서, 공공성이나 공적 영역의 회복에 대한 논의는 침식되어 가는 공공성을 어떻게 구성해 낼 수 있을 것인가에 대한 일정한 질문과 모색을 가능하게 해 줄 것으로 기대된다. 공공이나 공적인 것이 이미 '있다'고 실체적으로 성찰하는 것보다는 공공미술이라는 행위나 개입을 통해서 어떤 공공성의 창안이 모색될 수 있는지를 고찰하는 것이 필요하다고 볼 수 있다.

II. 공공미술 정책의 역사적 변화와 의미

공공미술의 정책적 도입에 대해서는 여러 가지 논의가 가능하다.

미국 대공황 시기에 실업으로 생존이 위기에 처한 예술가들을 구제하기 위해 최초로 고안되기 시작했고 이후 프랑스가 '퍼센트 법'을 만들면서 활성화되었다.[4] 공공미술은 미술이 특권적인 계층이나 계급에 의해 향유되는 것을 피하고 미술을 공공재화함으로써, 누구나 예술적 경험을 평등하게 나눌 수 있는 것이 주요한 목적이었다고 할 수 있다. 즉 한편으로는 예술가들의 생존과 예술활동의 지속성을 보장했으며 다른 한편으로는 예술 작품을 향유하는 방식들을 공적으로 전개함으로써 예술 감상의 규칙이나 구조를 변경하고 이를 일상의 영역으로 옮겨가려는 방향이 내재되어 있었던 것이다. 물론 여기에는 단순히 미술의 공적인 성격을 강조하고 향유를 일상화하는 과정만 내재해 있는 것은 아니었다.

달리 말해, 미술을 공공 공간에서 만나고 소통할 수 있게 하는 것에는 보다 복잡한 장치가 숨겨져 있었다는 것이다. 이는 초창기 미국의 시립미술관 건립의 과정에서 잘 나타난다. 미국에서 공공미술관이 조성되기 시작한 초창기에는 해당 공공미술관에 하층노동자들이 관람을 할 수도 없었고 대체로 미술관을 설립하는 데에 자금을 보탠 사업가나 금융엘리트들에 의해 관람되고 향유되었다.[5] 뉴욕의 경우, 당시 다종다양한 인종과 민족들이 집합하는 장소였다는 점에서, 하층노동자들인 이주민들에게는 관람이 허용되지 않았던 것이다. 그럼에도 19세기 말 건립되기 시작한 공공미술관은 "유럽으로부터 의식적으로 차용된 미술관 모델"이었고 "공화국의 이상을 드러내고 그 이상에 복

4) 양현미 · 박찬경, 「공공미술과 미술의 공공성」, 『문화과학』53집, 2008.
5) 캐롤 던컨, 김용규 올김, 「사적 이익과 공적 공간 : 뉴욕과 시카고의 시립미술관」, 『오늘의 문예비평』48호, 2003.

무하고자 하는 '공중'을 구성하며 국가의 통일을 극적으로 과시하는 의례로 간주되었다."[6]

공식적이고 제도화된 고급문화의 창조는 끊임없이 증가하는 이민 자들의 물결과 관계 속에서 보아야 한다. 아일랜드인, 유태인, 이탈리 아인, 폴란드인을 비롯한 많은 이민자들은 미국의 도시들로 대거 흘 러들었으며 19세기 말과 20세기 초에 노동자계급의 수는 두 배 이상 증가하였다. 판자 집과 월세 집으로 대거 몰려든 이 다양한 사람들은 미국의 도시를 재형성했고, 도시의 표정과 목소리를 바꾸었고, (현장 관리자를 종종 정치가로 선출하는 등) 도시 정치를 변형시켰으며, 도 시의 산업노동력을 조직하였다. 역사학자들은 이민자와 가난한 사람 들이 이전에 살던 사람들에게 엄청난 불안감을 야기했다는 데에 대체 로 동의한다. 미국 태생의 앵글로색슨 신교도들에게 그 대부분이 외 국인인 노동계급의 가난한 사람들은 자신들의 문화적 정체성 뿐만 아 니라 그들의 재산과 정치적 기반을 위협하는 밀물처럼 보였다. 그들 에게 노동계급의 가난한 사람들은 기존 권위를 노골적으로 무시하 고 항상 파업과 폭동 같은 것을 선동할 수 있는 위험한 존재로 다가왔 다.[7]

즉, 그 의례란 고급문화의 세례에 참여함으로써, 비위생적이거나 가난한 상태로부터 개선될 수 있는 어떤 여지를 만들어내는 것이고, 앵글로색슨 공동체가 갖는 도덕적, 사회적 요구를 재생산하는 과정이 었다. 이를 통해 불편하고 위험하고 불안한 존재로 각인된 하층노동

---

6) 캐롤 던컨, 앞의 글, 210면.
7) 위의 글, 215면.

자와 이주민들을 통제하고 제어할 수 있었다고 본 것이다. 즉 공공 공간으로써 미술관은 특정한 이해관계에 따라 구성되기를 바랐던 어떤 '공중'의 이미지를 제시했던 것이고, 이로써 하층노동자나 이주민들이 갖는 '위험성'을 제기하기 위한 교육장으로써의 기능을 담당했던 것이라고 할 수 있다. 따라서 미술이 공적인 것으로 변주되는 과정에서는 당연히 이데올로기적인 기능을 할 수밖에 없는 것이고 이는 특정한 존재들의 요구와 목소리를 억제하는 방식으로 전유될 위험에 노출되는 것이기도 하다. 비약해서 말하자면, 일종의 프로파간다로써 기능할 수도 있다는 것이다.

실제로 공공 미술을 가장 지속적으로 그리고 장기적으로 고안했던 국가가 '북한'이었다는 것은 그리 놀라운 일이 아니다. 북한에서야말로 공공예술 작품이나 대규모 스펙터클이 가장 활발하게 전개되고 지속되고 있는 것을 확인할 수 있다. 이 때문에 북한을 "극장국가"로 묘사한 것은 결코 과정이 아니다. 예술정치가 북한에서 지속적으로 요구되는 것은 예술이 곧 북한 주민들의 심성과 인지체계를 훈육하고 공동체성을 조직하는 방식이기 때문이다[8] 미술이 공적인 것과 접속될 때, 미술은 해당 사회의 구조와 체제를 지탱하는 안전핀의 역할로 제한될 가능성이 많다는 것이다. 이는 미술이 정책적인 보조를 통해서 공공미술로 안착하는 시기에 이르기까지 그러한 위험이 지속적으로 내포되어 있었던 것이며 미술뿐만 아니라 문화, 예술의 여러 장 역시 그런 위기에 노출되어 있었다.

---

8) 권헌익 · 정병호, 『극장국가 북한』, 창비, 2013. 특히 제2장 현대 극장국가를 참조.

〈표 1〉 공공미술 개념의 변화와 제도적 변화(양현미, 「공공미술의 제도적 기반」, 『현대미술사연구』, 현대미술사학회, 2004에서 재인용)

구분	특징
건축 속의 미술	• 미술작품을 통한 정부 건물의 미적 가치 제고 • 프랑스 1퍼센트법(1951), 미국 연방정부 공공시설청 '건축 속의 미술 프로그램'(1963) • 작품경향 : 순수미술 위주
공공장소 속의 미술	• 공원, 광장 같은 지역의 공공공간 활성화 • NEA '공공장소 속의 미술 프로그램'(1967), 자치단체의 '미술을 위한 퍼센트법' • 순수미술 위주였다가 공공미술의 독특한 정체성이 형성됨. - 초기에는 스튜디오 작품을 크기만 키워 공공장소에 설치하여 플롭-아트(plop art)라는 비난을 받음. - 점차 공공장소의 컨텍스트에 적합한 미술로 변화되면서 공공미술은 미술과 삶의 결합을 지향하는 미술로서 미술관이나 화랑에서 전시되는 미술과 달라지게 되었음.
도시계획 속의 미술	• 공공미술을 통한 도시 공공공간의 인간화와 네트워크 • 도시디자인팀에 미술가 참여가 제도화됨. 도시계획의 일환으로 공공미술종합계획 수립, 기금제가 도입됨. • 라데팡스, 바로셀로나, 필라델피아, 달라스, 로스앤젤레스 등에서 시행하여 문화적인 도시환경 조성에 큰 성과를 거둠. • 미술품 이외에 미술가가 디자인한 가로시설물, 공원, 문화시설, 문화 프로그램 등으로 공공미술 영역이 확장됨.
새로운 장르의 공공미술	• 미술을 통한 시민간의 커뮤니케이션 확대와 시민 문화공동체 형성 • 수잔 레이시는 "전통적 또는 비전통적 매체를 사용하여 보다 광범위하고 다양한 관객과 함께 그들의 삶과 직접 관련된 이슈들에 관해 의견을 나누고 상호작용하는 시각예술"로 정의 • 1970년대 미국 주민벽화운동과 1980년대 시카고 공공미술 프로그램에서 시작. 결과보다는 과정 중시, 특히 주민참여가 필수적인 요소 • 시민에 대한 문화교육적 효과를 겨냥한 비디오 제작, 퍼포먼스, 미술 공방운영, 정원 가꾸기 등 하드웨어 중심에서 소프트웨어 중심으로 변화, 장르도 시각예술의 영역을 넘어서 영화, 비디오, 공연 등으로까지 확장

　　세계적인 차원에서 공공미술(정책)의 변화 과정을 보면, 미술을 장식의 관점에서 보는 경향에서 해당 공동체에 개입하여 삶에 직접적으로 접속하는 차원으로 이동하고 있는 것을 확인할 수 있다. 물론, 〈표 1〉은 정책이 입안된 시기에 따라 분류된 것이지 각각의 공공미술 경향들은 혼재하고 있다고 하는 편이 옳다. '새로운 장르 공공미술'은 전통적 미술의 범주와 구분을 넘어서, 다양한 방식으로 실현되고 실천되어야 할 공공미술의 가능성을 알려준다는 점에서, 주목할 만하다. 왜냐하면, 퍼센트 법이나 공공장소 속의 미술이 갖는 한계를 어느 정도 뛰어넘었고, '새로운 장르 공공미술'은 미술이 장식적인 방식으로만 고정되거나 구조물로만 이해되는 것을 넘어서 '공동체'를 구성하거나 도시 내의 새로운 네트워크를 구성하는 데에 활력을 이끌어내는 것으로 나타났기 때문이다.

　　퍼센트 법의 경우 일정한 연면적을 초과한 건축물을 지을 때, 건축 비용의 1%를 미술 작품에 투자해야 하거나, 그에 해당하는 비용을 기금으로 조성해야 한다. 이 법제의 경우에는 해외의 사례에서는 확인할 수 없지만, 적어도 한국의 사례에서는 미술시장을 형성하는 방식이었고 미술을 장식품으로 간주하도록 만들었으며 궁극적으로 미술품 제작을 둘러싼 비리를 산출하게 만든 원인으로 작동했다. 공공장소 속의 미술의 경우, 해당 건축물이 공공장소와 어울리지 않거나 불편함만을 초래하기도 하는 등, 각종 민원이 제기되는 역효과를 낳을 위험이 있다는 점에서 문제적이었다.[9] 그런 점에서 새로운 장르 공공

---

9) 강미수는 플롭-아트가 스튜디오에서 제작된 미술작품을 해당 장소의 맥락과 관계 없이 던져두는 것이 갖는 문제점을 인정하면서도, 한편으로 그런 방식에서도 일정한 긍정성을 도출해낼 필요가 있다고 본다. 특히 곰리의 '북부의 천사라는 작업은

미술은 "작가의 작업을 위해 자유로이 사용될 수 있는 물리적 장소만을 포함하였던 공적 영역이 이제는 일반대중(the public)의 삶과 그들의 관심사를 논의하는 장으로 인식되기 시작"[10]한 것을 의미했다.

〈표 2〉는 프랑스의 1%법을 받아들여 공공미술을 법적으로 도입한 한국의 정책적 변화를 시기별로 정리한 것이다. 한국의 공공미술이 실질적인 정책으로 확장되기 시작한 것은 1984년부터이고 이것이 전국적인 시행령으로 도입된 것은 88 올림픽을 지나오면서였다. 국제적 행사를 위한 도시미관 개선사업의 일환으로 일정 크기 이상의 건축물을 구성할 때 의무적으로 미술 장식품(회화, 조각 등등)이 들어가도록 의무화한 것이다.

해당 작품이 설치될 때, 해당 지역에서 격렬한 논란을 불러 일으켰지만, 이후 그 갈등을 중재하고 분열을 재통합함으로써 공동체 구성에 일정하게 기여했다는 평가를 낳았다고 평가한다. 실제로 이 작업은 영국의 낙후된 도시를 유럽의 유명한 관광도시로 격상시켰다(강수미, 앞의 논문).

10) 김윤경, 「공공미술, 또 하나의 접근법」, 『현대미술사연구』, 현대미술사학회, 2004. 228면. 수잔 레이시로 대표되는 새로운 장르 공공미술이 실제 수행했던 과제와 미술의 확장에서 가장 중요하게 취급된 것은 커뮤니티 형성과 지속 가능성의 문제였던 것으로 나타난다. 특히 젠더와 계급, 계층, 종족 간의 갈등적 역학에 공공미술이 개입함으로써 기존의 커뮤니티를 새로운 방식으로 조성할 수 있는 가능성을 보여주었다. 물론 그렇다고 공공미술이 갈등적 장소나 커뮤니티 내부에 들어가야 한다는 것은 아니지만, 역사적 사례들은 지역 사회의 내적 갈등에 개입할 때, 공공미술의 성과가 잘 드러났던 것으로 논의된다는 것을 환기하기 위해서이다. 1970년대 미국에서 자생적으로 성장한 멕시코 벽화가 대표적인 경우에 해당한다.

〈표 2〉 한국의 공공미술 개념의 변화와 제도적 변화

구분	특징
1972~1984	• 문화예술진흥법에 의거 '건축물에 대한 미술장식' 조항의 신설 • 건축법 시행령과 지방자치단체의 건축조례가 뒷받침 되지 않아 실제적인 법 효력은 없었음.
1984~1994	• 86, 88 올림픽을 두고 도시경관을 개선하기 위해 건축조례에서 건축물에 대한 미술장식 의무화 • 1988년까지는 서울시에만 의무적으로 적용, 이후 전국적으로 적용.
1995~현재	• 2000년 개정된 문화예술 진흥법 11조에 근거 • 1%법에 근거 미술품의 건축물에 대한 전면적인 시행, 그러나 2000년 이후로 0.7%로 규제완화 및 하향조정. • 2006년 '아트인시티' 공공미술 사업단 발족 • 미술장식에서 공공미술로 전환. 선택기금제 실시.

공공미술 관련 법제는 정권 교체를 거듭하면서 수없이 수정되고 조정되었다. 실제로 "문화예술진흥법은 '문화예술 진흥을 위한 사업과 활동을 지원함으로써 전통 문화예술을 계승하고 새로운 문화를 창조하여 민족문화의 창달에 이바지함을 목적'으로 제정된 법률이다. 1972년 8월에 제정된 후 무려 23차례의 개정(1995년과 2007년의 두 차례 전부개정 포함)을 거쳐 오늘에 이르고 있다."[11] 2011년 11월 25일 개정된 항목에서는 "공공미술 항목은 미술 장식 개념을 공공미술로 확대하고, 선택기금제를 도입하며, 제도 운영의 투명성과 설치 작품에 대한 사후관리를 제고하는 것으로 짜여있다."[12] 그럼에도 이 법

---

11) 김영호, 「공공미술과 법제」, 『현대미술학 논문집』, 현대미술학회, 2012. 12~13면.
12) 김영호, 위의 글, 21면.

과 정책이 공공성을 미술과 결합시키는 규정이 될 수는 없다. 여전히 많은 지자체들이 공공미술을 특정한 형상이나 구조물로만 인지하는 경향이 지배적이기 때문이다. 이는 세계의 변화와 밀접한 관련이 있다.

Ⅲ. 나가며 : '공공성'의 위기와 예술적 개입의 의미

르페브르는 그의 후기 저작에서 사적 영역과 공적 영역이 매개되는 독특한 영역에 대해 논한 바 있다. 그는 '발코니 혹은 테라스'를 예로 들면서, '리듬'을 분석하기 위해서는 내부와 외부가 완전히 단절되지 않은 어떤 지대에 소속되어 있을 때에만, 도시적 삶의 다종다양한 리듬들을 분석할 수 있다고 보았다.[13] 르페브르의 이 진단은 사적 영역과 공적 영역이 엄밀하게 분할되어 있을 때, 두 영역 사이에 존재하는 매개 공간 혹은 두 영역이 뒤섞이는 혼종 공간을 통해서 신체, 도로, 거리, 미디어, 예술 등등에 이르기까지 분석할 수 있는 논리를 획득한다고 본 것이라고 할 수 있다. 문제는 르페브르가 설정한 사적 영역과 공적 영역 사이에 존재하는 영역이 현재의 관점에서는 생각만큼 선명할 수 없을뿐더러, 오히려 사적 영역에 국가기구나 담론들이 훨씬 조밀하게 침투해 있음으로써, 사적 영역과 공적 영역 사이가 분별되는 경계를 설정하는 것이 훨씬 어렵다는 사실이다.

친밀성의 영역을 사적인 영역으로 규정한 아렌트 역시 '인간의 조

---

13) 앙리 르페브르, 정기현 옮김, 『리듬분석』, 갈무리, 2013. 제3장 참조.

건'을 논하면서 이러한 구분법을 통해 자신의 논의를 전개시킨다.[14] 아렌트의 주장에 따르면 친밀성의 영역, 가령 가족은 사적 영역으로 이해되고 있고 정치는 공적 영역으로 설정되어 이 양자 사이에는 선명한 경계로 나눌 수 있는 것으로 논의된다. 하지만 사적 영역이나 개별적 존재들의 존재방식에 사회의 지배적 담론이나 테크놀로지가 지속적으로 개입되고 있다는 차원에서 아렌트가 말한 "인간의 조건"이 엄밀한 방식으로 분할되어 있다고 보기 힘들다. 아렌트가 인간의 조건을 '노동', '행위', '작업'으로 설정한 것은 궁극적으로 행위 곧, '정치'의 독립성을 정초하여 전체주의 체제로 매몰되지 않도록 한 실천적 개입이었지만, 이러한 분할 혹은 분업의 구도는 오늘날의 관점에서는 성립될 수 없다[15]. 사유와 정치, 정치와 예술, 사유와 예술 사이의 경계는 확정적일 수 없고 오히려 그 경계는 불투명하다.

감정이나 정서, 정념 등이 정치의 주요한 대상이 되고 있으며 예술이 자본이나 삶의 재생산을 위한 조건으로 설정되어 있는 현재의 상황은 '정치'의 영역, '사유'의 영역, '예술'의 영역이 분리되어 기능하거나 존재할 수 없다는 것이다. 심지어 '인지'가 축적과 재생산의 광범위한 영토라는 주장[16]은 삶-생명 과정 자체가 자본이 기입되는 영

---

14) 한나 아렌트, 이진우 · 이태호 옮김, 『인간의 조건』, 한길사, 2008.

15) 빠올로 비르노, 김상운 옮김, 『다중』, 갈무리, 2004. 제2강 참조. 비르노는 흥미롭게도 포스트포드주의적 생산이 일반화된 조건에서 공공 영역이 없는 시기의 '공공성'에 대한 가능성을 검토해보려고 시도한다. 이는 공공 영역 자체가 포스트 포드주의적 생산의 조건에서는 자본의 축적의 토대로 전화되었다는 사실을 의미한다. 한편, 아렌트의 인간의 조건을 비판적으로 극복하면서 비르노는 지성, 정치, 예술을 내세우면서 이 세 항목들이 포스트포드주의적 조건에서는 뒤섞인다는 것을 지적한다.

16) 조정환, 『인지 자본주의』, 갈무리, 2011.

역이 되어버렸음을 알려주고 있기까지 하다. 이는 공적 영역과 사적
영역이 선명한 경계로 분리하기 어렵다는 것이고 이 양자가 어느 한
쪽에 편입되거나 분별되기 어렵다는 것을 지시한다. 가령, 아파트의
베란다는 화재나 어떤 위험이 닥쳤을 경우, 탈출을 위한 통로로 개방
될 수 있어야 하지만, 그 공간을 거실이라는 사적 영역으로 재편해 버
릴 수 있도록 함으로써 공적 영역이 사적 영역으로 귀속하여 일종의
공유지를 지워버린 것이라고 할 수 있다. 이와 달리 1인 미디어의 경
우는 사적 영역이 공적으로 확장되는 것을 잘 보여준다.

　여기에서 공적 영역과 사적 영역 사이에 발생하는 이중화된 방향에
서 이루어지는 경계의 불투명성에 대해 고려할 수 있다. 즉 공적 형식
이 개체들의 삶 자체를 통제하려는 경향과 공적 영역 자체를 잠식하
여 그것을 사적 소유의 형태로 전환하려는 경향으로 나누어 살펴야
한다. 전자의 경우 사회를 특정한 방향으로 구조화하기 위한 지배적
담론과 권력이 개별적 존재들의 신체와 생명을 공적으로 장악하는 방
식이고 후자는 자본이 전지구적으로 재편되는 과정에서 도시의 공적
영역을 잠식해 들어가는 과정이라고 할 수 있다. 이를 가장 잘 보여주
는 경우를 '젠트리피케이션'(도시재개발)에서 확인할 수 있는데, 이
과정에서 종종 이 두 영역 사이의 경계가 희석되고 종래의 공적 영역
이 사적 영역으로 치환되어, 의사(pseudo) 공적 영역으로 전유되는
경우가 있다. 대단위 주거공간이 형성될 때, '의사-공원'이 만들어지
거나 여전히 장식적 예술품을 해당 건축물에 구성하는 것이 이에 해
당한다.

　이는 기왕의 전통적인 공적 영역이 더 이상 공적으로 구성되기가
쉽지 않고 문화예술이 장식으로 다루어짐으로써 문화예술의 자율성

이 쉽사리 제거된다는 것을 뜻한다. 이 때문에 공적 영역이 사적으로 전유되는 과정과 사적 자율성이 공적 조건에 의해 와해되는 이중화는 공공성의 회복의 문제를 필수적으로 제기하도록 만든다. 다시 말해, 벽화를 그리거나, 시민을 대상으로 교육하는 것이 공공이나 공적인 것이라고 주장하기에는 석연치 않은 대목이 발견될뿐더러, 그 개념을 통해 수행되는 다양한 사업의 형식이 그런 기치 아래 이루어졌다고 하더라도, 공공이나 공적인 것이 무엇인지를 확인하는 것은 쉽지 않은 것이 사실이다. 공적인 무엇인가가 이루어질 때, 그것이 공통성을 창안하거나 구성하는 과정에 대한 관심보다는 공적인 것을 선험적으로 전제한 뒤에 진행되는 것이 없지 않다는 것이다. 특히 공공미술이 장소 특정적인 개입의 기획을 마련하기 시작한 2006년 이후 마을이나 낙후된 장소 등등에서 수행되었던 미술적 개입들은 대체로 그러한 방식으로 이루어진 것이라고 해도 과언이 아니다. 공적인 것과 사적인 것이 엄밀하게 분할하는 것이 쉽지 않은 상황에서, 공적인 것이 단순히 사적인 것이 아니기 때문에 공적인 것으로 규정되기 어렵다면, 공적인 것은 전제되어야 할 것이 아니라 창안해야 하거나 구성해야 할 대상으로 간주해야 할 필요가 있다.

공공미술의 경우에 있어서 지금까지 논의된 방식대로라면, 공공미술의 역사나 정책의 변화 과정 또 공공미술의 한계와 쇄신, 미학적 대응 방식 등이 제안되었지만, 그러한 논의들은 정책과 공적인 것을 등치시키는 것이었거나, 담론과 해석의 새로움을 통해서 공공미술의 이해를 달리해야 한다는 주장을 하는 것으로 귀결되었다고 할 수 있다. 이는 공적인 것을 선험적으로 가정하지 않고서는 논의할 수 없는 것이고 사회적 변화나 정치경제학적 변화에 대해서 주목하지 않음으로써 사회적 구성 방식이나 과정들에 대한 담론들을 미술 내적 변화의 추이나 정책과 정치적 변화의 과정으로만 파악하려 했던 한계로부터 비롯되었다고 할 수 있다. 공공미술이 한국사회에서 정책적으로 수용되고 변화를 거듭하게 된 계기나, 그 요구들이 지속적으로 요구되어 왔던 저간의 맥락들에 대한 고려 없이, 단선적으로 공공미술에 대해 고찰하는 것은 이 문제를 변화한 지형도 속에서 성찰하지 못하도록 만드는 중요한 요인이 되었다고 할 수 있다.

따라서 공공미술에 대한 성찰은 미술 내적 맥락이나 정책적 변화의 추이를 통해서만 설명해서는 충분하지 않다. 이 때문에 관계와 소통과 같은 키워드를 통해서 공공미술을 성찰하려는 시도에서부터 정치철학적 관점이나 공간의 관점을 도입해 공공미술을 파악하려는 시도가 제출된 바 있다. 하지만 이 논의들에서도 공공미술을 공적인 것과 사적인 것의 모순적 결합체로 파악함으로써, 공적인 것을 가정하는 경향들로부터 자유롭지 않았다. 그런 점에서, 상상력이나 창조성을 도시개선 사업의 문제로 전환하는 정책은 매우 조심스러운 접근을 요한다.

최근 자율주의자들의 주장에 따르면, 공유지에 대한 자본의 지속적인 점유 과정들은 대중들의 삶이 접속되고 결속되는 장 자체를 부지불식간에 장악함으로써, 훨씬 치밀한 일상적 착취를 이루어내고 있다는 진단을 한 바 있다. 도시를 자유로운 상상과 자유롭게 공유할 수 있도록 만드는 과정에서, '착취'되는 불안정 노동자-예술가가 탄생하는 것도 고려해야만 한다는 것이다. 공공미술이 예술가보다 장소와 소통에 더 초점이 맞추어져 있음으로써 역설적으로 예술가들의 상상력이나 창조성이 공공적으로 공유되도록 하지만, 그것이 해당 지역의

'재개발'과 쉽사리 연동되면서, 예술가들의 작업은 지대 상승과 맞물려 버리는 역설로 이끌린다는 것이다. 이는 공공미술이 장소와 지배적 소통의 형식과는 다른 그 무엇을 구성하지 않는다면, 공공성은 반복적으로 자본의 논리와 맥락에 기입될 뿐이라는 것을 뜻하는 것이 아닐까?

참/고/문/헌

〈연구논문〉

• 강수미 ,「공동체를 위한 예술과 공공미술」,『현대미술학 논문
  집』, 현대미술학회, 2008.

• 김영호 ,「공공미술과 법제」,『현대미술학 논문집』, 현대미술학
  회, 2012.

• 김윤경 ,「공공미술, 또 하나의 접근법」,『현대미술사연구』, 현
  대미술사학회, 2004.

• 양현미 · 박찬경 ,「공공미술과 미술의 공공성」,『문화과학』53
  집, 2008.

• 임성훈 ,「공공미술에 대한 미학적 고찰」,『현대미술학 논문집』,
  현대미술학회, 2008.

〈단행본〉

• 권현익 · 정병호,『극장국가 북한』, 창비, 2013.

• 조정환 ,『인지자본주의』, 갈무리, 2011.

• 앙리 르페브르, 정기현 옮김,『리듬분석』, 갈무리, 2013.

• 빠울로 비르노, 김상운 옮김 ,『다중』, 갈무리, 2004.

• 한나 아렌트 , 이진우 · 이태호옮김,『인간의 조건』, 한길사,
  2008.

〈기타자료〉

• 캐롤 던컨, 김용규 옮김 ,「사적 이익과 공적 공간: 뉴욕과 시카고

의 시립미술관」,『오늘의 문예비평』48호, 2003.

• 「환대의 공간 공공미술 아카이브」,『경향 아티클』, 2013.

근대 부산의 외래 공연 문화 인프라 연구
-20세기 전후 부산의 외래 공연예술-

＊신근영

Ⅰ. 들어가며

20세기 초엽부터 근대적 연극 기관이 생기고 각종 전통공연물들을 실내 극장에서 공연하게 되었다. 이시기 조선의 공연예술은 어지러운 국제 정세 속에서 질적 전환기를 맞고 있었다. 사회의 각 부면이 과도기적 상태에 놓인 것과 맥을 같이 하고 있는데, 공연사의 관점에서 이 시기를 좀더 자세히 살펴볼 필요가 있다.

근대를 맞아 우리의 공연문화는 내외적 변화를 한꺼번에 겪고 있었다. 건물 안 일정한 공간에서 상설 연행되는 공연물이 생겨났고, 일정 금액의 입장료를 지불하기만 하면 누구에게나 공연을 볼 권리가 주어졌다. 이런 외적 변화 속에서 조선은 이제껏 보지 못했던 다양한 공연물들을 접하게 되었다. 조선의 수도 서울에서는 협률사, 원각사, 장안사 등 근대 연극 기관이 생겨나 전통적 공연물들이 무대예술로 옮겨졌고, 활동사진이라 불리던 영화도 대중적으로 큰 인기를 끌며 수용되었다. 이시기를 "옥내극장이 설립되고 판소리가 창극을 파생시키며 일본 신파극이 유입해 정착되는 20여 년간"이자 "근대극이 싹틀 수 있도록 하는 준비기(準備期)"로 보고, '근대극의 예비기'라 부르기도 한다.[1]

옥내무대형 연희장의 성립과 같은 공연문화의 외적 변화와 더불어 열강의 세력과 함께 끼어들어온 중국과 일본 등 주변국의 연극에 의한 자극은 근대 연극의 주요한 변화 요인[2]으로 꼽힌다. 그런데 이 주변국의 공연물 중에는 근대 연극의 범주에 포함시키기 힘든 잡희(雜戲) 즉 비연극적인 공연들이 대거 포함되어 있었다. 중국의 창시(槍矢)놀리기, 일본의 가루와자(輕業), 조루리(淨瑠璃)와 같이 각국의 전통연희에 해당하는 공연물들이 조계지의 거류민들을 상대로 연행되고 있었던 것이다. 이 공연물들의 특징은 언어적인 전달력보다는 신체나 도구를 사용해 이목을 집중시키는 오락적 기능에 충실하다는 점에서 조계지 내의 본토인은 물론 조계지 밖 조선인에게도 흥미로운 구경거리였음이 분명하다.

개항 이후 중국인과 일본인들이 조선에 살기 시작하면서 이들을 상대로 한 연희자와 연희단체가 점점 늘어났다. 그뿐 아니라 조선인들도 그들의 공연에 호기심을 나타내고 즐기기 시작했다. 이전에는 장시에 찾아오던 연희단을 기다리던 수동적 입장에서, 일정액 이상의

---

1) 유민영, 『한국근대연극사신론』, 태학사, 2011.
2) 유민영, 『개화기연극사회사』, 새문사, 1987 ; 이두현, 『한국신극사연구』, 서울대학교출판부, 1990 ; 유민영, 『한국 근대극장 변천사』, 태학사, 1998 ; 유민영, 『한국근대연극사』, 단국대학교출판부, 2000 ; 사진실, 『공연문화의 전통 – 樂·戲·劇』, 태학사, 2002 ; 김재석, 『근대전환기 한국의 극』, 연극과인간, 2010.

입장료를 지불하고 공연을 즐기는 적극적인 관람객으로 변모하기 시작했다. '구경꾼'에서 '관객'으로 변하는 시대를 맞이한 것이다.

사실 곡예와 묘기는 연극사의 범주에서 크게 빗겨나 있었으며, 최근에야 공연사의 한 부분으로 다루어지고 있다.[3] 근대 연극과 영화에 관한 선행연구는 매우 축적되어 있는 반면 동시기 곡예나 묘기, 마술 등 잡희로 분류되는 연희 분야에 관한 연구 성과는 그다지 많지 않다. 전통적인 공연물들이 근대적인 외피를 두르게 되는 과정이나 그 수용과 변화양상에 관한 논의가 대부분이다.[4] 시기적으로 불가분의 관계에 있던 일본의 연희단이 조선에 유입되는 과정을 탐색하는 작업역시 아직 활발하지는 못한 실정이다.[5] 그러나 이 연희들은 확실한 대중성을 띠고 큰 인기를 얻었으며 불과 몇 년 사이에 여러 일본 연희단이 조선 각지를 순회하며 공연을 펼치는 결과를 가져오게 되었다.

부산, 인천, 원산 등 개항장에서는 외국인의 거주가 허용되는 조계지가 설치되면서 이들을 상대로 한 연희자, 연희집단들의 유입이 활발해져갔다. 개항장의 공연예술 수용양상에 대한 연구는 지역학의 범주에서 진행 중이다. 인천의 경우 인천학연구원을 중심으로 개항의 과정과 공연예술 수용의 배경을 다루거나,[6] 인천을 중심으로 근대공

---

3) 전경욱, 『한국의 전통연희』, 학고재, 2004.

4) 권도희, 「20세기 전반기 극장연희의 종목과 그 특징」, 『한국국악연구』제47호, 한국국악학회, 2010 ; 양승국, 「1910년대 신파극과 전통 연희의 관련 양상」, 『한국극예술연구』제9호, 한국극예술학회, 1999 ; 정충권, 「1900~1910년대 극장무대 전통공연물의 공연양상 연구」, 『판소리연구』제16호, 판소리학회, 2003.

5) 신근영, 「일제 강점 초기 곡마단의 연행 양상」, 『남도민속연구』제27호, 남도민속학회, 2013.

6) 김양수, 「개항장과 공연예술」, 『인천학연구』창간호, 인천대학교 인천학연구소, 2002.

연예술의 성립 과정을 면밀하게 논의하였다.[7] 더불어 이 연구들을 바탕으로 인천의 근대연극사가 확고히 자리를 잡는 계기를 마련하기도 했다.[8] 최초의 극장으로서 애관의 중요성을 강조하고 이른 시기부터 인천 지역에서 극장업이 자생했다는 점을 밝힘으로써 근대 공연예술의 유입 통로로서 인천을 조망하고 그 중요성을 높이 평가했다.

부산이나 원산, 군산의 공연예술에 대한 연구도 활발히 이루어지고 있다. 부산 외국 공연예술에 대한 자세한 자료는 그다지 많지 않지만 최근 영화나 연극 분야에서 근현대를 아우르는 연구성과들이 있어 매우 참고할 만하다. 일본과 가장 가까운 부산에는 일본인들을 위한 각종 극장이 발달하고 다양한 공연물들이 연행되었다. 개항 초기에는 서민 취향의 미세모노류 공연물들이 연행되었고, 강제합병 이후에는 가부키와 노를 비롯해 활동사진(영화)들이 대세를 이루었다. 이에 대한 연구성과로는 부산 지역 내 건립된 극장의 현황과 역사를 정리하면서 다양한 극장의 소유주와 경영 관계를 파악한 홍영철의 연구가 대표적이다.[9] 그의 작업은 부산 지역의 극장에 대한 사료 수집과 기초 해석 측면에서는 대단한 성과를 거두었으나 지역적 관련성을 고찰하거나 극장 건립의 주체에 대해서는 미흡했다는 평가를 받는다. 이를 보완하고자 김남석은 극장 건립의 주체가 이웃 도시와 조선 전국에서 활동하는 양상을 살피기 위해 항구도시의 상인들과 극장업의 관

---

7) 김호연, 「한국 근대공연예술 성립의 한 양상-인천을 중심으로」, 『인천학연구』제3호, 인천대학교 인천학연구소, 2004.
8) 이희환, 「인천 근대연극사(1883-1990)」, 『인천학연구』제5호, 인천대학교 인천학연구소, 2006.
9) 홍영철, 『부산 근대 영화사』, 부산대 한국민족문화연구소, 2009 ; 홍영철, 『부산 극장사』, 한국영화자료원, 2014.

계를 치밀하게 접근하여 정치국, 송태관, 이규정이라는 부산 상인들의 극장관과 사업관에 대해 논의하였다.[10] 그는 이외에도 통영의 봉래좌, 울산의 울산극장 등 영남 일대 극장의 역사와 문화적 의의에 대해 고찰하였고, 또 다른 개항장이었던 원산의 원산관에 대해서도 논의하였다.[11]

이 같은 연구성과에 힘입어 본고에서는 부산에 유입된 외국 공연물들과 그 연희단의 정체를 집중적으로 고찰하고자 한다. 그간의 연구성과에서 상세히 다루지 못했던 공연물의 구체적인 내용과 양상에 대해 접근할 것이다. 특히 근대 일본의 공연예술계에서 작지 않은 역할을 차지했던 요세(寄席)과 곡마단에 주목해 보았다. 요세와 곡마단은 19세기 말과 20세기 초에 걸쳐 일본을 비롯 피식민국가였던 조선과 대만, 만주 등에서 크게 유행했던 공연물들이다. 아쉽게도 이 두 가지 공연물은 매우 제한적인 자료와 정서적 무관심 때문에 우리 공연사에서 그다지 다루지 않았던 영역들이기도 하다.

본고에서는 근대가 막 시작되던 무렵 개항장 부산에 유입된 외국

---

10) 김남석, 「극장을 짓는 항구의 상인들 조선의 항구 도시에서 건립 · 운영한 상인들의 내력과 상호 관련성을 중심으로」, 『영남학』제29호, 경북대학교 영남문화연구원, 2016.

11) 김남석, 「일제 강점기 해항 도시 통영의 지역극장 '봉래좌' 연구」, 『동북아문화연구』제48호, 동북아시아문화학회, 2016 ; 「개항장 원산에 설립된 원산관의 특징과 그 운영에 관한 연구」, 『도서문화』제47호, 국립목포대학교 도서문화연구원, 2016 ; 「조선의 개항장에 건립된 인천 가무기좌에 관한 연구」, 『동북아 문화연구』제46호, 동북아시아문화학회, 2016 ; 「함흥의 지역극장 동명극장 연구」, 『동북아 문화연구』제44호, 동북아시아문화학회, 2015 ; 「일제강점기 원산의 극장 원산관 연구 지역의 문화적 거점 공간 생성과 활용을 중심으로」, 『국토연구』제85호, 국토연구원, 2015 ; 「평양의 지역극장 금천대좌 연구」, 『한국문학이론과 비평』제56호, 한국문학이론과 비평학회, 2012 ; 「인천 애관 연구 협률사 설립에서 1945년 광복까지」, 『인천학연구』제17호, 인천대학교 인천학연구원, 2012.

공연예술의 유입과정과 공연의 특징 등을 살펴보고, 당시 신문기사를 적극적으로 참고해 외국 연희단의 공연콘텐츠를 구체적으로 천착할 것이다. 이 시기 외국에서 유입된 공연예술을 다룬 연구성과가 드물다는 점에서 본 연구의 독창성을 찾고자 한다.

Ⅱ. 개항장의 새로운 연희들

1. 일본 거류지내의 공연물

1) 민건호가 관람한 일본의 환술

가장 이르게 개항장이 된 부산에는 일찍부터 일본에서 유입된 공연물들이 연행되었다. 해은 민건호(海隱 閔建鎬, 1843-1920)는 '전통문화가 자리잡고 있는 상황에서 일본 문화가 들어와 공존해가기 시작하는 시대를 가장 가까이에서 지켜보았던' 사람이다.[12] 그는 1881년 조사 시찰단의 일원으로 일본을 방문한 적이 있었는데, 반년간 나가사키(長崎), 오사카(大阪), 교토(京都), 고베(神戶) 등 주요 도시를 방문한 경험이 있어 일본의 근대 문물에 대한 식견이 있었다. 이후 해은은 1883년부터 1914년까지 부산에서 공직생활을 했는데 당시 관료로서의 활동과 개인의 일상생활을 상세히 기록한 『해은일록(海隱日錄)』을 남겼다. 『해은일록』 속에는 개항장 부산의 모습은 물론 해은이 관람했던 일본의 공연예술에 관한 기록들도 확인할 수 있다. 그는

---

12) 홍영철, 『부산극장사』, 한국영화자료원, 2014, 27면.

일본배우의 시예장(試藝場)이나 기예장(技藝場)에 초청되어 참관한 적이 있고, 일본 영사관에서 열린 화희(火戱, 불꽃놀이)를 구경하기도 했다. 하루는 일옥(日屋, 일본인의 집)에서 환술법(幻術法) 몇 종류를 구경했는데, 참으로 놀랍고 괴상하고 의아했다고 적고 있다.

해은이 관람한 환술법은 오늘날의 마술에 해당한다. 한국과 중국에서는 환술(幻術)·환희(幻戱)라고 불렀고, 나라 시대 일본에 전래된 것도 바로 이 환술이었다. 일본의 환술은 에도 시대를 거치면서 기술(奇術)이라는 용어로 전승되었다. 이 기술(奇術) 중에는 방울받기에 가까운 데지나(手品)류가 있고, 오늘날의 마술과 유사한 와즈마(和妻)가 있다. 손을 재빠르게 놀려 눈을 현혹시킨다는 의미를 담고 있기 때문에 손재간을 이용해 물건을 이리저리 놀리는 모든 연희를 마술류로 본 셈이다.

에도 시대의 환술은 기예의 특성상 미세모노(見世物)[13] 연희자에 의해 미세모노극장(見世物小屋)이나 요세(寄席, 만담·재담 등을 들려주는 흥행장)에서 주로 연행되었다. 에도 시대 말기 일본의 데지나시(手品師) 중에는 전통적인 일본식 마술인 와즈마(和妻)에 비견해 서양의 마술을 흉내낸 요우즈마(洋妻)가 유행했다. 이들은 전통적인 일본의 마술에 몇가지 서양의 저글링 기술을 혼합하여 '동양데지나(東洋

---

13) 미세모노의 역사는 나라시대(奈良時代, 710~784)에 유입된 중국과 한반도의 산악백희와 밀접한 관련이 있다. 산악백희 중에는 나무다리걷기·윤고(輪鼓)·팽이놀리기(獨樂)·인형극·줄타기·솟대타기·방울받기·척검(擲劍) 등의 기예가 있었다. 이런 기예들은 주술사나 구구츠시(傀儡師), 혹은 덴가쿠법사(田樂法師)로부터 사루가쿠법사(猿樂法師), 방하사(放下師)·방하승(放下僧)에 전래되었다. 에도시대에 들어서면 길거리 예능인 대도예(大道藝)로부터 미세모노예(見世物藝)가 성립하게 되었다.

手品)', '동양기술(東洋奇術)', '서양기술(西洋奇術)' 등의 명칭으로 공
연하기도 했다. 파리만국박람회를 다녀온 몇몇 데지나시들은 큰 유명
세를 얻고 일본의 대표하는 예술인으로 인식되기도 하던 때였다.

『해은일록』의 기록만으로는 해은이 본 환술이 정확히 어떤 양상
의 공연물이었는지는 자세히 알기 힘들다. 다만 여기서 주목할 것은
1880년대부터 부산에는 일본의 대중적인 공연물들이 대거 유입되기
시작했다는 점과, 다른 개항장(인천, 원산)보다 빠르게 공연계 종사
자들이 활동하고 있었다는 사실이다.

2) 거류인민영업규칙의 제흥행

일찍이 부산의 일본인 거류지에는 '거류인민영업규칙'이 제정되어
있었다.

거류인민영업규칙
제48호 메이지14년(1881) 12월 15일
(중략)
十二 諸興行 諸遊技場(芝居, 寄席, 玉突, 弓術, 室內銃 類)

거류인민영업규칙(1881)

일본은 부산의 일본인 전관 거류지 내에 거류민을 대상으로 연극
등의 공연을 하기 위한 극장시설이 없자 관계법령을 만들어 극장을
설치, 운영하기 시작했다. 1881년 12월 15일 부산 영사관은 일본 거
류인민영업규칙 제48호에 제흥행(諸興行), 제유기장(諸遊技場)이라
는 업종을 마련해 시바이(芝居, 연극)와 요세(寄席)의 영업을 공식화
했다. 시바이, 요세는 전통적인 대중오락의 일종으로 주로 가설극장

에서 연행되었다. '거류인민영업규칙'은 영업의 종류를 제흥행과 제유기장으로 나누었는데, 시바이와 요세는 연극에 가까운 공연물이고 관람을 위주로 하는 것이기에 '흥행' 안에 포함되었다. 제유기장은 손님이 직접 움직여 흥미를 돋우는 것으로서 당구, 궁술, 실내총 따위를 일컫는다. 부산에 거주하는 일본인의 직업 중에 '흥행업'을 하는 사람들이 개항초부터 나타났음은 일본의 대중문화가 일찍부터 부산에 유입되었음을 알려주는 부분이다. 이에 비해 서울(京城)에 거주했던 일본인 거류민들 중에는 1888년에 이르러서야 흥행업에 종사하는 사람들을 확인할 수 있다.[14] 이보다 7년이나 먼저 부산의 일본인 거류지에는 일본의 대중적인 공연물들이 연행되었던 것이다.

3) 제흥행극장취체규칙(1895)의 기예들

가설극장의 설립과 운영은 곧바로 상설극장의 영업이 본격적으로 시작되는 발판을 마련한 것으로 해석이 가능하다. 실제로 1895년에는 부산이사청이 극장취체규칙 제15호, 각종 흥행취체규칙 제16호 법령을 제정하고 공표하여 부산에 처음으로 상설극장이 세워져 운영되었음을 확인시켜준다. 1895년의 취체규칙은 1881년의 영업규칙에 비해 훨씬 더 다양한 공연물에 대해 이야기하고 있다.

> 제16호 제흥행취체규칙 별지와 같이 정하고 오는 8월 1일부터 시행한다. 메이지28년(1895) 7월 24일 일등영사 가토 마스오(加藤增雄)

---

14) 일본인 거류민이 남긴 『경성발달사(京城發達史)』에 따르면 1888년 348명의 일본인 중에 '흥행(興行)'업을 하는 사람이 등장한다.

> 제1조. 제흥행이라는 것은 씨름(相撲), 칼놀리기(擊劍會), 가루와자(輕業), 곡마(曲馬), 데오도리(手踊, 손춤), 데지나(手品, 마술류), 발재주(足藝), 인형놀리기(操人形), 그림자놀이(寫繪), 해학적 연극(茶番), 흉내내기(八人藝), 고단(講談), 만담(漫談), 제문읽기(祭文讀), 인형극(淨瑠璃), 팽이놀리기(獨樂回), 동물재주부리기(鳥獸使) 기타 구경거리를 말한다. (중략)

제흥행극장취체규칙(1895)

위 취체규칙에서 정의한 제흥행에 해당하는 거의 모든 공연물들은 일본 에도 시대 서민의 대중오락으로 부상한 미세모노(見世物)에 포함된다. 에도 시대 일본 서민들의 대중오락인 미세모노(見世物)는 사찰, 신사의 경내나 가설극장에서 다양한 볼거리와 신기한 문물을 돈을 받고 관람케 하는 형식의 예능을 말한다. 자그마한 물건에서부터 진기한 동물, 사람 그 자체나 기예, 훗날 건축물과 기계에 이르기까지 다양하며, 단순한 보여주기에 그치지 않고 여기에 스토리를 넣는 등 半연극적인 형태로도 존재했다. 세간에 화제가 되거나 인기있는 에피소드, 사건 등을 각종 조형물을 통해 대중에게 전달하는 양상을 띠기도 했다.

2. 미세모노의 유입과 성행

1) 일본에서 밀려난 미세모노

근대 일본의 미세모노는 미세모노코야(見世物小屋)라는 가설극장을 갖기도 했으나, 어디까지나 유랑형태의 흥행방식을 유지하고 있었다. 관객층 역시 어린아이나 빈민, 서민층을 대상으로 흥미 본위의 볼거리 제공 측면을 내세우고 있었기에, 도시의 초닌(町人)을 대상으로 하는 가부키나 닌교조루리(분라쿠)와는 다른 취급을 받고 있었다. 흥미 본위의 미세모노에는 근대 연극의 서사나 교훈적인 내용을 기대하기 힘들었기 때문이다. 근대화에 몰두했던 메이지 정부는 도쿄를 수도에 어울리는 도시로 만들려는 개조 계획을 진행했고, 이에 따라 시내의 미세모노장이 차례차례로 이전·축소되었다. 1892년 10월 3일 일본 정부는 관물장취체규칙(觀物場取締規則)을 제정하고, 특별히 허가를 받은 것 외에 상설 미세모노장은 아사쿠사 공원 제6구에 한했다. 동시에 미세모노장이란 다음에 쓴 것과 같은 종류를 관객에 보여주는 장소라고 제1항에 규정했다.

관물장취체규칙(觀物場取締規則)
一. 각저(角觝) 격검(擊劍) 가루와자(輕業) 족예(足藝) 역지(力持) 곡마(曲馬) 견예(犬藝) 원예(猿藝) 팽이돌리기(獨樂廻) 인형(人形) 다이카구라(大神樂) 왜사자(倭獅子) 파노라마 그외 여러 종의 기예 동물 등 류.
二. 자동철도 및 산옥교량의 모조 그외 큰 집과 높은 빌딩 등 유람에 제공하는 건조물 류. (중략)

제흥행극장취체규칙(1895)

1892년 일본의 관물장취체규칙과 1895년 부산의 제흥행취체규칙에 나타난 공연물들에는 큰 차이가 없다. 실내극장에서 연행되는 대표적인 미세모노류 기예들을 나열하고 있다. 다만 대규모의 건축 설비를 요하는 파노라마와 높은 빌딩 등은 부산에 있어서는 해당되지 않는 사항이었을 것이다. 파노라마란 메이지시기가 되어 성행한 유화(당초에는 미세모노 취급을 받은 서양화)를 걸고 돌리는 돔(Dome)인데, 고층건물을 응용한 새로운 기법의 구경거리였다. 원통형이나 다

각형 건물 내부 관람대에서 주변 전방위에 전시된 사실적인 풍경이나 인형으로 설치된 장면을 바라보는 것이다. '여러 종의 기예'란 예를 들어 서양안경이거나 서양마술류이다. 전화, 일렉트릭, 자전거, 축음기 등도 포함된다. 전기제품이나 축음기는 박람회에나 나올 법한 품목이겠으나, 박람회라도 사적인 것은 취체규칙이 적용되었음을 알 수 있다. 당시 일본인에게 바다 건너 세상을 알려주는 갖가지 기술과 건축들이 모두 '미세모노'로 분류되어 있었다. 미세모노는 불특정 다수의 사람들이 흥미를 갖거나 호기심을 만족시키는 오락이므로 시대의 기호가 크게 반영될 수밖에 없다. 미세모노 관계자는 외래(舶來)한 기계, 기차나 전차, 그리고 고층 건축물을 접하는 것으로 '문명의 이기'의 위력을 깨달음과 동시에 뒤따르는 생활의 변화를 예견한 것이다.

새로운 형태의 미세모노들이 범람하고 신연극과 영화가 활성화되는 반면 일본의 전통적인 미세모노류 기예들은 점점 위축되었다. 일부는 서양의 서커스단과 협작하여 일본식 곡마단을 발족하는 등 자구의 노력을 기울이기도 하였으나 그런 기회를 갖지 못한 미세모노 집단들은 새로운 시장을 필요로 했다. 그들은 조선에 주목했다.

원숭이와 개가 연희를 하다
남문내 낙동 일본인 집에 일본으로부터 연희하는 원숭이와 개 일곱 쌍이 이번에 새로 도착했는데, 원숭이와 개의 기예가 극히 신기하여 일본에서 유명한 희구(戲具)인데, 개가 수레바퀴를 타고 달리며 줄 위에서 여러가지 재주를 연희하는 것이 재인(광대 – 필자주)과 같다더라[15]

---

15) 猿犬設戲
南門內駱洞日人家에 日本으로서 戲猿과 戲犬七隻이 今番 新到ᄒ얏ᄂᆞ딕 猿과 犬

위 기사는 1902년 6월 7일자 「황성신문」에 실린 것이다. 낙동은 서울 중구 진고개 근처인데 당시에는 일본인 거류지였다. 홍행업자는 일본에서 원숭이와 개 일곱 쌍을 들여와 연희를 하게 했는데, 신문에서는 그 모습이 '才人과 同'할 정도라고 높이 평가했다. 개가 수레바퀴를 타고 달리는 것도 모자라 줄타기까지 하는 모습은 대단한 구경거리였기에 기사로 날 정도였던 것으로 보인다. 기사를 쓴 기자도 이런 동물 재주를 접해본 적은 거의 없었을 것이다. 1902년 당시 도성내 거류민 직업 중 홍행업은 19명으로 표기되어 있다. 1902년은 영일(英日) 동맹의 체결, 경부 철도 공사의 진행, 경인간 전화 가설 등 내외 여건의 변화로 서울의 일본인 이주가 더욱 늘었던 해이다.[16] 홍행에 관련한 직업이 크게 늘어난 것도 이와 무관하지 않을 것으로 보인다. 19명이라는 홍행업자의 수는 매우 많다. 이들은 시바이고야와 같은 '가설'극장을 세우고 '상설'공연을 홍행한 것이다.

개항 초기 조선에 와있던 일본인 거류민들은 대개 하층계급들이 많았고 상업에 종사하는 영세한 업자들이 주를 이루고 있었기에 수준있는 연극, 즉 가부키나 노(能)과 같은 전통연극은 아직 발을 들이지 못하였던 것으로 보인다.[17] 가부키와 노가 연행되기 시작한 것은 통감

의 馴技가 極奇ᄒ야 該國에셔 有名혼 戱具인딕 戱犬이 圓輪을 搭坐ᄒ고 周行ᄒ며 繩索上에셔 百技를 演戱홈이 才人과 同ᄒ다더라

16) 1902년 말 일본인은 797호 3034명으로 전년에 비해 540여명이 증가했다. 영일 동맹의 체결은 조선내 일본의 지위가 공고해질 것이라는 예상을 낳았기 때문에 일본 거류민은 이를 크게 환영했다.

17) 거류민 중에는 '청년 무뢰한의 도항자'도 많았고, '거류지 안에서 여러 가지 위험하고 과격한 언행을 일삼아 어리석은 양민을 선동하고 거류지 밖으로 나아가서 조선의 지방 관민을 협박하는' 일도 있었다고 한다(박찬승, 「서울의 일본인 거류지 형성 과정 - 1880년대~1903년을 중심으로」, 『사회와 역사』제62호, 한국사회

부 설치 이후 본격적으로 일본인의 이주가 시작되면서부터이다. 그전까지는 사루시바이(猿芝居)와 같은 간단한 연회, 그리고 요세(寄席) 정도의 공연물들이 거류민의 유흥거리였던 셈이다. 사루시바이는 유랑기예의 일종인데, 원숭이에 옷을 입히거나 훈련을 시켜 가부키의 한 장면을 흉내내거나 개(犬)와 싸우는 흉내를 내게 하는 연회이다.[18] 일본 내에서는 유행이 지난 사루시바이였지만, 조선의 일본인 거류지에서는 인기가 높았다. 거류지 내의 일본인들에게는 본국의 향수를 불러일으키는 좋은 구경거리이기 때문이었을 것이다. 거류민 중에는 영세한 상인이나 임노동자 등 하층계급이 많았기 때문에 단순한 오락거리를 더 선호하는 경향도 있었을 것으로 보인다.

주목할 것은 이 공연물들이 거류지 내 일본인뿐만 아니라 조선인들에게까지도 반응을 얻고 있었다는 사실이다. 당시 조선관객들에게 이같은 동물재주는 신기한 구경거리였음에 틀림없다. 일본의 공연문화가 호기심의 대상이자 향유의 대상이 된 것이다.[19]

2) 가설극장의 흥행

기록으로 확인되는 가장 오래된 부산내 상설극장은 1903년 발행된 '부산항시가 및 부근지도'에 표기된 '사이와이좌(幸座)'와 '마쓰이

사학회, 2002, 84면).
18) 다이도게(大道藝)라고 하는 유랑기예는 에도시대에 이르러 크게 성행했다. 원래 원숭이재주부리기는 말의 건강과 주인인 무사의 무운장구(武運長久)를 비는 기도였다. 이것이 에도시대 중기 이후에는 초닌(町人, 에도의 시민)들의 즐거움 중 하나로 '예능'이 된 셈이다. 동물을 훈련시켜 재주를 부리게 하는 기예는 근대식 곡마단과 맞물려 더욱 유행하게 되었다.
19) 신근영, 「신문기사로 살펴본 개화기 조선의 공연예술양상」, 『남도민속연구』제24호, 남도민속학회, 2012, 148면.

좌(松井座)'이다. 이 지도는 사이와이좌와 마쓰이좌가 상존했음을 실
증적으로 입증하는데, 적어도 1903년 혹은 그전에 극장이 설립되었
음을 알려주는 귀중한 자료이다. 강제병합이 자행되기 전 부산의 일
본식 극장은 사이와이좌와 마쓰이좌 외에 후키좌(富貴座, 1905?-
1907?)와 부산좌(釜山座, 1907-1923) 등이 더 있었다. 그리고 이 상
설극장의 전단계인 가설극장 역시 거류지 안팎에서 활발히 운영되고
있었다. 1905년 간행된 『부산항세일반』에 따르면 "극장은 2개소가
있고 해마다 여러가지 흥행이 끊이지 않았으며 근자에는 일본인 거주
지 외에도 가설극장을 설치하여 관람을 제공하게 되었으니 하층사회
의 오락으로 삼고 일반 관람을 제공하게 되었다"고 설명한다. 같은 시
기 운영되던 사이와이좌와 마쓰이좌 외에도 실내공간에서 공연물을
관람할 수 있는 가설극장들이 곳곳에 자리잡았던 것으로 추정된다.

가설극장에서 연행된 공연물들은 대개 일본의 대중오락인 미세모
노에 해당하는 것들이었다. 『부산항세일반』에 등장하는 구체적인 공
연종목은 다음과 같다.

부산항세일반 제흥행

제흥행	
종별	일수
대중소설연극(장사연극)	207
속요연극(우카레부시연극)	70
겐지이야기 연극(겐지부시 연극)	5
옛배우연극	30
씨름흥행	20
활동사진 및 니와카(니와카교겐)	19
마술·손짓춤	12

제문 · 죠루리	49
죠루리 · 환등	15
우카레부시	37
가루와자 흥행	24
비파 흥행	3
합계	491

위의 표는 『부산항세일반』에 집계된 1904년도 공연물의 흥행 종류 및 연행 일수를 참고하여 작성한 것이다. 열거된 공연물들 중 '연극' 이라는 용어가 붙은 것들은 일종의 신파연극에 해당하는 것으로서, 당시 유행했던 소설의 한 대목이나 유명한 가부키의 한 장면을 차용 하여 무대에 올린 것이다. 대중소설을 바탕으로 무대화한 '장사연극' 이 제일 많은 흥행일수를 차지하고 있는 점으로 보아 가장 사랑받은 공연물이었을 것으로 추정할 수 있다.[20]

사이와이좌는 용두산 근처 남빈정(南濱町)에 위치했는데, 이곳은 일본인들의 상권과 주거의 중심지였다. 동시대에 상존했던 다른 극장 들이 주로 영화를 상연하는 곳이었다면 사이와이좌는 영화 외에도 일

---

20) 홍영철은 그의 저서 『부산극장사』를 통해 개항기 연행된 공연물들을 서술해 두었 는데, 몇 가지 오기(誤記)가 있어 바로잡고자 한다. 그가 서술한 여러 공연물 중 다수는 앞뒤를 바꾸어 부르거나 명칭이 달리 바뀌어야 한다. 예를 들어, 연극장 사 → 장사연극(壯士芝居, 개량연극)연극부연절 → 부연절연극(浮連節演劇, 샤미 센 가극) 연극 겐지부시 → 겐지부시(源氏節) 연극연극 옛날배우 → 옛배우(舊俳 優)의 연극죠루리제문 → 제문(祭文) · 죠루리(淨瑠璃, 인형극)환등 죠루리 → 죠 루리환등(幻灯淨瑠璃, 인형극 슬라이드) 마술손춤 → 손짓춤과 마술(手踊手品) 등이다. 이외에도 가루와자(輕業)를 '위험한 행동을 보여주는 곡예'라고 설명하 고 있으나 실제로는 몸을 쓰는 기예 및 도구를 사용한 기예 전반을 말한다. 줄타 기나 사다리타기 등을 포함하고 있어 위험한 상황을 연출하는 것은 맞지만 그것 이 전부는 아니다.

본식 씨름, 개량연극, 샤미센 가극, 마술, 인형극, 비파연주 등 일본의
대중오락을 빈번히 무대에 올렸다. 때로 극장이 부족할 때에는 가설
극장의 설치가 허가되기도 했다.

홍영철은 1904년을 전후해 부산의 공연문화에 변화가 있었다고 지
적했다. 1904년 부산 사이와이좌에서 처음으로 활동사진(영화)이 상
영되었는데, 1914년 아사히관(旭館)이 활동사진 상설관으로 개축하
여 상설관 시대를 열어가기 전까지 사이와이좌와 마쓰이좌의 양대 극
장이 부산의 대중문화를 선도하고 있었다. 특히 러일전쟁 후 조선의
패권을 확보한 일본은 '오락기관이 불비한 것을 개탄'하면서 극장의
창설을 서둘렀다. 을사조약과 통감부 설치 등 일본의 실효적 지배가
시작되면서 공연계에도 큰 변화가 나타난 것이다. 큰 규모를 자랑하
는 수준있는 공연물들이 본격적으로 유입되기 시작했다.

Ⅲ. 부산을 거쳐 간 공연단체

1. 마츠무라좌(松村座)의 순회공연

일본은 이미 1880년대에 서양의 곡마단을 수용하고 여기에 전통곡
예를 더한 일본식 곡마단을 성립하기에 이르렀다. 그런데 근대적 서
구 연극의 돌풍에 위축되고 여기에 자국 시장만으로는 한계를 느낀
연희단들은 일본의 제국주의 침탈과 궤를 같이 하며 주변국으로 순회
공연을 개시했다. 앞장에서 살핀 거류지 가설극장에 등장하는 연희자
들(개량연극, 가루와자, 인형극 등)을 필두로 20세기 들어 곡마단 역

시 주변국 순업에 동참한 것이다.

가설극장 내 미세모노류 공연물이 일본인 거류민의 여흥이 되어 주던 그때 너무도 새로운 형태의 공연물이 부산에 등장했다.

1904년 연말 마츠무라 타로(松村太郎)가 이끄는 마츠무라좌가 조선의 부산과 인천을 순회하고 일본에 돌아왔다는 기사가 일본 「고베 우신일보(神戸又新日報)」에 실렸다.

> 1월 1일부터 일주일간 고베 옛 주천에서 마츠무라 타로 일좌의 대곡마 (1904.12.30)
> 이 일좌는 오랫동안 부산, 인천, 연태, 홍콩 등을 순업하고 가는 곳마다 주둔장교로부터 칭찬을 받았는데, 오는 설날부터 앞으로 일주일간 옛 주천에서 흥행한다고..[21]

이 기사에 소개된 마츠무라좌는 곡마단을 자칭하는데, 일본 국내 흥행은 물론 외국(조선, 중국) 흥행을 성황리에 마치고 온 단체임을 주장하고 있다. 특히 외국에 주둔중인 일본군대를 방문하여 곡마를 공연, 군인들을 위무하였고, 주둔장교로부터 격찬을 받았음을 드러내며 본인들의 성과를 과시하고 있다.

마츠무라좌가 일본군 위문공연을 다닌 것은 바로 러일전쟁이 한창인 1904년 무렵이다.

마츠무라좌의 부산 흥행이 1904년 혹은 그 이전에 이루어진 것이

---

21) 一月一日より一週間,神戸旧湊川にて,松村太郎一座の大曲馬,(「神戸又新日報」明治37年12・30)此一座は永く釜山,仁川,芝罘,香港等を巡業して,到る處各國駐屯將校より賞賛せられたるが,來春元旦より向ふ一週間,旧湊川にて興行すと.

라면 이는 한국 곡마단의 역사에 중요한 획을 긋고 있다. 기존의 연구에서는 조선의 곡마단은 1910년 러시아의 바로프스키 곡마단을 그 기원으로 보고 있다.[22] 그런데 이보다 6년 이상 앞선 시기에 '곡마'를 내건 공연집단이 조선의 여러 곳을 방문하여 곡마 공연을 시행했다는 사실은 곡마단 연구사를 재검토해야할 필요성을 보여주고 있다. 선행 연구에서는 곡마단과 성격이 유사한 집단, 즉 곡예단이나 잡기단, 마술단 등이 조선에 유입되어 공연을 펼쳤다는 사실은 인정하면서도 오늘날의 서커스에 가까운 '곡마단'이 등장한 것은 일제의 강제합병 이후라고 선을 그었기 때문이다.[23]

그렇다면 마츠무라좌는 어떤 '곡마'를 행했는가. 마츠무라좌가 인천에서 연행한 공연내용은 어떠했을까. 남아있는 자료가 많지 않아 마츠무라좌라는 공연집단이 어떤 성격을 지녔는지 세세히 알 길은 없지만 일본 내 활동양상에 대해 유추할 수 있는 기사들이 있어 소개해 본다.

마츠무라좌의 단장 마츠무라 타로는 전직 군인이었고, 영국에도 파견된 적이 있는 사람이라고 한다. 그는 귀국하면서 형제들(혹은 친인척) 구마지로, 고메지로 등과 함께 곡마단을 설립하고 순회 공연을 실시했다. 그의 곡마단은 여러 마리의 말이 등장하는 것으로 유명한데 최대 11마리까지 공연하기도 했다. 말 외에도 낙타도 소유하고 있었으며 곡예단 내 악사들도 보유한 대규모 공연집단[24]이었을 것으로 추정된다.

---

22) 『매일신보』, 1910. 10. 2 ; 『매일신보』, 1910. 10. 20.
23) 신근영, 「일제 강점기 곡마단 연구」, 고려대학교 박사학위논문, 2014, 22~23면.
24) 『巖手每日新聞』, 1900. 5. 1.
    『讀賣新聞』, 1903. 12. 31.
    『都新聞』, 1903. 12. 31.

위 신문기사에 언급된 마츠무라좌의 이동경로를 살펴보자. 그들은 일본을 떠나 부산-인천-연태-홍콩 방향 즉 일본에서 점차 멀어지는 순서로 이동했음을 확인할 수 있다. 이 이동경로는 당시 일본우선주식회사(日本郵船株式會社)가 개설한 항로와도 거의 일치한다.

1883년 인천개항 이후 일본-한국-중국을 잇는 공식적인 항로가 개통되었는데, 이전 고베-나가사키-상하이를 연결하던 항로는 1886년 일본우선주식회사에 의해 고베-부산-인천-옌타이(煙臺)-톈진(天津)을 기항하는 항로로 변경되었다. 몇 년 후에는 러시아 블라디보스토크-상하이 항로가 개설되면서 원산, 부산, 나가사키, 옌타이도 기항하는 등 러시아 기선도 중국과 조선의 항로에 참여하게 되었다.

일본 연회단은 처음엔 부산, 인천, 원산, 상하이, 칭다오 등 개항장 항구도시에 마련된 일본인 거류지를 중심으로 활동했다가 곧 내륙을 향해 순회공연을 시작했다. 연회단의 주요 관객은 일본인이었으나, 시간이 갈수록 현지 관객의 흥미를 끌며 공연 범위를 넓혀갔다. 해양 루트를 통해 들어온 일본 연회문화가 철도를 타고 내륙 깊숙이 파고들어 전 지역에 확산된 것이다.

마츠무라좌의 부산 방문을 뒷받침하는 것은 그들이 부산과 인천을 방문하던 시기를 전후해 서울에도 일본의 곡예단이 한동안 머물며 공연을 했다는 사실이다. 1903년 니시하마 만지 사중(西濱萬治社中)과 오쿠다 사중대(奧田社中大)가 서울 대룡동 공지에서 번갈아 공연을 벌였고, 굉장히 흥행에 성공하여 돌아갔다는 소식이 『황성신문』에 실렸다.[25] 니시하마 만지는 일본측 기록을 찾기가 매우 힘든데 아마도

---

25) 『황성신문』, 1903. 3. 31 ~ 5. 1.

크게 알려진 공연단은 아니었던 듯 싶다. 반면 오쿠다 사중대는 1대 오쿠다 벤지로가 사망한 후, 2대 오쿠다 벤지로가 된 도쿠지로(德次郞)가 이끄는 꽤 큰 단체였다. 오쿠다 벤지로(奧田弁次郞)는 미세모노 홍행사였는데, 메이지 초기 서양에서 유입된 서커스를 본따 일본식 서커스단을 창립한 인물이다. 그는 대규모의 공연단이 필요함을 인식하고 '일본챠리네'를 발족했다. 서양식 체조에 줄타기(繩渡り), 사다리타기(梯子乘り), 바퀴타기(曲乘)와 같은 일본 전통의 기예(가루와자)들을 섞어 서커스의 내용을 채웠다. 무대의 외관과 내용구성은 외국 서커스를 본받았지만 그 안에 일본의 전통기예들을 버무려 일본식 서커스단을 제작한 것이다. 일본 미세모노계는 오쿠다의 행보에 크게 자극을 받아 서양의 서커스를 흉내낸 단체들이 대거 등장했다.

부산과 인천을 순회한 마츠무라좌 역시 이때 설립된 단체였을 것으로 보인다. 아마도 곡마 공연장은 가설극장을 만들어 서커스단과 유사하되, 공연내용은 일본과 서양의 곡예를 섞어놓은 일본식 서커스단의 초기 형태였을 것으로 추정할 수 있다. 규모를 과시하기 위해 여러 마리의 말이 움직일 수 있는 단단한 무대가 필요했을 것이며, 말 외에도 낙타 등을 자랑하는 공연내용도 순서에 있었을 것으로 짐작할 수 있다. 그런데 이 공연을 위해서는 따로 공연장을 제작해야 했을 것이다. 왜냐하면 당시 부산의 사이와이좌나 마쓰이좌에는 서커스를 연행할 만한 시설이 구비되어 있지 않았기 때문이다. 활동사진 관람이나 단순한 실내 공연을 위한 무대일 뿐 말이나 낙타가 기예를 펼칠 공

『황성신문』, 1903. 5. 8 ~ 6. 8.
『황성신문』, 1903. 7. 13. ~ 7. 23.
『황성신문』, 1904. 11. 19 ~ 11. 22.

간은 전혀 아니었다. 마츠무라좌는 공연지를 옮길 때마다 가설극장을
매번 새로 짓고 헐어야 할 필요가 있었고, 따라서 필시 극장 제작을
담당하는 단원까지 포함한 꽤나 큰 단체였을 것으로 보인다.

2. 바로프스키(Barovsky) 곡마단의 방문

일제의 강제병합 직후 러시아의 한 곡마단이 조선을 거쳐 일본을
향했는데, 서울 공연을 마치고 부산을 지나 일본으로 들어갔다는 기
록이 있어 눈길을 끈다.

1910년 9월 바로프스키(Barovsky) 곡마단은 상해를 지나 만주에
서 일본으로 향하는 길에 조선에 들러 공연을 했다. 만주 공연은 9월
13일부터 2주간 행해졌는데, 만주철도당국이 전노선(全路線) 할인을
하는 등 재만주 일본인의 관람에 편의를 주었다. 만주 공연을 마치고
서울에 입경해 순회공연을 가진 뒤, 부산항을 통해 일본으로 출국했
다.

서울에 도착한 그들의 모습을 매일신보는 다음과 같이 전했다.

曲馬開演

再昨日下午 四時에 萬千閣에셔 二見菊太郎 小林秀專 兩氏가 露國馬
術家 바로 - 후슈기氏를 聘請ᄒ야 曲馬開演을 ᄒᆞ고 披露宴을 開ᄒ
엿ᄂᆞ뒤 盛大ᄒᆞ 景況을 묘ᄒ엿다더라.

(『매일신보』, 1910. 10. 2.)

曲馬技術의 奇妙

俄國人 쌔로후스기氏는 曲馬技術에 頗히 絶等흔 者인듸 每夜에
技藝를 換行ᄒ는 故로 觀覽人이 非常히 增加ᄒ야 盛況을 묻흔다더
라.(『매일신보』, 1910. 10. 20.)

바로프스키 곡마단을 조선에 인도한 것은 일본인 후타미 기쿠타로
(二見菊太郞)와 고바야시 슈센(小林秀專) 두 사람이었다. 이들은 아
마도 오쿠다 벤지로와 같은 공연기획자 혹은 소개인 정도가 아닐까
한다. 피로연장은 만천각이었다고 하는데 무대시설이 있는 연회장이
었을 것이다. 곡마단의 본공연이 행해진 곳은 명동의 '대곡마 연예장
(大曲馬演藝場)'이었다. 이곳은 곡마단 공연을 위한 임시 건물로 보
이는데 앞서 살펴본 대룡동 공지 근처가 아닐까 한다.[26]

비록 개화기 지식인들에게는 개량의 대상이 되어 버렸지만, 러시아
곡마단은 왕실의 어람을 받는 영광을 누렸다. 순종은 영국 대사를 접
견한 뒤에 영화당(暎花堂)에 나아가 귀족 전원이 배참한 가운데 곡마
희 공연을 관람했다.[27] 곡마희가 정말 즐거운 볼거리라서 왕실이 대
신들을 이끌고 관람했을까. 씁쓸하지만 주권을 잃은 나라의 군주가

26) 이 가설극장은 시설이 미비하여 관람객이 바닥에 앉아야 하는 사태도 발생했다.
게다가 공연내용 중 러시아 무희의 춤과 의상은 당시로서는 매우 선정적이어서
언론의 질타를 받기도 했다. 단성사와 같은 연극기관이 상풍패속의 원인이라는
인식 속에서 러시아의 곡마단 역시 그러한 혐의를 씻을 수는 없었으며, 오히려
'외설'적이라는 오명을 받기도 했다.
27) 『순종실록부록』 순종 3년 11월 9일. 실록에는 순종의 어람만이 기록되어 있는데,
같은 사건을 기재한 일본의 신문기사에는 바로프스키 곡마단의 공연을 보고 조선
의 국왕(당시 순종)이 어사금을 내렸다고 보도하고 있다. 이 기사를 보면 바로프
스키 곡마단은 유럽에서 매우 유명한 곡마단으로서, '세계 곡마의 왕'이라 일컬어
지고 있었다. 러시아 쌍트 뻬쩨르부르크와 모스크바에 상설관을 두고 있었고, 영
국·독일·오스트리아·이탈리아 등지에서 일등 훈장을 수상했다.

할 수 있는 일이란 이런 여흥 정도였을 것이다.[28]

바로프스키 곡마단을 조선에 인도한 일본인 흥행사들(후타미 기쿠타로, 고바야시 슈센)의 소상한 정체는 아직 알 수 없고, 그들이 조선 왕실에 줄을 대어 순종의 태람을 이끌어냈는지 역시 자세한 사정은 확인되지 않았다. 그러나 일본인을 통해 유입된 러시아 곡마단의 공연은 그 자체로서 신선한 충격이었고, 강국으로 성장한 일본의 연예를 조선에 소개하는 데에 충분한 밑받침 역할을 했을 것이다.

바로프스키 곡마단은 세계 순회 공연을 시작하면서 우선 중국 북경에 도착해 섭정왕(만주국왕)의 어람을 받았다. 중국 봉천, 대련 등지에서도 흥행을 했고, 조선에서는 조선 왕실의 어람이 있었고 어사금도 받았다. 11월 말 부산항을 통해 일본에 입국했다. 이미 식민이 결정된 곳을 골라 다니며 새롭고 신기한 공연물을 소개하고 있었다.

우선 바로프스키 곡마단의 공연 내용을 같은 해 일본 신문 광고를 통해 자세히 살펴보자.[29]

---

28) 격동의 시기에 조선에 유입된 외국 곡마단이 높은 인기를 구가했던 데는 공연 자체가 신기한 볼거리라는 점도 컸지만, 임금의 어람을 얻었다는 점도 크게 작용했던 것으로 보인다. 식민지배가 시작되자마자 러시아나 일본의 곡마·곡예단이 궁정에서 공연을 연행한 사실은 시사하는 바가 크다.

29) 『讀賣新聞』, 1910. 12. 7.
　　그해 겨울 일본으로 건너간 바로프스키 곡마단은 단원이 38명(남성배우 8명, 여성배우 4명을 포함해)이고 말은 18필, 공연물은 82개 있었다고 한다. 상세한 공연내용과 연희자에 관한 것은 일본측 자료를 통해서이다. 「요미우리신문(讀賣新聞)」에 따르면 '코사쿠 기병의 깃발잡기(다니로프 양), 새의 울음소리 및 코미디(스라독 형제), 말 2마리 다루기(뉴샤 양), 코미디(다니로프), 한마리 무릎 걷기(뉴샤 양), 승마조교(바로프스키), 코미디(스라독), 2마리 자유 다루기(바로프스키), 자전거타기(요시카), 자유승마(뉴샤 양), 개 연기(카란죠), 한 마리 타기(와니야), 러시아 민속무용(남녀 6명 등장), 한 마리 타기(죠), 말 6마리 다루기(바로프스키)' 외 십수 종이 있었다.

世界一大曲馬　露國バロフスキ　大一座

○同一座は八十余種の演芸を毎日取替御覽に入れ申候

○一座中男女俳優十二名を同伴しダンス滑稽音樂等余興として御

覽に入れ申候

○コサック式騎兵の調練を御覽に入れ申候

○露國式角力(飛入勝手次第)も御座候

○世界珍無類の犬の唱歌及び舞踏も有之候

當る十二月九日より毎日午後五時開場(日曜は晝夜二回)

內幸町旧五二館前(土橋內廣場)に於て

露國大曲馬演芸場

그림1.『東京朝日新聞』1910.12.6

그림2.『讀賣新聞』1910.2.12.

위 선전의 내용은 다음과 같다. 바로프스키 곡마단은 80여 종의 공연 종목을 보유하고 있는데, 매일 밤 종목을 바꾸어 연행한다. 남녀배우 12명이 함께하는 댄스와 코미디, 음악 등이 여흥으로 포함되어 있으며, 코사쿠식 기병의 모습도 볼 수 있다. 러시아식 힘자랑(角力)을 할 때는 아무나 도전해도 무방하다. 개가 노래를 하고 춤을 추는 진기한 공연도 있다. 12월 9일부터 매일 저녁 5시 시작. 일요일은 주야 2회 공연. 장소는 러시아대곡마연예장에서.

이 바로프스키 곡마단은 러시아를 떠나 북경-봉천-대련을 거쳐 조선의 서울-부산, 그리고 일본에 들어가는 이동경로를 취하고 있다. 이 노선은 앞서 살펴본 마츠무라좌의 이동경로와는 사뭇 다르다. 마츠무라좌가 해양운송의 경로를 따라갔다면 바로프스키 곡마단은 내륙의 철도선과 궤를 같이하고 있음을 알 수 있다. 바로 1905년 개통된 경부철도와 관부연락선, 다음해 부설된 서울과 신의주를 잇는 경의선과 남만주철도 덕에 러시아의 대규모 곡마단은 중국과 조선을 지나 일본에 들어설 수 있게 된 것이다. 바로프스키 곡마단의 조선 출입은 결국 일본이 만들어 놓은 철도의 힘을 빌려 유럽의 '신문물'이 조선에 유입되었음을 과시하는 장치로도 기능하게 되었다는 해석이 가능하다.

기실 바로프스키 곡마단이 처음 일본을 방문한 것은 1902년의 일이었다. 그들은 시베리아 철도를 타고 블라디보스토크항을 거쳐 고베(神戸)에 도착했다. 아직 철도가 개통되지 않았기 때문에 한반도를 가로질러 갈 수는 없었던 것이다.

바로프스키 곡마단이 일본에 도착했을 때 오사카의 흥행사 오쿠다 벤지로(奧田弁次郎)의 소개로 오사카 남부에서 공연했다고 한다.[30] 오쿠다 벤지로는 브로스키를 좌장으로 삼고 러시아인 곡마사를 중심으로 프랑스인, 독일인 곡예사를 포함해 단원 120명, 말 43마리의 유럽연합 대곡마단을 설립하여 흥행을 지속했다. 당시 오사카에서 권업

---

30) 三好一, 『ニッポンサ カス物語』, 白水社, 1993, 144~146면.

박람회가 열리고 있었는데, 바로프스키 곡마단의 공연은 5월 22일부터 주야로 개시되었다. 바로프스키 곡마단은 권업박람회장내 유료 행사로는 가장 인기가 있었으며, 흥행 성적이 매우 좋았다고 한다.

그런데 바로프스키 곡마단이 실제로 부산에서 공연을 가졌는지를 말해주는 자료는 아직 발견되지 않았다. 서울에서의 공연은 『조선왕조실록』과 『매일신보』를 통해 공연상황을 알 수 있지만, 다른 지역에서 흥행을 했다는 소식은 전하지 않고 있다. 다만 부산을 거쳐 조선과 일본을 오갔다는 사실에서 두 가지의 가능성을 제시할 수 있다.

첫 번째는 부산에서 공연을 하지 않았을 가능성이다. 대규모를 자랑하는 바로프스키 곡마단이기에 공연장의 설치와 해체에 많은 시간이 들었을 수도 있고, 서울 공연 이후 일본까지 이동하는 중간이기 때문에 공연을 진행할 충분한 시간이 없었고, 연희자들의 여독을 풀 시간이 필요했을 것이라는 이유를 들 수 있다.

그러나 만주 공연을 위해 철도 할인을 하는 등 편의를 봐주는 일본 정부가 부산을 두고 그냥 지나가기만 했다는 것은 쉽게 납득이 가지 않는 일이다. 1910년 당시 만주의 일본인 거주자(약 1만 8천명)보다 부산의 일본인 거주자(약 2만 5천명)의 수가 압도적으로 많았다. 더구나 부산의 관객들은 일본의 대중문화에 일찍 노출되어 있었기에 곡마단과 같은 새로운 공연물의 수용이 다른 지역에 비해 더 쉽지 않았을까. 가설극장의 설치가 빈번히 이뤄지는 곳이니만큼 곡마단 공연장을 지을 곳도 손쉽게 찾을 수 있던 것은 아닐까. 경부선 철도가 끝나는 곳이자 관부연락선이 시작되는 곳 부산. 일찍부터 일본인들의 생활공간이 확장일로에 있는 이곳이 러시아에서 온 근대적 공연물을 그저 흘려보내지는 않았을 것이라는 강한 의구심이 든다.

두 번째는 부산 모처에서 곡마단 흥행이 있었을 가능성이다. 당시 부산 내 일본인 거주자의 수는 서울 다음으로 많은 수를 차지했다. 기록에 따르면 1910년 조선에 거주하는 일본인은 서울이 4만여 명, 부산은 2만 5천명을 헤아렸다.[31] 인천이 1만 1천여 명 정도이니 다른 도시보다 압도적으로 많은 수의 일본인이 거주중이었다. 일본은 전통적인 미세모노 단체들이 서양의 서커스단을 흉내내 만든 곡마단이 이른 시기에 등장했고, 말(馬)을 잘 다룬다는 점에서 군대의 신망을 받고 있기도 했다. 곡마단의 공연이 아직 조선 관객에게 낯선 행태임을 감안한다면 주요 관객층은 일본인이었을 것이다. 공연단의 입장에서 일본인이 많이 거주하는 부산이라는 큰 공연시장을 굳이 마다할 이유는 없을 것으로 보인다. 게다가 당시 부산에는 사이와이좌, 마쓰이좌, 후키좌, 부산좌 등 상설극장 외에 가설극장의 설립도 매우 활발히 진행되고 있던 상황이었다. 곡마단이라는 새롭고도 진기한 공연물이 크게 환영받았음은 미루어 짐작이 가능하다.

Ⅳ. 나가며

20세기를 전후한 격동의 시기는 공연예술계에도 마찬가지였으며, 이 '근대극이 싹틀 수 있는 준비' 기간 동안 일본을 비롯한 많은 외국 연희단이 조선에 유입되었다. 이들이 선보이는 공연물 중에는 연극의 범주에서 빗겨난 곡예와 묘기 등의 잡희가 있었다. 그간의 선행연구

---

31) 강성우, 「개항기 일본인의 부산 이주와 헤게모니 확장」, 『지역과 역사』제33호, 부경역사연구소, 2013, 108면.

속에서는 근대극의 요소는 고사하고 오락과 신비류를 좇았던 잡희의 흥망은 큰 의의를 갖지 못했다. 그러나 곡예와 묘기를 주종목으로 삼았던 곡예단과 곡마단은 20세기 중반까지 대중오락으로서 그 기능을 충실히 이행했으며, 현대 연극은 물론 창극, 신파극을 아우르는 대중 연예장으로서도 확실한 위치를 점하고 있었다.

본고는 강제병합 직전 어지러운 사회 분위기 속에서 특히 일본인이 많이 거주했던 개항장 부산을 중심으로 당대 외부에서 유입된 공연물들이 어떤 과정을 거쳐 조선인들에게 익숙한 공연물이 되었는지 구체적으로 고찰하고자 했다. 기예 위주 공연의 특성은 연극이나 영화가 자리잡기 이전 강력한 오락거리로서 기능할 수 있었다. 일본 미세모노 집단의 유입을 시작으로 일본과 러시아 곡마단의 방문을 통해 점차 대규모 곡마단의 시대가 열리고 있음을 알 수 있다.

근대 외국에서 유입된 공연예술을 알려줄 만한 자료는 많은 편이 아니지만, 당시 신문기사들과 동시기 외국 자료들 속에서 부산을 다녀간 외국 연희단의 소식을 찾아볼 수 있었다. 단편적이나마 그 편린들을 엮어가면서 근대를 맞은 조선의 공연사를 구체적으로 살펴볼 수 있었다. 이는 외국 공연예술에 대한 당시 조선사회의 반응 및 공연문화 전반의 변화를 이해하는 데 실증적인 배경 설명이 가능할 것으로 믿는다. 한 시대를 풍미했던 근대연극이 자리잡기 직전의 공연사적 흐름을 살펴보고 배경을 탐색했다는 점에서 연구의 의의를 찾고자 한다.

참/고/문/헌

〈기본자료(사료)〉

• 『해은일록』, 부산근대역사관, 2008.

• 『순조실록부록』

〈연구논문〉

• 강성우, 「개항기 일본인의 부산 이주와 헤게모니 고찰」, 『지역과 역사』 제33호, 부경역사연구소, 2013.

• 권도희, 「20세기 전반기 극장연희의 종목과 그 특징」, 『한국국악연구』 제47호, 한국국악학회, 2010.

• 김남석, 「극장을 짓는 항구의 상인들 조선의 항구 도시에서 건립 · 운영한 상인들의 내력과 상호 관련성을 중심으로-」, 『영남학』 제29호, 경북대학교 영남문화연구원, 2016.

_____, 「일제 강점기 해항 도시 통영의 지역극장 '봉래좌' 연구」, 『동북아문화연구』 제48호, 동북아시아문화학회, 2016.

_____, 「개항장 원산에 설립된 원산관의 특징과 그 운영에 관한 연구」, 『도서문화』 제47호, 국립목포대학교 도서문화연구원, 2016.

_____, 「조선의 개항장에 건립된 인천 가무기좌에 관한 연구」, 『동북아 문화연구』 제46호, 동북아시아문화학회, 2016.

_____, 「함흥의 지역극장 동명극장 연구」, 『동북아 문화연구』 제44호, 동북아시아문화학회, 2015.

_____, 「일제강점기 원산의 극장 원산관 연구 지역의 문화적 거점 공간 생성과 활용을 중심으로」, 『국토연구』 제85호, 국토연구

원, 2015.

_____, 「평양의 지역극장 금천대좌 연구」, 『한국문학이론과 비평』제56호, 한국문학이론과 비평학회, 2012.

_____, 「인천 애관 연구 협률사 설립에서 1945년 광복까지」, 『인천학연구』제17호, 인천대학교 인천학연구원, 2012.

• 김양수, 「개항장과 공연예술」, 『인천학연구』창간호, 인천대학교 인천학연구소, 2002.

• 김호연, 「한국 근대공연예술 성립의 한 양상-인천을 중심으로」, 『인천학연구』제3호, 인천대학교 인천학연구소, 2004.

• 박준형, 「재한일본 '거류지'·'거류민'규칙의 계보와 '居留民團法'의 제정」, 『법사학연구』제50호, 한국법사학회, 2014.

• 박찬승, 「서울의 일본인 거류지 형성 과정 – 1880년대~1903년을 중심으로」, 『사회와 역사』제62호, 한국사회사학회, 2002.

• 신근영, 「신문기사로 살펴본 개화기 조선의 공연예술양상」, 『남도민속연구』제24호, 남도민속학회, 2012.

_____, 「일제 강점 초기 곡마단의 연행 양상」, 『남도민속연구』제27호, 남도민속학회, 2013.

_____, 「일제 강점기 곡마단 연구」, 고려대학교 박사학위논문, 2014.

• 아이 사키코, 「부산항 일본인 거류지의 설치와 형성-개항초기를 중심으로」, 『도시연구:역사 · 사회 · 문화』제3호, 도시사학회, 2010.

• 양승국, 「1910년대 신파극과 전통 연희의 관련 양상」, 『한국극예술연구』제9호, 한국극예술학회, 1999.

- 이희환, 「인천 근대연극사(1883-1990)」, 『인천학연구』제5호, 인천대학교 인천학연구소, 2006.
- 정충권, 「1900~1910년대 극장무대 전통공연물의 공연양상 연구」, 『판소리연구』제16호, 판소리학회, 2003.

〈단행본〉
- 김재석, 『근대전환기 한국의 극』, 연극과인간, 2010.
- 사진실, 『공연문화의 전통 - 樂 · 戱 · 劇』, 태학사, 2002.
- 유민영, 『개화기연극사회사』, 새문사, 1987.
  _____, 『한국 근대극장 변천사』, 태학사, 1998.
  _____, 『한국근대연극사신론』, 태학사, 2011.
  _____, 『한국근대연극사』, 단국대출판부, 2000.
- 이두현, 『한국신극사연구』, 서울대 출판부, 1990.
- 전경욱, 『한국의 전통연희』, 학고재, 2004.
- 홍영철, 『부산 극장사』, 한국영화자료원, 2014.
  _____, 『부산 근대 영화사』, 부산대 한국민족문화연구소, 2009.
- 京城居留團役所 편저, 『京城發達史』, 京城: 京城居留民團, 1912.
- 日韓昌文社, 『韓國地理風俗誌總書 : 釜山港勢一斑』, 경인문화사, 1905.
- 三好一, 『ニッポンサ カス物語』, 白水社, 1993.

〈기타자료〉
- 『황성신문』, 『매일신보』, 『동아일보』, 『별건곤』,
- 『神戶又新日報』, 『東京日日新聞』, 『東京朝日新聞』, 『讀賣新聞』

요산문학제의 현실과 발전 방안

* 구 모 룡

Ⅰ. 들어가며

요산기념사업회가 2014년 요산문학제를 요산문학축전으로 변경하였다. 문학제가 일본식 표기라는 한글학자의 왜곡된 주장(「부산일보 칼럼 '요산문학축전'으로 언어 광복을, 2013년 8월 19일: 류영남 전 부산한글학회 회장」)에 기대어 남송우 등이 주도하였다. 이는 매우 잘못된 일이다. 요산문학제가 부산작가회의의 고유한 사업이었던 점을 무시하고 요산기념사업회가 전횡한 처사다. 이러한 일의 원인(遠因)은 2002년 설립된 요산기념사업회가 2008년에 와서 요산 관련 모든 사업에 개입한 데 있다. 본디 요산기념사업회는 하드웨어에 해당하는 생가와 문학관(송기인 신부가 기념사업회 이사장이었고 문학관 기획소위원회를 구성한 바 있다. 나는 기획소위 간사였는데 요산문학관을 을숙도에 생태건축으로 지을 것을 청한 바 있다. 그러나 이러한 나의 의견은 생가가 있는 인근에 문학관을 짓는 것이 낫다는 기념사업회의 계획에 의해 받아들여지지 않았다.) 관리를 책임졌다. 그런데 2기 요산기념사업회(송기인 이사장)가 잘 지어 넘겨준 요산문학관(초대 김중하 관장)을 수월하게 운영하지 못한 연유로 3기 이사장에 재력가인 부민병원 정홍태 원장을 영입하였다. 그런데 이게 화근이 되어 부산작가회의가 만들고 개최해온 요산문학제를 3기 요산기념사업회가 거의 뺏다시피 가져간 것이다. 그리고 이를 이은 4기 요산기념사업회(이규열 이사장)가 명칭 변경을 한 것이다. 물론 4기 요산기념사업회는 사업의 기획을 상당 부분 부산작가회의에 위임하는 등 노력을 하고 있다. 하지만 명칭 변경은 부산작가회의의 입장에서 매우 심각한 사안이라 할 수 있다. 왜냐하면 회칙에 명시된 사업을 총회를 거치지 않고 변경하여 현 집행부가 임의로 수행하였기 때문이다. 이러한 점에서 요산기념사업회는 지금이라도 문학제가 문학단체의 고유 사업이라는 인식을 통하여 온당하게 되돌려주는 것이 바람직하다. 이 글을 쓰는 나로서 요산문학제의 이름을 짓고 이를 부산시 지원 사업으로 만들어 발전시켜온 당사자이지만, 17년 전후의 사정을 정확히 모르는 부산작가회의 현 집행부가 회칙을 위반하는 곤경에 처한 상황을 이해하지 못하는 것은 아니다. 그럼에도 후배들이 요산문학제와 요산문학축전의 차이를 간과하고 있는 데 크게 실망하고 있다.

주지하듯이 문학제는 어떤 사건(오월, 4.3, 10월 등)과 작고문인의 문학을 기념하고 그것이 내포한 가치와 이념을 계승하고 확산하는 행사이다. 단지 축전—축하의 잔치를 하자는 것이 아니다. 그렇기 때문에 전국 각처에 70여 문학제가 있다. 문학축전은 소수에 불과하다. 규모에 따른 만해축전은 잘 알려져 있다. 한강문학축전 등이 있지만 이는 뚜렷하게 잔치를 염두에 두었다. 요산문학제는 김정한 선생의 문학 정신을 기리고 계승하고 확대하기 위해 만들어졌고 매년 그의 탄신일 전후 개최해 온 것이다. 문학제가 일본식 표기라고 한 한글학자의 일방적인 주장은 "제"가 동아시아 공통 전통이며 오히려 한국을 거쳐 일본으로 전파된 개념이라는 점에서 학술적으로 일고의 가치도 없다. 따라서 이에 대한 논의를 거듭할 필요를 느끼지 못한다. 사실 생각이 있는 다수 동료들이 이러한 변경이 유의미하지 못할뿐더러 개악이라는 사실을 주장하였음(강동수, 구모룡, 박형준 등)에도 요산기념사업회가 이를 관철시킨 데는 지역적 특수성이 작용한 바 없지 않다. 지난 해 이미 향파문학제가 향파문학축전으로 바뀐 전례가 있는 바, 이를 그대로 요산문학제에 관철시키려는 몇 사람의 개인적인 욕구가 개입한 것이라 할 수도 있다. 또한 이러한 명칭변경을 심각하게 생각하지 않는 다수 문인들의 시각이 이를 용인한 것이라 믿는다. 향파문학제는 요산문학제가 4회쯤 시행될 무렵 지역의 몇몇 유력인사들이 나서 만든 것이다. 향파기념사업회도 요산기념사업회의 뒤를 이었다. 심지어 부산작가회의 남송우 회장(4대)이 향파기념사회 이사장을 겸하게 되면서 중도 사퇴하는 일도 있었다. 그만큼 요산과 향파는 지역사회에서 차지하는 위상이 달랐다. 일제시대 향파와 요산은 모두 민족주의 좌파에 속한다. 급진좌파에서 전향한 향파는 해방 후 부산으로 오면서 진보정치노선을 버렸다. 이러한 연유로 향파 주위엔 지역의 보수 인사들이 그룹을 형성하였던 것이 사실이다. 그러므로 향파문학제를 향파문학축전으로 바꾼 일을 나는 탓할 생각이 없다. 그러나 요산은 다르다고 생각한다. 그는 70년대 자유실천문인협회의 주요 멤버요 민족문학작가회의 초대 회장이다. 아울러 1980년대 부산지역 진보 문인단체인 5.7문학협의회를 결성하여 그 고문으로 후배들을 이끌었다. 그의 문학 또한 한국 사회를 대표하는 리얼리즘 계보로서 4월 혁명 이후 진보의 복원을 대표한다. 한국전쟁 전 생사의 기로에 서기도 한 그는 평생 사회적 약자의 편에 서 있었다. 그렇다면 그를 기념하고 계승하는 문학제를 굳이 문학축전으로 바꿀 이유는 없는 것이다.

Ⅱ. 지역에서 동아시아로 세계로 : 요산문학제의 발전 과정

요산문학제는 이미 앞에서 말했듯이 요산 김정한의 문학을 기억하고 계승하며 확산하는 행사이다. 요산문학제를 말하기 위해 요산을 먼저 말하지 않을 수 없다. 다소 장황하지만 요산에 대한 문학적 약전을 제시하고자 한다.

요산 김정한의 문학 활동은 와세다 대학 유학시절에서 시작된다. 처음 시를 쓰다 와세다 대학에서 사회과학을 공부하는 한편 1931년 '동지사'에 가입하여 이찬, 신고송, 박석정 등과 활동한다. 이 시기에 김정한은 시쓰기를 그치고 소설쓰기로 나아간다. 그 당시 쓴 소설인 「구제사업」은 지금 전하지 않는다. 「그물」(『문학건설』, 1932. 12)은 소품이지만 그의 세계관을 잘 반영하고 있다. 이 소설을 통해 김정한은 시선을 식민지 소작 농민의 각성에 두면서 이들을 지배하고 착취하는 상위 계급과 억압적 국가기구의 의미를 말한다. 그의 문학에서

제국과 국가의 폭력 앞에 처한 민중이라는 개념은 징병과 징용이라
는 제국의 폭력적 개입과 국제적 노동 분업으로 이산하는 민중의 삶
을 그리고 있는 「오끼나와에서 온 편지」(『문예중앙』, 1977. 11)에 이
르기까지 지속된다. 김정한의 실질적인 등단작은 「사하촌」(『조선일
보』, 1936. 1)이다. 이 소설에는 두 가지 이념이 개입하고 있다. 그 하
나는 마르크스주의적 반종교 사상이고 다른 하나는 민중 주체적 저
항과 국제적 연대이다. 농민들의 주체적 자각과 자발적인 저항을 그
리고 있어 국제적인 민중 연대는 한 인물이 들려주는 "일본의 탄광
이야기"로 암시된다. 이처럼 김정한은 줄곧 주어진 현실과의 맥락을
놓치지 않으면서 구체적인 것을 탐문하는 소설을 쓴다. 김정한은 식
민지 민중인 농민의 입장을 벗어나지 않는다. 사회주의적 관념의 투
영이 아닌 농민의 주체적인 현실 인식을 통한 저항(「항진기」, 『조선
일보』, 1937. 1-1937. 2.)을 말하거나 전향하여 민중을 배반하거나
그렇지 않고 민중과 더불어 고난의 길을 걷는 기로(「기로」, 『조선일
보』, 1938. 6)의 의미를 제시한다. 많은 이들이 이 작품 이후 요산문학
의 저항성은 약화되거나 사라졌다고 말한다. 가령 「월광한」(『문장』,
1940. 1)은 현실의 피로에서 벗어나려는 낭만적 경향이 뚜렷하다. 그
러나 식민지하 무기력한 일상에 젖어든 남성인물과 대비되는 여성
인물인 해녀의 건강한 삶을 통하여 식민지 현실과 거리를 만들고 있
어 이 소설이 도피와 망각을 칭송하고 있다고 보긴 어렵다. 실제 김
정한은 「묵은 자장가」(『춘추』, 1941. 12.)를 끝으로 절필한다. 이 작
품은 역시 불교를 다룬 「추산당과 그 곁사람들」(『문장』, 1940. 10.)과
한참 나중에 나오는 「수라도」(『월간문학』, 1969. 6.)의 중간쯤 인식을
담고 있다. 전자가 식민화된 불교의 폐단을 말하고 있다면 후자는 민

중 불교의 가능성을 시사한다. 「묵은 자장가」는 타락한 불교를 비판하면서 부처의 본질이 중생의 구제에 있음을 제시하고 있어 비록 식민지 현실을 우회하고는 있으나 김정한의 세계 인식을 드러내고 있는 셈이다. 이에 앞선 「낙일홍」(『조광』, 1940. 4-5.)은 식민주의가 내포한 인종주의적 편견을 부각함으로써 식민지적 통합 이데올로기의 허구성을 보여주고 있다. 이처럼 1940년대 김정한의 소설은 현실의 욕망으로부터 물러나 침묵하려는 그의 입장을 담고 있다. 해방공간에서의 김정한은 행동하는 지식인의 모습을 보였다. 그는 해방과 더불어 진정한 민족문화를 수립한다는 기치 아래 인민예술좌라는 연극운동에 관여한다. 아울러 1946년 2월 10일 조선문학가동맹 부산지부장을 맡는다. 이 해 2월 14일 조선예술연맹 부산지구협의회가 결성되는데 요산은 이 단체의 위원장으로 피선된다. 이 때 도인민위원장인 노백용이 축사를 하였다. 또한 요산은 부산 민주주의 민족전선에 참여한 바 있고 이후 미군정이 민전을 탄압하는 등의 정세 변화에 대처하면서 1947년 7월 27일에는 공위경축민주임정촉진인민대회에 문화인 대표로도 참석한다. 이러한 일련의 사실을 통해 우리는 두 가지 사실을 확인할 수 있다. 그 하나는 김정한이 철저하게 지역을 근거로 활동하였다는 점이고 다른 하나는 그가 "건준-인민위원회-민주주의민족전선"으로 전개된 중도좌파 민족주의 노선을 실천해 나갔다는 것이다. 김정한은 이러한 실천으로 인하여 1949년 6월 5일 이승만 정권에 의하여 결성된 국민보도연맹에 가입하지 않을 수 없게 되고 한국전쟁 발발과 더불어 생존을 위협받는 위기에 직면하여 구사일생으로 생존하게 된다. 김정한은 해방공간에 두 편의 소설 「옥중회갑」(『전선』, 1946. 3.)과 「설날」(『문학비평』, 1947. 6.)을 발표한다. 두 편 모두 김

해출신의 사회주의자 노백용 일가와 연관된다. 그런데 소품에 불과한 「옥중회갑」이 던지는 메시지는 단순하지 않다. 먼저 일생을 민족을 위해 싸워온 노지도자에 대한 존경심을 들 수 있다. 이러한 존경심은 또한 '나'의 삶에 대한 부끄러움의 감정을 유발한다. 여기서 부끄러움은 주체를 변화시키는 심리적 기제, 마르크스가 말한 혁명적 정서이다. 다음으로 모스크바 삼상회의의 결정을 기다리는 가운데 가해지는 우익측의 테러와 미군에 의한 노선생 체포라는 당시의 정황을 알리고 있다. 이러한 정황은 이상적 국민-국가 건설의 험난한 여정을 시사한다. 「설날」 또한 10월 인민항쟁으로 투옥된 노백용 일가의 모습을 그리고 있다. 가족의 한 단면이 아니라 새로운 국가 건설을 위한 노씨 일가의 영웅적인 정신을 전하는 한편 이들이 지닌 낙관적 전망을 말하고 있다. 하지만 작가의 이러한 의도와 달리 객관적인 정세는 크게 악화된다. 아래로부터의 국가 건설이 좌절되면서 김정한의 행동은 침묵으로 바뀌게 된다. 남한만의 단독 국가가 건립되면서 국가에 의한 사상 탄압과 폭력이 계속되는 가운데 김정한은 1947년 교사의 길을 선택한다. 김정한의 문학적 생애 재구성에 있어 한국전쟁 전후와 이승만 정권 초기 활동은 잘 알려져 있지 않다. 1954년 무렵 김정한은 이종률과 함께 부산·경남 진보적 지식인들이 대거 참여하는 '민족문화협회'를 경성하여 암울한 현실 아래서 민주 민족 진영의 결속을 다지는 역할을 하였다. 1950년대 김정한은 여러 편의 꽁트와 연재소설 『농촌세시기』(『경남공론』, 1954-1955) 그리고 단편 「액년」(『신생공론』, 1956. 8.)을 남기고 있을 뿐이다. 4월 혁명으로 이승만 정권이 무너졌지만 김정한의 고난은 이에 그치지 않는다. 그는 다시 군사정권에 의한 해직과 복직의 고통을 겪게 된다. 이러한 고통 이후에 스스로 '문단복귀'라고 규정한 「모래톱 이야기」(『문학』, 1966. 10.) 가 등장한다. 실제 김정한 문학은 몇 번의 침묵에도 불구하고 연속성을 지닌다. 제국과 식민지 민중의 문제, 국가와 민중의 문제는 복귀 전후 김정한 문학의 일관된 주제이다. 이러한 주제는 그가 문학적으로 침묵하던 시기에도 지속적으로 고민해 오던 사항이다. 해방공간에서 그는 행동으로 이상적인 국민-국가 만들기에 나선 바 있다. 이승만 정권 하에서 그는 폭압적인 국가가 민중의 권리를 어떻게 수탈하는가를 보아왔다. 김정한은 문단복귀 이후 십년동안 많은 민중 이야기를 쏟아낸다. 그에게 민중은 자기 땅으로부터 소외되고 국가로부터 격리되거나 추방되는 자들이다. 「모래톱이야기」와 「유채」(『창작과비평』, 1968. 5.)에서 주인공들은 오랜 동안 지어오던 땅을 국가 권력에 의해 수탈당한다. 주거공간을 빼앗기고 굴에서 짐승처럼 살거나(「굴살이」, 『현대문학』, 1969. 9.) 가진 게 없어 변두리 고지대에 무허가 판자집을 짓고 사는(「산거족」, 『월간중앙』, 1971. 1) 이들은 국가로부터 어떠한 보호도 받지 못한다. 이들은 국가가 만든 사회적 기준에 따를 때 유령과 같은 존재들이다. 불법적으로 거주하고 노동하는 사람들에게 국가는 없다. 이들은 국가를 구성하는 주체가 못된다. 「인간단지」(『월간중앙』, 1970. 4.)가 시사하듯 그들만의 세계는 구성되지 못한다. 저항과 폭력은 김정한 문학의 또 다른 주제이다. 그는 비폭력을 옹호하지 않을 뿐 아니라 폭력에 폭력을 가하는 보복과는 다른 의미의 폭력을 제시하고 있다. 복귀 후 김정한의 문학은 식민지 지배질서와 해방 이후의 국가가 그 상태에 있어 크게 다를 바 없다고 이야기한다. 「수라도」(월간문학』, 1969. 6.)에서 독립 운동가를 배출한 집안보다 친일파 집안이 득세하며 독립 유공자 후손인 「독메」(『월간문학』,

1970. 3.)의 주인공은 가난의 되물림에서 벗어나지 못한다. 「지옥변」 (『세대』, 1970. 1)과 「오끼나와에서 온 편지」는 일제하 강제 징용피해 자의 후손들이 겪는 비참한 삶을 서술한다. 「과정」(『문학』, 1967. 9.) 은 국가를 보호해야 한다는 명목으로 양심적인 학자를 심문하고 고 문한다. 허약한 국가의 상태를 국가보안법이라는 제도적 폭력을 통해 지키려하는 것이다. 민중 개념이 그러하듯 김정한의 문학을 리얼리즘 으로 제약하는 것은 잘못이다. 그는 인류학자가 하듯이 민중 사실을 파헤쳐 그것을 우리에게 이야기하려 한다. 이러한 그의 태도는 참여- 관찰이라는 변증법적 방법을 선택하여 민족지를 기술하는 인류학자 를 닮았다. 김정한은 무엇보다 자기 땅으로부터 소외된 삶을 경계하 였다. 여기서 땅은 국가와 지역으로 확장될 수 있다. 「산서동 뒷이야 기」(『창조』, 1971. 9.)와 「오끼나와에서 온 편지」를 통해 읽을 수 있 듯이 제국과 식민의 경험, 국가 폭력의 경험을 공유하고 있는 아시아 민중의 사랑 이야기를 시사하고 있다. 김정한은 또한 땅의 문제를 생 태환경의 문제로 보았다. 매립과 매축이 가져다주는 환경 재앙을 고 발하고 있는 「모래톱이야기」와 「지옥변」, 공업화로 인한 해양 오염을 말하고 있는 「교수와 모래무지」(『뿌리깊은 나무』, 1976. 8.)는 한국 생태환경 문학의 시발로 평가하기에 족하다. '낙동강의 파수꾼'인 김 정한은 땅과 민중에 대한 관심의 기저에 모든 생명체에 대한 사랑이 라는 의식을 깔고 있다. 김정한은 장편으로 『삼별초』(동아출판공사, 1977)를 쓴 바 있으나 이후 「거적대기」(『소설 열에 마당』, 부산문예 사, 1983)와 「슬픈 해후」(『12인 신작소설집』, 창작과비평사, 1985)를 끝으로 그의 글쓰기를 마감한다. 1970년대 이후 그는 진보적 문인단 체와 시민사회를 통해 활동한다. 자유실천문인협의회 고문, 민주회복

국민회의 대표위원, 한국 엠네스티 위원, 5 · 7문학협의회 고문, 민족
문학작가회의 초대회장 등을 역임하고 1996년 11월 28일 향년 89세
로 타계한다.

요산 김정한은 1996년 11월 28일 목포에서 영호남문인대회가 열
리고 있는 날 타계하였다. 그날 엄청난 눈이 내렸고 대구 문인들은 눈
으로 길이 막히자 요산선생을 문상하는 쪽으로 길을 바꾸었다. 요산
이 세상을 뜬 그 해는 민족문학작가회의 부산지회가 창립된 해이기도
하다. 초대회장은 소설가 윤정규로 요산을 계승하였다. 요산 김정한
의 적자가 소설가 윤정규라는 데 토를 달 사람은 아무도 없을 것이다.
그는 마치 요산의 아들 같았다. 그도 그런 것이 그는 요산의 장남과도
친구이다. 후배들이 그를 좋아한 것은 그의 대인적인 풍모에 비롯한
다. 윤정규의 뒤를 이은 이는 조갑상, 정태규, 강동수, 이상섭이다. 이
는 시에 있어서 임수생, 강영환, 류명선의 흐름과 비교된다. 최영철과
나는 따지고 보면 윤정규를 따랐다. 윤정규의 호는 의인인데 의령 사
람이라는 뜻이다. 의인에게 친구와의 의리는 중요했다. 5.7문학협의
회 대표를 하던 시절 제2기 대표(1987년)가 임수생 시인으로 바뀐 데
는 까닭이 있다. 의인이 동구에 출마한 허삼수를 만난 일을 임수생이
들고 나온 탓이다. 목소리 크기로 따지만 당시 임시인을 따를 사람이
없었다. 부산고 친구를 만난 것인데 정파적인 비판을 받은 의인은 곧
바로 5.7 문학 대표를 양보했다. 의인의 수난은 그가 부산작가회의 초
대 회장으로 있을 1997년 또 발생한다. 그의 절친인 최상윤이 부산문
인협회 회장에 출마한 것인데 의인이 부산작가회의 회원 일부에게 그
를 도와라고 한 것이 화근이 되었다. 이래서 비상대책위원회가 구성

되었고 서규정, 조명숙, 조성래, 동길산, 구모룡 등이 위원이 되어 2대 회장으로 조갑상을 옹립하게 되었다. 이 당시 부산작가회의 회원은 30여 명(창립 당시 회원들 다수가 문협으로 이적해가고 없는 실정) 정도였다. 새로 체제를 정비하니 신문에서 "전회원의 간부화"라고 지적하기도(국제신문 고기화 기자) 했다. 조갑상 회장을 전면에 두고 나와 동길산 시인이 사무국을 맡았다. 내가 사무국장을 맡은 것은 전적으로 서규정 시인의 강권 때문이다.

자화자찬 같지만 처음 "요산문학제"는 순전히 나의 발의로 시작되었다. 요산문학제는 1998년 만들어졌다. 1997년 민족문학제를 연바 있지만 새 집행부(회장 조갑상, 사무국장 구모룡)가 요산문학제를 만든 것이다. 1998년 이 행사를 계기로 생가복원 운동이 전개되었고 2003년에는 요산이 1908년 태어나 청년시절까지 보낸 생가가 복원되었다. 요산 생가 복원 사업은 제1회 요산문학제를 열면서 민족문학작가회의 부산지회 회원들을 중심으로 추진을 발의하면서 시작된다. 2000년 9월 공식 출범한 '요산 김정한 선생 생가 복원 및 기념관 건립추진위원회'(공동위원장 윤정규 최상윤 조성래)는 다음해 12월 부산시로부터 사업비 3억 7천만 원을 확보한 뒤 발전적으로 해산한다. 2002년 사단법인 형태로 설립된 요산기념사업회(이사장 김중하)가 사업을 이어 받아 생가 터를 사들이고 그해 1월 공사를 시작해 448m^2의 터에 건평 56m^2인 아담한 단층 짜리목조 기와집을 복원해냈다.(『한겨레 신문』, 2003년 6월 12일 참조) 그리고 생가와 연계한 문학관 건립으로 사업이 이어졌다. 2006년 요산기념사업회(이사장 송기인)는 206평의 부지에 총 사업비 14억 3천만 원을 들여 요산문학관을 완공하고 11월 20일 개관했다(『연합뉴스』 2006년 11월 21일,

부산일보 11월 22일 참조). 2007년 문학관 운영의 어려움 등에 봉착
하면서 요산기념사업회는 총회를 열어 정홍태 부민병원장을 3대 이
사장에 선임한다. 부산작가회의(회장 구모룡)와 요산기념사업회(이
사장 정홍태)는 2008년 요산 탄생 100주년을 맞아 제11회 요산문학
제와 기념사업을 공동으로 진행한다. 요산기념사업회는 이 해 문학관
에 흉상을 제작, 설치하고 전집발간을 기획하는 등 업적을 남겼다. 하
지만 2009년 주최와 주관을 둘러싸고 부산작가회의(회장 정태규)와
논란을 벌이던 끝에 요산기념사업회가 요산 관련 사업을 총괄한다는
명분을 내세워 요산문학제를 단독으로 열게 된다. 2013년에 와서 부
산작가회의(회장 강동수)와 협의를 거쳐 다시 공동 개최한 바 있다.
2014년 요산기념사업회 이사장이 시인 이규열로 바뀌면서 공동개최
의 정신은 유지되고 있으나 명칭이 변경되는 등 혼선을 빚고 있는 것
이 지금 부산작가회의(회장 서정원)와 요산문학제의 상황이다.

　1회와 2회 요산문학제는 그야말로 관의 지원 없이 동보서적과 영
광도서 등의 도움으로 열었다. 그럼에도 1회, 2회는 매우 큰 규모였
다. 2회를 열기 전에 안상영 시장을 여러 번 만나기도 했다. 고 안상영
시장은 의인의 부산고 친구다. 나는 당시 요산문학제 기획서를 대여
섯 번 썼다. 친구가 시장이니 내용과 예산을 더 채우라는 의인의 지시
를 따라 거듭 수정하고 시에 갔다 와 또 고치기를 여러 번 반복하였던
것이다. 그 때 시장을 보좌하던 신태범 소설가의 도움을 받기도 했다.
그럼에도 예산이 책정된 것은 지금은 고인이 된 이익주 과장(당시),
김광회 계장(당시)의 도움에서 비롯한다. 조갑상 회장, 남송우 부회
장, 구모룡 사무국장과 이익주 과장(당시)이 조방 앞 식당에서 만나
타결한 것인데 그 당시 예산(3천만 원)이 지금껏 그대로다. 이리하여

제3회 요산문학제가 전국 규모로(이호철, 김윤식, 이문구, 구중서 등
등 초청) 송정플라자 호텔에서 매우 성대하게 치러진다. 당연히 윤정
규 선생이 대회장이었다. 요산문학제 자료집(전망 출판사 제작)은 이
때부터 만들어졌고 그 전통이 이어져 왔다. 첫 자료집 후기에 드러내
지 않고 헌신하는 사람들을 기억하자는 내용이 적혀 있다.

　요산문학제의 기본 내용은 고유제-요산문학탐방-독후감 공모 또
는 백일장-요산문학세미나 등이다. 앞서 말한 생가 복원 문제는 "요
산문학탐방" 과정에서 자연스럽게 도출될 수 있었다. 시민과 학생을
대상으로 하는 백일장은 이후 확대되었으며 요산문학세미나는 자료
학을 근간으로 하면서 요산 문학이 내포한 지역성(지역적 문학지리)
과 리얼리즘, 비판적 지역주의, 디아스포라 문제 등으로 그 주제가 확
장되었다. 요산문학탐방을 하면서 조갑상과 정태규는 요산문학지도
를 완성하였다. 문학공간에 표지목을 세우는 등의 활동으로 양산시는
「수라도」의 현장을 안내하는 간판을 만들기도 한다. 요산문학제를 하
면서 우리는 꾸준하게 로컬을 이해하는 스케일을 확장해 왔다. 이러
한 일이 부산지역 소설가들의 창작활동에도 큰 영향을 끼쳤다고 평가
한다. 재일과 재중 디아스포라 네트워크를 형성하기 위해 많은 노력
을 기울였고 어민들이 배를 이용하여 시민과 문학인들이 낙동강을 거
슬러 을숙도에서 삼랑진 뒷기미 나루에 이르는 체험행사를 두 차례나
시행하였다. 이런 일들과 더불어 부산작가회의 내에 지역연대위원회
와 국제교류위원회를 두기도 한 것이다.

　요산문학제를 통하여 부산작가회의는 한편으로 요산문학의 정신
에 부응하면서 다른 한편으로 지역의 창작의욕을 고취하고 그 수준을
고양하는 데 힘을 쏟았다. 1회부터 전국의 문인들을 부산으로 불러

모았고 각 지역의 매체 담당자들을 한 자리에 만나게 하는 일도 시도하였다. 지역문학을 살리자는 의도가 숨어 있었던 탓이다. 다음은 16회까지의 주요 내용이다.

제1회 : 금정구 남산동 요산의 생가와 범어사, 을숙도 등 요산 작품의 무대를 돌아보는 요산 문학기행. 요산의 삶과 인생, 작품세계를 살펴보는 요산 문학 토론회, 요산 사진 전시(영광도서). 21세기와 민족문학을 주제로 시인 신경림, 문학평론가 임규찬 강연(YMCA 대강당). 요산문학 백일장(경성대). 요산문학을 주제로 한 시와 음악과 춤 한마당(동보서적, 채희완)

제2회 : 신불산 묘소 참배, 요산문학기행. 요산사진 전시, 요산문학 토론회(영광도서). 생태사회를 위한 문학 강연-『녹색평론』 발행인 김종철(YMCA 대강당)

제3회 : 고유제(묘소), 통일 시대로 가는 전국 문학인대회(김윤식, 구중서, 이호철 외 전국 문인 참석, 송정 프라자호텔 대연회실), 문학기행, 요산시화전과 시낭송회(동보서적 갤러리). 마당굿과 노래마당, 시민백일장(민주공원). 문학토론회(이문구 초청, 영광도서).

제4회 : 고유제, 문학기행, 시화전(영광도서 앞), 시 소설 낭송회, 제1회 부산작가상(소설가 감하기) 시상, 독서토론회, 세미나, 시민 백일장, 마당굿과 노래마당(민주공원).

제5회 : 고유제, 문학기행, 시화전(부산역 광장), 시 소설 낭송회, 심포지엄(영호남 문학의 특성, 동보서적). 독서토론회(영광도서), 시민 백일장, 마당굿과 노래마당(민주공원).

제6회 : 묘소 참배와 생가 방문, 경남 남해군 일대 문학 기행. 시화전

(영광도서). 문학심포지움과 제3회 부산작가상 시상식(부
산일보사). 독서토론회(영광도서). 시민백일장과 마당굿 한
마당(민주공원).

제7회 : 고유제, 세미나-요산, 민족문학을 넘어서(염무웅 외). 시
소설 퍼포먼스와 사투리 말하기 대회. 낙동강 뱃길을 따라
가는 요산문학기행(부산환경운동연합과 공동 개최). 독서
토론회(소설가 현기영 초청). 부 울 경 작가대회.

제8회 : 고유제와 생가방문, 세미나-부산 지역문학의 뿌리를 찾아
서-향파와 요산(민주공원). 시와 소설을 입체화하는 퍼포
먼스 경연대회와 전국 사투리 말하기 대회(경성대). 낙동강
뱃길을 따라가는 요산문학기행. 요산백일장 및 한마당 행사
(민주공원), 제5회 부산작가상 시상식. 문학토론회, 독후감
공모. 부 울 경 작가대회.

제9회 : 행사 주제-지역에서 동아시아로, 세계로. 전국 문학전문매
체 편집자 대회(해운대 한화콘도). 한민족 디아스포라-"지
역에서 세계로, 동아시아로" 재중 민족문학 심포지엄(부산
일보사 강당, 김호웅, 오상순, 석화 등 첨석). 부울경 작가대
회(민주공원). 고유제와 문학기행. 시민 학생 백일장과 한
마당 행사(민주공원).

제10회 : 행사 주제-눈은 세계로, 실천은 지역에서. '한민족 디아스
포라-재일민족문학 심포지엄(요산문학관: 시조시인으로
일본서 순한글 글쓰기 운동을 펼치고 있는 김리박, 재일조
선인문학예술가동맹의 대표시인인 정화수, 아쿠타가와상
을 수상한 재일 3세 작가 현월, 재일 아동문학가 고정자 초
청). 부울경 작가대회(요산문학관: 21세기 지역문학 운동

의 과제와 전망이란 주제로 구모룡 부산작가회의 회장이
기조발제를 하고, 김태수 시인, 오인태 시인, 조성래 시인
이 각각 울산 경남 부산 작가회의의 문학 활동에 대해 발
표). 고유제와 문학기행(을숙도 문학 한마당). 시민 학생
백일장과 한마당 행사(요산문학관).

제11회 : 요산문학 100년, 21세기 생명과 평화를 찾아서-요산 김정
한선생 탄생 100주년 기념 초청강연: 최원식(문학평론가.
인하대 교수)/오끼나와에서 본 요산, 출판기념회: 부산을
쓴다-시집, 시민백일장, 문학기행-부산문화연구회와 국제
신문과 동보서적 공동 기획, 요산 김정한 흉상제막식(요산
기념사업회, 요산문학관), 세미나와 전국작가대회(1부-심
포지엄: 리얼리즘, 생성의 상상력, 주제1 지리적 상상력과
리얼리즘-요산 소설과 비판적 지역주의/황국명, 주제2 저
항(변혁)의 상상력과 리얼리즘-80년대 이후 민족 노동 농
민과 세계화/고명철, 주제3 횡단의 상상력과 리얼리즘-80
년대 이후 국경, 민족, 인종, 성의 경계넘기/이명원, 주제4
생태(페미니즘)적 상상력과 리얼리즘-80년대 이후 생태
(젠더)인식의 심화 확대/한기욱, 주제5 회통의 상상력과
리얼리즘-80년대 이후 리얼리즘적 글쓰기의 새로움과 다
양성/서영인. 2부 한국리얼리즘 작가 대회-참을 수 없는
세계화의 어두움. 총론-21세기 리얼리즘 작가의 사명/현
기영. 주제1 반생명의 시대와 새로운 글쓰기/최성각. 주
제2 지역이라는 대지-경계에서 꿈꾸기/한창훈, 주제3 세
계화의 쓰나미-민족문제를 고민한다/김영현, 주제4 아시
아의 창-경계를 넘어 너에게로/방현석) 디아스포라 민족

문학 국제학술회의(총론 디아스포라 민족문학과 21세기
의 전망/임헌영, 1부 재중 디아스포라 민족문학 연변지역
우리 민족의 언어 정체성과 디아스포라/김광수(연변대 교
수), 20세기 후반기 조선족 소설의 체계구축과 정체성 모
색/이광일(연변대 교수), 연변지역 시문학의 뿌리와 그 현
황/장춘식(중국사회과학원 연구원 재중 조선족 문학과 한
국문학/서영빈(북경 대외경제무역대 교수), 재중 조선족
소설과 디아스포라/김혁(연변 소설가), 재중 조선족 시문
학과 디아스포라/김현순(연변 시인). 2부 재일 디아스포
라 민족문학 재일 디아스포라의 현실/신명직(구마모토 가
쿠엔 대학 준교수), 경계의 시인들, 재일조선인 시문학사/
김응교(와세다대 객원교수), 재일조선인시문학, 체험적 문
학사/김학렬(재일 시인, 전 조선대 교수), 재일로 소설가의
글쓰기/양석일(재일 소설가) 연극공연-「오끼나와에서 온
편지」: 자갈치 극단.

제12회 : 요산창작기금(해마다 2명 선정, 각 500만원) 수여식. 요산
사진전시(요산문학관). 찾아가는 거리시화전(지하철 서면
역 예술무대). 요산 백일장(요산문학관). 가수 김은영과 함
께 하는 문학콘서트(요산문학관). 통영문학기행.

제13회 : 2010 요산 김정한 문학제로 개칭. 살아있는 요산정신, 살
아있는 낙동강 세미나(임헌영 이동순). 요산문학의 발자
취를 따라 낙동강 일원의 현장을 답사하는 문학기행. 요산
유고전, 회고 사진전, 요산창작기금 수여식, 요산백일장.
거리시화전.

제14회 : 2011 요산 김정한 문학제. 학술대회-살아 있는 요산 정신,

살아 있는 시민 정신. 요산 김정한 생애전, 요산창작기금과 요산협성문예창작기금 수여식, 전국 시민 학생 요산백일장, 낙동강 일원과 하동지역 문학관을 둘러보는 요산문학기행. 지역문인과 함께하는 시화전.

제15회 : 2012 요산 김정한 문학제. 주제-행동하는 양심, 실천하는 문학 세미나(고재종 시인이 면앙정 송순 선생의 청빈과 관용의 정신을, 김민호(해동고 교사) 시인이 단재 신채호 선생의 초지일관한 삶을 발제).요산 김정한 생애전(요산문학관), 요산문학기행. 시민과 함께하는 시와 카툰전(금정구청 외). 요산창작기금 수여식.'

제16회 : 요산기념사업회 주최 부산작가회의 주관-주제 다시 요산 정신을 생각한다. 고유제. 전국 시민 학생 요산백일장. 개막식과 시민과 함께하는 음악회. 요산문학 콘서트: 시민과 함께하는 부산의 노래(한결 아트홀). 심포지엄-요산 문학, 현재성과 확장(부산일보사 강당). 요산 김정한 생애전. 연극공연 회나뭇골 사람들(일터소극장).

Ⅲ. 나가며 : 요산의 문학정신과 요산문학제의 길

요산문학제는 요산 문학을 재평가하고 그의 문학이 지닌 21세기적 가치를 드러내는 데 의의가 있다. 그는 무엇보다 자기 땅으로부터 소외된 삶을 경계하였다. 여기서 땅은 국가와 지역으로 확장될 수 있다. 그는 제국과 식민의 경험, 국가 폭력의 경험을 공유하고 있는 아시아 민중의 연대 가능성을 시사하고 있다. 김정한은 또한 땅의 문제를 생태환경의 문제로 보았다. 매립과 매축이 가져다주는 환경 재앙을 고발하고 공업화로 인한 해양 오염을 말하고 있다. 그의 몇 소설은 한국 생태환경 문학의 시발로 평가하기에 족하다. '낙동강의 파수꾼'인 김정한은 땅과 민중에 대한 관심의 기저에 모든 생명체에 대한 사랑이라는 의식을 깔고 있다. 이러한 요산문학은 세계화와 더불어 더욱 많아지고 있는 약자들에 대한 사랑과 국가의 경계를 넘어 생명과 평화를 지향하는 메시지를 담고 있는 것으로 새롭게 읽히는 것이다. 적어도 요산문학제는 이러한 요산문학의 정신을 계승하고 확장하는 사업이 되어야 한다. 요산을 기념하기보다 자기 자신을 기념하는 일이 되지 않도록 나남 없이 진정성을 지녀야 할 일이다. 이을 위해 몇 가지 발전 방안을 제시하고자 한다.

1) 요산기념사업회는 지원을 하되 간섭하지 않는 자세를 가져야 한다. 문학제는 단순한 기념사업이 아니다. 그것은 문인단체가 자기 정체성을 유지하는 사업이다. 따라서 명칭을 비롯하여 문학제 관련 모든 일을 원상 복구해야 한다.

2) 부산작가회의는 회칙에 명시된 대로 요산문학제를 시행하되 요산문학 정신의 21세기적 계승이라는 관점에서 접근해야 한다. 이를 위해 그 동안 해온 일들을 돌이켜 보고 발전적인 대안을 모색하는 진지한 토론의 과정을 가져야 한다. 특히 12회 이후 17회까지의 행사에 대한 심도 있는 반성적 논의가 있어야 할 것이라 믿는다. 아울러 요산기념사업회와 더불어 진정성 복원에 나서야 한다.

3) 진보의 재구성이라는 관점이 중요하다. 요산기념사업회는 돈에 의해 움직이는 조직이 되지 않아야 한다. 이를 위해 초창기 요산기념사업회의 정신으로 돌아가 회원들이 매달 회비를 내는 방식의 풀뿌리 참여구조를 형성하는 것이 좋을 것이라 믿는다.

4) 요산기념사업회는 하드웨어 관리에 중점을 두어야 한다. 요산문학관 운영을 맡되 장차 지역정부로부터 운영비를 지원받는 길을 모색하여야 한다. 부산작가회의는 요산문학관을 매개로 레지던시 사업, 창작교실, 요산문학연구회 등을 운영하는 일을 찾아야 한다.

5) 21세기의 지평에서 새로운 프로그램을 개발하여야 한다. 이는 「오끼나와에서 온 편지」를 매개로 시좌를 동아시아 지역으로 넓힌 전례를 생각할 수 있다. 이러한 과정을 통해 동아시아문학 나아가 세계문학과의 접면을 만듦으로써 요산문학을 확장할 수 있을 것이다. 그 동안 엉뚱하게도 요산의 리얼리즘을 넘어서 다양한 창작방법을 수행하는 것이 길이라는 식의 설득이 없지 않았다. 결국 이러한 주장에 이끌려 요산 정신의 핵심인 진보의 가치가 어느 정도 희석되고만 것이 아닌가 한다.

부산의 독립영화를 논하다, 홀리다
−2010년 이후 '부산독립영화제'의 작품과 감독을 중심으로−

＊ 김 필 남

Ⅰ. 들어가며

뜨거운 여름이 지나고, 가을이 오면 '부산국제영화제'가 개최된다. 영화 보기 좋은 계절이 가을이라고 생각한 건 아마도 영화제 때문일 것이다. 영화제 기간이 되면 전국 각지에서 시네필들이 모여든다. 가을, 부산의 곳곳에서는 영화 이야기로 논쟁이 붙기도 하고, 쓴 소주를 삼키며 지나간 영화를 회고하는 사람들을 자주 목격한다. 그리고 언제나 그렇듯 영화의 시간도 끝이 난다. 영화의 도시가 신기루처럼 사라지는 것처럼 보인다. 하지만 영화의 도시라고 불리는 부산에서만은 영화가 사라지지 않아야 한다. 화려했던 부산국제영화제의 폐막을 알리면 바로 그 자리에서 아주 조용하게 '부산독립영화제'('메이드 인 부산 독립영화제'에서 명칭이 변경됨. 이 글에서는 변경된 명칭 부산독립영화제를 사용)가 개막한다.

부산독립영화제는 대체로 매년 11월 달에 개최된다. 사실 영화의 전당에서 개최되는 이 작은 영화제를 알고 있는 사람들은 그다지 많지 않다. 부산독립영화제는 부산국제영화제처럼 시민의 축제로 받아들여지지 않으며('독립영화인들의 축제'라고 볼 수 있다), 관객 수도 그리 많지 않은 소규모 영화제이기 때문이다. 작은 영화제다 보니 에피소드들이 많다. 종일 영화를 관람한 후 다음 상영시간을 기다리는데 안면이 있는 사람이 지나가기에 가볍게 눈인사를 건넨 적이 있다. 그 사람은 어리둥절한 얼굴로 내 인사를 받기는 했는데, 곰곰 생각해 보니 내가 인사를 건넨 이는 방금 전 내 옆 좌석에 앉아 영화를 보던 관객이었던 것이다. 주말 동안 영화를 관람하면서 자주 봤던 얼굴이 눈에 익어 나도 모르게 불쑥 인사를 건넨 것인데, 이는 부산독립영화제의 속살을 보게 하는 경험담이 아닌가 싶다.

부산국제영화제를 개최하는 영화 도시의 위상, 부산도 중요하지만 부산 영화의 미래를 위해서라면 부산에서 활동하는 영화인들을 위한 지원과 홍보야말로 절실하다. 즉 영화도시의 미래는 부산에서 활동하는 영화인들의 손에 달렸다고 볼 수 있을 것이다. 그런 의미로 그들의 작업을 보는 것, 부산독립영화제에 참석하는 것은 매우 중요한 일이라고 생각한다. 하지만 부산독립영화제는 부산국제영화제(BIFF)와 비교한다면 그 규모나 위상 면에서도 작을뿐더러 부산시의 지원과 공간 확보도 제대로 이루어지지 않는 등의 열악한 환경에서 운영된다.

이보다 더 큰 문제를 꼽자면 부산독립영화의 오랜 역사에도 불구하고 관객층이 많지 않다는 점은 부산독립영화의 발전을 저해하는 일일 것이다. 다음으로 독립영화의 상영방식과 배급(홍보)방식 등의 문

제를 들 수 있으며 마지막으로 상업영화가 말하는 거대주제를 논하지
않고 일상적인 문제를 다룬다는 것이 관객들과 소통하지 못하는 독립
영화의 약점으로 보인다. 하물며 2010년에는 독립영화에 대한 정부
의 탄압은 이루어졌고 영화제를 즐길 수 없게끔 만들기도 했다. 7년
전 정부는 독립영화에 대해 근거 없는 탄압[1]에 들어갔다. 그로 인해
독립영화에 대한 지원은 원활하게 돌아가지 못하고 있는 상황이다.
이러한 열악한 환경 속에서도 부산독립영화제는 18년 동안 단 한 번
의 중단 없이 개최되고 있다는 사실만으로도 놀랍다.

그런데 '사라지지 않는다'는 것에 언제까지 위안을 얻거나 만족할
수 있을까? 부산에서 활동하는 독립영화인들은 더 이상은 부산독립
영화제가 개최되고 있다는 사실만으로 안심하거나 위안을 받지 않아
야 한다. 또한 '서울독립영화제'나 '정동진영화제'를 제외하고 지역에
서 이렇게 활발하게 결과물을 내놓고 있는 부산 독립영화의 저력은
무엇이며, 독립영화인들은 영화제를 개최하면서 무엇을 말하고자 하
는지, 그리고 이 영화제가 누구를 위해 개최되는 영화제인지 고민을

---

1) 2007년 11월 문을 연 독립영화전용관 '인디스페이스'는 영진위의 위탁을 받아 한
   국독립영화협회와 독립영화배급센터가 안정적 운영을 해오던 독립영화의 중심공
   간이었다. 하지만 이명박 정권이 들어서면서 영화계 좌파 척결이란 이름하에 독
   립영화진영에 대한 탄압이 시작되었고, 2010년에는 공모 형식으로 편파적 심사
   가 이루어지면서 기존 독립영화관 운영사업자를 교체하는 등 영화계 분란을 유발
   했다. 당시 조희문 영진위원장은 문제없이 운영해 왔던 기존 운영자들 대신 급조
   된 뉴라이트 계열 단체를 1년 계약의 새 독립영화전용관 사업자로 선정했다. '인디
   스페이스'는 사라졌고 대신 '시네마루'라는 새로운 독립영화관이 문을 열었다. 그
   러나 독립영화진영은 배급 거부 및 상영 거부 등으로 새 독립영화전용관을 인정하
   지 않았다. 또한 시네마루는 부실한 운영으로 인해 문제점을 지적받는 등 독립영
   화관으로서의 제 기능을 하지 못했다(성하훈, 「말 많던 독립영화관, 영진위 직영
   은 웃긴 모양새」, 『오마이뉴스』, 2011. 03. 02. http://news.naver.com/main/read.
   nhn?mode=LSD&mid=sec&sid1=10 6&oid=047&aid=0001978279)

멈추지 않아야 할 것이다. 이러한 고민이 이루어질 때 비로소 지역에서 독립영화를 만들고, 보는 시스템이 구축될 수 있기 때문이다.

작은 규모의 영화제, 관객 수가 적은 영화제라고 얕보거나 영화제의 작품들을 폄하하는 것임이 아님을 밝힌다. 나는 부산독립영화제에 출품된 영화들을 보면 부산국제영화제에서는 볼 수 없는 패기와 열정, 실험적인 정신과 예술성, 감독들의 치열한 사유 등을 만나기도 한다. 그들이 부산 영화의 미래임을 이 작은 영화제에서 몸이 감지한다.

Ⅱ. 젊은 영화제의 의지, 슬로건

2011년 제13회 부산독립영화제가 선택한 슬로건은 '홀리다'였다. 이 영화제에 대해 많은 사람들이 잘 알지 못하는 것이 사실이다. 하지만 부산을 기반으로 활동하는 영화인들이 부산에는 많으며, 자신들의 활동의 결과물을 꾸준히 세상에 내어놓고 있다. 그래서 이 슬로건은 아직 홀림을 당하지 않은 관객들을 홀릴 수 있다는 일종의 선언이자 영화 그 자체만으로도 관객을 매료 시킬 수 있다는 당찬 의지로 읽혀 흥미롭다. 부산독립영화제가 슬로건을 통해 영화제가 전하는 메시지와 더불어 관객에게 꾸준히 말을 건네고 있음을 알 수 있다.

2009년(11회)의 슬로건은 '자가발전'으로 의미심장하다. 주변에 기대지 않고 스스로의 힘으로 진화하려는 의지, 곧 '독립영화 정신'의 초발심으로 돌아가자는 의미가 담겨있다. 2010년(12회)의 경우 정치적 메시지가 포함된 '맞짱'이라는 슬로건을 결정한다. 2010년 '독립영화의 지원금을 끊는 치졸한 방법으로 독립영화에 탄압을 가한 정부와

한 판 붙겠다는 영화제 사무국의 의지를 불사른 것이다. 또한 '독립'이라는 그 말처럼 독립영화야말로 세상과 나와 맞서 왔음을 강조하는 의미이기도 하다. 독립영화를 만든다는 외로움과 더불어 어떤 탄압과 야유에도 무너지지 않고 거대한 산과 싸우겠다는 아주 강렬한 메시지 '맞짱'이 아닐 수 없다.

2012년(14회)의 슬로건은 '들썩? 들썩! with Dark Horse(다크호스와 함께 들썩? 들썩!)'이다. 잘 안 알려졌지만 곧 두각을 드러낼 영화, 다크호스 영화, 이는 부산독립영화제 출품작을 말하는 것으로 발전과 저항을 오로지 작품으로 말하겠다는 의미를 담고 있다. 2013년(15회) 영화제의 슬로건은 '결'이다. 한자로 '맺을 결(結)'과 '결단할 결(決)'의 두 가지 뜻을 동시에 담아낸 것이다. 영화제가 개최되어 온 지난 14년 동안의 세월의 노력과 성과를 정리하고, 앞으로 나아갈 방향에 대한 뜻을 다진다는 의미이기도 하다.

2014년(16회)은 '우리들의 길'이라는 슬로건을 내세운다. 영화를 만드는 사람들과 감상하는 사람들 영화제를 준비하는 사람들 모두 메이드 인 부산독립영화제라는 '하나의 길', 영화라는 장에서 만나기를 희망한다는 뜻이다. 앞의 슬로건들이 영화를 만드는 입장에서 그들의 의지를 담고 있다면, 16회의 경우 관객과 함께 하고자 하는 영화인들의 마음을 담고 있어 더욱 뜻 깊은 슬로건으로 보인다.

2015년(17회)은 '리메이드 인 부산'(REMADE IN BUSAN)인데 이 슬로건에는 많은 의미가 내포되어 있다. 공동대표 체제로 바뀐 첫 해이면서, 메이드 인 부산독립영화제라는 명칭에서, '메이드 인'이 제외되고 부산독립영화제라는 이름으로 불리게 된 첫해이기 때문이다. 슬로건을 통해 16년 동안 함께한 동반자와 아름답게 이별하고 있으며 동시에 또 어떤 변화를 맞이할지 모른다는 기쁨과 기대감을 고스란히 담아내고 있어 지혜롭게 기억된다. 마지막으로 '부산에서 만든 영화를 소개하는 의미의 영화제'라는 인식에 갇히지 않고, 참가작이 서로 자극받아 한 걸음 나아갈 용기를 얻어 부산영화의 지형도를 새로이 그려내길 바라는 마음도 함께 담고 있다. 영화인들의 변화와 그들 나름의 상생, 그리고 부산을 고려하는 슬로건은 지금 봐도 재기발랄하다.

슬로건만 봐도 부산독립영화제가 나아가고자 하는 길, 영화제의 방향성이 한눈에 들어온다. 이 작은 영화제가 그들만의 축제가 되지 않고, 많은 관객을 홀릴 수 있기를 바래볼 뿐이다. 홀릴 수 있는 영화의 요건은 슬로건이 아니라, 영화 그 자체가 되어야 한다. 즉 영화제는 말(글)이 아니라, 영상으로 관객과 소통해야 한다. 그런 의미로 이 글에서는 2010년 이후의 부산독립영화제에서 주목한 바 있는 영화와 감독을 살펴보고자 한다. 영화제 출품작이 바로 부산독립영화제의 '얼굴'과 다르지 않음을 알고 있기 때문이다.

Ⅲ. 메이드 인, 부산 독립영화

우선 부산독립영화제에 작품을 출품할 수 있는 자격 등의 요건을 살펴보면 부산에서 제작된 영화만이 예선 심사를 거칠 수 있다. 문제는 영화 산업이 서울에 집중되어 있다 보니 기존의 이름을 알린 영화인이 부산에서 거주하거나 활동을 하지 않는다는 것이다. 이 조건에 부합하는 이들은 부산에서 영화공부를 하고 있는 젊은 감독들이 대부분이다. 이러한 독립영화제의 원칙은 영화제를 젊게 만든다. 젊은 영화제를 바라보는 대중의 시선은 곱지만은 않다. '젊은 감독들=영화를 공부하는 학생(고등학생까지 포함)'의 작품 즉, 영화제에 출품작은 아마추어가 만든 것이라는 편견 때문이다. 이 편견이 부산독립영화제를 축제로 받아들이기 힘들게 하며, 문화의 장으로 '독립영화'를 흡수하지 못하게끔 한다. '관객이 홀리는 영화제' 혹은 '홀림 속에서 영화를 만드는 창작자들'의 갈 길이 바빠 보이는 이유이다.

영화를 좋아하는 사람들이 부산독립영화제의 영화에 '홀림'을 당하기 어렵다고 단언 했지만, 이 영화제의 기본정신이나 영화제의 작품의 수준을 의심하는 것은 아니다. 부산의 독립영화계는 이미 1970년대부터[2] 이어져왔으며 영화계에 끼친 영향이나 발전 속도 등은 다른 지역보다 훨씬 우수하다. 또한 부산 독립영화의 선두주자라고 할 수

---

2) 부산에서의 독립영화는 1970년대(1970년 7월 7일 제1회 소형영화 발표회 개최)부터 볼 수도 있다. 당시 부산에서는 8밀리 소형영화동호회가 결성되어 개인적이고 사변적이니 작품들을 만들어 냈다. 1980년대 들어 부산 프랑스문화원에 '씨네 클럽'이 만들어졌는데 초창기 '씨네 클럽' 회원들이 만든 영화들이 8밀리로 주로 만들어졌고 그 토양은 앞선 8밀리 동호회 활동이 도움이 되었다고 보아진다. 1984년 처음 시작된 '씨네 클럽'은 1983년 경성대학교(당시 부산산업대학교) 연극영화과와 함께 공동 합평회를 개최하면서 영화의 저변 확대를 꾀했다고 할 수 있는데 당시에 활동했던 인물들이 부산국제영화제(이용관, 고 김지석 등) 운영과 현역 감독(오석근, 전수일 등)으로 활동하고 있다는 사실은 당시 '씨네 클럽' 활동이 이후 부산 영화에 많은 영향을 미쳤다고 평가할 수 있다. 1990년대 들어서는 창작만을 중심에 둔 단체들이 속속 등장하게 되는데 '동녘필름' '하늬영상' '디지아트'가 대표적이다. 1999년 협회 발족을 위한 세미나를 개최하고, 8월 부산독립영화특별전 개최, 10월 4회 국제영화제 기간 중 창립대회를 가진 부산독립영화인협회가 영화 활동을 하던 회원들로 구성된다. 더불어 동녘영화제(1998)가 출발하고, 이후 영화제작소 몽의 작품제작발표회(1999년 5월)였던 '메이드 인 부산'을 부산의 대표적인 독립영화제로 출발시키기에 이른다. 부산발전연구원, 『부산, 독립문화를 말하다』, 부산발전연구원 부산학연구센터, 2009, 63~67면 정리함.

있는 전수일, 양영철, 김기훈, 최용석 감독 등은 부산을 거점으로 쉬지 않고 작품을 선보이고 있다. 지금은 영화계에서 활동이 뜸한 감독 중에서도 뛰어난 작품으로 놀라움을 준 이들도 적잖이 존재한다. 부산이 영화도시라고 하는 것은 부산국제영화제가 개최된 이유 때문이기도 하겠지만, 이러한 부산 독립영화인들의 기존의 활동이 없었다면 불가능했을 것이다.

부산독립영화제의 면면을 알아볼 필요가 있다. 우선 영화제에 작품을 출품하기 위해서는 부산에서 제작된 영화만이 출품 가능한데 이때 부산에서 거주하며 활동하고 있는 것을 원칙으로 한다. 부산에서 거주하고 있으며 영화를 사랑하는 영화인이라면 누구나 출품이 가능하다는 뜻인데 지금까지 출품작을 살펴보면 젊은 감독들이 영화제에 작품을 출품하고 예선심사를 거쳐 관객과 만나는 것을 볼 수 있다. 대체로 경쟁작에 오른 영화들에는 감독의 고민, 사회를 바라보는 시선 등이 개입되어 있으며 실험적이고 예술성을 지향하는 연출이 눈에 띤다. 또한 2010년 이후로 영화제에서 쉽게 볼 수 있는 부분은 부산 공간에 대한 사유다. 부산에서 거주하는 그들은 개발 중이거나 산복도로를 비추는 것이 특징적이다.[3] 공간에 대한 논의는 이후 다시 진행하겠지만 자신이 살고 있는 공간, 잘 알고 있다고 믿는 공간을 말하는

---

3) 박인호는 올해 부산 독립영화제 출품된 극영화에서 유독 많이 등장하는 공간이 '산복도로'라고 밝힌다. 또한 산복도로는 가난하고 힘겨운 삶이 위치하는 곳, 굽이치는 공간의 이미지 자체에서 이야기가 툭 튀어나올 것 같은 곳, 버려진 존재들이 모여 있는 곳이 극영화가 소비하는 산복 도로의 이미지라는 생각이 든다고 한다. 산복도로를 주시하는 젊은 감독들은 그곳에 아이들을 등장시키고 이야기를 만들면서 부산의 오랜 역사와 정서를 구경거리로 만들고 있음을 지적한다. 박인호, 「견고한 사물과 연약한 삶들의 세계」, 『인디크리틱』, 부산독립영화협회, 2011, 134~135면.

것은 아주 쉬운 접근법일 수 있으나 위험한 작업이기도 함을 영화제의 영화들에서 생각할 수 있다.

영화제에 작품을 출품하는 감독들은 20대 후반에서 30대 초반의 젊은 청년들이다. 젊은 감독들이 만드는 영화는 기존의 상업영화와는 다른 방식으로 이야기를 전개한다. 이는 관객들이 동감할 수 없는 이야기가 대부분으로 개인의 일상이나 그들의 상처 등을 봉합하지 않고 날 것 그대로 들려주기 때문일 것이다.

Ⅳ. 부산 독립영화의 장인들

2000년대 이후 부산독립영화제를 통해 주목받은 감독들을 꼽자면 박준범, 김영조, 양영철, 박배일, 김지곤, 장희철, 오민욱(연출 순서로 표기) 등을 들 수 있을 것이다. 이들은 부산독립영화제를 통해 활동을 시작해서 현재까지도 활발히 영화를 만들고 있으며, 극영화에만 제한되지 않고 다큐멘터리나 사진과 다큐의 결합 등을 통한 실험 영화를 연출하는 등으로 부산 영화의 다양성과 그 깊이를 더하고 있다고 해도 과언이 아니다. 이 장에서는 부산 독립영화 감독들을 중심으로 그들의 영화에 대해 논의하겠다.

먼저 박준범의 경우 극영화「도다리」를 통해 연출력을 인정받았다. 그의 영화는 어린 시절을 함께 보낸 세 친구가 냉혹한 사회에서 살아남기 위해 변화할 수밖에 없음을 그리고 있다. 이 경향의 영화들은 청년들이 비극적인 상황에 놓일 수밖에 없는 이유를 사회현실에서 찾아낸다. 일견 자신들이 백수나 무능력자가 될 수밖에 없다는 신세 한탄처럼 들리지만 청년백수 백만 사회에서 청년들에게만 문제의 원인을 돌리지 않고 현실과 연계한 것은 정확한 진단이다.

김영조 감독이 「그럼에도 불구하고」는 영도다리 밑에 살고 있었던 사람들의 삶을 보여준다. 이 영화는 김정근 감독의 「그림자들의 섬」과 유사한 서사인데 두 영화 모두 지역 발전 혹은 누군가의 이익을 위해 삶의 터전을 잃은 사람들의 모습을 담고 있고, 그 어떠한 가치(자본)보다 '사람'이 중요함을 강조하고 있다. 영도라는 도시의 변화와 역사 등을 이해하지 않는다면 즉, 지역의 사랑이 없다면 나올 수 없는 영화임이 분명해 보인다.

이들 이외에도 부산 공간을 주목하고 있는 오민욱 감독도 주목할 필요가 있다. 2013년 부산독립영화제에서 우수상을 수상한 오민욱 감독의 실험영화 다큐멘터리 「재」에는 잿빛 부산도시의 모습이 등장한다. 다큐는 부산 황령산의 암석들을 클로즈업 하는 이미지들로 시작해 미군부대가 사라지고 그곳에 세워진 부산시민공원의 전경, 아파트 재건축 현장, 빌딩 숲 사이, 기중기와 크레인의 둔탁한 이미지를 천천히 반복하는 장면들로 나열된다. 변화 중인 도시의 이면을 생각하게끔 만드는 영화이다.

다큐멘터리 「재」 이외에도 오민욱 감독은 과거 범전동의 모습을 주목하는 영화 「범전」을 연출하기도 했다. 지금은 부전동으로 흡수통합되어 사라진 범전동 일대를 다룬 실험다큐멘터리 영화로, 당시 범전동엔 미군부대가 있었지만 현재는 부산시민공원으로 재탄생되었다. 과거 범전동이 기지촌이었기 때문에, 그곳에 살고 있었던 주민들조차 자신이 범전동에 살고 있는 사실을 숨기기 바빴다고 한다. 그 역시 지역개발 논리에 의해 흔적도 없이 사라져 버렸고, 김영조 감독의 「그럼에도 불구하고」의 점바치 골목 또한 범전동과 비슷한 운명에 처하게 되었다. 시 당국은 재개발 이후 점바치 골목을 활성화하겠다고 주민들에게 약속하지만, 기약 없는 허공 속의 메아리로 돌아올 뿐이다. 아래 언급할 김지곤 감독까지 사라져가는 것에 대해, 우리가 놓치고 마는 부산의 과거를 기록하고 있다.

　김지곤 감독은 부산독립영화제를 거론할 때 빼놓을 수 없는 감독이다. 2011년 경쟁작으로 다큐 「할매」(2011)를 선보이며 '올해의 우수상'을 받은 그는 「할매」의 후속작품인 「할매-시멘트 정원」(2012)[4]을 '한일 독립다큐멘터리영화 특별전'으로 선보였고 2015년에는 「할매-서랍」을 완성하며 부산 독립영화계에서 그 유명한 할매 삼부작을 완성하며 명성을 떨쳤다. 특히 그의 작품 중 「낯선 꿈들」(2008)과 「오후 3시」(2009)는 삼일극장과 삼성극장에 관한 마지막 이야기를 담고 있는 다큐멘터리로 무너지고 사라지는 도시와 사람들의 모습을 기억하고 기록한다. 사라져 가는 극장의 목소리를 듣고 이를 기억하는 감독의 시선은 마치 공간에 대한 감독의 애도인 듯 보여 절절하다. 사라져 가는 것에 대한 애도는 부산 산복도로에 살고 있는 「할매들」과 밤무대를 전전하며 음악을 하는 '악사들'의 삶을 추적하는 도시 다큐 「악사들」(2014)을 통해서도 사유되고 있다.

　그의 다큐들은 부산을 중심으로 부산에 거주하는 인물(사물)이 주인공이다. 그로 인해 부산의 공간이 부각된다. 그러나 그는 공간에 어떤 의미를 부여하지 않고 '있는 그대로' 관찰(방관)한다. 사물과 공간

---

4) 김지곤 감독의 다큐멘터리 「할매」시리즈는 세 편으로 기획된 작품으로 내년에는 「월간-할매」가 개봉 예정이다. 세 편 모두 보지 않는 상태에서 논의한다는 것은 아쉽지만 두 편의 작품으로도 감독의 의도는 읽어낼 수 있으리라 본다.

을 해석하려 들지 않고 '리얼'한 상태로 그저 둔다는 뜻이다. 물론, 보여주는 그것이 환상(가짜)일 수 있다. 하지만 다큐를 보는 관객은 해석되지 않은 공간(산복도로, 삼일극장 등)에 자신의 생각을 반영할 수 있다. 이때 고정되고 규정된 공간의 의미는 파괴될 여지가 생기고 관객 자신이 공간에 대한 의미를 생성할 수 있다.

유명한 다큐 「할매」 시리즈는 산복도로의 재개발로 인해 언제 철거될지 모르는 상황에서 살고 있는 '할매들'을 관찰/기록한다. 산복도로 르네상스라는 대의에 의해 50여년을 한 곳에 살았던 할매들이 살던 곳에서 쫓겨날 수밖에 없음을 담담하게 보여준다. 다큐의 목적은 재개발의 비논리를 보여주는 것처럼 보이지만 재개발의 논리를 뒤쫓지 않는다. 그곳에 살고 있는 할매들의 목소리에 집중하며 최대한 관찰자적인 시선으로 일상을 뒤좇는다. 이때 카메라는 움직이지 않고 멈춰있으나 그것은 고정되어 있음을 의미하지 않는다. 멈춰있는 듯 보이지만 산동네의 해가 뜨고 저물고 비가 오는 등의 일상성을 놓치지 않고 있기 때문이다. 산복도로 르네상스로 인해 할매들의 일상에 큰 변화가 있을 거라는 우리의 예상은 빗나가고 할매들의 일상이 재개발이 일어나기 이전과 이후가 별 차이가 없음을 알 수 있게 된다.

카메라는 언제 사라질지 모르는 산복도로에서 할매들이 서로 소주를 나눠 마시고, 라면을 끓여 먹고, 트로트를 부르는 등 매일을 살고 있음을 느리게 관찰한다. 변화 없어 보이는 할매들의 느린 걸음이 바로 그네들의 일상임을 김지곤은 산복도로라는 공간과 할매들의 삶을 통해 전달한다. 결국 할매들은 무너져가는 집들 사이를 견디지 못하고 '이사'(「할매-시멘트 정원」)를 갈 수밖에 없지만 그것을 비극으로 치환하지 않는 감독의 자세는 유려하다. 무너뜨리고 사라졌던 삼일극장과 삼성극장, 그리고 악사들과 할매들까지 지켜보며 우리는 그것이 눈에 보이지 않을 뿐이지 진실로 사라진 것이 아님을 깨닫게 한다. 영원히 살아 있게 만드는 것이야말로 무너뜨리는 자본의 논리보다 힘이 훨씬 세다.

　김지곤 감독 외에도 사라지는 것을 포착한 감독은 더 있다. 이전(移轉)된 시네마테크부산 공간이 하나의 공간이 아니라 의미 있는 공간임을 주지시키는 다큐 「시간이 머무는 그 자리」(2011년 부산독립영화제 출품작)의 우승인 감독의 영화도 주목할 만한 영화다. 우승인은 '시네마테크부산'의 이전(移轉)에 대해 조명하고 있는데 그는 '시네마테크부산'을 통해 영화 만들기를 처음 공부한 감독[5]이기에 공간의 사라짐을 공적으로 받아들이지 못하고 있다. '수영만요트경기장'의 재개발이라는 이름하에 멀쩡한 건물은 철거되고 개인이 수시로 지나쳤던 그 일상은 이제 추억으로 변모하게 된 것이다. 차영석의 극영화 「아이들이 타고 있어요」는 부산 공간을 사유하는 방법에 있어 기존 영화들과 다른 시각으로 접근한다. 영화는 부산 산동네와 그곳에 살고 있는 '근우'를 클로즈업 한다. 하지만 산동네와 근우의 조합은 '가난'의 문제로 연상되지 않는다. 친구들이 하나 둘 사라지고 근우가 왜 혼자 놀 수밖에 없는가를 조명한다. 근우는 우연히 산동네에 살고 있는 것뿐이다.

　독립영화제의 젊은 감독들은 자신이 살고 있는 공간을 내세워 영화를 만들었다. 그들은 공간을 객관적 시선으로 바라보고자 애썼고 이

---

5) 우승인, 「이슈 수영만 시네마테크부산을 보내며 – 너」, 『별책부록 틈 CRACK』, 부산독립영화협회, 2011.

는 '부산 독립영화'의 의미를 되새기게끔 한다. 그리고 이때 독립영화제가 내건 원칙과 더불어 이 영화제가 부산 지역을 위한 영화제가 아님을 알 수 있다. 그것은 부산에서 활동하고 있는 젊은 감독들에게 기회를 주기 위해 내건 원칙이다. 부산(지역)에서 활동하는 젊은 감독들은 중앙이 아닌 지방에서 독립영화를 만들어야 한다는 것에서 오는 혼란을 느끼며 또 영화공부를 함께 하던 후속세대들이 일정한 기량을 갖추면 중앙에 집중되어 있는 영화산업을 찾아 떠나가는 것을 지켜보았다. 이때 영화제의 원칙은 부산에서 활동하는 젊은 감독들을 위한 배려가 포함되어 있는 것이다. 그리고 젊은 감독들로 인해 부산 독립영화의 희망을 발견할 수 있다.

V. 나가며 : 홀리는 영화제

'독립영화'의 의미는 창작자가 전하고자 하는 메시지가 담겨있는 것으로 자본과 결탁하지 않고 자신의 주관대로 영화를 만든다는 의미를 포함한다. 그래서 독립영화는 상업영화와 달리 전하는 메시지가 진지하고 다소 무거운 이야기가 많다. 관객들은 이 무게를 지루하다고 생각하기도 한다. 하지만 부산독립영화제에 출품된 영화들은 그들이 하고자 하는 이야기를 코믹, 스릴러, 로맨스, 사회풍자 등 장르를 불문하고 흥미롭게 담아내고 있다. 이러한 영화 방식은 상업영화처럼 대중과 소통할 수 있는 코드가 존재하며 창작자의 의도를 포함한다.

사실 독립영화라고 부르지만 군이 독립과 상업영화의 경계를 나누고 이에 대해 잣대를 들이대는 것은 필요한 일인가에 대한 회의가 든다. 기존의 상업영화 감독들이 상업영화의 틀에서 벗어나 영화를 만들라고 강요하기 어려울뿐더러 현재 독립영화의 정신을 기린다는 것이 가능하기는 한가? 이때 부산독립영화제의 각 섹션을 보면 영화제가 이 경계에서 해답을 찾고자 하는 듯 보인다. 영화제는 관객과의 소통을 위해서일까. 기성 감독들의 작품으로 무게감을 실어주는 '독립장편초청'을 마련했고, 다음은 독립영화의 의미를 되새길 수 있는 '공식경쟁작'을 통해 젊은 감독들이 활동할 수 있는 장(場)을 열어준다. 또한 부산이라는 틀 속에 갇혀있지 않으면서 타 지역의 독립영화와 '연대'하고자 하는 의미에서 전북과 대전에서 만든 독립영화를 초청했다. 마지막으로 부산이라는 도시에 걸맞게 '야구'와 관련된 영화들을 통해 지역을 되새기는 작업도 잊지 않았다. 작지만 내실 있는 구성이 돋보이는 부분이다.

　부산독립영화제는 크게 4개의 섹션으로 나뉘어져있지만 주최 측에서 강조하는 지점이 어디인가는 한 눈에 알 수 있다. 젊은 감독들의 작품을 상영하고 두 편을 선정하여 우수상을 수여하는 '경쟁작'이다. 영화제의 홍보도 원활하게 이루어지지 않는 부산 독립영화협회 살림살이를 생각한다면 2009년부터 수여되는 시상금 백만 원은 부담스러울 수밖에 없을 것이다. 그럼에도 불구하고 젊은 감독들의 열정과 패기에 흥을 돋우려는 주체 측의 배려가 느껴진다.

　2010년 이후의 부산독립영화제의 출품작을 살펴보면 대체로 공통적인 주제가 존재함을 알 수 있다. 첫째로 부산의 산동네나 오래된 도시에 거주하고 있는 사람들에 관한 이야기를 다루고 있다는 점이다. 위에서 언급한 김지곤, 김영조, 오민욱 감독 등이 부산 공간 그 자체와 부산의 사람들을 포착하며 다큐멘터리 작업을 하고 있는 것이 특징적이다.

두 번째로 삭막한 세상에 던져진 젊은이들의 방황과 좌절을 다룬 영화가 눈에 띤다. 13회 우수상을 수상한 작품이기도 한 배기성 감독의 「상수」는 빚에 허덕이고 있는 '상수'는 아버지의 죽음으로 인해 보험금을 받을 수 있다고 믿지만 어머니가 중환자실에 있다는 사실을 알고 좌절한다. 그는 고민 끝에 어머니를 살해하지만 아버지는 자살을 했기에 보험금을 받을 수 없다. 상수는 부모를 죽인 패륜아이지만 그의 행동에 공감 가는 것은 왜일까. 종일 쉬지 않고 공장에서 노동해야 하고, 빚 독촉 전화는 끊임없이 걸려오고, 가족과 연락을 끊은 지는 오래고, 영화의 오프닝은 상수가 귀마개를 하고 있어 사장의 목소리를 듣지 않는 것에서 시작한다. 상수는 공장의 소음에 귀마개를 한 것이 아니라 불행한 세상과 단절하고 싶은 마음에서 귀를 막은 채 누구의 소리도 듣지 않고 사는 것은 아닐까. 세상이 뜻대로 흘러가지 않아 패륜을 저지르는 것은 '상수'뿐 아니라 우리 모두가 될 수도 있는 노릇이다.

마지막으로 소수자의 문제를 다루는 경향이다. 이 선두에는 장애인의 사랑과 결혼 문제를 밀도 있게 다룬 박배일 감독이 있다. 그는 다큐멘터리 「나비와 바다」(2011년 13회 출품작)를 통해 독립영화계에서 주목받는 감독으로 알려진다. 사실 박배일 감독은 「나비와 바다」말고 우리에게 '밀양 감독'으로 더 잘 알려져 있기도 하다. 밀양 할매들이 밀양 땅에 송전탑을 세우는 것을 거부하며 정부와의 대립을 다룬 다큐멘터리 「밀양전」(2013)과 「밀양 아리랑」(2014)을 연출했기 때문이다. 그의 다큐들은 사회에서 외면당하는 사람들의 이야기를 다루는데 이를 유쾌한 방식으로 풀어내고 있는 것이 특징이다.

박배일 감독은 2007년 「그들만의 크리스마스」로 처음 다큐를 제작하였으며 이후 쉬지 않고 장애인, 노동자, 여성 등 사회에서 가장 소외된 계층에 대한 관심을 보이고 작품을 선보이며 부산을 기반으로 꾸준히 다큐멘터리를 제작하고 있다. 아무도 다루지 않는 사람들(소수자)의 이야기를 한다는 것, 그것만으로도 그의 작품 세계는 훌륭하다고 할 수 있을 것이다. 이재민의 「열대야」(13회 출품작)도 주목할 만 하다. 어머니와 아들이라는 관계의 문제, 사회가 요구하는 조건에서 벗어났을 때 발생하는 사건들, 영화는 매춘여성(어머니)과 장애아(아들)를 통해 행복과 평화로운 가정이 과연 어디 있는가를 묻고 있다. 또한 틀 속에 갇혀 있는 우리의 시선을 직시하게 만드는 영화이다. 2010년 이후 부산독립영화제 출품작 그리고 활동하는 감독들의 작품을 보아도 다큐멘터리가 강세를 보인 다는 사실을 알 수 있다. 부산에서 활동하는 감독들이 관심을 가지는 장르가 다큐인지에 대한 논의는 이후 더 필요해 보인다. 극영화를 찍기에는 자본의 투입이 어렵다고 손쉽게 말할 수는 없기 때문이다.

이제까지의 부산독립영화제의 공식경쟁작들은 감독의 의도를 피력하면서도 영화적 재미를 놓치지 않아야 한다는 사실들을 잘 알고 있는 듯하다. 하지만 공식경쟁작들을 놓고 한 편 한 편 따져 본다면 위에 언급된 감독들의 작품과 연출력에서 큰 차이가 느껴지는 작품들이 많음을 부정할 수 없다. 아픈 말이지만, 부족한 점이 보이는 감독들의 작품들은 자신이 무엇을 전달하고자 하는지 그 의미를 찾기 힘들며, 왜 영화를 하는 지에 대한 대답을 찾을 수 없다. 대중과 소통하는 지점은 영화제(주최 측)가 만드는 것이 아니다. 영화제에 상영되는 '영화들'이 바로 그 해답이며, 영화제의 색깔을 만드는 것임을 생각한다면, 영화제에 출품을 고려하는 후속세대의 역량을 키워야 하는 것이 더 시급한 논의 대상일 것이다. 그것이 바로 대중을 홀리게 만드는 영화제의 첫걸음이 될 수 있을 듯 보인다.

나소페스티벌이 드리운 빛과 그림자
: 양날의 검

*김 남 석

검(劍)은 무기로 쓰는
크고 긴 칼을 일컫는데
양쪽에 날이 있다. 그래서 검의 한 쪽 날이 상대를 향할 때
늘, 다른 쪽 날은 자신을 향하게 된다.
빛이 생기면 그림자가 생기듯

Ⅰ. 들어가며 : 참신한 시작과 의미 있는 차이들을 유지하기 위하여

나소페스티벌(NASO festival, (부산)나다소극장, 2016년 9월 1일
~11월 27일)의 기획(콘셉트)을 전반적으로 평가할 때, '참신하다'는
평가를 빼놓을 수는 없을 것 같다. 각기 다른 개성을 지닌 부산의 극

단(들)이 일정한 기간(그것도 3달이라는 긴 기간) 동안 한자리에 모여 '서로의 차이'를 확인한다는 기본 축제 콘셉트는 페스티벌 기간 내내 단순하지 않은 상념을 불러일으켰다. 우리는 그 차이를 외면할 수 없었으며, 그러한 차이에 대해 자문하지 않을 수 없었다.

거칠게 말해서, 그 차이는 '작품의 차이'이면서 동시에 '부산의 차이'일 것이며, '세계관의 차이'이자 '연극관의 차이'일 것이다. 그래서 이렇게 발견된 '차이'를 목격하는 일은 이 페스티벌의 의미와 가치를 생산할 뿐만 아니라, 부산 연극의 미래를 이끄는 주요한 동력(원)이 될 수 있을 것이라는 희망을 품게 만들었다. 거꾸로 보면, 이러한 희망은 최초의 기획을 상당히 깊은 관심으로 지켜보게 만드는 이유가 되었다. 홍보가 부족하지 않았다면, 그리고 이러한 기획이 더 알려질 수 있었다면 이러한 관심은 비단 소수만의 것으로 머물지 않았을 것이라는 추정도 가능하게 했다.

나소페스티벌의 이러한 출발은 간단한 전야제로 공식화되었다. 여느 축제 행사들이 설치하는 관례적인 행사에서 벗어나, 출연 극단들이 직접 참가하여 쇼케이스(Showcase) 형식으로 준비하고 있는 연극의 한 부분(단락)을 보여주는 시도 역시 참신했다. 압축된 광고 한 편씩을 보는 듯, 앞으로 진행될 공연에 대한 유용한 시사점을 얻을 수 있는 자리였다. 무엇보다 이러한 행사를 통해 9월 첫 주에서 11월 마지막 주까지 이어지는(공식적인 일정상 2016년 9월 1일부터 11월 27일까지) 길고 긴 페스티벌의 출정을 공식화하고 끝까지 이끌고 나가야 하는 이유를 만들어내고자 하는 의지가 돋보였다.

일반적으로 3개월의 기간이 페스티벌에 적합한 기간이라고는 할 수 없다. 많은 축제들이 일 년의 한 기점을 중심으로 압축적으로 행사 기간을 잡는 데에 익숙하다. 그것은 인간의 생리적 주기나 사회 메커니즘과 무관하지 않다. 마르시아 엘리아데(Marsia Eliade)의 주장을 빌리면, 노동과 일상의 시간 속에서 일탈과 자율의 시간을 설정함으로써, '속(俗)의 시간' 속에서 특정한 '성(聖)의 시간'을 경험하게 하도록 만드는 것에 축제의 본질이 있기 때문이다. 이러한 특별한 주기는 이미 인간의 사회와 생활 속에 들어와 있다. 일주일에 며칠은 '공휴일'이어야 하고, 일 년에 며칠은 '국경일'이어야 하며, 일 년의 어떤 날은 '생일'이거나 '기념일'이어야 한다. 새로 만들어지는 특별한 날도 있다. '밸런타인데이'와 그 후속 발명물인 듯한 각종 '~데이'가 그러한 예이다. 이처럼 인간과 사회의 생활 주기에는 누군가를 기억하고 추모하고 어떤 일을 경계하고 멀리하는 날이 포함되어 있기 마련이다. 이러한 시간은 일상에서 벗어나 노동과 규율로부터 비교적 자유로운 날이다. 우리는 이러한 날들을 여러 가지 이름으로 부르고 있고, 그렇게 불리는 이름 중 하나가 '페스티벌'이다.

이러한 페스티벌을 '3일'이나 '3주'가 아닌 '3개월' 동안 진행한다는 기획은 참신하다 못해 무모해 보이기도 했다. 처음과 시작이 상당한 기간에 달하는 만큼 인내심을 가지고 그 끝까지 일관되게 유지하기가 여간 어렵지 않을 것이기 때문이다. 그러한 측면에서 전야제—연극 용어로 '시(始) 파티, 나소페스티벌 공식 명칭으로는 개막 리셉션—는 필요했고, 이러한 행사는 중요했다고 판단된다.

쟁점은 이러한 참신한 시작만으로 3개월의 장정을 옹호하기는 힘들다는 점에 있다. 실제로도 나소페스티벌의 시작은 참신했으나, 그 참신함을 페스티벌 내내 유지할 수 있는 기획이나 콘셉트는 부재했다는 점을 기억할 필요가 있다. 이것은 3개월이라는 축제 기간이 과연 온당한 것인가, 라는 질문도 함께 포함하고 있기 때문에, 진지하게 검토할 필요가 있다. 그러니 이후 나소페스티벌의 정체성은 이 문제에서부터 그 실마리를 풀어야 하지 않을까 싶다.

Ⅱ. 규모의 확대

이러한 쟁점과 관련하여 자체 검토해야 할 주요한 사항이 있다고 판단된다. 우선, 이러한 전체적인 콘셉트(기획)에서 공연 기간과 불가분의 관계에 있는 극단 참여 현황을 검토해 보자. 제 2회 나소페스티벌에 참가한 극단은 총 11개 극단이었다. 이러한 참가 숫자는 상당한 숫자가 아닐 수 없는데, 부산연극제 경쟁 부분에 참가하는 평균적인 극단 수에 육박하거나 그보다 많은 수준이다. 참고로 2016년 부산연극제 공식 경쟁 부분(IN) 참가한 극단은 9극단이었고, 2015년에도 마찬가지로 9극단이었다.

이러한 외형적 규모는 일단 고무적이라고 여겨진다. 적어도 다수의 참가작은 나소페스티벌이 마련되고 준비되고 또 운영되어야 할 기본적인 환경을 조성한다. 더구나 부산에 이렇게 많은 극단들이 존재하고 있었다는 심리적 자긍심을 확인하는 데에도 유리하다. 또한 사양 사업으로 지목되는 연극계가 실은 내실을 쌓고 있다는 표면적인 반증을 얻을 수도 있다. 따라서 11개 극단이 일단 참가하고 작품을 출품할 수 있었다는 사실 자체가 주는 의미는 무시할 수 없다고 해야 한다. 그러한 측면에서 2016년 나소페스티벌의 1차적인 성과는 그 '참가 규모'라고 할 수 있다.

최초 나소페스티벌(1회)은 나다소극장 개관 기념 공연 행사에 머무르는 듯 했다. 부산 연극계(특히 젊은 연극인들)를 전반적으로 아우르려고 노력했다기보다는 특정 극장의 새로운 출범을 기념하는 행사로 치러졌다고 보는 편이 온당한 견해일 것이다. 하지만 2016년은 이러한 나소페스티벌의 한계를 타개하고자 하는 의지가 강했고, 그로 인해 적어도 외형상으로는 부산의 젊은 연극계ㅡ사실 '젊다'는 말에는 어폐가 있지만 지금으로서는 '젊은'이라는 수식어가 가장 적당한 것으로 여겨진다ㅡ를 1차적으로 망라하는 데에 성공했다고 할 수 있다.

그러다 보니 규모에 따르는 행사 기간이 설정될 수밖에 없었고, 앞에서 말한 대로 페스티벌의 기간은 3개월로 확대될 수밖에 없었다. 분명 기간의 확대는 긍정적인 측면도 지니고 있다. 기존 부산연극제의 주요 문제점 중 하나가 한 작품의 공연 일수와 무대 교체 방식이다. 한정된 무대를 다수의 극단이 공유하다 보니, 한 극단이 무대를 대여 받는 총 기간이 2~3일에 불과했다. 3일 중에 하루가 무대 셋업과 리허설로 할당되고 나면, 남는 일정은 2일에 불과하다. 당혹스러운 점은 공연 일수도 2일이어야 한다는 점이다. 실제로 2015년 공연 일정을 참조하면 극단 당 2일 2회(1일 당 1회) 공연이 배당되어 있고, 2016년 공연 일정 역시 다르지 않다. 그러니까 2일 공연이라는 최소한의 물리적 공연 일자를 배치하고 이를 위해 준비 기간 1일을 부여하는 일정인 셈이다.

사실 이러한 2일 공연 기간에 대해 환영하는 극단도 있고, 반대하는 극단도 있을 수 있다. 어차피 관객 숫자를 기대하지 않겠다는 극단에서는 2회씩이나 해야 하는 번거로움을 호소할 수도 있고, 어렵게 만든 연극을 최대한 많은 관객들에게 제공해야 한다고 믿는 극단에서는 짧은 기간에 항의할 수도 있을 것이다. 하지만 전체 일정이 16일(전야제까지 하면 17일, 2015년 부산연극제의 경우)에 불과하기 때문에 공연 일정 자체에 대한 조정 여유가 없다는 것이 행사 측의 공식적인 입장이다.[1]

나소페스티벌은 부산연극제가 안고 있었던 근원적인 문제를 해소하고자 하는 의지가 투영된 행사였다. 이러한 의지는 참가 극단에게 빡빡한 공연 일정(혹은 공연 일자)을 강요하기보다는, 충분한 공연 일자를 제공하는 방향으로 축제 콘셉트를 수정한 데에서 엿볼 수 있다. 나소페스티벌에 참가한 극단은 기본적으로 1주일의 공연 기간(준비기간까지 포함해서)을 제공받았다. 그 일주일 동안 무대 셋업과 리허설을 시행하고(보통 2~3일 정도 할애), 준비 이후 남은 기간(보통 4일)에 무대를 공연장으로 운영할 수 있었다. 대개의 공연은 목요일부터 일요일까지 4일 동안 진행되었고, 이러한 공연 일정을 감안하면 이전 극단의 공연이 끝난 지난 일요일 밤부터 목요일 오전까지는 3~4일의 여유가 있어 극단 별로 이 시간을 자신들의 상황에 맞게 사용할 수 있는 여유를 확보할 수 있었다.

이러한 일정은 부산연극제류의 집중력 있는 행사가 도모할 수 없었던 장점과 혜택을 유도할 수 있었다. 수용자 측면에서 보면, 관극의

---

1) 사실 이러한 입장은 어쩔 수 없는 것으로 치부되고 있고, 경우에 따라서는 충분히 가능한 일로 용인되어 왔다. 셋업과 리허설은 '한 번'이면 족하고, 진짜 승부는 실전(무대에서의 실제 공연)을 통해 이루어진다는 인식이 부산뿐만 아니라 한국 연극(계)에 팽배한지 오래이기 때문이다.

기회가 확대되어 더욱 많은 관객들이 극장을 찾을 수 있는 기회가 마련된 점이 혜택이라고 할 것이다. 거꾸로 공연 현장의 관객들이 적다고 생각하는 이들에게 이 기간은 부담스러운 기간이 아닐 수 없다. 이러한 측면에서 11개의 극단이 이러한 일정을 감수하고 용인했다는 사실은 그들의 패기와 열정만큼은 높게 사야 할 일이라는 점을 증명한다고 하겠다.

더욱 중요한 장점은 창작자 측면에서 찾을 수 있다. 무대를 내실 있게 꾸미고 그렇게 꾸며진 무대에 적응할 수 있는 시간을 제공 받았기 때문이다. 연극은 공간의 예술이고, 이를 위해서 무대라는 낯선 공간에 배우들이 적응할 수 있는 기간을 필요로 하지 않을 수 없다. 가끔 배우들 중에는 자신들이 이미 잘 아는 극장이기 때문에, 적응 과정 자체가 필요 없다고 호기롭게 말하는 이를 발견할 수 있다. 이 말은 신뢰하기 어려운 말이지만 설령 그렇다고 해도 그때의 적응은 극장의 물리적 실체에 관한 적응이다. 더욱 중요한 적응은 무대가 꾸며지고 그 무대가 발사하는 압력에 대한 적응이어야 한다.

나소페스티벌이 펼쳐진 나다소극장은 협소한 소극장이다. 천정이 낮고 무대 면적이 좁으며 객석에서 무대를 바라볼 때 조명 라인이 사이트 라인(sight line)을 방해할 정도로 열악한 한계를 지니고 있다. 이러한 공간에 꾸며진 무대에서 적응하기 위해서는, 극장의 한계를 극복할 수 있는 대안으로서의 적응이 필요하다고 하겠다. 그러니까 창작자 측은 이러한 불리한 여건을 지는 소극장 공간을 어떻게 하면 공연에 적합한 무대로 만들 수 있을지에 대해서 먼저 고민해야 한다. 그 고민의 시간을 나소페스티벌 측은 물리적으로는 인정했다고 할 수 있다.

하지만 이러한 공간에 대한 고민이 공연 상황에서 충실하게 투영되어 결실로 맺어졌다고는 함부로 말하기 힘들다. 일단 배우들이 나다 소극장—더 정확하게 말하면 자신들의 작품을 구현할 무대 공간—에 대한 적응을 충실하게 한 경우는 그렇게 많아 보이지 않았다. 이러한 측면에서 가장 인상적인 적응력을 드러낸 극단은 더블스테이지였다. 더블스테이지는 얕은 단과 작은 의자(단의 네 귀퉁이에 놓인)를 무대 중앙(center)에 배치하고, 무대 후면(upstage)을 여닫이 문(옛날 창호지 문을 연상하게 하는)으로 차단하여, 가뜩이나 비좁은 무대 공간을 두 개로 분리하는 여유를 보이기까지 했다. 여기에 천장에서 늘어진 천을 무대 상/하수에 걸어두어, 높이 차도 얼마 되지 않는 공간마저 장악하는 아이디어도 발휘했다.

나소페스티벌에 참여한 많은 극단들이 무대 처리, 혹은 공간의 적정 활용에 성공하지 못했다는 점을 감안하면 더블스테이지의 무대 사용법은 칭찬 받아도 좋을 것이다. 나다소극장의 공간(무대)이 좁다고 무작정 비우는 데에 치중하거나, 거꾸로 무대 오브제를 사용하여 그 공간을 채우려 한 경우, 혹은 빈번하게 무대를 바꾸기 위해서 배우들의 동선을 무리하게 이동한 경우는 결국 실패를 자초한 경우에 해당한다. 포켓이 없어 무대 장치의 이동이 기본적으로 제약을 받는 상황에서 단과, 포단, 의자, 그리고 간단한 문으로 공간을 분할하여 고정시키고 이를 다시 나누어 활용하는 방식은 참신했다. 꿈속 장면에서 인조의 상념 속으로 들어오는 영혼들이 왜 문을 놓아두고 상하수의 어정쩡한 통로를 이용했는지는 납득이 가지 않지만, 문을 통해 들어오는 장면의 분위기와 상징성은 상당했다고 해야 한다.

무대 공간에 대한 장악력은 그 자체로 끝나지 않는다. 여기서 더욱 중요한 것은 어쩌면 배우들의 연기이다. 솔직히 더블스테이지의 배우들(진용)이 개인 연기력에서 완숙한 수준에 도달했다고는 말할 수 없다. 하지만 그들은 '공간'(적어도 작품 「나비」에 한정한다면)을 이해하고 있었다. 어디에 앉아야 하고, 어떻게 바라보아야 하는지, 혹은 누구에게 어떻게 이야기해야 하는지에 대해 상당한 이해를 지니고 있었다. 이러한 이해는 공간을 넓고 충실하게 활용할 수 있도록 만들었고, 때로는 좁게 서도록 만들 수도 있었다. 삼학사가 등장하고 그들이 무대를 더듬는 동선이 좁은 무대 위에서 가능할 수 있었고, 거꾸로 그들이 모여서는 공간이 무대 위에서(DR, downstageright) 창출될 수도 있었다.

더블스테이지의 평소 공연 이력을 감안할 때, 나소페스티벌에서 보여준 힘은 공간에 대한 적응(력)에서 극대화된 것으로 판단된다. 다시 말해서 그들은 충실하게 그 공간을 활용할 수 있는 방안을 모색했던 흔적이 있고, 그 과정에서 해당 공간에 적응할 수 있는 심리적 대응 방안을 찾았다고 보인다. 문제는 나소페스티벌 내내 이러한 모색과 방안을 찾은 것으로 보이는 극단이 그렇게 많지 않았다는 것이다. 거칠게 요약하면 좁은 공간을 채우지 못해 휑하게 남겨두거나, 좁은 공간을 더욱 비좁게 만들어서 무엇 하나 온전하게 자리 잡지 못하게 만드는 사례가 더 일반적이었다. 이것은 결국 무대에 대한 몰이해를 상징하며, 결국 적응의 기간 3~4일이 허비되었다는 결론에 도달할 수밖에 없을 것이다.

Ⅲ. 규모의 확대가 남긴 또 다른 문제의 그림자

공연 기간의 확대는 그 자체로 다른 문제를 불러오기도 했다. 앞에서 언급한 대로 11개의 극단과 극단 별 평균 1주일 대여 기간은 페스티벌의 기간을 연장시키며 집중력의 약화를 초래했다. 축제 집중력의 약화는 관극 의지의 약화로 이어질 수 있다. 나소페스티벌에 집중한 관객들은 새로운 공연을 신속한 도입을 원했지만, 신작 공연이나 고대하던 공연 순서는 빨리 돌아오지 못했고, 페스티벌이 지니는 상식적인 장점인 한 자리에서 보는 이점도 거의 누릴 수 없었다. 가령 '밀양연극제'는 축제 기간 동안 한 번 방문으로 다양한 공연을 한꺼번에 관람할 수 있는 장점을 지니고 있는 축제로, 이러한 동시성은 이 축제가 성장하는 중요한 밑거름 중 하나였다.

물론 기본적인 운영 방식이 다기는 하지만 나소페스티벌은 이러한 장점과는 지나치게 거리가 멀었다. 그것은 칼(검)의 양날 같은 이치일 것이다. 빡빡한 일정에 의해 제 실력과 준비를 충실하게 펼치지 못하는 극단과 연기자를 위해 충분한 시간을 마련한 것은 기존의 문제점을 개선하는 방책이었지만, 이로 인해 전체적인 일정이 느슨해지면서 페스티벌 자체의 응집력이 파괴된 것은 부인할 수 없는 한계이기 때문이다.

그렇다고 앞서 말한 것처럼 부산연극제처럼 빡빡한 일정으로 돌아갈 수는 없을 것이며, 밀양연극제처럼 한 자리에 극장을 밀집시켜 행사를 치르는 것도 본래 취지에 부합하지 않을 것이다(현재의 상황으로는 가능하지도 않을뿐더러). 부산연극제는 행사를 위한 행사(경쟁과 선발)라는 거대 명분이 있을 때에나 용인될 수 있는 사안이며, 밀양연극제는 밀양과 여름이라는 특수한 조건 하에서만 성립할 수 있는 기획이기 때문이다. 이미 부산연극제를 통해 제기된 한계를 다른 페스티벌을 통해 재현할 필요도 없기 때문이다. 하지만 페스티벌 자체가 느슨해지는 현상을 막을 방법은 고안되어야 한다.

그 문제는 오히려 참가 팀의 진정한 준비(력)에 달려있지 않나 싶다. 11개의 참가 극단 가운에 진정한 준비를 마친 극단이 적었다는 사실이 이러한 연장된 기간과 느슨한 일정을 보완하는 문제의 핵심 사안이 되어야 할 것 같다. 11개 극단이 보여준 작품의 편차(완성도)는 매우 컸는데, 그것보다 중요한 것은 이러한 편차를 인정하고 수정하려는 마음의 자세일 것이다. 의욕이 넘치는 점은 고무적이지만, 냉정하게 페스티벌에 참가하기 위한 준비를 갖춘 극단은 적어 보인다. 그것은 젊은 극단이 지닌 공연상의 불안정성에서 그 이유를 찾을 수 있겠다. 일각에서는 그것이 나소페스티벌의 한계라고 지적하기도 한다.

다른 지면을 통해 언급한 적이 있지만, 젊은 극단은 패기와 열정으로 작품을 만들고 그 이후에 자체 성장하는 시스템을 갖추어나갈 수밖에 없는 형편이다. 당연히 그 과정에서 공연 노하우, 대본의 완성도, 극단 체제의 안정성, 내부적 전통과 그 잠재력의 차원에서 부족과 부재를 경험할 수밖에 없다. 새로 시작하는 입장이니 '선배'나 '선각자들'이 이룩해 놓은 인적 인프라의 혜택을 받을 수 없는 것은 당연하다. 따라서 그 부족한 점 자체를 문제 삼는 것은 젊은 극단의 실상을 무시하는 일일 수밖에 없다.

하지만 그럼에도 불구하고 독자로서 그리고 평론가로서, 연극인으로서 그들-신생극단에게 묻지 않을 수 없다. 준비가 부실한 상태에서 무대에 오르는 공연이 누적되면서 페스티벌을 걷잡을 수 없이 느슨해진 것은 아닐까? 전반적으로 살펴 볼 때, 초반기 작품들 중에는 아직 무대에 올라가기에 적합하지 않은 작품도 적지 않았다. 완성도도 문제였지만 준비 자체가 허술해 보이는 작품이 상당수에 달했기 때문이다.

이러한 문제의 시작은 아무래도 공연 대본에서 연원하지 않을까 싶다. 전반부에 공연된 작품 중에서 희곡적 완성도를 보인 작품은 손에 꼽을 정도였다. 대부분의 공연 대본이 전체적인 줄거리를 이어 놓는 수준에 머물고 있었기 때문이다. 이 지점에서 무대 공연을 올릴 때, 희곡 혹은 공연 대본을 부수적인 것으로 여기는 극단이 있을 수 있기에 극작의 완성도를 문자 텍스트에서 찾지 않는 사례도 충분히 감안할 수 있다.

하지만 만일 문자 텍스트로서 희곡의 가치를 중시하지 않는 극단이라면, 실제 공연에 보여줄 수 있는 앙상블이나 연출력 혹은 특출한 배우의 역량으로 이를 대체 보완할 수 있어야 할 것이다. 그렇지 않다면 관객들은 총체적으로 수습 불가능한 연극을 보아야 하는 관극의 괴로움을 피할 길이 없어진다.

나소페스티벌에서 적지 않은 공연 사례가 이러한 범주에서 자유롭지 못했다. 특히 기존의 작품을 작가나 연출가가 무리하게 변형시킨 사례는 되돌아보아야 할 지점이다. 대본의 충실한 완성 없이 공연을 시작했을 때, 관객이 겪게 되는 참담한 한계는 필설로 형용하기 어렵다. 2016년 나소페스티벌의 상황만 놓고 냉정하게 판단한다면, 11편의 참가작은 다소 축소 조정될 필요가 있다. 가장 큰 원인은 희곡(대본)의 완성도에서 연원한다고 해야 하는데, 대본의 완성도가 부족한 작품들이 페스티벌에 참여하면서 기간을 연장하는 악순환을 불러일으킨 것이다. 대본의 완성도가 떨어지는 작품은 충분한 검토 준비기간을 가져야 할 것으로 판단되며, 섣불리 페스티벌에 참여하는 우를 범하지 않는 것이 좋을 듯하다. 페스티벌 자체로도 그러하지만, 해당 작품을 공연하는 극단의 먼 장래를 위해서도 그러하다고 할 수 있다.

Ⅳ. 구체적 논평 1

보다 구체적인 논평을 원하는 사람들도 있을 것이다. 이를 위해 몇 작품을 예로 들어보자. '바다와 문화를 사랑하는 사람들'의 「필경사 바틀비」는 나소페스티벌에서 주목되는 작품이다. 이 작품이 주목되는 이유는 「필경사 바틀비」의 각색과 연출 과정에서, 참가 극단 상당수가 간과하고 있었던 점을 충실하게 보완하고자 한 흔적이 발견되기 때문이다.

주지하듯 이 작품의 원작은 소설이었다. 외국 작품인데다가 시대적으로 상당한 시간적 격차를 보이고 있어 2010년 현대의 극작품으로 각색하여 공연하는 일은 적지 않은 난관을 매설하고 있었다. 공연을 관람한 사람들은 알겠지만, 작품 내의 시대적 상황이 현재(관극 시점의 사회 환경)의 상황과 너무 차이가 있어, 원론적으로 이해하기 어려운 설정도 대거 포함되어 있었다. 휴대전화와 SNS로 구동되는 세상에서, 서류를 필사하는 일과 이 일을 업이자 자랑으로 삼는 이들이 존재한다는 설정 자체가 익숙할 리 없었다.

그럼에도 연극 「필경사 바틀비」는 희곡으로 각색되어 '지금-여기' 무대에서 공연될 이유를 내장하고 있었다(더 정확하게 말하면 바문사는 그 이유를 찾아내어 제시했다고 말할 수 있다). 우편배달부로 선의를 베풀었던 '바틀비'가 그 대가로 해고 통보를 받았다는 설정은, 현대 사회를 살아가는 이들이 '지금-여기'의 상황에서 드물지 않게 목격할 수 있는 사건이다. 이 사건은 바틀비의 삶의 원칙을 바꾸는데, 이러한 변모 역시 '지금-여기'의 환경에서 충분히 납득 가능한 사안이다. '그-바틀비'는 어떤 것도 떳떳하게 선택하고 스스로 행하는 사람이 되지 않고자 하며, '선택하지 않는 쪽을 선택'하는 수동적이고 방어적인 태도를 견지하게 된다. 그래서 연극 내내 그가 하는 '~을 하지 않는 쪽을 선택하겠다.'는 다소 이상하고 내용상 조리 없는 말을 계속해서 들을 수밖에 없었다. 그의 말을 간단하게 풀어보면 '~을 굳이 하고 싶지 않다'는 뜻인데, 그러면 그럴수록 그는 무언가를 선택하고 마는 아이러니한 상황에 처하고 된다. 이 아이러니한 설정은 시공을 넘어 현재의 우리에게도 상당한 공감을 불러일으킨다. 지금 이 시대를 살아가는 사람들 역시 위험을 무릅쓰고 신념을 걸고, 무언가를 강행할 명분을 상실해 가고 있다. 그 선택으로 인해 불이익을 당하거나 사회적 도태의 위험을 감수하고 싶지 않기 때문이며, 무리하게 어떠한 일을 추진하기보다는 조용히 안일을 추구하는 편이 낫다고 생각하기 때문이다. 점차 무언가를 하지 않을 자유를 잃어버릴 지도 모른다는 압박감에 시달리면서도, 결국에는 이러한 압박에 수동적으로 대응하거나 도피하듯 자기 보신을 영위하는 존재로 전락하고 있다.

'바문사'는 이 작품을 각색함으로써 '현대의 우리'가 불편하고 낯설고 시공을 건너 진행되는 오래된 이야기를─그것도 표면적으로 납득하기 어려운 설정을 감수하면서까지 해당 작품─보아야 하는 이유를 찾아내었다. 이것은 그렇지 않아 보이는 작품들이 심사숙고하여 참조해야 할 부분이 아닌가 한다. 작품 각색 혹은 희곡 창작의 이유와 그 의의를 보여준 작품으로는 「필경사 바틀비」를 포함해서 「여자 이발 사」(재공연작인 것이 다소 아쉽다), 「나비」, 그리고 희곡적 측면만 놓 고 말한다면 「리셋-트」 정도일 것이다.

앞에서도 언급했지만, 희곡의 최초 완성도(존재 이유)가 미흡할 경 우 실제 공연의 완성도를 끌어 올리는 일은 더욱 지난하기 마련이다. 기교적이고 형식적인 완성도도 문제이지만, 적어도 이 희곡을 창작, 각색, 공연해야 하는 당위성을 내장시키지 못한다면 더욱 요원한 문 제로 전락할 수밖에 없기 때문이다. 다음 나소페스티벌에서는 이 점 을 보완할 수 있는 방안과 콘셉트가 심각하게 요구되는 이유가 또한 여기에 있다.

Ⅴ. 작은 가능성을 찾아서 2

나소페스티벌 전반기 공연 중에서 가장 논란을 끌 수 있는 작품은 극단 리셋의 「리셋-트」였다. 하지만 그 이유가 이 공연이 훌륭했기 때문은 아니다. 오히려 해당 극단의 공연은 미숙함과 어설픔을 완전 히 벗어던지지 못한 경우에 가깝다. 그럼에도 불구하고 이 공연이 주 목되는 이유는 희곡의 시도와 극작이 겨냥한 목표 때문이었다.

「리셋-트」의 희곡은 처음 집필한 작가의 그것이라고 보기에는 참 신하고 도전적인 성향이 강한 희곡이었다(시간을 두고 묵혀 완성도 를 높인 상태로 공연에 임했으면 더욱 좋은 성과를 거두었을 것으로 전망된다). 더구나 조선총독부 도서과의 상황을 보여주면서 시대의 문제를 거론한 점도 신진 작가치고는 바람직한 극작 태도로 여겨진다. 무엇보다 고무적인 것은 이 희곡이 '발로 쓰여 진' 희곡이라는 점이다. 작가들이 작품을 쓰는 방식은 여러 가지이다. 사실 그 방식은 작가 숫자만큼, 아니 산출된 작품 수만큼 다양하다고 해야 하지만, 그럼에도 불구하고 작가들은 작품을 쓰는 기본적인 자세만큼은 제대로 연마해야 할 것이다. 자신의 상상력과 경험을 무작정 앞세워서 쓰는 작품들은 생명력이 짧을 수밖에 없으며, 객관성의 균형이나 주관성의 극단에 처하면서 균형감을 잃을 우려도 증대된다. 비록 희곡이 기본적으로 상상력의 소산이라는 점을 폭넓게 인정한다고 해도, 초발심의 극작 태도만큼은 창작의 자료와 근거를 수집하고 타자와 반응을 교류하면서 극작 내내 세상과 균형감 있게 소통해야 한다는 원칙을 벗어나서는 안 된다고 해야 한다. 자신의 경험과 생각만을 지나치게 앞세울 경우, 타자와의 의견 공유나 상대의 반응을 고려할 여지를 잃어버리기 때문에 자가만족 형 대본으로 전락할 위험 역시 커진다.

　다시 「리셋-트」를 보자. 경성의 『매일신보』와 그 주변 환경을 서사의 배경으로 설정하고 그 안에서 벌어지는 한국인(조선인)과 일본인(지배자) 사이의 갈등과 입장 차를 다루고 있다는 점은 이 작품을 구상하고 사건을 전개하는 과정에서 관련 자료와 주변 정황에 도움을 받았음을 보여준다. 이 점을 폭넓게 고려하지 않았다면, 이 작품은 평범한 상상력의 어지러운 집합으로 끝나고 말았을 것이다. 다소 아쉬운 점은 작품의 세부, 즉 대사의 형태나 보편적 상식 그리고 구체적 일상이 살아나지 못한 점이다. 비근한 예를 들어보자. 점심을 먹으러 가는 장면에서 우리-관객은 묻지 않을 수 없다(1막 2장). 그들이 먹으려고 하는 음식이 과연 '지금-2016년'의 음식인지, 아니면 조선총

독부 산하 직원이 먹기를 원했던 음식인지 말이다.[2]

기본적으로, 「리센트」의 구성은 전형적인 영화의 플롯(평행 구조)을 응용하고 있었다. 보이는 세계와 보이지 않는 세계를 평행 구조(더블 플롯)로 구축하여, 우리가 보고 있는 세계(『매일신보』 기자들의 일상과 생각) 너머에 존재하는 우리가 보기를 원하는 세계(숨은 저항 세력의 언론 폭로와 대항)를 교차시키고자 했고, 그 사이에서 일어나는 시간차를 관객에게 구경시켜 흥미를 불러일으키고자 했다.

이러한 구성과 기법은 그 자체로는 긍정적이지도 부정적이지도 않다. 다만 다소 무거울 수 있는 내용을 중화시켜 관객에게 흥미를 선사하고, 이로 인해 작품을 끝까지 볼 수 있도록 유도한다는 전체적인 창작 취지만큼은 존중되어야 할 것이다. 그리고 좀처럼 다가가기 어려운 소재에 접근하는 용기 역시 상찬되어야 할 것이다.

하지만 구체적인 세부는 이러한 취지나 용감한 소재 선택과는 별개로 허술했다. 점심을 먹으러 가는 설정을 다시 예로 들어보자. 연극을 만든 측에서는 '과거의 것'을 먹을 것인지, '현재의 것'을 먹는지, 무엇이 중요하냐고 항변할 수도 있을 것 같다. 이렇게 항변한다면 그럴 수도 있을 것이다. 하지만 다시 묻지 않을 수 없다. 굳이 무엇을 먹는 것

---

2) 오해하지 말아야 할 것은 역사적 정황을 다루고 있다고 해서 현대적 음식을 먹지 못할 이유는 없다고 해야 한다. 하지만 거꾸로 1930~40년대 음식이 아닌 현대의 음식을 먹으러 가야 한다면, 그 이유 역시 내장되어야 할 것이다. 따라서 이러한 질문은 그들이 먹는 음식이 1930~40년대에 실제로 존재했느냐, 그렇지 않았느냐를 따지고자 하는 것이 아니다. 주목해야 할 점은 왜, 그들이 그 시점에서 그러한 음식을 먹어야 하는가이다. 설정 상 점심시간이기 때문에, 그들이 먹을 법한 음식을 먹는다는 설명으로는 짜임새 있는 희곡을 구성하기 힘들 것이다. 무대 위의 공연 시간이 짧다고 인식하는 공연 단체는 희곡의 압축미를 요구할 수밖에 없고, 그렇게 될 때에만 희곡을 바탕으로 한 공연의 완성도 역시 증가할 수 있을 것이기 때문이다.

조차 중요하지 않은 설정이 생겨나서 이 작품에 투여될 이유가 있을까. 무엇을 먹을 것인지가 중요한 것이 아니라 점심 자체를 먹으로 가는 장면(설정)이 이토록 할 이야기가 많은 작품 안에서, 어색함을 감수하면서까지 포함되어야 할 진정한 이유가 무엇인가, 라고.

그들의 일상에서 점심시간을 표현하기 위해서 이 장면을 설정했다는 답변은 의미 없다. 드라마(희곡)는 선택이다. 그 길고 긴 일상의 시간 속에서 무엇을 선택할 것인가는 단순히 그 시간이 일상의 일부이기 때문에 일어나는 일이 아니다. 그 선택이 드라마 전체에 기여할 수 있는 필요성이 인정될 때 비로소 생겨날 수 있는 당위성을 획득할 수 있다. 무엇 때문에 장면이 설정되고 빠져야 하는지에 대해 신진 작가가 심사숙고했으면 한다. 용감한 선택을 펼쳐 조선총독부라는 실체에 접근하려 했다면, 그 안에서 산하 직원들이 꿈꾸고 생각하고 때로는 반항하고 실망하는 이유가 보다 구체적이어야 할 필요가 있기 때문이다.

무엇을 먹든 상관없다는 식의 점심 식사 장면은, 마치 그들이 어떠한 일상을 실제로 꿈꾸고 어떠한 상식에 의해 행동했으며 무엇에 불만을 느끼고 무엇에 절망했는지를 도외시하겠다는 사고로 이어질 수 있다. 그렇다면 남는 것은 지배자인 일본인은 간악하고 부정적인 성격으로, 이에 영합하는 태도는 비겁하고 타도해야 할 태도로, 이에 저항하고 새로운 길을 모색하는 이유는 당연하고 합리적인 것으로 구획 획정하는 오류로 옮겨갈 수밖에 없다.

드라마(연극과 희곡)에서 선/악, 옳음/그름, 긍정/부정, 추종/비판을 획일적으로 나누는 일은 바람직한 일이 아니며, 드라마가 본질적으로 추구해야 할 몫도 아니다. 관객들은 참신했던 소재가 '선' 대

'악', '선한 조선인' 대 '악한 일본인', '선한 의무감' 대 '타도해야 할 악한'으로 정리되는 순간—그러한 측면에서 이 작품의 결말은 어색하고 허탈하다—애초의 의의를 더 이상 인정할 수 없게 된다. 그것은 도덕 교과서와 윤리 헌장에나 더 어울리는 내용이고, 인간과 그 내면의 복잡한 심리를 분별하여 이해하려는 이들에게는 한없이 허탈하고 편리한 결말이 아닐 수 없기 때문이다.

Ⅵ. 나가며 : 재공연작과 도전작

누리에의 「여자 이발사」와 더블스테이지의 「나비」는 깊은 인상을 남긴 작품이다. 다만 누리에의 「여자 이발사」는 창작 초연은 아니었다. 2011년 부산연극제 참가작으로 초연되었고, 2016년 나소페스티벌과 2016년 상주단체 재공연작으로 공연된 경우였다. 재공연작이었다는 점은 일정한 한계를 지니기는 하지만, 의미 있는 작품을 다시 무대화하여 관객들에게 소개한다는 의의마저 무시할 수는 없을 것이다. 실제로 2016년 「여자 이발사」는 2011년 「여자 이발사」보다 형식적인 측면에서 진보된 면면을 드러냈다. 2011년 부산연극제에서 누리에의 이 작품은 작가의식의 측면에서는 단연 돋보이는 작품이었다. 상식적으로 생각하는 일본에 의한 한국을 향한 압제라는 기본적 도식을 뒤엎고, 한국인도 가해자가 될 수 있고, 일본인도 약자의 경우에는 부도덕한 폭력(물리적이든 심리적이든 간에)의 희생자일 수 있다는 평범한 사실을 인상 깊게 각인시켰기 때문이다.

역사적으로 한국이 일본의 식민지였다는 사실을 부인하거나 이에 대해 분노하지 않을 방법이야 없겠지만, 그렇다고 한국이 언제나 약자나 피해자 혹은 억울한 입장에만 놓여 있지 않다는 전언은 다소 충격적일 수 있었으며, 이를 연극적으로 공표했다는 점에서 이 작품의 파장은 생각보다 클 수 있었다. 하지만 초연 당시 형식적인 측면에서 「여자 이발사」는 이러한 문제의식을 확대 심화할 수 있는 적절한 방안을 갖추지 못해서, 중대하고 심각한 전언을 충실하게 살려내지 못한 아쉬움이 있었다.

2016년 재공연 된 「여자 이발사」도 2011년의 한계를 획기적으로 보완했다고는 할 수 없다. 하지만 분명 과거의 문제를 치유한 흔적이 역력했다. 이철성의 연기가 더욱 세심해졌고, 에이코(일본인 정일해) 역을 맡은 여배우(이지혜 분)도 상당한 연기력을 발휘했다. 특별한 형식적 변화가 생긴 것이라고 보기는 어렵지만 숙성의 과정을 거쳐 얻은 결과로 보여진다. 누리에 특유의 앙상블도 이 어려운 작품을 떠받치는 주요한 장점으로 활용되었다.

다만 희곡 대본에서 여전히 문제적인 요소들이 제거되지 못했다. 아니 현해탄을 건너는 배안이라는 설정이 분명하지 않은 점, 에이코가 이진식과 만나고 헤어지는 과정에서 필연성을 상실했거나 분명한 암시를 주지 못한 점, 그 결과 에이코가 이진식과 나누었던 감정에 대한 묘사가 약해지거나 다소 혼란스럽게 나타난 점, 에이코의 수난이 다소 축소되었지만 그로 인해 정일해로 살아야 했던 내적 필연성도 함께 위축된 점 등이 그것이다. 여전히 의문점도 남아 있는데, 아들과 에이코는 이후 어떠한 상황이었으며, 에이코가 이진식을 거부했음에도 말년을 함께 지내야 했던 이유는 무엇인지 등이 분명하지 않다. 공연 대본으로서의 희곡적 완성도는 나소페스티벌의 전반적인 약점이었다는 점에서 누리에도 향후 이 작품의 재공연에서 보다 완성도 있는 희곡을 조율할 필요가 있다고 해야 한다.

극단 더블스테이지의 「나비」는 인상적인 공연 성과를 보여주었다. 사실 이 작품의 쇼케이스가 전야제에서 소개될 때에만 해도, 희곡적 완성도를 비롯해서 연기 콘셉트에 대한 의문을 지우지 못했다. 인조 역의 배우가 구가하는 화법은 인위적인 측면이 강해 과연 사극으로서의 기본 정조를 소화할 수 있을까라는 의문이 들 정도였다. 끝까지 이러한 의문이 완전히 해소된 것은 아니겠지만, 실제 공연에서는 연기의 일관성으로 어색할 수 있는 화법을 용인할 수 있는 수준으로 끌어올린 점이 인정된다.

그 힘은 앞에서 언급한 대로, 무대의 창조적 배치와 이에 대한 배우들의 이해(혹은 적응)에서 연원할 것이다. 배우들은 개별적인 연기력이 탁월하지 않았음에도, 비좁은 공간일 수 있는 무대에서 자신의 위치와 형상을 조형할 수 있었다. 소위 말해서 배우가 공간을 지킬 수 있고 조명을 받을 수 있다는 것은, 자신과 상대 역 그리고 관극 무대를 둘러싼 일련의 환경을 몸으로 체감하고 있다는 뜻이 된다.

인조 역의 배우는 자신의 화술이 무대 공간 내에서 위치하는 방식을 창안했다고 할 수 있다. 꿈이라는 기묘한 이중 공간 내에, 심리적 더께를 씌우고, 그 안에서 자신과 대화하듯 영혼(혹은 혼령)과의 스스럼없는 대화를 꾸려나갔다. 고의적인 말실수와 반복, 어미 처리가 어색한 문장 발화와 이에 대한 코러스(환향녀(還鄕女)나 삼학사가 대표적)의 화답, 그리고 비좁은 공간이지만 자신들의 자리를 찾고 서로 어긋나는 좌정으로 무대 공간에 적응할 수 있었다. 심리적 공간은 말(대사)이 만들어내는 효과로도 구축되었는데, 여기에 탈, 음악, 복색,

그리고 조명이 적절하게 부가된 것도 부대 효과를 가중시키는 기능을 했다.

사실 더블스테이지의 약진은 이외였다. 더블스테이지가 좁은 무대 위에서 효과적으로 적용할 것이라는 기존의 인식(관극 경험을 바탕으로 할 때)은 기대하기 어려운 상황이었다. 더블스테이지의 기존 공연 역시 공간 인식의 측면에서는 약점과 한계를 드러내는 일이 잦았고, 김지숙의 희곡 역시 이러한 문제점에 효과적으로 대처하기에 마땅하지는 않았다고 해야 한다.

2016년 「달빛 소나타」만 해도 물리적 공간을 점유하지 못하는 배우들과, 심리적 공간을 제대로 창달하지 못하는 대사들로 인해 전체적으로 실망스러운 공연으로 그치고 만 전력이 있었다. 2015년 「별 헤는 밤」은 서로 다른 두 개 이상의 플롯이 뒤엉키면서 전반적인 한계를 드러낸 경우였다. 이러한 과거의 이력이 주목되는 이유는 「나비」에서도 이러한 문제와 한계가 드러나고 가중될 여지가 존재했고 어쩌면 위험 가능성이 더욱 컸었기 때문이다.

「별 헤는 밤」에서는 유랑극단의 상황, 독립운동, 그리고 그 안에 함께 녹아나지 못한 사랑 이야기가 뒤엉키면서 사실 별개의 이야기를 모아놓은 상황을 야기하고 말았었다. 말한대로, 2016년 「나비」도 이러한 문제적 상황에 직면해 있었다. 병자호란으로 인한 백성들의 피폐(특히 정조를 잃고 돌아온 '환향녀'의 문제)와, 인조와 소현세자 사이의 갈등이 병진하는 구조로 짜여 있기 때문이다.

특히 인조와 소현세자의 갈등은 오태석의 「부자유친」(「부자유친」이 영조와 사도세자의 갈등)을 연상시킬 정도로 미묘한 희곡적 탄력을 생성하고 있었고, 그 자체로 흥미로운 소재임에 틀림없었다. 하지

만 '환향녀' 소재와 미묘하게 엇갈릴 수 있는 불협화음을 지닌 것도
사실이다. 두 개의 이야기는 결국 병자호란이 초래한 결과이기는 하
지만, '한 지붕 두 가족'처럼 함께 양립하기 어려운 척력을 지닌 것도
사실이었다. 하지만 김지숙은 「별 헤는 밤」에서의 실패를 반복하지는
않았다. 비록 작품이 인조와 소현세자의 겪어야 하는 구/신세대 사이
의 갈등을 깊숙하게 파고들지는 못했지만, 인조를 둘러싼 시대의 난
국을 현대화된 의미까지 포함해서 극적 플롯으로 융합하는 데에는 성
공을 거두었다. 이러한 성공이 비좁은 무대 위에 다양한 인물 군상을
펼쳐낼 수 있는 압축성을 부각시킨 것으로 판단된다. 이로 인해 희곡
의 지선은 흩어지지 않고 작은 포단 위에서 한 장의 미닫이문을 열고
우리에게 다가올 수 있었다.

　더블스테이지가 이 작품에서 보여준 역량은 뛰어난 것이기에 일단
여기에 기록해 두지만, 더 중요한 점이 있음을 확인할 필요가 있다.
그것은 더블스테이지가 과거 작품들의 실패에도 불구하고 이 작품에
서 성공을 거둘 수 있는 요인들을 눈여겨보아야 한다는 점이다. 왜냐
하면 더블스테이지의 공연작들이 일정한 수준을 유지하기보다는 기
복이 심한—다른 말로 하면 성취와 저조 사이를 널 뛰듯 하는—문제
를 해결할 수 있는 단서로 여겨지기 때문이다.

2017년 부산연극제의 변신과 공과

: 공연 경험으로 타오르다

*김 남 석

I. 들어가며 : 초연에서 재연으로

간단하게 요약하여 2017년 부산연극제의 체제상 가장 두드러진 변화는 참가 요건의 '작지만 의미 있는 변화'에서 찾을 수 있겠다. 2017년 이전까지는 창작 초연을 원칙으로 적용하면서, 국내 작가의 신작에만 그 문을 허용하던 참가 방침이, 2017년부터는 참가 당해 연도 직전 해(그러니까 2017년 부산연극제의 경우에는 2016년 공연작도 출품 가능)의 공연작까지 참가를 허용하는 방침으로 소폭 변모하였다.

결국 당해 연도 부산연극제에 참가하기 위해서는 그때까지 공연된 적이 없는 작품을 발표할 수도 있고, 혹 이러한 여건이 못 된다면 그 전해에 공연된 적이 있는 작품을 재공연하는 수순을 밟을 수도 있게 된 것이다. 하지만 국내 작가의 창작이어야 한다는 조건은 변함이 없다. 다만, 예외적으로 국내 다른 장르의 작품을 각색하는 경우도 인정하고 있다.

하지만 몇 가지 사례에서 나타나듯, 이러한 규정에는 빈틈이 여전히 있어 보인다. 일단 국내 소설을 각색하는 경우에는 제약을 받지 않지만, 국외 소설의 경우에는 상황이 다르다고 해야 한다. 가령 예전 「운수 좋은 날」을 각색한 「운악」은 참가 조건의 제약을 받지 않았고, 그해 우수한 성과마저 거둔 바 있다. 하지만 2016년에 '바문사'가 공연했던 「필경사 바틀비」는 외국 소설의 각색이라는 요인으로 인해 정식 참가작이 되지 못했다.

참가 자격 혹은 공연 조건은 요약적으로 기술된 간결한 문구(규칙)에 의거하여 판명될 수밖에 없기 때문에, 애초부터 모든 개별 사안을 일거에 해소하는 규칙을 만드는 것은 불가능하다고 해야 한다. 그러니 개별 판정에 대해 일일이 규정으로 제어하기 힘든 것은 너무나 당연하다. 결정이 내려지는 것에 대해 일일이 논의하기에는 무리가 있을 것이다. 하지만 외국 소설의 각색 대본이 불허된다는 기준은 현재의 기준으로서는 도출될 수 없는 결론에 가깝다. 일각에서는 대한민국연극제의 참가 조건을 불허의 이유로 내세우고 있지만, 이에 대한 이견이 존재하고 있는 상황에서 일방적인 조건으로 수용하기는 힘들 것 같다.

이러한 문제는 더 찾을 수 있다. 가령 2016년 극단 이그라가 공연하려고 했던 「남은 여생의 시련」은 사할린 한인 작가 인무학의 창작이었기 때문에, 잠시지만 국적에 대한 논란이 일어난 적이 있었다. 그러니까 인무학이 영주귀국을 하기 전 러시아(소련) 국적을 가진 점이 문제가 되었던 것이다. 물론 작품을 쓰고 공연을 진행하는 과정에서 그의 귀화(영주귀국)가 드러났기 때문에, 이 문제는 표면화되지 못했지만, 앞으로 이러한 사례를 맞이하지 말란 법은 없을 것이다. 이 역시 논의하고 그 정당한 규칙을 세워두어야 할 사안이 아닌가 한다.

여기서 함께 생각해 보아야 할 사안도 존재한다. 참가 자격 조건을 엄격하고 공정하게 선정하고 그 기준을 지키라고 강요하기 이전에 한 가지 전제해야 할 것이 있기 때문이다. 그것은 창작 초연이 왜 필요한가에 대한 부산 연극계의 자발적인 성찰에서 기인할 것이다. 그러니까 왜 창작 초연을 해야 했으며(왜 창작 초연으로 예선 성격의 부산연극제를 왜 제약해야 하는가?), 혹은 2017년에는 왜 이를 완화했어야 하는가에 대해 논의할 필요가 있다는 뜻이다. 또 한편에서는 '완화'를 내세우면서도 다른 한편에서는 지금까지는 그렇게 명료하다고 할 수 없는 유보 조건들을 달아 어떤 작품들의 참가 유무를 검증하고 인정/불인정을 나누어서 판별해야 하는가에 대해서 생각해 보아야 한다. 아니 이러한 문제에 대해 근원적인 의견 교환이 필요하다고 생각한다.

Ⅱ. 재공연의 장점과 이후의 부산연극제

경험하고 알고 있는 범위에서 말한다면, 부산연극제 창작 초연 참가 기준을 고수하거나 완화하거나 혹은 전면적 폐지하자는 주장들이 곳곳에서 출몰한 바 있다. 이 문제를 해결하기 위해 그동안 부산연극계는 다양한 의견을 개진한 것으로도 알고 있다. 공청회, 세미나, 이사진 회의, 공개회의 등이 열렸고, 연극인들이 모이는 내외 사석에서도 이 문제를 둘러싼 논란이 끊이지 않았다.

부산연극제가 기본적으로 '경쟁' 연극제(부산 대표 선발)이다보니, 더 높은 수준의 참가 기준을 고려하는 과정에서 과도한 주장이 불거진 점도 있고, 공정한 경쟁이 불가능하다고 아우성치는 극단의 항의와 불만이 쌓여서 지금처럼 변모한 사실도 인정된다. 창작 희곡의 활성화와 역량 강화를 주장하는 목소리도 만만치 않고, 그 성과를 자랑하는 주장도 무작정 배제하기 힘든 측면이 있다.

이렇게 다양한 의견과 입장 표명의 가치와 의의를 무시하는 것은 아니지만, 이러한 편차에도 불구하고 우리는 '다시' 질의할 수 있어야 한다. 왜 부산연극계는 창작 초연이라는 넘기 힘든 '허들'을 만들었고, 왜 그동안 그 허들은 힘겹게 넘어왔으며, 왜 다시 2017년에는 그 허들을 완화시켰는가, 라고.

이 질문에 대한 다른 대답을 찾아 논의 방향을 바꾸어 보자. 그렇다면 과연 창작 초연은 어떠한 성과를 거두었을까. 많은 사람들이 이구동성으로 '초연(작)'은 여러 가지 문제를 안고 있다고 말한다. 일단 무대화 과정이 짧기 때문에, 누적된 경험(이전의 공연 전력)이 없다면, 아무래도 2일 간의 공연에서 기본적인 앙상블을 만드는 데에 어려움을 겪을 수밖에 없다. 경연 연극제이다보니 급박한 상황 속에서도 누가 더 잘 해내는가가 기본적으로 채점 기준에 포함될 수밖에 없다. 그렇다면 같은 조건임에도 불구하고, 한계를 조금이라도 더 극복하고 약점을 지울 수 있는 쪽의 우위를 인정할 수밖에 없다.

문제는 부산연극제가 단순한 경연 연극제로만 취급될 수 없다는 점이다. 부산연극제는 부산 연극의 시발점으로 겨울 동안 개점휴업 상태였던 극단들이 의미 있는 첫 걸음을 시작하는 1년의 시작에 해당한다. 물론 이 시작을 교묘하게 악용하는 사례도 없는 것이 아니지만, 긍정적인 출발과 의의까지 함께 퇴색시킬 수는 없다.

그리고 한 가지 더 고려해야 할 사항이 있다. 그것은 엄연히 관객들이 존재한다는 점이다. 경연 연극제라고 해서 심사위원들과 관계자만 관람하는 공연이 아니라, 유료 관객을 비롯한 많은 대내외 관객들이 이 공연을 지켜보고 연극적 의의와 관람의 즐거움을 얻고자 한다는 점이다. 이러한 측면에서 창작 초연과 급박한 무대화 작업은 아무래도 공연의 실패 우려를 높일 수밖에 없다. 가급적이면 그러한 실패 가능성을 줄이는 것도 부산연극계가 중대하게 고려해야 할 사안이 아닐까.

2017년 공연 성적을 냉정하게 놓고 판단한다면, 아무래도 창작 초연의 작품보다는 2016년에 이은 재연 작품의 앙상블이 우수했고 상대적으로 약점 역시 격감한 상태라고 할 수 있다. 초연 작품이 모두 재연 작품에 비해 질적 수준이 낮았다고는 할 수 없지만, 재연 작품이 지니는 안정감이 전반적으로 고평을 이끌어냈다는 사실까지는 부인할 수 없다.

그렇다면 우리는 초연을 굳이 고집해야 할 명분 하나를 잃었다고 해야 한다. 또 재연의 경우에 안정감 측면에서 아무래도 초연보다 낫다고 한다면, 재연의 폭을 더욱 넓힐 때 어떠한 장점을 얻을 수 있을지 기대하고 추정할 수밖에 없다. 그러니까 그 전해 연도 공연장이어야 한다는 요건까지 철회한다면 어떠한 결과가 일어날지 생각해 봄직하다는 것이다.

Ⅲ. 2017년 부산연극제의 현황

이러한 가정을 더욱 가능성 있게 논의하기 위해서는 2017년 경연 연극제의 상황을 먼저 살펴 볼 필요가 있다. 일단 논의의 편의를 위해 경연 분야에 출품된 작품을 위주로 살펴보기로 하자.

경연 부문에는 총 7개의 작품이 참가하였고, 그 중에서 2개의 작품은 2016년에 공연된 적이 있는 작품이었다. 초연과 재연 작품을 막론하고, 주목되는 작품으로는 3작품을 꼽을 수 있다. 하나는 극단 세진의 「나비가 된 꿈」이고, 다른 하나는 더블스테이지의 「나비」이며, 극단 배우창고의 「나는 채플린이 아니다」이다. 이 세 작품은 일정한 성취를 이루고 있고, 미학적인 측면에서 극단의 개성이 발현된 경우라서, 지금 현재보다 미래의 발전 가능성을 더욱 높이고 있다는 장점을 드러낸다(그러니까 지금 공연보다는 재공연했을 경우 완성도가 더 높게 나올 것이라는 의미이다).

반면 흥미로운 관찰도 가능하다. 아마 이 작품 중에서 가장 희곡적 완성도가 높은 경우는 「나비가 된 꿈」으로 여겨진다(연극적 상황이 아닌 희곡적 완성도를 의미). 이 작품은 기존의 사육신 관련 작품, 혹은 계유정난을 다룬 작품과 비교해도 개성적인 착안(점)이 돋보이는 사례였다. 사실 한국에서 '사육신'과 '계유정난'을 소재로 한 작품은 이미 상당한 숫자에 달한다.

그 중에는 한국을 대표하는 극작가 가령 유치진, 오태석, 이강백, 이현화, 김상렬 등도 포함되어 있다. 하나같이 개성적인 시각을 발현한 경우이고, 영화 「관상」 같은 경우도 그러하다. 이러한 작품들의 특징은 기존 작품과 차별을 보이는 극작술을 통해 해당 시대 혹은 해당 작가의 관념이나 생각을 드러낼 수 있는 방안을 찾는 데에 있다.

가령 유치진은 충의를 강조하면서 일제 강점기의 상황을 은근슬쩍 빗대고 있고(물론 그 연원은 이광수의 「단종애사」임), 오태석은 유신과 독재의 서슬 푸른 암흑기를 세조의 폭압 정치와 유신들의 처형으로 비유적으로 형상화했다(보다 확산된 의미에서의 혈연 의식으로 볼 여지도 있다). 이현화 역시 군부 독재의 폭력성을 역사의 순간에서 선택하지 못하고 방관하는 대중(소시민으로서의 관객)을 자극할 목적으로 「카덴챠」를 창작했으며, 비교적 시대와 세대의 문제보다는 인간의 원형성과 보편성에 관심을 두는 이강백은 정치적 현실에서 벗어난 한 인간의 '자유문제'로 이 상황을 재구성하기도 했다.

극단 세진의 연출가 김세진(극작은 신은수)은 '꿈'이라는 기묘한 설정을 통해 신숙주와 성삼문의 입장 차이뿐만 아니라, 역사의 변전 가능성 그러니까 '기록'과 '사실'이라는 특유의 화제를 끌어들였다는 점에서 종래의 이러한 역사적 소재가 지닌 매너리즘에서 벗어날 수 있었다. 희곡만 놓고 판단한다면, 극단 세진의 「나비가 된 꿈」은 몹시 신선하다고 해야 한다.

하지만 아무래도 「나비가 된 꿈」은 공연 경험(경력)에서 상당한 약점을 드러냈다. 무대 장치의 상징성을 효율적으로 활용하지 못한 점, 김종서와 세조의 연기가 다소 전형적으로 흐른 점, 희극적 톤과 무거운 침묵 사이의 조화와 균형이 떨어진 점은 틀림없이 무대 적응 기간과 무관하지 않다. 이 작품에 대한 이전 공연 경력이 있었다면 나은 방향으로 보완되었을 가능성이 큰 '아쉬운 약점'이었다고도 할 수 있다. 그러므로 더 오래 전부터 다듬고 보완했어야 한다는 말을 굳이 하지 않는다고 해도, 아직 이 작품의 서사와 연기를 어떻게 조화시킬 것인가에 대한 복안이 현실화되지 않았고, 그러한 상태로 부산연극제 무대에 올랐다고 보는 편이 옳을 것이다.

그러한 측면에서 보면, 더블스테이지의 「나비」와, 배우창고의 「나는 채플린이 아니다」는 상대적으로 유리할 수 있는 요건을 지닌다고 하겠다. 더구나 더블스테이지는 2016년 '나소페스티벌'에서 주목받는 작품 「나비」 공연을 시행한 바 있었다. 하지만 문제는 엉뚱한 곳에서 생겨났다. 더블스테이지의 「나비」는 사실 공연 콘셉트의 변화가 거의 일어나지 않은 상태로 시민회관 소극장에서 바꾸어 공연되었다.

나소페스티벌의 무대였던 나다소극장의 무대 크기는 매우 작아 좀처럼 적응하기 어려운 곳이었기에, 이러한 무대 변화는 오히려 더블스테이지에게는 '득'이 될 공산이 컸다. 하지만 막상 공연이 시작되자, 더블스테이지의 장점으로 여겨졌던 무대 확장이나 공간 변화는 오히려 '독'이 되고 말았다.

더블스테이지는 무대 가운데 직사각형의 낮은 단을 쌓고 그 뒤로 문풍지와 출입문을 세웠으며, 일종의 내부 공간을 의미하는 '단'의 네 귀퉁이에 의자를 놓고 공간을 분할 구획했다. 나소페스티벌의 전용극장 나다소극장은 워낙 좁은 무대였기 때문에 이러한 분할은 흥미로웠고, 구획 자체가 보유하는 힘과 의미도 작지 않았다. 하지만 시민회관 소극장에서 상황이 달랐다. 이러한 무대 위 단이라는 존재만으로는, 좀처럼 넓어진 무대를 감당할 수 없었다. 단의 크기를 확장하는 것으로 해결될 문제가 아니었음에도, 그 이외에는 별다른 변화를 찾기 힘들었다는 사실은 이 공연의 성패를 좌우할 정도로 중요한 약점이었다.

인물들의 동선과 가끔 선보이는 율동적인 움직임도 사실 확장된 무대에는 적합하지 않은 것들이었다. 그러니 이러한 문제의 원인은 달라진 무대에도 불구하고 기존의 연출/공연 콘셉트를 변화/보완/수정하지 않았던 데에서 기원했다. 결국 시간적 이점(재공연의 혜택)을 살리지 못했고, 결국에는 더욱 좋아질 수 있는 공연 결과가 제자리에 답보하는 결과로 수렴되고 말았다.

반면 배우창고의 약진은 놀라웠다. 일단 배우창고는 확장된 무대에 맞게 상당한 수정을 가하였다. 가령 큰 나무의 등장이라든가, 사선 모양의 계단, 그리고 권투 시합의 극중극 등이 가미되면서 무대의 확장이 단순한 '몸집 부풀리기'가 아니라 '조화로운 장면들의 또 다른 조합'일 수 있음을 확인시켜 주었다.

조명의 디자인도 인상적이었는데, 큰 나무를 거쳐 오면서 얼룩덜룩해진 빛이라든가, 나무 가지에 걸린 별(빛)의 존재도 인상적이었다. 상승형 (계)단이 제법 강단 있게 축조되면서 배우들 사이의 입체적인 시각 배치도 성사될 수 있었다. 여기에 뒤얽힌 사건으로 인해 깊어지는 오해와 사고가 플롯의 심도와 흐름을 부각시키는 역할을 했다.

이러한 효과와 장점을 뭉뚱그리면, 기존 공연을 통한 수정 보완 과정에서 도출해낸 미학적 보충이라고 할 수 있다. 배우창고의 배우들은 앙상블을 끌어낼 수 있는 방안을 알고 있었고, 그 방안을 극대화하기 위해서 좁은 장소에서 연기할 때와 무대 한복판을 점령하고 연기할 때의 차이점을 구분하여 이해하고 있었다. 이러한 미학적 다듬기 내지는 공연예술(적) 준비가 초연에서는 좀처럼 찾아보기 어려운 요소라고 할 때, 극단 배우창고는 전년도 공연에 상당한 빚을 지었다고 해야 한다. 더구나 나소페스티벌에서는 그다지 집중적인 관심을 받지 못했다고 할 때, 이러한 약진은 두드러진 결과가 아닐 수 없다.

Ⅳ. 「나는 채플린이 아니다」(배우창고)의 공(功)과 과(過)

결론부터 말하자면, 2017년 부산연극제에서 가장 돋보이는 작품은 「나는 채플린이 아니다」였다. 이 작품은 역사극이 압도적인 흐름을 형성하고 있었던 부산연극제 참가작 중에서 이데올로기의 문제를 예상 외로 강력하게 피력해낸 작품이었다.

배우-되기를 꿈꾸던 시골 청년들이 일종의 생활공동체를 이루어 살고 있었던 설정에 이 작품이 출발했고, 이러한 청년들의 삶이 극단 (연극인)의 삶과 연결되면서 상상공동체의 외형까지 갖추게 되면서 본격적인 비극이 시작되었다. 그들은 비단 의식주를 함께 해결하고 어려움을 나누는 정도에서 한 걸음 나아가 대중의 스타가 되고 삶의 위안을 주는 배우가 되는 목표까지 함께 나누고 있다. 하지만 이러한 꿈은 밀려오는 전쟁으로 하나 둘씩 허물어져간다.

주인공 차돌은 새로운 공동체를 형성(극단 재편)하는 과정에서 주인공이 되는 '행운'을 잡지만, 그 행운도 잠시간이고 그들(극단원들)은 발발한 전쟁을 피해 피난길에 올라야 했다. 6.25전쟁이 한국인들에게 남긴 상처는 아직도 그 깊이가 만만하지 않다. 「나는 채플린이 아니다」는 그 깊이를 현대화할 줄 알았다. 특히 이산가족으로 대표되는 가족 해산의 문제는 지금까지 그 앙금이 사라지지 않고 있는데, 결국 이 피난길에서 차돌은 가족들을 잃어야 하는 슬픔을 공유하게 된다.

어머니가 돌아가셨고, 아내가 자식과 함께 죽었다. 여동생은 사랑했던 남자를 잃고 실의에 빠졌기에, 오빠 수돌은 그 여동생을 미국으로 보내야 했다. 가족 같았던 단원들도 결국 잃고야 말았다. 여동생이 사랑했던 고향 친구와, 그 고향 친구가 사랑했던 여단원도 그 와중에 죽음을 맞이했다. 누군가는 끌려갔고, 누군가는 돌아왔지만, 끌려갔던 사람도 돌아온 사람도 정상적인 인생을 살기 어려울 정도로, '그들―상상 공동체'는 와해되고 말았다.

이렇게 「나는 채플린이 아니다」를 정리하면, 전쟁의 참혹함과 이데올로기가 가져온 참상 그리고 공동체의 파괴를 그린 비극적인 작품이 될 수 있다. 한국의 참혹한 역사를 이해하는 이들에게는 역사의 비극을 삶의 미시적인 차원으로 옮겨온 작품으로 이해될 수 있다는 뜻이다.

하지만 이 작품이 엄숙하고 잔인했던 시간을 무거운 시간으로만 옮겨놓지는 않았다. 이 작품이 빛날 수 있었고 소기의 성과에 도달할 수 있었던 것은 하나의 톤, 하나의 색깔, 하나의 연출 양식을 고집하지 않았기 때문으로 보인다. '그들―배우창고'의 말대로 하면, "하나의 연극적 양식에 머무르지 않고 다양한 색깔을 지닌 연출가를 초빙하여 여러 장르를 탐색"하려 했던 모색의 결과라고 할 수 있다.

실제로 「나는 채플린이 아니다」의 오프닝(도입부)는 극중 상황과 별다른 관련성이 없는 신체 연기로 채워져 있다(오프닝은 그 자체로는 실패에 가깝지만, 이러한 시도는 관객들의 관극 욕구를 자극한 것도 사실이다). 무언극의 양식을 빌린 코미디(comedy)는 일종의 극중 상황을 암시하거나 중화시키려는 의도를 지니고 있었다고 보인다.

다만, 채플린의 무언 연기에서 유래했거나 그 양식을 따라했을 것으로 보이는 이러한 도입부의 상황은, 거칠게 말해서 거의 기여하는 바가 없었다고 해야 한다. 그 이유는 두 가지로 요약된다.

하나는 배우들이 보여준 기예가 상황적인 유사성만 있지, 본질적인 완성도가 떨어지기 때문이다. 다시 말해서 아직은 연기자의 고유 기예로 체화되지 못한 상태였다. 다른 하나는 극적 암시성이 아무래도 결여되었기 때문이다. 오프닝을 담당하는 별도의 막간처럼 이 작품을 구성했다면 처음부터 본 줄거리의 공연과 그 연관성을 상정하지 않았을 것이다. 만일 별도의 막간처럼 구성했다면, 보다 나은 공연 콘셉트를 도입하여 이러한 막간을 별도의 극이 아닌 유기적 장면으로 연결시켜야 할 필요를 확인시킨다고 하겠다.

하지만 오프닝 시퀀스의 신체 연기는 여러 가지 측면에서 본 줄거리로서의 이야기 - 6.25전쟁과 가족의 해산 - 를 보완할 수 있는 장치가 될 수도 있었다. 일단 무거운 분위기를 중화시킨다는 전체 형식 구성상의 이점을 언급할 수 있겠다. 한 편의 연극이 전반적으로 '긴장'과 '몰입'만을 요구한다면, 일종의 미학적 수렁(끝도 없이 끌려들어가는 듯한)이 형성될 수밖에 없다. 점점 더 고도의 긴장과 첨예화된 몰입이 아니면, 관객들의 만족감을 이끌어낼 수 없기 때문이다.

이때 희극적 이완(comic relief)은 이러한 문제를 보완할 수 있다. '긴장' 다음에 '이완'이 찾아오고, '몰입'을 지나면 '거리(감)'를 찾을 수 있도록 전체 구성이 짜여야 하고, 이로 인해 관객은 고도의 집중(력)으로 작품의 한 부분에 매몰되었다가도 어느새 관조적 시야를 확보하고 장면을 확대하여 바라볼 수 있는 여지를 확보해야 한다. 이러한 변화는 작품이 지니는 소재적/주제적/미학적 특성을 좌우할 뿐만 아니라, 관객이 느끼는 관람 욕구와 만족감을 조율할 수 있다.

「나는 채플린이 아니다」는 채플린과 그를 흉내 내는 연기 그리고 이를 극중극으로 실현한 대목 등에서 이러한 이완과 거리 즉 이화적 인상을 도입하고자 한 작품이었다. 브레히트 식의 서사극적 소외 효과(생소화 효과)까지는 아니라고 해도, 작품의 내용을 비극적으로 투시하는 장면과 여기에서 해방되어 희극적인 톤으로 전체를 관조하는 두 개의 문법이 공존하고 있었다.

정리하면, 배우창고는 이를 넓은 무대에서 실현할 수 있는 방식을 찾아냈고, 그러한 시도는 작품의 성패를 떠나 일단 고무적이라고 해야 한다(더블스테이지의 실패를 더욱 냉정하게 비교하도록 만든다).

허나 이 과정에서 몇 가지 문제가 생겨난다. 일단 병사들이 총을 잃고 이를 찾는 과정에서 무자비한 폭력이 일어난다는 우연적 상황, 그리고 공산주의자에 대한 오해로 빚어진 황당한 경험 등이 그 주류를 잇는 것은 재고의 여지가 크다고 하겠다. 공연을 구경하던 병사들이 총을 잃고 그로 인해 수색 과정이 벌어지는 것은 자연스러운 상황이나, 그 상황을 지휘하던 지휘관의 일방적인 악행으로 비극적 결말을 돌리는 것은 다소 시시한 전환을 가져올 수밖에 없었다고 본다.

한국 전쟁이 우연한 상황이거나 우발적인 사건이 아니었듯, 총을 찾기 위해서 나선 군인들에게도 그 정당성을 부여해야 한다. 또한 지휘관의 악행으로 인해 비극적 참사라는 결과라는 사실은 그 자체로 역사적 정황과 근사한 유비 관계를 형성하지 못한다. 이데올로기에 대한 적극적 선동이나 비호가 이 작품의 주조가 될 수 없다고 해도, 차돌의 가족과 극단에 벌어진 일은 이데올로기의 어처구니없는 실수여서는 안 된다는 것이다. 그렇다면 이 작품이 지니는 비극적 깊이를 해프닝으로 몰고 가는 결과를 낳을 것이다. 차돌의 가족과 극단원들이 해프닝 같은 사건을 겪고, 그로 인해 상황적 비극이 초래된다고 해도, 이러한 사건의 저변에는 뿌리 깊은 불신과 넘을 수 없는 생각의 간극이 존재해야 한다. 그러한 비극성을 갖추지 않고는ㅡ다시 말해서 이러한 비극성을 회화시키는 형태의 희극적 요소의 삽입은 무리한 결말을 유도할 수밖에 없다. 「나는 채플린이 아니다」는 이러한 결말의 문제까지 재고해야 할 필요가 있다.

"인생은 가까이서 보면 비극이고, 멀리서 보면 한 편의 희극"이라는 채플린의 말은 채플린의 연기뿐만 아니라 연극의 기본(적) 속성에도 잘 부합된다. 사실 이 말은 거꾸로 해도 상관이 없는데, 그만큼 비극과 희극의 속성 사이에는 얇은 차이만 존재한다는 뜻이 된다. 또한 한 작품 속에 비극과 희극의 정서가 골고루 들어있기 마련이고, 그러한 정서는 기본적으로 인생을 대하는 인간의 태도에서 유래해야 한다는 의미까지 포함하고 있다.

「나는 채플린이 아니다」에도 이 말이 통용될 듯 하다. 사실 이 작품은 현재 상태는 "전체적으로 관조할 때는 한편의 비극에 가깝고 부분적으로 바라볼 때는 희극"의 특성도 드러낸다. 부분적인 희극을 위해 전체적인 톤이 다소 망실된 상태라고도 할 수 있다. 그렇다면 그 개선점은 분명하다고 해야 한다. 일단 한 편의 희극이 될 수 있도록 다양한 연기 양식의 숙련(도)이 요구되며, 희극이 비극을 초래하는 근원적이고 본질적인 이유를 보다 의미 있게 첨부할 필요가 있다.

앞에서 말한 대로, 우연적인 상황과 우발적인 사건으로 인해 비극이 초래된다고 해서 그 연원에 놓여 있는 본질적인 상관성을 무시할 수는 없을 것이다. 한 인물의 악한 측면으로 인해 가족이 몰살/해산하고 결국에는 전쟁이 모두 그러한 식이었다는 결론 역시 재고되어야 한다. 전쟁에서는 누구나 악해지는 만큼, 전쟁의 책임은 특정 누구에게만 있는 것도 아니며, 차돌과 그의 가족이 일방적인 피해자가 되는 시각 역시도 객관적인 그것이 될 수 없다.

만화경은 어느 하나로 인해 모양이 창출되지 않는다. 서로 다른 입자들이 제각각 문양을 만들고 증폭시키고 서로 연관시켜 전체적인 무늬를 만들기 때문이다. 이러한 문양의 전체 모습과 세부 모습을 지켜보기 위해서라도, 그러한 문양이 이루는 유기성이 전체적으로 파악될 수 있어야 하고, 아울러 각각의 톤과 분위기도 전달될 수 있어야 한다. 비극이 비극답기 위해서는 희극이 희극다워야 한다는 말과 통할 수 있다고 본다. 행운과 불행이 부침하고 행복과 불행이 반복되는 인생이 그러하기 때문에 말이다. 이후 「나는 채플린이 아니다」가 다시 공연될 때에는, 이러한 인생의 의미마저 관조할 수 있기를 바라본다.

서울·부산의 연극 공연 축제 양상 비교

-연극 문화 지형도와 문화 인프라를 중심으로-

＊박소영

Ⅰ. 들어가며

지역축제에 대한 관심이 증가한 것은 1995년 지방 자치제가 시작 되면서였다. 95년부터 시작된 지방 정부와 중앙 정부의 문화관광축 제 지원정책은 90년대의 축제성장기를 이끈 동력이 되었고, 지금 개 최되고 있는 축제의 80%가 95년 이후 시작되었다는 사실이 이를 증 명할 수 있다. 지역관광축제는 정부의 지원을 꾸준히 받으며 성장하 였지만 2010년대에 들어서면서 지역성을 중심으로 만들어진 지역축 제에 대한 부정적 인식이 확대됨에 따라서 지역축제들이 통폐합되거 나 사라지거나 축소되기 시작[1]했다. 관 주도형 축제의 남발, 일회성

---

1) 이훈·강성길·김미정, 「문화관광축제 지원정책 분석-축제 실무자 의견을 중심으 로」, 『한국행정학회 학술발표논문집』, 한국행정학회, 2011, 2면 참조.

이벤트성 행사로 인한 경제적·시간적 낭비, 시민들의 자발적 참여부족, 과도한 관광상품화에 따른 축제정신 결여, 역사적 지역적 전통적 고유성을 담은 축제문화 전수 의지의 부족, 획일화 등의 문제들이 지적되면서 행정적 지원들이 줄어들었기 때문이다.[2]

　문화예술축제의 경우 94년 '한국메세나협의회' 발족을 시작으로 기업적 지원이 본격화되었고 그 이후 정부차원에서 지원을 받게 되면서 활성화되었다. 이는 경제 성장의 꽃이자 과실이었던 문화가 경제성장의 동인이자 지역마케팅의 수단으로 재인식되기 시작했음을 보여준다.[3] 95년 이후 질적 양적으로 성장을 시작한 지역의 문화예술축제는 지역브랜드를 구축하고, 관광을 통한 경제적 이익을 창출하며 지역성장에 큰 도움을 주었다. 특히 문화예술행사는 지역에 대한 긍정적 이미지를 만들고 문화 도시라는 정체성을 부여하는 역할을 하며 오랜 기간 동안 지역발전에 다방면으로 긍정적인 기능을 했다.[4]

　문화예술축제는 도시를 중심으로 성장했다. 일반적인 지역관광축제는 지역의 향토적 특성을 내세우기 때문에 도시보다는 농촌이나 어촌 산촌 지역을 중심으로 개최되지만 공연예술의 경우 그 특성상 도시에서 벗어나기 힘들어 서울을 비롯한 대도시나 그 주변에서 개최될 수밖에 없기 때문이다. 그러나 점차 대도시를 벗어나 도시 외곽에서도 적극적으로 개최되기 시작했는데, 이는 예술촌의 확산으로 인해 도시 외곽지역에서 예술제를 열 수 있는 인적 자원이 증가하고 교통

2) 류정아, 『축제인류학』, 살림, 2003, 82면 참조.
3) 김형국, 『고장의 문화판촉』, 학고재, 2002, 58면.
4) 전종찬 조동수, 「도심재생을 위한 문화 인프라 구축계획 방안에 대한 연구」, 『대한건축학회 학술발표대회 논문집』제31-1호, 대한건축학회, 2011, 103면.

발전 등으로 예술제를 즐기려는 관객들이 직접 찾아갈 수 있게 되었
기 때문일 것으로 생각된다. 그로 인해서 서울 중심의 예술제에서 벗
어나 전국에서 다양한 형태의 예술제들이 개최되며 문화예술의 성장
을 도모할 수 있는 기회가 마련되고 있는 것이다.

  그러나 서울을 제외한 대부분의 지역이 여전히 문화의 불모지라는
오명을 벗어버리지 못하고 있는 것도 사실이다. 실제로 지방에서는
특수한 문화행사를 제외하고 독립영화관 한 곳마저 운영하기 어렵고
[5] 소극장에 관객을 가득 채우는 일 역시 무척 힘들다. 지방의 많은 예
술인들이 성공을 위해서 서울로 올라가야만 하는 이유도 그것이다.
지역문화 발전은커녕 예술인들의 생계를 위협할 정도로 허약한 문화
적 조건 속에서 그들이 생존하는 것은 거의 불가능에 가깝기 때문이
다. 결국 예술가들이 사라진 곳에서 지역민들은 한정된 문화생활을
소비하며, 문화적 격차를 몸으로 느낄 수밖에 없다. 이와 같은 문화적
불평등의 문제는 항상 존재했던 것이지만, 축제가 꾸준히 개최되고
있음에도 불구하고 문제점들이 해결되지 않고 있다는 것은 주목해볼
필요가 있다.

  그래서 본고는 다양한 문화축제가 열리고 있는 지역 중 서울과 부
산의 연극예술 공간을 비교하여 지방에서 문화지형이 형성되는 과정
에서 보여주는 한계를 알아보고자 한다. 현재 문화지형과 문화공연축
제, 그리고 문화발전에 대한 종합적인 연구는 이루어지지 않고 있다.
문화지형과 문화공연축제의 연관성을 다룬 김주영[6]의 연구가 있으

---

5) 박세준,「폐관 휴관… 독립영화관 멸종기, 공룡 멀티플렉스에 밀리고, 영진위 지원
   책」,『주간동아』제1041호, 2016. 10. 08, 38~39면 참조.
6) 김주영,「문화의 거리 활성화를 위한 축제의 역할에 관한 연구 – 대학로지역을 중

나, 이것이 대학로 문화발전이나 문화 인프라 구축과는 연관성이 없어 아쉽다. 한국의 문화지형과 관련된 선행연구들은 대학로라는 특수한 지역을 중심으로[7] 진행되고 있다. 그리고 문화공연축제의 활성화 방안이나 축제의 결과 평가에 대한 연구[8]가 다수를 차지하며, 문

심으로」, 숙명여자대학교 석사학위논문, 2003.
7) 이석환, 「도시 가로의 장소성 연구 : 대학로의 사례를 중심으로」, 서울대학교 박사학위논문, 1998 ; 김재희, 「연극공연장의 집적이 공연산업에 미치는 영향」, 서울대학교 박사학위논문, 2015 ; 이종원, 「문화예술이 지역경제에 미치는 효과 연구 : 대학로 공연예술을 중심으로」, 세종대학교 박사학위논문, 2010 ; 황금연, 「문화지구 관리 운영에 대한인식 평가 연구 : 대학로 문화지구의 중요도와 만족도를 중심으로」, 추계예술대학교 박사학위논문, 2014 ; 김현엽 · 최창규, 「장소성 형성 요인의 인지와 지역 내 시설 이용 특성의 관련성에 대한 실증 분석 : 대학로 문화지구를 대상으로」, 『국토계획』제46-1호, 대한국토 도시계획학회, 2011 ; 이석환, 「도시 가로의 장소성 연구 : 대학로의 사례를 중심으로」, 『국토계획』제33-3호, 대한국토 도시계획학회, 1998 ; 임승빈 · 권윤구 · 변재상 · 최형석, 「대학로의 장소정체성 분포패턴 연구」, 『도시설계 : 한국도시설계학회지』제13-2호, 한국도시설계학회, 2012 ; 임진욱, 「대학로지역 공연장의 경제적 파급효과 분석」, 『문화예술경영학연구』제2-1호, 한국문화예술경영학회, 2009 ; 주상훈, 「일제강점기 경성의 관립 학교 입지와 대학로 지역의 개발 과정」, 『서울학연구』제46호, 서울시립대학교 서울학연구소, 2012 ; 최막중 · 김미옥「장소성의 형성요인과 경제적 가치에 관한 실증 분석」, 『국토계획』제36-2호, 대한국토 도시계획학회, 2001. 그 외에도 대학로 문화공간과 관련한 석사학위 논문들이 다수 있다.
8) 서울이나 부산의 문화예술축제를 다룬 논문으로는 김혜선, 「문화예술축제 서비스 품질 척도 개발에 관한 연구 - 서울프린지페스티벌을 중심으로」, 숙명여자대학교 석사학위논문, 2006 ; 박상규, 「'서울변방연극제'의 특성에 관한 연구 - 참가작 선정방법과 워크샵 공연을 중심으로」, 중앙대학교 석사학위논문, 2006 ; 서경화, 「서울을 대표하는 공연예술축제 육성방안 - 「서울공연예술제」를 중심으로」, 추계예술대학교 석사학위논문, 2004 ; 이한석, 「문화도시마케팅으로서 지역문화예술축제의 가치와 발전방향에 관한 질적 연구 부산국제연극제를 중심으로」, 『한국항공경영학회지』제9-4호, 한국항공경영학회, 2011 ; 최연식, 「우리나라 연극공연예술 축제의 비교분석 - 서울연극제, 서울국제공연예술제를 중심으로」, 서울시립대학교 석사학위논문, 2008 ; 황인주, 「지역특성을 고려한 무용축제 연구 - 부산시 무용축제를 중심으로」, 『무용역사기록학』제19호, 한국무용기록학회, 2010. 등이 있다.

화 인프라에 대한 연구는 문화시설의 필요성을 강조하는 방식[9]으로 진행되고 있다. 그 중에서 김석진 김진수의 논문은 특정 분야가 아닌 문화 .전반에 대한 문화 인프라 연구이기 때문에 주목할 만하다. 그러나 문화발전에 대한 총체적인 이해는 문화지형의 형성과 문화예술축제, 그리고 문화 인프라가 함께 논의되어야 가능하다. 이 세 가지 요소는 문화라는 산업 안에서 반드시 필요한 요소들이기 때문이다.

서울의 문화예술의 대표적 공간이라고 할 수 있는 대학로 공간은 문화지구, 문화 인프라, 그리고 문화예술축제들이 잘 연계되어 만들어진 곳이다. 그래서 이를 통해 서울에서 문화지형도가 구축되는 과정, 그리고 그 과정에서 여러 문화행사들이 어떤 역할을 해 왔는지를 알아볼 수 있다. 현재의 대학로 공간은 80년대부터 가지고 있었던 연극공간으로서의 대표성을 잃어버린 채 급격하게 상업화가 진행되었지만 그럼에도 불구하고 여전히 한국의 문화예술을 대표하는 공간으로 인식되고 있다. 그래서 대학로의 장소성 분석은 한국의 문화예술이 생존해 나간 방식을 이해하는 데 적절할 것이다.

반면 부산은 국제연극제와 국제영화제를 비롯하여 수많은 문화행사가 진행되고 있음에도 불구하고 대학로와 같은 부산문화예술을 대표할 수 있는 공간이 조성되지 않고 있다. 부산시가 문화예술에 많은 지원을 하고 있지만 여전히 문화예술의 성장은 눈에 띄지 않는다. 하지만 서울을 제외한 지방문화 중 가장 많은 극장과 극단을 보유하고

---

9) 김석진 · 김진수 「문화 인프라가 문화성과에 미치는 영향」, 『한국경제연구』제16호, 한국경제연구학회, 2006 ; 김석, 「지식문화산업 발전을 위한 문화 인프라 개선방안 연구 : 지적재산을 보호하기 위한 관리기구 조정을 중심으로」, 연세대학교 석사학위논문, 2003 ; 황소은, 「인천지역 문화 인프라 현황분석을 기초로 본 인천광역시립박물관의 역할에 대한 고찰」, 명지대학교 석사학위 논문, 2007 등이 있다.

있으며 연희단 거리패와 같이 지역을 대표하는 극단도 있다. 그리고 연극예술축제를 다수 진행하고 있으며 문화성장을 위한 시(市) 차원의 지원도 계속하고 있다. 그렇기 때문에 서울을 제외한 지역 중에서 연극문화의 성장을 기대할 수 있는 도시라 할 수 있을 것이다. 그렇다면 왜 지원과 노력들이 제대로 된 결과를 내지 못하고 있는지에 대한 논의와 지역이라는 한계에서 나타나는 허약한 문화 인프라에 대한 근본적인 원인분석을 필요로 할 것이다. 그래서 본고는 대학로와 부산지역의 공연문화예술, 특히 연극공연과 관련된 문화상황을 비교하고자 한다. 이를 통해 부산의 문화 인프라 상황을 파악하고, 문화 성장에 필요한 조건들을 알아보고자 한다.

Ⅱ. 연극문화 성장을 위한 조건들

1. 장소로서의 문화예술지구

서울은 대한민국의 수도라는 데서 타 지역에 비해서 압도적이라 할 만큼의 경제 · 문화 · 사회적 발전을 거듭하고 있다. 특히 문화는 대도시를 중심으로 성장할 수밖에 없는 까닭에[10] 한국의 문화예술은 서울을 중심으로 이루어지고 있다 해도 과언이 아닐 것이다. 그것은 서울에 정치권력이 집중되어 있고 서울이 국제교류의 접촉점이며 가장 강력한 소비시장으로서 기능하고 있으며 예술문화의 생산자와 소비자

---

10) 에드워드 글레이저, 이진원 옮김, 『도시의 승리』, 해냄, 2011, 23면 참조.

를 산출하는 교육기관의 집중되어 있고, 예술문화의 보급 전달에서 큰 역할을 하는 보도매체의 대부분이 서울에 있기 때문이다.[11]

특히 대학로 지역은 서울의 문화예술을 대표하는 곳으로 인식되고 있는데 이는 오랜 기간 공연예술이 대학로에서 이루어졌기 때문에 가능한 일일 것이다. 대학로가 문화예술 공간으로서 주목받기 시작한 것은 76년 '한국문화예술진흥원(현 문화예술위원회)'이 서울대학교 본부 건물을 인수하면서부터였다. 그 이전까지 대학로 일대는 서울대학교 문리과 대학이 있는 학문의 발원지로 인식되었다. 그러나 문리대 정원이 마로니에 공원으로 지정되고 79년 문예회관과 미술회관이 동숭동에 건립되면서 신촌에 모여 있던 소극장들이 자연스럽게 동숭동, 명륜동 일대로 모여들기 시작했다. 신촌보다 땅 값이 싸고 문화지원 시설들이 있었기 때문이었다. 그리고 85년 지하철 4호선이 개통되면서 본격적으로 연극인들이 대학로로 몰려들었고 대학로가 연극을 중심으로 한 공연예술 공간으로 대중들에게 인식되기 시작했다. 이에 따라 정부는 85년에서 89년 10월까지 대학로를 '차 없는 거리'로 지정했고 이를 계기로 하여 대학로에는 문화예술 활동이 더 증가했다. 이때 매 주말마다 대학로 일대에는 많은 예술인들이 다양한 공연 이벤트들을 시도했고, 서울무용제, 서울 국제 공연 예술제, 마일 연극의 날 등과 같은 축제 행사를 벌여 대학로라는 공간을 개방적이면서 일탈적인 모습을 지닌 곳으로 만들었다.[12] 그리고 대학로 지역은 1990년과 2001년 다시 '차 없는 거리'로 지정되면서 공연예술의 공간으로

11) 김형국, 앞의 책, 10~110면 참조.
12) 김미영, 「대학로 문화지구에 대한 문화정치론적 연구」, 서울대학교 석사학위논문, 2006, 14~23면 참조.

서 확고한 자리매김을 할 수 있었다.

현재 대학로에는 서울연극센터가 자리를 잡고 있고 100여 개가 넘는 소극장이 분포되어 있다. 대학로의 공연장은 동숭동 일대를 중심으로 밀집되어 있으며, 현재 대학로 서쪽 지역과 창경궁로, 이화동과 연건동에 이르기까지 계속해서 확산되고 있다. 게다가 공연장이라는 특수한 목적의 공간이 강력한 집객기능을 발휘하며 일대에 많은 유동인구를 만들어냈다. 그로 인해 대학로 일대의 상업화는 빠르고 적극적으로 진행되어 대학로는 문화예술 공간이자 상업지구로 변화했다.[13] 그 결과 역설적이게도 대학로를 문화예술 공간으로 만드는 데 가장 큰 역할을 했던 극단들은 이제 비싼 임대료를 버티지 못하고 대학로 공간을 떠나는 '탈대학로 현상'이 일어나고 있다.[14] 대학로는 이제 이미지만 남고 연극공연예술지구로서의 기능을 점점 상실하고 있는 셈이다.

대학로 공간은 연극인들에게는 겉은 화려하지만 삭막한 공간으로서 변모하고 있지만 일반대중에게 대학로는 여전히 문화예술 공간으로 인식되고 있다. 이는 여전히 많은 극장들이 대학로에 있으며 공연예술을 하고 있기 때문이며 대학로 출신의 배우들이 계속해서 대중들에게 노출되고 있기 때문이다. 실제 대학로 연극인의 삶은 생계유지가 힘든 형편이지만[15], TV연예프로에서 대학로는 공연예술의 공간으

13) 한구영, 「서울시 대학로 공연장 밀집지역의 공간적 특성에 관한 연구」, 서울대학교 석사학위논문, 2013, 5~37면 참조.

14) 김소연, 「탈대학로, 장소가 아닌 진단과 대안의 문제 - 연극인 포럼 「길을 잃다, 길을 묻다」」, 『연극人웹진』, 2015. (http://blog.naver.com/i_sfac/220383928985)

15) 서울문화재단의 『2013년 대학로 연극 실태조사 보고서』에 따르면 대학로 연극인의 평균 월소득(연극 및 모든 경제활동 포함)은 114만원이고, 전체 응답자 중

로서 소비되고 있는 경우가 많다[16]. 또 개그공연장 출신의 개그맨들이나 대학로 연극무대 출신의 배우들의 인터뷰에서 대학로 무명 시절의 사연들이 언급되며 대학로가 공연예술의 시작점이라는 이미지를 생산한다.[17]

그리고 대학로라는 지역 자체가 보여주는 실제적인 장면들은 대학로에 있는 사람들에게 이곳이 문화예술이 계속되고 있는 장소임을 인식시킨다. 혜화역의 4개의 출구 모두 공연과 관련된 포스터들이 즐비하게 붙어있으며 대학로 지역에서 공연되고 있는 작품들의 홍보 포스터들이 문화게시판이라는 공식적인 홍보공간을 비롯한 각종 건물의 벽에 붙어서 대학로의 배경을 만들어낸다. 뿐만 아니라 마로니에 공원 앞과 서울대학병원 앞에는 대학로 소극장 지도가 있어 대학로 지역의 의미가 무엇인지 명징하게 드러낸다.

72%가 월 150만원 이하의 소득을 올리고 있다. 월 300만원 이상의 소득을 얻은 연극인은 전체의 3%(5명)이었다. 배우와 연출/극작가의 월 소득은 월 97만 원이었다. 조선희, 『2013 대학로 연극 실태조사』, 서울문화재단, 2013, 114~115면 참조.

16) 2015년 11월 15일에 방송된 SBS 런닝맨에서는 대학로 개그공연장에서 무명개그맨들과 함께 개그공연을 하는 장면을, 그리고 2016년 06월 12일 런닝맨 방송에서 역시 예술가의 집과 아르코 극장을 배경으로 도심추격예능을 벌렸다. 그리고 「아빠를 부탁해」 방송에서 배우 조재현이 대학로에서 자신의 딸과 연극을 보는 장면이 나오기도 했다.

17) SBS 힐링캠프 2014년 5월 19일 방송(배우 이선균 출연) 2015년 06월 30일 방송(연극배우 길해현, 연극배우 황석정 출연) 등.

〈사진 1〉혜화역 지하철의 홍보포스터
(2016년 07월 03일 촬영)

〈사진 2〉대학로에 있는 문화게시판
(2016년 07월 03일 촬영)

〈사진 3〉마로니에 공원 앞의 공연장 안내도
(2016년 06월 25일 촬영)

　대학로 거리에는 소극장을 위주로 한 공연장 안내도가 설치되어 있
다. 일종의 소극장 지도라 할 수 있는데 이 지도는 대학로의 공간적
관계를 개념화하며 대학로 지역의 성격을 보여준다.[18] 공연장 안내도
는 대학로 일대의 모든 건축물들의 관계에 "극장"이 그 중심에 있음
을 말해준다. 그리고 그 지도 사이의 빈 공간들은 연극 홍보 포스터들
과 극장 앞에서 연극을 기다리는 관객들, 연극을 홍보하고 있는 아르
바이트생들의 모습으로 채워진다. 그리고 공공극장과 멀티플렉스형
극장이 자신의 존재감을 드러내며 사라져가는 소극장의 장소적 기능

---

18) 이-푸 투안, 심승희 구동회 옮김, 『공간과 장소』, 대윤, 2007, 129면 참조.

을 대신[19]하기 시작했다. 멀티플렉스형 공연장들이 공연예술계에 있어서 긍정적인 효과를 가지고 올 것이라고는 장담할 수 없지만 공연건축물을 통해 대학로 공간에 대한 장소인식을 유지하는 기능을 하고 있다는 것은 부정할 수도 없다. 뿐만 아니라 여러 대학의 공연예술학과 관련 건물이 대학로에 다수 위치하며[20] 대학로의 상징성을 강화시킨다. 이처럼 건축물부터 관객, 공연자, 건물 외벽에 붙어있는 연극포스터, 그리고 방송매체까지 '대학로'를 구성하는 것들은 '대학로'라는 특정한 지역에 '공연예술'이라는 의미를 만들고 대중들에게 구체적인 장소성을 느끼도록 해준다.

부산의 경우 서울의 대학로 공간에 견줄 수 있는 문화지구가 아직 조성되지 못한 실정이다. 물론 부산시에서는 부산의 문화예술 활성화를 위해 문화예술지구를 만들기 위해 지속적으로 노력해왔다. 부산시는 한때 남포동을 공연문화의 중심지로 만들려고 했으나[21] 부산국제영화제의 흥행으로 인해 남포동은 영화제의의 상징적 공간으로 변화하였다. 하지만 부산국제영화제의 무대가 남포동에서 해운대구의 센텀시티 지역으로 이전되면서 영화제의 공간으로서 정착하지 못하였고, 남포동은 현재 부산을 대표하는 관광지로 자리 잡았다. 물론 현재에도 몇 개의 극장이 공연을 이어가고 있으나 그마저도 순수 연극이

19) 그럼에도 불구하고 대학로 지역의 공연장 중 300석 이하의 소공연장은 92%에 육박한다. 한구영, 앞의 논문, 15면.
20) 상명대학교 문화예술대학원, 한성대학교 무대실, 동덕여자대학교 공연예술센터, 중앙대학교 공연예술원, 홍익대학교 대학로 아트센터, 덕성여자대학교 문화산업대학원 등이 있다.
21) 「아지매, 부산이 확 바뀐다고요?」, 『한겨레』, 1999. 5. 14, 29면.

아닌 상업연극을 통해서 예술 활동을 이어가고 있는 실정이다.[22] 이후 현재 부산문화예술교육연합회를 중심으로 2010년도부터 부산시의 지원을 받아 중앙동에 창작공간인 '또따또가'를 조성하고 그 범위를 넓혀가며 다시 한 번 문화지구로서의 성장 가능성을 인정받고 있다.[23] 그 외에도 문화지구로서의 성장을 기대해볼 수 있는 지역으로서는 영화의 전당을 중심으로 영상관련 공연장 및 기업들이 집중되어 있는 센텀시티 지역과 소극장이 증가하고 있는 대연동의 경성대 부경대역 일대가 있다. 대연동의 경우 부산의 공연예술축제의 주된 공연장소가 되는 부산문화회관이 자리하고 있고 10여 개의 소극장이 몰려있어 공연예술지구로서의 성장가능성이 특히 높다. 2017년에 부산시에서는 대연동 일대의 '연극 예술지구' 형성에 지원하는 것[24]도 이러한 특성에 주목한 것이라 추측할 수 있다.

　그러나 공공극장이 제대로 된 집객기능을 해내지 못하고 있다. 부산문화회관을 중심으로 하면서도[25] 그 외에도 해운대구와 동래구의 문화회관, 동구 범일동의 시민회관이 공공극장으로서 많은 작품들을 공연하고 있다. 그럼에도 불구하고 이 극장들 주변에 공연장이 증가하지 않고 있으며, 극장 일대에 상업지구도 제대로 형성되지 않았다. 그렇다고 서울의 문화예술진흥원의 역할을 하고 있는 부산문화재단

---

22) 현재 남포동에 있는 극장은 조은극장 1관, 2관, 키다리 소극장이 있다. 2017년 1월 04일 현재 1관에서는 「오백의 삼십」, 「작업의 정석」을, 조은극장 2관에서는 「셜록홈즈」를 공연하고 있는데, 모두 상업극이다. 키다리 소극장의 경우 개그공연을 하고 있다.

23) 「김희진 또따또가 운영지원센터장 인터뷰」, 『경북일보』, 2016. 9. 21.

24) 「부산문화 판을 바꾸다(2) 싹 틔운 풀뿌리 예술」, 『국제신문』, 2017. 1. 1.

25) 문화회관에서 진행되는 축제는 부산연극제, 부산국제연극제, 부산청소년예술제, 부산국제무용제, 부산무용제, 부산음악콩쿠르이다.

이 위치한 감만동 일대에도 공연장이 생기지 않고 있다. 그 이유는 지하철 4호선의 개통과 맞물린 대학로의 성장과 비교해 볼 수 있다. 부산의 공공극장과 문화재단은 모두 대중교통으로는 접근이 어려운 곳에 위치하고 있다. 그래서 그 곳에서 공연을 보기 위해서는 일반 시민들이 대학로에 비해 많은 노력을 해야 한다. 이러한 사실은 공공극장의 존재만으로 단순히 문화 인프라가 풍성해지지 않고, 주변의 경제적 발전을 만들어내지 못한다는 점을 보여준다. 그러한 상황 때문에 부산에서는 공연장이 상업 지구를 만드는 것이 아니라, 상업지구가 공연장을 끌어 모으고 있다. 이런 측면에서, 대연동 일대에 소극장이 늘어난 것도 주된 관객층인 20대가 많이 있는 지역이며 교통이 편리하고 유동인구가 많은 편이기 때문일 것이라고 파악이 가능하다.

〈사진 6〉 경성대부경대역 출구에 위치한 게시판 (2016년 08월 24일 촬영)

〈사진 7〉 소극장이 집중되어 있는 경성대부경대역 일대의 공연포스터 (2016년 08월 24일 촬영)

 상징적 공간의 부재는 공연예술의 성장에 많은 어려움을 야기한다. 극단들은 공연 홍보 포스터를 붙일 공식적인 공간마저 얻지 못하고 축제마저 가로수 현수막에 홍보를 의존하고 있는 실정이다. 공연 홍보물은 전단지로 거리에 뿌려지거나 건물 외벽에 잠깐 붙어있을 뿐

지속적으로 사람들에게 노출되지 못하고 있다. 공연 포스터들은 대학
로의 그것들처럼 장소를 구성하는 일부분으로 기능할 수 있음에도 불
구하고 부산에서는 도시 외관을 해치는 공해로 인식되는 것이다. 이
는 공연에 대한 전반적인 정보들 공연작품에 대한 것이든, 공연하는
극단에 대한 것이든 이 지속적으로 (예비)관객들에게 전달되지 못하
게 한다. 이것은 현재 부산에서 생존하기 위한 극단들의 다양한 시도
들을 가로막는다.

　홍보공간의 부재는 공연예술이 아직 부산에서 제대로 자리를 잡
지 못했다는 것을 반증하는 예이기도 하다. 장소에 대한 애착은 순간
적으로 획득되는 것이 아니라 오랜 시간이 소요된 후에야 만들어진
다.[26] 그러나 부산은 애착을 형성할 만큼 오래도록 극장들이 한 곳에
자리 잡지 못하고 있다. 부산을 대표하는 연희단거리패마저도 그 활
동무대가 되는 가마골소극장을 88년 중앙동, 97년 광안리, 2001년 광
복동, 그리고 현재 거제동으로 계속해서 옮겨 다녀야 할 정도였다. 이
러한 현상은 부산의 불안한 공연예술계 상황을 상징하는 것이다. 극
장이 살아남기 위해 이동하기 때문에 공연예술에 대한 지원 역시 한
지역에 집중될 수 없게 한다. 결국 여전히 부산은 공연예술이 안착할
'장소'를 만들지 못한 채 끊임없이 '공간'만을 스쳐가고 있는 것이다.

　대학로의 문화지구 형성은 우연처럼 보이지만 실은 극단들의 생존
을 위해 할 수 밖에 없었던 선택에 가깝다. 그리고 문화발전을 위한
정부의 적합한 정책과 지원, 서울이라는 도시의 성장, 그리고 공연예
술을 향한 대중들의 애정이 만들어낸 필연적인 성과라고 하는 것이

---

26) 이-푸 투안, 앞의 책, 293면 참조.

옳다. 한때 학문의 '장소'였던 대학로가 공연예술의 '장소'로 변화한 것도 주목해야 하지만 그보다 더 중요한 것은 그 의미를 유지하기 위해 예술인들이 끊임없이 노력했다는 점이다. 85년 이후 지금까지 약 30년 동안 공연예술의 중심지라는 상징을 잃지 않기 위해서 연극인들은 대학로에서 예술 활동을 쉬지 않았고 공연예술축제들을 스스로 만들어냈다. 그렇다면 부산은 왜 늘 가능성만 확인하는 데서 그치고 있는지에 대해 고민해야 한다. 예술인들이 떠돌이처럼 이방인처럼 공연활동을 지속해야하는 상황에서 과연 축제가 생겨나고 문화가 성장할 수 있는지를 말이다.

2. 기회로서의 공연예술축제

축제란 예술적 요소가 포함된 제의로서 종합예술의 성격을 가지고 있다.[27] 인간은 오랜 시간 축제라는 난장을 통해 연대의식을 확인하면서 카오스의 활력과 생명감을 얻어왔다.[28] 현대사회에 오면서 축제의 제의적 성격은 감소하였으나 축제가 가지고 있는 일탈적 성격과 공동체적 의식 강화의 목적은 유지되고 있다. 현대사회에서 축제가 중요시되는 이유는 지역적 소속감과 공동체적 유대감을 강화시키며 전통문화를 보존하고 관광산업 진흥에 도움이 된다는 실용적 가치 때문이다. 게다가 도시의 문화소비를 촉진하고 문화도시를 형성하는데 중요한 역할을 하기 때문에 한국의 모든 지역에서는 경쟁적으로

---

27) 문화체육부, 『한국의 지역축제』, 문화체육부, 1996, 14~15면 참조.
28) 이상일, 『축제의 정신』, 성균관대학교출판부, 1998, 11면 참조.

축제를 개최하고 있는 실정이다. 축제 중에서도 문화예술축제는 예술의 특정한 장르와 도시를 접목하여 예술의 보급과 발전을 도모하여 도시 발전의 기회로 삼는다. 특히 공연예술축제의 경우 관객들에게는 지역예술에서 벗어나 지금현실의 공연예술의 흐름을 직접 목격하게 해주고, 공연자들에게는 예술인들의 직접적인 만남의 기회로, 기획자들에게는 문화상품의 견본시장(market)의 기능을 한다.[29] 문화예술축제는 지역관광축제에 비해서 꾸준히 유지 및 증가하고 있는데, 이는 공연예술의 소비자가 다른 축제의 소비자들보다 소비 충성도가 높고 해마다 다른 작품들을 공연해 좀 더 다채로운 행사를 진행할 수 있기 때문일 것이다. 연극제의 경우 대부분 80년대부터 이어진 경연형태의 지역연극제가 계속되고 와중에 2010년대 이후 국제연극제나 다양한 형태의 공연제가 점점 늘어나고 있는 추세이다. 그 외에도 2000년대에 들어서면서는 영화제가 증가하기 시작해 현재 부산을 비롯해 전주, 부천, 제천 등 지방에서 영화제가 개최되고 있다. 뿐만 아니라 무용제나 음악제가 경연대회의 형태로 이어지고 있는 한편 2010년대 이후에는 락 페스티발과 같은 장르음악 페스티발(음악축제)이 역시 많은 지방에서 늘어나고 있다.

---

29) 송희영 박선미, 『공연예술 축제기획』, 민속원, 2009, 34~35면 참조.

〈표 1〉 2016년에 서울에서 개최되었던 연극공연예술축제[30]

연번	축제명	개최 시기	최초 개최 년도	주최	장소	비고
01	서울국제 공연예술제 (SPAF)	2016.09.30. - 2016.10.30	2001	한국문화 예술위원회 (재)예술경 영지원센터	아르코예술 극장, 대학 로예술극장	
02	대학로 거리공연 축제 & 소극장 축제 (D.FESTA)	2016.09.30. - 2016.10.03	2007	(사)한국 소극장협회	마로니에공 원	
03	서울 아시테지 겨울축제	2016.01.07. - 2016.01.16	2005	(사)국제아 동청소년연 극협회 한 국본부	대학로 일대	청소년 연극
04	서울 아시테지 국제여름 축제	2016.07.20. - 2016.07.31	1993	(사)국제아 동청소년연 극협회 한 국본부	대학로 일대	청소년 연극
05	서울연극제	2016.04.22. - 2016.05.01	1979	서울연극협 회	대학로 일대 공연장	
06	2인극 페스티벌	2016.11.15. - 2016.11.27	2001	2인극 페스 티벌 조직 위원회	대학로 일대 극장, 서울 시청 시민청 바스락홀	

---

30) 축제의 종합적인 목록은 없으며, 목록 후원 기관(문화관광부, 서울문화재단, 서울 시, 한국문화예술진흥위원회)에 따라 분산되어 있어 이를 모아서 정리하였으며, 세부 사항은 인터넷 검색과 주최 측과의 전화 인터뷰를 참조하였다.

07	원로연극제	2016.06.03. - 2016.06.26	2016	한국문화예 술위원회	아르코 예술 극장	
08	신춘문예 단막극전	2016.03.17. - 2016.03.23	1990	한국연극연 출가협회	아르코 예술 극장	
09	신진 연출가전	2016.08.09. - 2016.08.21	2014	한국연극연 출가협회, 성동문화재 단	(성동구) 소 월아트홀, 성수아트홀	2013년 젊 은 연출가전 으로 시작, 2014년에 명칭 변경
10	프린지 페스티벌	2016.07.23. - 2016.07.30	2000	서울프린지 네트워크	서울월드컵 경기장	
11	서울시민 연극제	2016.06.08. - 2016.06.18	2015	서울연극협 회	오씨어터, 대학로 마로 니에 공원	
12	서울 청소년 연극축제	2016.07.19. - 2016.07.25	2010	(사)한국연 극협회, 서 울연극협회	성수아트홀, 서울시립성 동청소년수 련관, 무지 개극장	
13	종로구 우수 연극전	2016.10.19. - 2016.11.06	2014	종로구, 서 울연극협회	대학로 일대 극장	
14	서울 연극폭탄	2016.11.17. - 2016.11.30	2016	서울연극협 회	세종문화회 관 M씨어터, CJ azit 대학 로, 엘림홀	

15	남산희곡 페스티벌	2016.12.01. - 2016.12.10	2013	서울특별시 서울문화재 단	남산예술센 터, 드라마 센터	희곡낭독 중 심 (서울 희 곡페스티벌 의 일부로 취급되기도 함)
16	산울림 고전극장	2016.01.06. - 2016.03.13	2013	아트판	소극장 산울 림	
17	현대극 페스티벌	2016.04.20. - 2016.07.10	2008	현대극 페 스티벌 위 원회	노을 소극 장, 예술공 간 서울	
18	베세토 연극제	2015.09.04. - 2015.09.24	1994	베세토연극 제	남산예술센 터, 안산문 화예술의 전 당	한중일 공 동 진행이기 때문에 돌아 가며 연극제 개최
19	아시아 연출가전	2016.08.25 - 2016.08.28	2007	한국연출가 협회	성수아트홀	
20	서울 희곡 페스티벌	2016.11.15. - 2016.12.10	2014	서울특별시 서울문화재 단	서울연극센 터, 남산예 술센터	희곡 낭독 중심

서울에서 2016년에 개최되었던 공연예술축제는 총 20개로, 그 중에서 12개의 축제가 대학로를 중심으로 진행되었다. 그 외에 성동문화재단의 후원을 받은 신진연출가전, 서울 청소년 연극축제, 아시아 연출가전은 성수아트홀을 중심으로, 남산희곡 페스티벌과 서울희곡 페스티벌은 서울시가 주최했기 때문에 서울문화재단이 운영하는 명동의 남산예술센터에서 이루어졌다. 청소년 연극 축제는 서울예술전

문학교의 후원을 받았던 2010년에서 2012년까지는 서울예술전문학교에서, 성북구의 후원을 받았던 2013년부터 2014년에는 성북구민회관과 아리랑아트홀에서 열렸다. 프린지 페스티벌은 대학로에서 시작하였으나 대학로의 상업화로 인해 2004년 홍대 걷고 싶은 거리로 그 장소를 옮겼고 2016년 다시 한 번 서울 월드컵 경기장으로 이동했다. 산울림 고전 극장은 그 공연무대가 홍대의 산울림 소극장으로 한정되어 있다. 이처럼 서울의 많은 공연예술축제의 장소는 후원처에 따라 결정되거나 대학로 지역이 된다. 이후 축제가 안정적으로 진행됨에 따라 프린지 페스티벌처럼 그 지역을 옮기기도 하지만 결국 공연예술축제의 공간은 공연이 가능한 극장이 있는 곳에서 벗어날 수 없다. 즉 서울의 극장 중 절반이 넘게 집중되어 있는 대학로에서 공연예술축제가 발생하는 것은 당연한 일인 셈이다.

대학로의 연극공연예술축제는 2월, 8월, 12월을 제외하고는 계속해서 열리고 있다. 대학로 전체를 배경으로 끊임없이 열리고 있는 다양한 축제는 이곳이 문화공간으로 기능하고 있음을 끊임없이 증명하는 수단이 된다. 서울의 다른 지역의 축제들과 달리 대학로 축제는 "연극공연예술"이라는 명확한 특성을 보여준다. 비록 그 축제에 참여하지 않다 하더라도 대학로에서 열리고 있는 많은 축제들에 대한 홍보물들은 지금 이 곳에서 공연예술축제가 계속되고 있음을 대중들에게 알려준다. 그리고 지금의 관객들에게 현재의 연극적 흐름을 선보이며 연극의 가능성을 확인하게 한다. 더 나아가서는 일반 대중에게 자신(극단)의 작품을 보여주어서 새로운 관객층으로 만든다. 연극인들에게는 공연예술인으로서의 소속감과 유대감을 강화시키고 문화적 교류할 수 있는 기회로 만들어 각자의 활동에 자극이 되기도 한다.

그래서 대학로의 공연예술축제는 생존을 위한 것을 넘어서서 공동체 의식을 공유하고 문화예술의 발전의 기회가 된다.

서울의 축제는 서울이라는 지역성을 드러내기 위한 축제에서 더 나아가 특수한 지역성이 아닌 대한민국이라는 국가의 축제가 되기도 한다. 단순한 지역문화축제의 영역을 벗어나는 것이다. 이는 수도 서울이 곧 한국을 대표하고 있기 때문이며, 한국의 문화란 곧 서울의 문화라는 것을 의미한다. 그래서 '서울'이라는 수식어는 '한국'으로 바꾸어도 그 의미가 달라지지 않는다. 연극인들도 '서울'보다는 '대학로'라는 장소에 더욱더 애착을 가지고 있으며 그들의 정체성 역시 서울의 연극인이라기보다는 한국의 연극인에 더 가깝다. 그들의 공연예술축제가 서울의 문화발전이 아닌 한국의 문화발전을 목표로 하는 것도 바로 이러한 이유일 것이다.

그에 비해 부산과 같은 서울 외 지역의 문화는 한국의 문화라는 대표성 대신 지역적 개성을 살린 문화[31]를 드러내고자 한다. 서울과 비교했을 때 문화 수준의 질적 양적 차이가 크기 때문이다. 그래서 서울이 아닌 지역의 축제는 지역특산물이나 지리적 특성을 내세운 축제들이 대부분이며 문화예술축제의 경우에도 개최지역의 지역적 개성을 맞춘 예술제들을 만들어내는 것이다. 그러나 부산에서 개최되는 예술제는 '부산'이라는 고유한 지역적 특성이 삭제되었다. 부산의 축제 앞을 수식하는 "부산"이라는 단어는 이제 개최지를 설명하는 용도로밖에 쓰이지 않게 되었다. 이것은 축제가 지역적 경계를 벗어나서

---

31) 부산문화재단은 재단의 비전을 해양문화도시로 삼고 있다. 이것은 바다와 인접한 도시인 부산의 지역적 특성을 살린 비전으로 이해할 수 있다.

국제적으로 확대된다는 긍정적인 측면이 있으나 다른 한편으로는 지역문화의 발전과 멀어진 채 개별적 축제로서 존재하게 된다는 것이기도 하다.

2016년 부산시가 주최한 문화예술관련 축제는 모두 12개로[32], 그 중 7개가 국제예술제의 성격을 띠고 있다. 연극과 무용, 음악, 미술 등 다양한 문화예술의 축제역시 그러하다. 부산에서 열리는 대부분의 예술축제는 1980년대부터 시작되어 20여년 이상 지속되고 있다[33]. 그러나 부산시민들은 예술제의 개최사실마저 제대로 인식하지 못하는 경우가 많고 부산은 여전히 문화예술의 변두리에서 벗어나지도 못하고 있다. 오래된 역사의 예술제들은 부산의 문화잠재력을 보여주는 증거이다. 그러나 동시에 도시에 문화적 가능성이 충분함에도 불구하고 성장하지 못하는 현실에 대해서 비판적으로 바라보아야 한다.

〈표 2〉 2016년 부산에서 열린 연극공연예술축제

연번	축제명	개최 시기	최초 개최 년도	주최	장소	비고
01	부산국제 연극제	2016.05.06. -2016.05.15	2004	부산광역시	부산 문화회관 및 부산일대 소극장	

---

32) 부산에서 개최되는 문화예술관련 축제는 다음과 같다. 부산연극제, 부산국제단편영화제, 부산국제연극제, 부산청소년예술제, 부산국제무용제, 부산음악콩쿠르, 부산국제어린이청소년영화제, 부산미술대전, 부산국제매직페스티발, 현인가요제, 부산국제광고제, 부산국제록페스티발이 있다.

33) 부산연극제는 1983년, 부산청소년 예술제는 1987년, 부산국제단편영화제는 1980년, 부산음악콩쿠르는 1983년부터 개최된 것이며, 부산미술대전은 1975년부터 계속되고 있다.

02	부산연극제	2016.04.01. -2016.04.17	1983	부산광역시	부산 문화회관 중극장	
03	광대연극제	2015.08.12. -2016.08.14	2004	수영구	광안리 해수욕장	무료
04	부산 소극장 연극 페스티벌	2016.11.05 -2016.11.27	2013	부산소극장 연극협의회	부산 일대 소극장[34]	
05	나다 소극장 연극 페스티벌	2016.09.01. -2016.11.27	2015	배우창고	나다 소극장	

부산에서 열리는 공연예술축제는 모두 5개로 서울의 공연예술축제에 비하면 25%의 수준에 미치지도 못한다. 서울의 축제가 낭독회, 단막극, 2인극, 청소년 연극 등 공연 장르의 영역을 세분화해 자신의 개성을 드러내는데 반해 부산의 축제는 정체성이 단순한 편이다. 그 이유는 축제의 주최를 통해 설명할 수 있다. 부산국제연극제와 부산연극제, 광대연극제는 시(市)차원에서 주최되고 있고, 연극인들이 주체가 되어 진행하는 축제인 비교적 최근에 만들어진 부산 소극장 연극 페스티벌(이하 소극장 페스티벌)과 나다 소극장 연극 페스티벌(이하 나소 페스티벌)이다.

이는 서울시가 아닌 연극인들이 자발적으로 모여 만들어진 서울의 공연예술축제와의 큰 차이점이다. 부산의 공연예술축제는 부산시가 주최하고 부산의 연극인들이 참여하는 정부차원의 공급자적인 축제로, 직접 공연예술을 하는 연극인들이 축제의 성격을 정의내릴 수 없게 한다. 이것은 공연예술축제의 다양한 변주를 불가능하게 하며 개

---

34) 한결아트홀(연제구), 액터스소극장(수영구), 소극장6번출구(수영구), 레몬트리소극장(수영구), 하늘바람소극장(남구), 청춘나비아트홀(수영구)

성 있는 축제로의 성장을 가로막을 수밖에 없다.

축제의 분산된 공간 역시 성장을 더디게 만든다. 소극장 페스티벌의 경우 연제구와 수영구, 남구에 위치한 소극장에서 진행된다. 수영구와 남구는 인접한 지역이지만 연제구의 경우 수영구 남구와의 거리가 멀다. 부산국제연극제 역시 남구의 문화회관과 하늘바람 소극장, 용천지랄 소극장, 나다 소극장을 비롯해서 동구의 시민회관, 수영구의 광안리 해수욕장 BIPAF ZONE에서 진행되었다. 부산연극제는 문화회관과 시민회관에서 열렸다는 점에서 공연장소가 남구와 동구, 수영구를 중심으로 하면서도 연제구에서 동시에 진행되기도 했다. 게다가 거리가 아닌 공연장에서의 공연을 중심으로 하는 축제는 일반시민들에게 접근성을 떨어뜨리기 마련이다. 결국 부산의 공연예술축제는 산발적으로 그리고 숨겨진 곳에서 진행되고 있어 축제의 흥분을 전달하기가 힘들다. 이런 점에서 본다면 문화회관과 시민회관을 중심으로 진행하는 부산국제연극제와 부산연극제의 진행기간 동안 부산국제영화제와 같은 축제의 분위기를 시민들이 체감하기 힘든 것도 당연한 일일 것이다.

공연예술축제는 그 기간이 길어도 보름 이상 지속되지 않는 일시적인 행사에 불과하다. 그동안 축제가 아무리 성대하게 진행되고 훌륭한 평가를 얻는다고 하더라도 그것이 문화예술의 성장 동력이 될 수 없다면 문화행사 이상의 의미를 가지는 것은 힘들다. 그렇다면 부산의 공연예술축제는 부산의 문화를 성장시키는 동력으로 작동하고 있는지에 대해 의문을 가질 수밖에 없다. 짧게는 10년, 길게는 30년이 넘도록 진행된 공연예술축제이지만 또다시 생존을 위해 소극장 페스티벌과 나소페스티벌이 등장했다는 사실[35]은 그 의문에 대답이 될 수 있을 것이다. 소극장 페스티벌과 나소페스티벌의 시작은 부산극단들이 연대를 통한 생존의 가능성을 보여주고 부산시가 아닌 연극인들이 주최가 된 부산의 공연예술축제의 시작을 기대하게 한다.

축제를 통해 가능한 성장을 지속시키기 위해서는 성장 가능한 토양을 만드는 것이 가장 중요하다. 그리고 축제의 질적 향상도 함께 필요하다. 즉 축제를 통한 문화의 성장을 기대할 것이 아니라 문화의 성장이 만들어낸 축제여야 제대로 된 축제가 가능하다는 것이다. 그러기 위해서는 축제를 가능하게 할 지역문화예술의 토대구축이 가장 절실하다. 아무리 국제예술제가 된다 하더라도 축제장소를 제공하는 역할만 하는 지역에서 지속가능한 성장을 기대할 수는 없다. 그러기 위해서라도 행정가들이 아닌 예술인들이 중심이 되어 생존을 위해 그리고 자신들의 예술을 위해 만들어진 축제가 되어야 할 것이다.

3. 성장 토대로서 문화 인프라

문화가 성장할 수 있는 토대가 마련되기 위해서는 문화 인프라의 구축이 필수적이다. 김석진 · 김진수는 문화 인프라를 구성하는 요소로서 공공 인프라와 개별인프라, 연계인프라를 설명하고 있는데, 공공인프라는 경제수준, 개별인프라는 문화영역에 국한되어 영향을 미치는 인프라, 연계인프라는 공공 인프라와 개별 인프라를 연결시켜주는 유통채널이 그것이다. 특히 그는 연계 인프라의 발전이 문화 인프

---

35) 「부산 소극장 푸짐한 연극 잔치」, 『부산일보』, 2016. 11. 3, 30면.

라의 발전에 가장 중요한 것으로 설명하고 있다.[36)]

서울과 부산은 공공인프라에 해당하는 경제수준에서부터 큰 차이를 보인다. 2014년도 서울과 부산의 지역내총생산수치를 알려주는 GRDP 지수는 각각 327.6과 73.7로 서울이 부산의 약 4.5배에 가까운 수치였다.[37)] GRDP가 서울부산의 경제수준 전체를 보여주는 수치는 아닐지라도, 경제규모의 차이를 추측할 수 있게 한다. 이 지표를 통해 제 2의 도시라는 수식어에 맞지 않을 정도로 부산의 경제수준이 서울에 비해 낮다는 것을 짐작할 수 있고 공연문화에 소비할 수 있는 경제적 여건 역시 모자라다는 것을 의미한다.

〈표3〉 서울의 공연장 현황(2014)

연번	행정구역	공공극장	민간극장	합계
0	서울특별시	106	275	381
1	강남구	5	22	27
2	강동구	3	2	5
3	강북구	3	0	3
4	강서구	1	0	1
5	관악구	1	0	1
6	광진구	5	10	15
7	구로구	2	4	6
8	금천구	3	1	4
9	노원구	3	1	4

---

36) 김석진　김진수, 「문화 인프라가 문화성과에 미치는 영향」, 『한국경제연구』제16호, 한국경제연구학회, 2006, 146~162면 참조.
37) 조성제, 『2016 부산경제지표』, 부산상공회의소 기업연구실, 2016, 3면 참조.

10	도봉구	3	1	4
11	동대문구	0	0	0
12	동작구	0	1	1
13	마포구	2	26	28
14	서대문구	1	5	6
15	서초구	11	12	23
16	성동구	2	1	3
17	성북구	5	1	6
18	송파구	6	4	10
19	양천구	2	4	6
20	영등포구	3	5	8
21	용산구	6	1	7
22	은평구	1	0	1
23	종로구	24	158	182
24	중구	13	16	29
25	중랑구	1	0	1

〈표4〉 부산의 공연장 현황(2014)

연번	행정구역	공공극장	민간극장	합계
0	부산광역시	26	40	66
1	강서구	0	0	0
2	금정구	2	3	5
3	남구	4	9	13
4	동구	2	2	4
5	동래구	1	1	2
6	부산진구	2	7	9

7	북구	4	0	4
8	사상구	1	1	2
9	사하구	2	0	2
10	서구	0	0	0
11	수영구	0	5	5
12	연제구	0	2	2
13	영도구	2	0	2
14	중구	2	4	6
15	해운대구	4	6	10
16	기장군	0	0	0

개별인프라는 문화산업에 영향을 끼치는 인프라이다. 이를 공연예술에 적용해본다면 극장, 공연예술인이 해당할 것이다. 문화관광체육부에서 발표한 자료[38]에 의하면 2014년을 기준으로 전국의 992개의 공연장 중에서 서울에는 약 381개의 공연장이 등록되어 있으며 그중에서 공공극장이 106개, 민간극장이 275개이다. 그리고 서울에서 10개의 공연장이 있는 지역은 광진구, 강남구, 마포구, 송파구, 서초구, 종로구, 중구인데, 특히 대학로가 있는 종로구의 경우 185개의 공연장이 등록되어 있다. 서초구는 예술의 전당과 국립국악원이, 중구에는 국립중앙극장과 명동예술극장, 남산예술센터 등이 있어서 일대

---

38) 문화체육관광부의 홈페이지에 공개된 2014년 등록공연장 현황 파일을 참조한 것이다. 문화체육관광부가 발간한 『2014 공연예술실태조사』 보고서에서는 서울 383, 부산 58개로 등록되어 있다. 그러나 이 보고서에는 전국의 시도별 공연장에 대한 실태조사만 있을 뿐, 행정구별 공연장을 확인할 수 없어서 현황 파일을 참조하였다. 현재 2015년 12월을 기준으로 작성된 2015년 등록공연장 현황파일도 있지만 시기적으로 통일하여 비교하기 위해 2014년을 기준으로 보았다.

에 공연장들이 많은 것으로 분석할 수 있다. 그리고 마포구의 경우 홍대일대를 중심으로 한 음악 공연장들이 포함되어 있어서 그 수가 많았다. 종로구의 공연장 수는 서울 공연장의 약 48%이고, 전국에서도 18%의 비중을 차지하고 있어 문화지구로서의 특수성을 확인할 수 있다. 그에 비해 부산의 공연장은 66개(2016년 현재 70개로 증가)로, 서울의 약 18%, 전국의 7% 수준이다. 그 중에서도 공공극장은 부산의 전체 공연장 중에 약 40%에 가까운 26개로, 서울과 비교했을 때 비교적 높은 수준이다. 부산의 공연활동이 민간극장 중심이 아닌 공공극장 중심으로 이루어지고 있다는 것을 추측할 수 있다. 그리고 남구와 해운대구를 제외하면 극장이 모여 있지 않고 각 구에 적은 숫자로 분산되어 있다. 해운대구의 경우 영화의전당을 포함하여 영상관련 공연장들이 있기 때문에 연극공연을 위한 공연장은 남구에만 집중되어 있다고 보아도 무방할 것이다. 두 도시를 비교하여 보면 부산이 비록 극장이 전혀 없는 지역구가 서울에 비해 많고(서울은 동대문구, 부산은 강서구, 서구, 기장군) 극장의 집중도가 낮은 편이다. 그러나 이것은 극장이 고르게 분포되어 있다고도 볼 수 있다. 이것은 부산 내에서 한 지역에 편중되어 연극공연이 이루어지지 않고 있다는 것을 의미할 수도 있다. 그러나 이것은 곧 극장이 다른 극장들과 연대하여 문화적 분위기를 조성하지 못하고 개별적으로 생존해야 한다는 것이기도 하다.

공연장의 입지를 경정하는 요인으로는 상징성, 극단 접근성, 직원 확보의 용이성, 다른 공연장과의 연계성, 적당한 지가와 임대료, 연극협회의 지원, 정부의 지원, 기타 등 9가지이며 그중 가장 큰 요인은 수요자 접근성이다. 서울지역의 소극장들이 집중되었던 명동, 신촌, 대학로 공간은 모두 수요자 접근성 좋은 지역이며 더불어 장소 상징성

이 높고 다른 공연장과의 연계성이 좋은 곳이기도 했다. 특히 대학로
는 수요자 접근성보다도 장소적 상징성이 입지 결정에 가장 큰 요인
으로 작용했다.[39) 그러나 부산의 경우 그러한 상징성을 가진 지역이
없기 때문에 수요자 접근성과 적당한 지가나 임대료를 중점적으로 고
려할 수밖에 없게 된다. 그러나 임대료가 높은 편인 남구와 수영구에
극장이 집중되고 있는 추세인데 이것은 20대 관객층을 확보할 수 있
다는 접근성뿐만 아니라 상징성이나 연계성 역시 중시되기 시작했다
는 것을 의미한다. 이는 이후의 부산의 공연예술축제가 남구 수영구
일대를 중심으로 진행될 가능성이 높아지고 있다는 것이며, 새로운
문화지구의 형성에 대해 기대할 수 있게 한다.

공연예술인의 경우도 서울-부산의 격차는 심각하다. 부산연극협회
에 2016년 현재 등록된 극단은 25개이고 회원은 모두 331명이다. 그
에 비해 서울연극협회는 300여개의 극단과 3,500여명의 연극인이 소
속되어 있다. 부산에 비해 10배 이상의 규모로, 서울과 부산의 인구수
가 1,000만 명과 350만 명으로 2.5배인 것과 비교해도 그 격차는 상
당하다. 다른 광역시[40)에 비해 부산의 연극인 수는 많다고 할 수 있으

---

39) 강재훈, 「민간공연시설의 입지특성에 관한 연구」, 서울대학교 석사학위논문,
1999, 67~68면 참조.
40) 2016년 각 특별시, 광역시의 연극협회에 소속되어 있는 연극극단과 연극인의 수
는 다음과 같다. 부산 울산 대전은 해당지역의 연극협회 홈페이지를 참조하였으
며, 그 외 지역은 전화인터뷰를 통해 확인하였다. 인구수는 행정자치부에서 2016
년 12월 9일에 발표한 보도자료 7면을 통해 확인하였다.

〈표 5〉 전국 특별시 · 광역시 연극협회에 소속된 극단과 연극인 현황

구분	소속 극단 (단위: 개)	소속 연극인(단위: 명)	인구 수(단위: 명)
서울특별시	약 300	약 3,500	9,943,333
부산광역시	25	331	3,501,671

나 서울에 비하면 그 수가 매우 적다. 이는 부산의 연극인의 수가 절대적으로 적다는 것을 의미하는 것이기도 하지만 부산의 연극인들이 부산에서 공연예술 활동을 지속하지 못하고 생존을 위해 서울에서 자신의 예술 활동을 하고 있다고도 볼 수 있다. 광역시들의 연극인에 비해 서울시의 연극인이 월등히 많은 것은 예술인들의 서울집중화 현상을 증명하는 근거가 되기도 하면서 동시에 지방문화의 인적 인프라의 허약함을 보여주는 현상이 되기도 한다.

극장과 예술인의 부족은 공연 건수와 횟수에서도 큰 차이를 만든다. 2014년 17개의 시도 연극 공연 분포표[41]를 보면 공연문화의 서울집중화를 다시 한 번 확인할 수 있다. 서울이 전국의 30.2%에 달하는

대전광역시	13	83	1,515,394
대구광역시	30	200~250	2,485,535
광주광역시	19	200~250	1,471,384
인천광역시	20 (1개는 교사극회)	210	2,942,613
울산광역시	8	75	1,172,891

41) 이호신 외, 『2015 문예연감』, 한국문화예술위원회, 2015, 344면.〈표6〉 17개 시도 연극 공연 분포 (건수 횟수) (인용자 강조)

〈표6〉 17개 시도 연극 공연 분포 (건수 횟수) (인용자 강조

구분		서울	부산	대구	인천	광주	대전	울산	세종	경기
공연 건수	빈도	1,212	308	193	145	196	107	80	10	575
	비율	30.2%	7.7%	4.8%	3.6%	4.9%	2.7%	2.0%	0.2%	14.3%
공연 횟수	빈도	42,380	4,718	2,263	1,300	1,934	2,084	1,376	15	3,676
	비율	64.5%	7.2%	3.4%	2.0%	2.9%	3.2%	2.1%	0.0%	5.6%
구분		강원	충북	충남	전북	전남	경북	경남	제주	계
공연 건수	빈도	144	66	127	133	157	230	276	59	4,018
	비율	3.6%	1.6%	3.2%	3.3%	3.9%	5.7%	6.9%	1.5%	100.0%

공연을 하고 있으며, 공연 횟수는 전국의 64.5%를 차지한다. 한국의 공연 중 절반이 넘는 횟수가 서울에서 열리고 있는 것이다. 그나마 부산이 2위이지만, 공연 건수는 7.7%, 횟수는 7.2%로 양적 수준이 초라할 정도이다. 물론 2010년도부터 부산의 공연 건수와 증가와 감소를 반복하면서도 증가하고 있는 추세이고 서울의 경우 건수는 증가하지만 횟수는 감소하고 있고 있다.[42] 그러나 절대적인 수치에서 이미 부산을 포함한 모든 지역을 합쳐도 서울의 공연 횟수보다 적은 것이 현실이다.

그리고 공공 인프라와 개별 인프라를 연결해줄 연계인프라는 부산에 부재한 형편이다. 일반 시민들의 문화소비를 촉진시키기 위해서는 극단이나 극장과 부산시민들을 이어줄 홍보공간과 기획자들이 필요하다. 공연예술의 유통구조가 필요한 셈이다. 부산의 공연기획사는 서울이나 외국 문화단체의 대형공연 유치를 중심으로 하는 기획사, 부산지역 문화단체와 연계해 홍보 관리하는 기획사, 작품을 직접 기획 제작하는 기획사로 분류된다. 그 중에 대부분은 대형공연 유치를 목적으로 하고 있으며 부산의 공연을 발굴하거나 기획하려던 기획사들은 몇 번의 도전 끝에 극심한 재정난으로 인해 문을 닫았다.[43] 부산의 공연문화를 발전시키기 위해서는 공연 유치가 아닌 발굴이나 기획을 중심으로 한 기획사들이 필요하지만, 이마저도 여의치 않은 상황인 것이다. 그래서 극단들은 부재한 상태나 다름없는 공연 유통 구조

공연 횟수	빈도	355	222	785	526	406	1,236	933	1,486	65,695
	비율	0.5%	0.3%	1.2%	0.8%	0.6%	1.9%	1.4%	2.3%	100.0%

42) 이호신, 앞의 책, 347면 참조.
43) 「열려라! 예술마케팅 시대 (2) 부산의 민간공연기획자들」, 『국제신문』, 2000. 4. 7.

안에서 스스로 기획하고 스스로 홍보하여 생존할 수밖에 없다.

　부산의 공연문화계의 전반적인 상황들은 문화 인프라의 허약함을 드러낸다. 서울에 비해 낮은 경제수준인 부산은, 공연할 수 있는 무대의 수가 적으며 예술인과 예술단체는 지방에 정착하지 못하고 자신의 꿈을 펼치기 위해 서울로 향하고 있다. 그로 인해 수적으로 부족한 연극인들이 공연하는 작품의 양 역시 절대적으로 적다. 공연을 발굴하고 기획할 전문 인력들마저 없거나 경제적인 어려움으로 곤란한 상태이다. 이런 문화 인프라 위에서 문화성과를 올리는 것은 남아있는 연극인들이 자신의 작품의 질을 높이고 관객과 만날 기회를 많이 만드는 것이다. 여기에서 공연예술축제는 관객과 공연자들을 이어줄 수 있는 수단이 된다. 서울의 공연예술축제가 자신의 정체성을 확립하고 공연문화를 발전시키기 위한 목적이라면, 부산은 오히려 생존을 위한 몸부림에 가깝다. 소극장 페스티벌과 나소 페스티벌의 등장, 그리고 또따또가의 확장 등은 황무지와 같은 부산의 문화 인프라 안에서 어떻게든 살아남기 위해 마련한 예술가들의 방안인 셈이다.

Ⅲ. 나가며

　풍부한 장소감은 일시적인 행사를 통해 만들어질 수 없다. 건축적 특성을 통한 높은 가시성, 오랜 시간, 그리고 유명한 사건과 인물들이 모두 모였을 때 만들어진다.[44] 그러나 현재 한국에서 공연예술의 '풍

---

44) 이-푸 투안, 앞의 책, 276면 참조.

부한 장소감'을 가진 곳은 대학로만 남아있을 뿐이다. 물론 대학로에서 나온 예술인들은 각자 예술촌을 만들고 실험적 형태의 극장들을 시도하며 예술공간을 확산시키고 있다. 그럼에도 불구하고 아직은 대학로와 같은 상징성을 가진 장소가 만들어지지 못하고 있다.

　대학로의 성공과 그 이후 상업지구로 전락하여 의미를 만들던 극단들이 떠나가고 있는 현재의 상황은 지역문화가 어떻게 발전해야 할지를 알려주는 지침이다. 부산을 비롯한 많은 지역에서 균형적으로 문화가 발달하기 위해서는 대학로의 실패를 보고 배워서 더 많은 대학로를 만들어야 한다. 탈대학로 현상은 지금까지 대학로로 집중되어 있던 연극공연예술이 서울 전반으로, 다른 지방으로 확장될 수 있는 기회가 될 수 있다. 연극인들은 상업화된 대학로가 아닌 곳에서 자신들의 연극을 하기 위해 가깝게는 성북동[45]부터 멀리는 충청북도 단양[46]까지 이동했다. 대학로에서 쫓겨나듯 떠난 연극인들이 안착할 장소가 필요해지고 있는 것이다. 이는 지역의 연극공연문화가 성장할 수 있는 시발점이 될 수 있다. 탈대학로 현상이 심해질수록 공연문화지구의 형성은 더 많은 지역에서 필요로 하게 될 것이다.

　그래서 우리는 축제를 주목해야 한다. 축제는 난장의 공간에서 새로운 질서를 창조해낸다. 문화예술축제, 그중에서도 공연예술축제는 일탈과 난장의 이미지에 가장 적합한 축제이다. 동시에 부실한 문화 인프라를 가진 지방에서 문화를 성장시킬 가장 큰 동력이 된다. 축제

---

45)「중견 연출가 5인방의 탈대학로 선언 '성북동 큰길 프로젝트'」,『국민일보』, 2016. 4. 3.
46)「[M+기획…'탈 대학로'①] 왜 소극장은 대학로를 떠나게 됐나」,『MBN STAR』, 2016. 1. 7.

는 새로운 장소를 발견하게 하고, (예비)관객과 예술인들을 한 곳에 모여들게 한다. 관객과 예술인들을 만나게 하고, 예술인과 예술인을 만나게 해 지역의 문화를 풍성하게 만들 기회가 된다. 부산의 공연예술인들이 생존을 위해 절박한 심정으로 연계하기 시작했다. 각자도생을 위해 흩어져 있던 극단이 한 곳에 모여들기 시작한 것은 대학로의 시작과 유사하다. 그들은 불모지와 다름없는 부산의 토양에 살아남기로 결정한 것이다. 이를 위해서도 공연예술축제가 이벤트가 아닌 또 다른 문화 인프라로서 기능하도록 해야 한다.

문화는 일상이 되어야 한다. 대학로의 성공은 공연예술이 대학로 공간에서 일상적인 문화였기 때문에 가능했다. 그러나 부산의 경우 문화예술은 여전히 일상이 되지 못하고 있으며 이러한 무관심 속에서 생존해나가야 한다. 부산의 예술인들이 더 많은 가능성을 위해 서울로 이동하는 것 역시 일상화된 연극문화 속에서 더 많은 기회를 얻을 수 있기 때문이다. 문화의 성장이란 단순하지 않다. 그것은 다양한 조건들이 수반되어야 한다. 문화를 향유할 수 있을 만큼 사회전반에 걸쳐 다층적이고 다각적인 성장이 이루어져야 하며 가치 있는 문화를 생산해 낼 예술인들과 그것을 소비할 수 있는 소비자들이 생겨나야 한다. 뿐만 아니라 그들이 만나 문화를 창조해 낼 공간과 예술이 완성되기까지의 지속적인 지원도 있어야 한다. 그리고 그 문화를 유지할 수 있는 사회적 역량도 있어야 할 것이다. 이 외에도 더 많은 제반조건들이 필요할 것이다. 문화의 성장이란 결코 단순히 사회의 한 부분이 성장한다고 가능해지는 것이 아니기 때문이다. 사회전반의 성장을 통해 만들어진 문화예술은 다시 사회를 발전시키는 원동력이 된다. 이를 위해서는 공연예술에 대한 지원 또한 간절한 형편이다. 상업공연이 아닌 순수공연예술은 지원 없이 공연되기 힘들기 때문이다. 그래서 각 시 도에서는 문화재단을 통해 적극적으로 문화예술인의 예술 활동을 지원하고 있다. 정부 차원의 많은 지원과 후원들이 문화발전을 넘어서서 지역발전을 이룩하기 위해서는 건강한 문화 인프라 위에서 만들어지는 문화예술축제가 가능해져야 할 것이다.

참/고/문/헌

〈연구논문〉

• 강재훈, 「민간공연시설의 입지특성에 관한 연구」, 서울대학교 석사학위논문, 1999.

• 김미영, 「대학로 문화지구에 대한 문화정치론적 연구」, 서울대학교 석사학위논문, 2006.

• 한구영, 「서울시 대학로 공연장 밀집지역의 공간적 특성에 관한 연구 : 공연장과 그 주변 환경을 중심으로」, 서울대학교 석사학위논문, 2013.

• 김석진 김진수, 「문화 인프라가 문화성과에 미치는 영향」, 『한국경제연구』제16호, 한국경제연구학회, 2006.

• 이훈 강성길 김미정, 「문화관광축제 지원정책 분석 축제 실무자 의견을 중심으로」, 『한국행정학회 학술발표논문집』, 한국행정학회, 2011.

• 전종찬 조동수, 「도심재생을 위한 문화 인프라 구축계획 방안에 대한 연구」, 『대한건축학회 학술발표대회 논문집』제31-1호, 대한건축학회, 2011.

〈단행본〉

• 김형국, 『고장의 문화판촉』, 학고재, 2002.

• 류정아, 『축제인류학』, 살림, 2003.

• 문화체육부, 『한국의 지역축제』, 문화체육부, 1996.

• 송희영 박선미, 『공연예술 축제기획』, 민속원, 2009.

- 이상일, 『축제의 정신』, 성균관대학교출판부, 1998.
- 이-푸 투안, 심승희 구동회 옮김, 『공간과 장소』, 대윤, 2007.
- 에드워드 글레이저, 이진원 옮김, 『도시의 승리』, 해냄, 2011.

〈기타자료〉

- 이호신 외, 『2015 문예연감』, 한국문화예술위원회, 2015.
- 조선희, 『2013 대학로 연극 실태조사』, 서울문화재단, 2013.
- 조성제, 『2016 부산경제지표』, 부산상공회의소 기업연구실, 2016.
- 김소연, 「탈대학로, 장소가 아닌 진단과 대안의 문제 연극인 포럼 '길을 잃다, 길을 묻다'」, 『연극人웹진』, 2015.
- 박세준, 「폐관 휴관… 독립영화관 멸종기, 공룡 멀티플렉스에 밀리고, 영진위 지원책」, 『주간동아』 1041호, 2016. 10. 8.

　　　　「아지매, 부산이 확 바뀐다고요?」, 『한겨레』, 1999. 5. 14.

　　　　「열려라! 예술마케팅 시대 (2) 부산의 민간공연기획자들」, 『국제신문』, 2000. 4. 7.

　　　　「[M+기획…'탈 대학로'①] 왜 소극장은 대학로를 떠나게 됐나」, 『MBN STAR』, 2016. 1. 7.

　　　　「중견 연출가 5인방의 탈대학로 선언 '성북동 큰길 프로젝트'」, 『국민일보』, 2016. 4. 3.

　　　　「김희진 또따또가 운영지원센터장 인터뷰」, 『경북일보』, 2016. 9. 21.

　　　　「부산 소극장 푸짐한 연극 잔치」, 『부산일보』, 2016. 11. 3.

　　　　「부산문화 판을 바꾸다 (2) 싹 틔운 풀뿌리 예술」, 『국제신문』, 2017. 1. 1.

서울·부산의 문화재단 비교 연구
-문화재단의 연극 지원 사업을 중심으로-

*이주영

Ⅰ. 들어가며

일찍이 미국의 극작가 아서 밀러(Arthur Miller)는 "국가가 공연에 지원금을 대는 곳에서는 몸에 밴 검열 충동이 억제되어야 한다."라고 했다.[1] 여기서의 검열 충동 주체는 지원하는 측, 즉 공공기관만을 가리키는 것은 아니다. 검열이 실행화되어 그것을 직접 당하고 목도한 예술인들은 지원 앞에 의식적이든 무의식적이든 내적 검열의 위험에 노출될 수밖에 없다. 지원은 주고받음의 양상으로 인해 수직관계에서 오는 권력화에 빠지기 쉬우며 이러한 지원의 메커니즘이 작동되는 순간, 지원은 지지와 보호에서 억제되어야 할 '검열 충동'으로 빠르게

---

1) 아서 밀러, 김지영 옮김, 「공적으로 지원받는 연극의 의무」, 『공연과리뷰』제68호, 현대미학사, 2010, 222면.

이동한다. 보호와 지지의 위장술로 끈질기게 눌어붙어 있는 '지원-검열'이라는 불온한 동거는 믿을 수 없겠지만, 지금/여기의 연극장에서 버젓이 자행되고 있다.

국가의 '지원-검열'의 시발은 일제 강점기 때부터였다. 일제시기는 식민자와 피식민자라는 위계화된 권력 질서로 인해 검열자/경찰(警察)하는 자/일본 - 피검열자/경찰받는 자/조선의 구도가 강제되었다.[2] 해방은 일제 강점기 때의 검열을 극복하지(beyond) 못하고 이어받는다(after). 극예술 전반에 대한 국가의 검열은 "8·15해방의 가능성이 냉전체제라는 블랙홀로 빨려 들어가면서 분단과 전쟁 그리고 독재의 시간에서 매우 위력적인 힘으로 한국사회를 지배"하는 예술의 통제 장치로 기능하였다.[3] 마침내 1988년의 극단 바탕골의 「매춘」 사건이 터지면서 국가의 검열은 일단락 정리되었다. 그런데 연극을 향한 국가기관의 검열이란 횡포가 다시 부활하였고, 그 폭력적 행위에는 연극에 대한 지원 제도가 긴밀히 연결되어 있다.

부활한 검열은 한국문화예술위원회(이하 문예위)를 중심으로 진행되었다. 2015서울연극제 대관 심사 탈락, 2015창작산실 사태, 2015서울국제공연예술제 팝업씨어터 사건, 2016년 『공연과이론』 지원금

---

2) 손지연, 「식민지 조선에서의 검열의 사상과 방법-검열 자료집 구축 과정을 통하여」, 『한국문학 연구』제32호, 동국대학교 한국문학연구소, 2007, 130면. 특히 중일전쟁 발발 이후 제국일본의 자장 아래 있던 모든 유형 무형의 가치들은 전쟁이데올로기로 집결되었고, 이에 반드시 일제의 검열망을 통과해야만 했다. 유 무형의 가치를 동시에 갖춘 연극에 대한 제국의 입장은 "소극적 단속에서 적극적 통제"로, 네거티브한 방식인 배제하는 검열에서 적극적으로 관여하여 통제(control)하는 검열로 그 수위와 강도를 높였다(박영정, 「법으로 본 일제강점기 연극영화 통제정책」, 『문화정책논총』제16호, 한국문화정책개발원, 2004, 245면).

3) 이승희, 「검열코스프레」, 『연극평론』제80호, 한국연극평론가협회, 2016, 24면.

탈락 등 문예위는 버라이어티하며 폭력적인 검열 활동으로 대한민국 연극장을 어둡게 하였다.[4] 특히 창작산실 검열 문제에 모르쇠로 일관 하던 문예위는 2015년 창작산실 심의위원의 녹취록이 검열의 증거로 세상 밖으로 드러나고 이를 TV미디어가 적극적으로 보도하면서 검열 을 시인했으며, 더 나아가 검열의 지속 가능성을 넌지시 선언하였다.[5] 그리고 마침내 '블랙리스트'의 실체가 명확히 드러나면서 '문예위는 예술계의 공식 검열 기관'임을 증명하였다.[6] 검열 충동이 억제되지 못하고 국가 기관에 의해 현실화 및 실행화된 이 시점, 연극계에서는 이 검열 폭력과 블랙리스트에 대해 적극적으로 저항·투쟁하고 있으 며,[7] 더 나아가 문화계를 난도질한 현 정부를 향해 시국선언을 하였 다.[8]

검열에 대한 연극계의 전방위적 저항과 규탄보다 더 흥미로운 사건 이 일어났다. 창작산실 사태의 핵심 작이었던, 문예위로부터 검열을

---

4) 이주영, 「죽음 뒤 부활의 가능성 – 「연극생존백서」, 서울연극협회 웹진 『TTIS』7월 호, 2016.

5) 2015년 10월 7일에 있었던 한국문화예술위원회 국정 감사에서 박명진 문예위원 장은 '사회적 논란에 대한 예방'과 '공공기관의 의무'를 내세워 검열에 대한 공격을 방어하면서 자연스레 검열을 시인했다. 한선교 의원 또한 "시민의 예산지원이 이 뤄지는 작품이 정치적 논란에 휩싸일 우려가 있다면 지원 철회가 마땅하다."라고 발언하면 검열 지지하였다.

6) 김미도, 「블랙리스트 실행 기관은 문예위다」, 『시사in』제489호, 참언론, 2017.

7) 한국의 대표적인 연극잡지 『연극평론』에서는 지난 2015년 겨울호 특집으로 검열 을 주제로 한 특집기사가 게재되었고, 연속적으로 그 다음호인 2016년 봄호의 이 슈 꼭지에 한차례 더 검열 원고를 실었다. 평론 집단뿐만 아니라 공연 집단에서도 2016년 6월 9일부터 10월 30일까지 20개의 극단이 검열을 주제로 릴레이 공연을 하였다.

8) 「연극평론가 55인 시국선언 "문화계 난도질한 朴 대통령 하야하라"」, 『헤럴드경 제』, 2016. 11. 6.

받아 탈락과 지원금 강제 포기를 당했던 박근형 작 연출의 「모든 군인은 불쌍하다」가 문예위와 같은 공공기관인 서울문화재단의 지원을 받아 남산예술센터에서 공연되었다는 사실이다. 한 작품을 두고 두 공공기관의 다른 행보가 흥미롭다. 한국의 연극은 그 시작부터 자금난에 허덕였고, 100년이 지난 지금도 경제적 곤란의 상황은 크게 나아지지 않았다. 그런 점에서 공공기관의 지원은 연극인들에게 예술과 생활을 동시에 지속 가능케 하는 실질적 힘이 된다. 이러한 연극인들의 생존의 절박함에 문예위는 지원을 미끼로 연극을 통제하고 있으며, 서울문화재단은 지원을 건강한 제도로 운용하며 연극인들의 예술활동과 삶의 생존을 보호하고 지지하며 응원하고 있다.

본고의 목표는 공공기관의 예술 지원 사업, 특히 연극 지원 사업을 중심에 두고 공공기간이 예술 지원 사업에 있어 나아갈 방향을 가늠해보는 데 있다. 이에 문화예술 지원 사업의 콘트롤 타워 역할을 하는 문예위를 중심에 두고 기술해야 함이 적절하나, 일련의 검열 사태로 문예위는 그 기능을 상실하였기에 분석의 층위에서 배제한다. 반면 본고에서는 「모든 군인은 불쌍하다」 공연 지원에서 보듯 문예위와 다른 행보를 걸으며 지원의 건강한 사례를 보여준 서울문화재단을 연극 지원 사업의 분석 기관으로 설정한다. 또한 문화재단의 연극 지원 사업에 대한 논의를 두텁게 하기 위해 서울 다음으로 지역연극제 및 국제연극제 등 다양한 연극축제 개최, 그리고 연희단 거리패와 같은 대한민국의 주요 극단의 활동으로 연극 문화를 활발히 실천하고 있는 부산 지역을 논의의 시선에 두고자 한다.

본고는 서울문화재단과 부산문화재단에서 진행되고 있는 연극 지원 사업을 집중 논의함으로써 주로 학위논문 주제로 채택되고 있는 기왕의 연구들, 국내·외 문화재단과의 비교 연구,[9] 문화재단의 신진 예술가 지원 사업에 천착한 연구,[10] 서울과 부산문화재단에서 진행되는 예술 지원 프로그램 전반에 대한 연구[11] 등과 차별점을 둔다. 이를 위해 2장에서는 문화재단에 대한 이해를 위해 문화재단과 서울 부산 문화재단의 성격 및 특징, 그리고 예술창작 지원사업 전반을 살핀 뒤, 3장과 4장에서는 각 문화재단에서 진행하고 있는 연극 지원 사업을 분석한다. 끝으로 5장에서는 각 문화재단에서 펼치고 있는 연극 지원 사업의 의의와 한계를 밝히면서 문화재단에서의 연극 지원 사업이 나아갈 방향을 제시하는 것으로 글을 마무리하고자 한다.

Ⅱ. 왜소함의 혐의와 재단의 분발

문화재단은 기본적으로 문화예술 분야를 지원하는 비영리조직으로, 정부나 기업의 관심 및 지원이 닿지 않는 틈새 분야를 지원함으로써 문화의 다양성과 공공복리 향상에 기여한다.[12] 문화재단은 크게

---

9) 박은애, 「국내문화재단 비교 연구」, 서울시립대학교 석사학위논문, 2008 ; 이은미, 「국내 외 문화재단 비교 연구」, 숙명여자대학교 석사학위논문, 2009.

10) 강보배, 「신진예술가 지원사업의 사례분석을 통한 개선방안 연구 서울과 광역 시문화재단의 공연예술분야 지원사업을 중심으로」, 단국대학교 석사학위논문, 2013 ; 하상지, 「광역자치단체 문화재단의 예술가 지원사업 분석 : 「신진예술가지 원사업」을 사례로」, 경북대학교 석사학위논문, 2015.

11) 김보름, 「공공부분에서의 문화예술 지원에 관한 연구 서울문화재단을 중심으로」, 이화여자대학교 석사학위논문, 2006 ; 김일택, 「문화재단의 문화예술성 지원 사업 개선 방안 연구 부산문화재단을 중심으로」, 동의대학교 석사학위논문, 2012.

12) 김경욱, 『문화재단 : 아름다운 문화 거버넌스를 위하여』, 논형, 2007.; 윤선미, 「한국의 문화재단 현황 및 특성에 관한 연구 기업문화재단을 중심으로」, 경희대학교

세 유형으로 나뉘며 이를 정리하면 아래와 같다.

〈표1〉 문화재단 유형(강조, 인용자)[13]

분류	설립주체	특징	기금의 조성	의사결정
기업 문화 재단	기업	기금을 제공하는 기업과 법률적으로 긴밀한 관계를 가짐	기업의 증여와 정기적인 기부	기업임원으로 구성된 이사회가 결정
특별법 문화 재단	정부	정부차원에서 특별법 제정 등을 통한 정부지원재단	정부지원, 문예진흥기금 등의 확보	조직체계에 의한 의사 결정
지역 문화 재단	지역사회 (정부, 개인)	특정지역의 문화, 예술 등 기타 자선활동에 보조금을 지원하는 공적재단	많은 기부자들로부터 보조를 받아 운영되며 전액세액 공제됨	지역의 다양성을 대표하는 이사회가 결정

기업문화재단은 문화, 예술, 교육 등의 자선사업을 하는 재단으로 대표적인 예로 삼성문화재단이 있으며, 특별법문화재단은 문화와 예술 진흥을 위한 특별법에 의해 설립된 정부지원 문화재단으로, 한국문화예술위원회가 그 대표적인 예이다.[14] 끝으로 지역문화재단은 설립주체가 정부와 개인으로 나뉘는데, 전자의 대표적인 예로 서울, 부산, 경기 등의 각 지역의 문화재단을 들 수 있으며, 후자의 대표적인 예로 새얼문화재단, 방일영문화재단 등을 들 수 있다. 본고에서는 전자에 해당하는 지역문화재단의 다양한 프로그램 중 연극 지원 관련 프로그램에 대해서 다룰 것이다.

석사학위논문, 2003.
13) 윤선미, 위의 글, 16면.
14) 박은애, 앞의 글, 15~6면 참조.

  기본적으로 문화재단 앞에 지역명이 붙으면 재단의 비전과 가치는 "특정지역의 문화, 예술"을 강조한 로컬성을 띠게 된다. 그리고 이 로컬성이 주는 고립화 협소화의 혐의 내지 오해를 거둬내기 위해 의사결정에 있어 "지역의 다양성"을 강조함으로써 지역문화재단은 보편성을 획득한다. 다양성 앞의 '지역'이란 단어가 보편성과 유리되어 보이는 듯하나, 여기서의 방점은 지역 내에서 활동하고 있는 다양한 예술 전반의 전문가들에 찍혀 있다. 이를 예술 지원 부분으로 옮겨 논의하면 각 지역마다 있는 공통된 예술 장르에 대한 지원을 위해 해당 지역의 여러 장르의 전문 예술인이 활용되는 것이다.[15)

---

15) 그런데 같은 지역문화재단임에도 불구하고 이 차별성과 보편성은 공존하지는 않는다.
    〈표2〉 서울문화재단과 부산문화재단의 비전 및 가치

재단	비전	가치
서울문화재단	예술로 활기찬 서울, 문화로 행복한 시민	- 창조적 다양성 - 예술적 공감과 창의성 - 문화적으로 살기 좋음 - 지속 가능한 혁신
부산문화재단	일상에 스미는 문화의 새 물결, 상상력 넘치는 해양문화도시	- 해양 - 미래 - 순환

〈표2〉는 서울문화재단과 부산문화재단의 비전 및 가치이다. 재단의 방향성을 제시한 비전과 가치 항목에서 서울문화재단의 경우는 서울이란 지역적 특수성을 파악하기 힘든 반면, 부산문화재단의 경우는 '해양'의 단어에서 파악되듯 지역적 특수성을 강조한다. 이 지역적 특수성은 타 지역과의 변별력, 생존전략, 재단의 전시효과 등 여러 순기능이 있는 반면, 자발적 지방화의 우려도 노정된다. 또한 지역문화재단의 지원프로그램에서 이 지역적 특수성이 인적 지원 외에 어떤 항목과 긴밀히 접속하는지도 살펴볼 일이다. 서울문화재단[www.sfac.or.kr]과 부산문화재단[www.bscf.or.kr] 홈페이지 참조.

서울과 부산 문화재단에서도 미술, 음악, 연극, 다원 등의 여러 장르
들에 대한 활발한 지원 사업을 하고 있다. 각 재단의 예산 및 지원 프
로그램을 살펴보면 아래와 같다.

〈표3〉 2015년도 서울문화재단과 부산문화재단의 집행예산 및 지원 사업명[16]

지역문화 재단	집행예산	예술창작지원 사업명	지원 건수	관객수
서울문화 재단	754억원	- 예술창작지원 - 유망예술지원 - 공연장상주단체육성지원 - 공연단체다년간지원 - 예술축제지원	736건	737,429명
부산문화 재단	256억원	- 지역문화예술특성화지원 - 청년문화집중지원 - 공연장상주단체육성지원	440건 (개인+단체)	375,227명

서울문화재단과 부산문화재단의 예술창작지원 분야 중에서 비슷
한 성격으로 진행하고 있는 사업은 예술창작지원(서울)≒지역문화
예술특성화지원(부산), 유망예술지원(서울)≒청년문화집중지원(부

16) 〈표3〉의 내용은 서울문화재단과 부산문화재단의 2015년도 사업 기준이며, 각 재
단이 예술작품 창작을 위해 예술가/단체들에게 지원하는 사업명만을 정리하였
다. 하여, 출판 지원 사업명 및 기업과의 연계 활성화 지원인 메세나 사업명은 제
외한다. 단, 부산문화재단의 경우, '학예이론도서발간지원', '지역출판문화 및 작
은 도서관 지원' 등 도서 및 출판 지원 사업이 별도로 진행되고 있음에도 '지역문
화예술특성화지원사업' 항목 안에 문학 장르가 포함되어 있다. 단, 이 문학 장르
지원내용에는 단순 출판 지원만이 아닌, 창작발간활동 및 문학행사 지원도 포함
되어 있다. 서울문화재단 홈페이지 ; 부산문화재단 홈페이지 ; 『2015 서울문화재
단 연차보고서』, 서울문화재단 ; 『2015 부산문화재단 연차보고서』, 부산문화재단
참조.

산), 공연장상주단체육성지원(서울/부산) 세 항목이며, 서울문화재단은 여기에 공연단체다년간지원과 예술축제지원 등 2개의 지원 사업을 추가적으로 진행하고 있다.

서울문화재단과 부산문화재단의 규모는 집행예산을 기준으로 보자면 세 배 가까운 차이를 보인다. 하여, 부산문화재단(3건)에게 서울문화재단(5건)과 비슷한 지원 사업 건수를 기대할 수 없다. 그럼에도 불구하고, 서울과의 비교에서 집행예산의 약 세 배의 낙차란 문화적 규모의 왜소함을 드러냈음에도, 부산문화재단은 지원 건수와 관람 관객수에서 나름의 선방을 보여주고 있다.[17] 부산문화재단에서 보여준 이 분발의 이유는 전체 집행예산 중 예술지원 부분의 큰 비중에서 찾을 수 있다. 그만큼 문화재단 사업에 있어 예술지원 분야는 핵심 사업이며 후술하겠지만 그 중 연극 지원은 타 장르의 지원에 비해 높은 비중을 차지하고 있다.

Ⅲ. 지원, 수혜와 곤경

1. 외적 수혜와 내적 곤경

서울문화재단과 부산문화재단의 세 배 차의 집행예산 간극은 지원 사업 형태로 극복된다. 서울문화재단의 '예술창작지원'과 부산문화재

---

17) 단, 부산 지역이 여러 연극 축제를 개최되고 있음에도 축제 관련 지원사업이 없는 것은 아쉬움으로 남는다.

단의 '지역문화예술특성화 지원'이란 이름으로 예술창작지원의 성격을 띠고 있는 두 재단의 지원사업은 각 지역의 "우수하고 발전가능성 있는 작품을 발굴하고 육성하여 예술가와 단체의 창작 역량과 기반을 강화하기 위해"[18] 각 지역의 "다양한 예술활동을 탄탄하게 지원"하는 문화재단의 역점 사업이다. 특히 연극은 이 지원 사업의 수혜 장르이다.

〈표4〉 2015년도 서울문화재단과 부산문화재단의 예술창작 지원 사업

	서울문화재단	부산문화재단
사업명	예술창작지원: 예술작품지원	지역문화예술특성화 지원
공통 지원 장르	연극, 음악, 무용, 전통, 다원	
공통 장르 총 지원 건수	270건	131건
공통 장르 총 지원 금액	4,148,000,000원	1,277,000,000원
연극 지원 총 건수	48건[19]	21건[20]
연극 지원 총 금액	1,223,000,000원	255,000,000원

　예술창작 관련 지원 사업의 다섯 개 예술 장르 중 연극은 지원 건수와 지원 금액을 종합하면 문화재단으로부터 상당한 혜택을 받고 있는 장르이다. 서울문화재단의 경우는 연극의 선정 비율이 다원예술 다음으로 가장 낮음에도 불구하고 지원 결정액은 다섯 개 장르 중 가장 높다. 부산문화재단의 경우도 다섯 개의 장르 중 71건이 선정된 음악 다

---

18) 서울문화재단, 앞의 책, 24면.
19) 무용 43건, 음악 73건, 전통 78건, 다원 28건이다.
20) 무용 17건, 음악 71건, 전통 16건, 다원 6건이다.

음으로 연극의 선정 건수(21 건)가 높다. 여기서 주목할 점은 음악이
연극과 비교해 세 배 이상 차의 선정 건수를 보임에도 지원 금액은 2
분의 1밖에 차이가 나질 않는다.[21]

　다른 지원 장르에 비해 연극 장르가 지원 수치 상 수혜를 받는 데
에는 연극이란 장르적 특수성을 고려해 볼 필요가 있다. 연극은 한 편
의 결과물을 무대에 올리기 위해서 작가, 연출, 배우, 스텝 등 최소한
의 제작 구성원이 필요하며 또한 공연 기간 전에 연습 기간도 가져야
한다. 연습 기간은 시간의 문제에 한정하지 않는다. 이는 공연장뿐 아
니라 연습장소의 요구도 의미한다. 서울문화재단은 선정된 연극 장르
한 건 당 평균 약 2천 5백만 원을 지원하며, 부산문화재단은 선정된
연극 장르 한 건 당 평균 약 1천 2백만 원을 지원하는데, 앞에 언급한
사항을 종합하여 총 제작비를 산출한다면 연극 장르 한 건 당 지원금
액이 충분하다고는 볼 수 없다. 심지어 부산의 경우는 서울에 비해 반
이하의 지원금을 받기에 제작의 어려움이 쉬이 예상되는 바이다. 문
화재단은 지원의 딜레마에 봉착한다. 연극 제작의 어려움을 고려하여
문화재단이 연극 장르에 지금보다 더 많은 지원금을 제공하면 좋겠으
나 각 장르 당 지원의 형평성을 유지해야 하기에 추가 지원은 실현 불
가능에 가깝다.

　지원의 형평성이란 딜레마를 안고 있는 문화재단이지만 비상사
태가 발생했을 때에 연극은 재단측으로부터 수혜를 받는 장르였다.
2015년 상반기 메르스라는 초유의 사태가 발생하였다. 이 전염병은
즉각적으로 공연예술을 위협했다. 전염병에 취약한 공공장소에 사람

---

21) 부산문화재단의 음악 장르의 총 지원액은 506,000,000원이다.

들의 발길이 끊겼다. 상반기 공연장은 한산했으며, 이 한산함은 자본의 곤궁으로 이어져 공연예술인들의 삶을 힘들게 했다. 이에 서울문화재단은 "2015년 상반기 메르스 사태로 침체되고 위축된 예술계의 활성화를 위해 하반기 긴급 편성된 추경예산으로 운영된 사업으로 예술창작활동에 참여하는 예술가의 인건비를 지원"하였다. 총 지원금액은 1,388,000,000원이며 연극 장르가 다섯 개의 예술 중 491,000,000원으로 가장 많은 지원금을 받는다.[22] 예술창작활동지원은 비상사태에 대처하는 '서울'문화재단의 기민함이 돋보인 사업이었다.

다음으로 살펴볼 지원 항목은 신진예술가들을 위한 지원 사업이다.

〈표 5〉 2015년도 서울문화재단과 부산문화재단의 신진예술 지원 사업

	서울문화재단	부산문화재단
사업명	유망예술지원	차세대 예술단체 육성사업[23]
공통 지원 장르	연극, 무용, 음악	
공통 장르 총 지원 금액	166,200,000원	30,000,000원
공통 장르 총 지원 건수	10건	6건
연극 지원 총 건수	3건[24]	2건
연극 지원 총 금액	51,300,000원[25]	10,000,000원[26]

신진예술 성격의 지원사업은 예술창작 지원사업과 달리 각 문화재

22) 무용 111백만 원, 음악 151백만 원, 전통 123백만 원, 다원 21백만 원이다.
23) 시범사업이다.
24) 무용 3건, 음악 4건이다.
25) 무용 57,900,000원, 음악 57,000,000원이다.
26) 차등 지원이 아닌 건수 당 각 5,000,000원 균등 지원한다.

단 모두 비교적 균등한 비율로 지원을 집행하였다. 그런데 신진예술
을 규정하는 데 있어서는 문화재단마다 다소 차이가 있다. 서울문화
재단은 "신작 또는 재창작 작품으로 데뷔 10년 이내의 연출가 개인
및 단체"로, 부산문화재단은 "단체 구성원의 연령이 모두 만 35세 이
하로 구성된 공연예술단체(개인 지원불가)"로 지원대상 범위를 한정
하였다. 신진 유망 젊음 차세대의 방점이 서울문화재단은 경력에,
부산문화재단은 연령에 찍혀있는 셈이다. 또한 부산문화재단은 단체
구성원 모두의 연령을 제한함으로써 신진에 대한 잣대를 엄격히 하였
다. 부산문화재단의 이 엄격한 차세대에 대한 기준은 지원금을 신청
함에 있어 여러 혼선과 수고를 제거하는 장점은 있겠으나, 예술 시작
의 출발이 모두가 동일하지 않음에도 같은 선상에 강제 나열하는 인
상을 준다. 그리고 특수한 경우를 제외하고 대개의 연극 단체(혹은 극
단)는 개인이 아닌 다수의 인원이 모여 만들어질 터인데, 집단 모두의
인원을 제한하는 것은 장르적 이해와 배려가 다소 고려되지 않아 보
인다.

앞서 살펴본 두 지원사업뿐만 아니라 "공연단체의 역량을 강하고
우수 작품의 제작과 발표를 촉진하여 공연장 운영의 활성화를 도모하
고 지역주민의 문화향수 기회를 확대하"기 위해 개발된 공연장상주
단체육성지원사업은 두 문화재단에서 비슷한 형태로 진행한 지원사
업이다.[27] 물론 지원 건수와 지금액에 있어 자금의 규모로 인해 차이
가 발생하나 두 문화재단 모두 비슷한 형태의 취지와 방식으로 본 사

---

27) 서울문화재단, 앞의 책, 29면.

업을 진행하였다.[28]

연극인 내부의 곤란함은 예상되나, 서울과 부산의 두 문화재단의 지원 사업에서 연극은 다른 장르들과 비교해 혜택을 받고 있는 장르이다. 또한 부산문화재단의 경우는 메르스와 같은 비상사태 시 기민한 정책을 보여주지는 않았으나 총 사업 예산이 서울문화재단에 비해 적음에도 불구하고 예술 지원 형태 및 분야의 다양화를 실천하였으며, 그 중 연극 분야에 대해서는 지원 건수와 금액 측면에서 나름의 배려를 보여주었다. 두 문화재단이 제공한 연극에 대한 지지는 지원금이라는 자본에만 한정하지 않고 있다.

2. 중앙 수혜와 지역 곤경

지원은 자본만 할 수 있는 행위가 아니다. 지원은 다양한 형태로 가능하다. 문화재단은 예술 제작 주체에게 지원'금'이란 자본을 전달하

---

28) 〈표6〉 2015년도 서울문화재단과 부산문화재단의 '공연장 상주단체 육성지원' 사업

	서울문화재단	부산문화재단
지원금 총액	2,843,000,000원	710,000,000원
총 지원 건수	33개	6개
공연장 수	21곳	6곳
연극 선정 건수	11건	3건

이밖에 부산문화재단에서는 신진예술에 대한 지원사업으로 '도움닫기 국내연계 지원프로그램', '도움닫기 해외연계지원프로그램' 등의 사업을 진행하였다. 전자의 연극 지원의 경우, 예술창작지원의 성격보다는 서울아트마켓 홍보부스 운영비가 지원내용에 주를 이루며, 예술창작에 대한 지원이 있더라도 일회성 성격이 강한 쇼케이스에 대한 지원이었다. 후자의 경우 문화예술 전분야로 지원분야를 열어두었으나, 연극 장르는 선정되지 않았다.

는 직접 지원 외에 연극인과 관객의 소통에 주목한 간접 지원을 시행하고 있다. 그 대표적인 예가 서울문화재단의 『연극인』이란 사이트다.

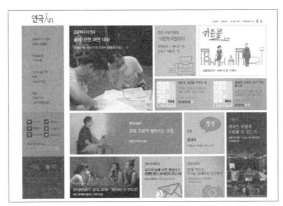

『연극인』 메인 페이지

『연극인』 중 '꽃점과 한줄평' 페이지

웹진 『연극인』은 서울연극협회에서 발행하는 『TTIS』와 더불어 한국연극장에서의 대표적인 연극 웹진이다. 유감스럽게도 웹진 『TTIS』의 경우는 필자 섭외의 고충 때문인지, 월간지임에도 원고 편수가 아쉬울 때가 왕왕 있다. 반면 『연극인』의 경우는 정기적으로 새로운 원고를 업데이트한다.

『연극인』의 카테고리는 풍성하다. 프리뷰 코너인 「궁금하다 이 연극」, 인터뷰 코너인 「연극데이트」, 연극을 웹툰으로 해석한 「웹툰」, 관객들의 응모한 평을 선정하여 게재하는 「객석다이어리」 등 총 10개의 카테고리로 구성되어 있으며, 각각의 섹션 또한 변별점을 갖는다. 고르고 다채로운 섹션 구성과 정기적인 원고 업데이트 덕인지, 2015년의 총 페이지뷰는 618,687건에 달한다.[29] 단일장르의 웹진임을 감안한다면 엄청난 페이지뷰 수치이다.

『연극인』 섹션 중 작품에 대한 관객의 즉각적이면서 직접적인 반응을 볼 수 있는 페이지는 「꽃점과 한줄평」이다. 이 섹션에서는 평론가, 연출가, 극작가, 배우 등 연극계의 전문가들이 연극 관람 후에 작품에 대해 기록한 한줄평과 꽃점, 일종의 별점을 볼 수 있다. 「꽃점과 한줄평」은 『연극인』에서 가장 인기 있는 섹션으로 2015년 한 해 동안의 페이지뷰가 103,639건이며[30] 『연극인』 전체 섹션 중 가장 많은 페이지뷰를 기록하였다. 「꽃점과 한줄평」은 연극 전문가들의 평과 반응만을 보는 코너는 아니다. 해당 작품을 본 관객들이 직접 꽃점과 한줄평을 등록할 수 있다. 그 과정에서 연극인과 관객과의 소통이 꽤 활발하게 이루어진다.

웹진 『연극인』은 공연 제작을 위한 문화재단의 직접 지원은 아니다. 하지만 연극 제작 주체와 관객들의 소통창구로 적극 활용됨으로

---

29) 『연극인』 담당자로부터 확인.
30) 『연극인』 담당자로부터 확인.

써 공연에 대한 홍보가 이루어지고, 대중들의 연극에 대한 관심을 형성케 한다. 부산문화재단의 연극에 대한 간접 지원은 리뷰에 집중되어 있다.

부산문화재단은 서울문화재단처럼 연극 장르만을 위한 단일 사이트는 운용하지 않고 있다. 대신 부산연극에 대해 관심을 갖고 있는 대중들은 2011년 7월 1호 발행을 시작으로 19호까지(2015년 12월 발행) 발행된 잡지 『공감 그리고』가 부산문화재단 홈페이지에 탑재되어 있어 그 안에 수록된 연극평론을 손쉽게 다운받아 읽을 수 있다. 『연극인』과의 차이점은 필자구성에 있다. 『연극인』이 주로 30대의 젊은 공연칼럼니스트 혹은 젊은 연극인 집단에 속하는 극작가, 연출가 등을 필자로 구성하고 있다면, 『공감 그리고』는 대학교수, 연극평론가, 중견 극작가 및 연출가 등을 필진으로 섭외하고 있다.[31] 『공감 그

---

31) 〈표7〉『공감 그리고』 필자 구성

호수	필자	직책
1	허은 이성규 정봉석	- 부산국제연극제 집행위원장 - 연출가, 부두연극단/액터스소극장 대표 - 동아대학교 문예창작학과 교수, 연극평론가
2	정봉석	1호와 동일
3	김동석	미기재
4,5	김지용	극작가, 연출가
6	김남석	부경대학교 국어국문학과 교수, 연극평론가
9	심상교	부산교육대학교 국어교육학과 교수
11	김영희	부경대학교 강사, 연극평론가
12	김남석	6호와 동일
13	김문홍	극작가, 연극평론가, 부산공연사연구소 소장

리고』가 비록 『연극인』처럼 연극 장르만을 위한 사이트도 아니고, 사이트 활성화의 흔적도 미미하고 소통창구로서의 역할도 미흡해보이지만 적게나마 부산연극에 대한 기록을 이어나가고 있다는 점에서 연극에 대한 지원을 논할 수 있을 것이다.

Ⅳ. 연극 지원의 향방, 그리고 부산연극

연극은 지원을 필요로 한다. 상업극이 아닌 이상 관객수입만으로는 생존이 힘들다. 하여, 서울문화재단과 부산문화재단은 미술, 음악, 연극, 다원 등 다양한 예술 장르와 창작 분야, 신진 분야 등 다층적인 지원 형태를 통해 활발하고 체계적으로 예술 및 연극 분야에 대해 지지와 응원을 아끼지 않고 있다. 부산문화재단의 경우는 서울문화재단과 비교하여 총 사업 집행예산이 세 배의 차이를 보임에도 지원 건수와 관람 관객수면에서 나름의 선방을 보여주고 있다.

두 문화재단의 연극 지원은 다른 장르에 비해 적게나마 수혜를 받고 있다. 서울문화재단의 경우에는 연극의 지원 결정액은 타 장르보다 높으며, 부산문화재단의 경우도 지원 건수와 지원 결정액 면에서 연극은 우위를 차지하는 장르다. 그렇다고 이러한 연극의 지원금 수

14	이윤택	극작가, 연출가, 연희단거리패 예술감독
15	김세일	배우, 연출가, 국제교류 코디네이터
16	김문홍	13호와 동일
17	정봉석	1호와 동일

혜 현상이 마냥 긍정적일 수만은 없다. 문화재단 측의 지원에 대한 딜레마일 터인데, 단체로 움직이는 연극의 장르적 특수성을 고려한다면 현재의 지원금이 풍족한 편은 아니다. 허나, 타 장르와의 지원 형평성을 고려한다면 문화재단의 입장에서도 총 사업 예산이 증액되지 않는 이상 연극 장르에 대한 지원금 증액은 좀처럼 낙관적이지는 않다.

문화재단 측 지원의 딜레마에도 불구하고 각 문화재단은 예술 사업에 대한 지원을 아끼지 않는다는 점은 주지의 사실이다. 이는 철저한 계획과 기획력이 없다면 불가능한 일이다. 문화재단은 국가 비상상태 때도 예술과 연극의 안위를 걱정했으며, 민첩한 태도로 연극을 메르스란 위기로부터 보호해주었다. 그리고 문화재단은 연극에게 자본이란 직접적 지원 외에 연극 장르만의 단일사이트를 개설하여 연극인과 관객의 소통창구를 마련해주고 비록 적은 부분이나마 다양한 필자들의 연극평을 연극 관객들에게 제공하고 있다.

본고에서는 서울문화재단과 부산문화재단의 지원 사업을 펼쳐보았다. 그런데 왠지, 열심히 분발한 모습을 보임에도 부산문화재단의 지원 사업은 로컬이란 왜소함의 혐의 때문인지 서울문화재단의 지원 사업과 비교해 다소 아쉬움을 남겼다. 메르스 사태 때도 그러했고, 인터넷 상의 소통창구 형성에서도 그러하다. 이러한 아쉬움과 이에 대한 극복은 향후 문화재단 가야 할 방향과 연결된다. 물론 다른 지역 문화재단의 예술지원 사업도 추가적으로 살핀다면 좀 더 견고한 방향성이 제시될 수 있을 터이나, 이에 대해서는 다른 지면을 통해 논의하고자 한다.

서울과 부산의 문화재단은 검열을 막아내고 블랙리스트를 소각한 서울과 부산의 문화재단은 지금도 꾸준히 예술 지원 사업을 진행하고 있다. 문제는 지원을 받은 수혜자의 실행력이다. 추진력 있게 실행을 하기 위해서는 견고하게 연결된 조직 및 블록이 형성되어야 한다. 서울에는 대학로란 상징적이며 거대단위의 연극문화지구가 있어 이곳으로 연극과 연극인, 그리고 관객들이 모이고 그 안에서 연극에 대한 담론을 형성해낸다. 대학로에서는 서울국제공연예술제, 서울연극제 등과 같은 각종 연극축제가 관객들의 활발한 호응을 얻으며 지속되고 있으며, 때로 연극에 대한 공공기관의 폭력에 맞서 싸우기 위해 많은 연극인들이 대학로에 모여 집단 토론을 하고 집회를 벌인다. 물론 젠트리피케이션 현상으로 탈대학로에 대한 목소리가 심심치 않게 들리기는 하지만, 여전히 대학로는 서울에서 연극의 메카로서 막강한 상징력을 발휘한다. 반면 부산은 연극을 대표하는 지역이 부재하다. 지역을 대표하는 연극제를 진행하는 데 있어서도 연극 공연장의 시설이 불충분한 상황이니,[32] 어찌 보면 연극문화지구 형성은 조금 급해 보일 수 있다. 그럼에도 부산의 연극메카 형성은 연극/인의 생존을 위해 진행되어야 한다. 문화재단의 지원을 통한 연극문화지구 형성의 방법은 옳지 않다. 지원 후 형성이 아닌 지원과 형성의 움직임이 같이 가야 한다. 부산에서의 연극문화지구 형성 과제와 그 방법론에 대해서는 후속 연구를 기약한다.

---

[32] 김남석, 「연극축제 공공성의 한계와 대안 '부산연극제'」, 『연극평론』제78호, 한국연극평론가협회, 2015, 21~22면.

참/고/문/헌

〈연구논문〉

- 박영정, 「법으로 본 일제강점기 연극영화 통제정책」, 『문화정책 논총』제16호, 한국문화정책개발원, 2004.
- 박은애, 「국내문화재단 비교 연구」, 서울시립대학교 석사학위논 문, 2008.
- 손지연, 「식민지 조선에서의 검열의 사상과 방법 – 검열 자료집 구축 과정을 통하여」, 『한국문학연구』제32호, 동국대학교 한국 문학연구소, 2007.
- 윤선미, 「한국의 문화재단 현황 및 특성에 관한 연구 – 기업문화 재단을 중심으로」, 경희대학교 석사학위논문, 2003.

〈기타자료〉

- 김남석, 「연극축제 공공성의 한계와 대안 '부산연극제'」, 『연극평 론』제78호, 한국연극평론가협회, 2015.
- 김미도, 「블랙리스트 실행 기관은 문예위다」, 『시사in』제489호, 참언론, 2017.
- 이승희, 「검열코스프레」, 『연극평론』제80호, 한국영화평론가협 회, 2016.
- 이주영, 「죽음 뒤 부활의 가능성 – 「연극생존백서」」, 서울연극협 회 웹진 『TTIS』 7월호, 2016.
- 아서 밀러, 김지영 옮김, 「공적으로 지원받는 연극의 의무」, 『공 연과리뷰』제68호, 현대미학사, 2010.

- 「연극평론가 55인 시국선언 "문화계 난도질한 朴 대통령 하야하라"」, 『해럴드경제』, 2016.
- 서울문화재단, 『2015 서울문화재단 연차보고서』
- 부산문화재단, 『2015 부산문화재단 연차보고서』
- 서울문화재단, 웹진 『연극인』 webzine.e-stc.or.kr.
- 부산문화재단 홈페이지 www.bscf.or.kr.
- 서울문화재단 홈페이지 www.sfac.or.kr

찾/아/보/기

공연을 하고 있으며, 공연 횟수는 전국의 64.5%를 차지한다. 한국의 공연 중 절반이 넘는 횟수가 서울에서 열리고 있는 것이다. 그나마 부산이 2위이지만, 공연 건수는 7.7%, 횟수는 7.2%로 양적 수준이 초라할 정도이다. 물론 2010년도부터 부산의 공연 건수와 증가와 감소를 반복하면서도 증가하고 있는 추세이고 서울의 경우 건수는 증가하지만 횟수는 감소하고 있고 있다.[42] 그러나 절대적인 수치에서 이미 부산을 포함한 모든 지역을 합쳐도 서울의 공연 횟수보다 적은 것이 현실이다.

그리고 공공 인프라와 개별 인프라를 연결해줄 연계인프라는 부산에 부재한 형편이다. 일반 시민들의 문화소비를 촉진시키기 위해서는 극단이나 극장과 부산시민들을 이어줄 홍보공간과 기획자들이 필요하다. 공연예술의 유통구조가 필요한 셈이다. 부산의 공연기획사는 서울이나 외국 문화단체의 대형공연 유치를 중심으로 하는 기획사, 부산지역 문화단체와 연계해 홍보 관리하는 기획사, 작품을 직접 기획 제작하는 기획사로 분류된다. 그 중에 대부분은 대형공연 유치를 목적으로 하고 있으며 부산의 공연을 발굴하거나 기획하려던 기획사들은 몇 번의 도전 끝에 극심한 재정난으로 인해 문을 닫았다.[43] 부산의 공연문화를 발전시키기 위해서는 공연 유치가 아닌 발굴이나 기획을 중심으로 한 기획사들이 필요하지만, 이마저도 여의치 않은 상황인 것이다. 그래서 극단들은 부재한 상태나 다름없는 공연 유통 구조

공연 횟수	빈도	355	222	785	526	406	1,236	933	1,486	65,695
	비율	0.5%	0.3%	1.2%	0.8%	0.6%	1.9%	1.4%	2.3%	100.0%

42) 이호신, 앞의 책, 347면 참조.
43) 「열려라! 예술마케팅 시대 (2) 부산의 민간공연기획자들」, 『국제신문』, 2000. 4. 7.

나 서울에 비하면 그 수가 매우 적다. 이는 부산의 연극인의 수가 절대적으로 적다는 것을 의미하는 것이기도 하지만 부산의 연극인들이 부산에서 공연예술 활동을 지속하지 못하고 생존을 위해 서울에서 자신의 예술 활동을 하고 있다고도 볼 수 있다. 광역시들의 연극인에 비해 서울시의 연극인이 월등히 많은 것은 예술인들의 서울집중화 현상을 증명하는 근거가 되기도 하면서 동시에 지방문화의 인적 인프라의 허약함을 보여주는 현상이 되기도 한다.

극장과 예술인의 부족은 공연 건수와 횟수에서도 큰 차이를 만든다. 2014년 17개의 시도 연극 공연 분포표[41]를 보면 공연문화의 서울집중화를 다시 한 번 확인할 수 있다. 서울이 전국의 30.2%에 달하는

대전광역시	13	83	1,515,394
대구광역시	30	200~250	2,485,535
광주광역시	19	200~250	1,471,384
인천광역시	20 (1개는 교사극회)	210	2,942,613
울산광역시	8	75	1,172,891

41) 이호신 외, 『2015 문예연감』, 한국문화예술위원회, 2015, 344면.〈표6〉 17개 시도 연극 공연 분포 (건수 횟수) (인용자 강조)

〈표6〉 17개 시도 연극 공연 분포 (건수 횟수) (인용자 강조

구분		서울	부산	대구	인천	광주	대전	울산	세종	경기
공연 건수	빈도	1,212	308	193	145	196	107	80	10	575
	비율	30.2%	7.7%	4.8%	3.6%	4.9%	2.7%	2.0%	0.2%	14.3%
공연 횟수	빈도	42,380	4,718	2,263	1,300	1,934	2,084	1,376	15	3,676
	비율	64.5%	7.2%	3.4%	2.0%	2.9%	3.2%	2.1%	0.0%	5.6%
구분		강원	충북	충남	전북	전남	경북	경남	제주	계
공연 건수	빈도	144	66	127	133	157	230	276	59	4,018
	비율	3.6%	1.6%	3.2%	3.3%	3.9%	5.7%	6.9%	1.5%	100.0%

필자 소개

구 모 룡 · 한국해양대 교수, 문학평론가

1959년 경남 밀양에서 태어나 부산에서 공부하였다. 부산대와 부산대 대학원에서 현대문학을 전공했다. 1982년 〈조선일보〉 신춘문예에 평론이 당선되어 문학평론가로 활동하고 있으며 1993년부터 한국해양대학교 동아시아학과 교수로 문화연구와 동아시아 미학 그리고 지역문화를 강의해 왔다. 저서로『앓는 세대의 문학-세계관과 형식』, 『구체적 삶과 형성기의 문학』, 『한국문학과 열린 체계의 비평담론』, 『신생의 문학』, 『문학과 근대성의 경험』, 『제유의 시학』, 『지역문학과 주변부적 시각』, 『시의 옹호』, 『감성과 윤리』, 『근대문학 속의 동아시아』, 『해양풍경』, 『은유를 넘어서』, 『제유』, 『예술과 생활-김동석문학전집』(편저), 『백신애연구』(편저) 등을 출간하였다.

김 남 석 · 부경대 교수, 평론가

1973년 서울에서 출생하여 성장하였다. 1992년 고려대학교 국어국문학과에 입학했고, 이후 동대학원 국어국문학과에서 수학하며 석사와 박사학위를 받았다. 1999년 『중앙일보』 신춘문예에 당선하여 문학평론가가 되었고, 2007년 『동아일보』 신춘문예에 당선하여 영화평론가가 되었다. 2005년부터 부산에 내려와 살고 있으며, 2006년에 부경대학교 국어국문학과 교수가 되었다. 현재에도 부산에 거주하면서 '문화동력'과 함께 연구 활동을 즐겁게 시행하고 있다. 저서로는 『조선의 여배우들』, 『조선의 대중극단들』, 『조선의 영화 제작사들』 등을 출간했고, 비평집으로는 『빛의 유적』, 『빈집으로의 귀환』, 『빛의 향연』 등을 상재했다. "부산의 문화 인프라와 페스티벌"에 대해 관심을 가지고 여러 논자들과 관련 연구를 진행하면서, 이 문제가 필연적으로 맞이할 수밖에 없는 부산의 중대한 문제라는 사실을 새삼 깨닫게 되었다.

【원고 출처】

김남석, 「나소페스티벌이 드리운 빛과 그림자」 (발표 당시 제목 : 「양날의 검:나소페스티벌이 드리운 빛과 그림자」), 『봄』(7호), 예술기획 봄, 2016년 하반기.

김남석, 「2017년 부산연극제의 변신과 공과」(발표 당시 제목 : 「공연 경험으로 타오르다:새로운 극단의 대두와 공연의 점진적 교정」), 『봄』(8호), 예술기획 봄, 2017년 상반기

김 만 석 · 경성대학교 강사, 미술평론가

1976년 부산에서 태어났다. 2001년 경성대학교 국어국문학과를 졸업하고, 부산대학교에서 박사과정을 수료했다. 2005년 〈조선일보〉 신춘문예 미술평론으로 등단 이후, 문학과 미술 관련 글을 쓰고 있다. 부산 '공간힘'에서 디렉터로 2016년 10월까지 활동하다 지금은 코디네이터로 활동 중이다. 2014년부터 광주의 '미테-우그로', '지구발전오라'와 협업으로 현장을 일구는 일에 참여하고 있다.

김 필 남 · 경성대 초빙외래강사, 평론가

1981년 안동에서 출생하였고, 부산에서 학창시절을 보냈다. 2004년 부산 경성대학교 국어국문학과를 졸업하고, 동대학원에서 박사 과정을 수료했다. 2007년 『부산일보』 신춘문예 평론 부문으로 당선하면서 글쓰기를 시작하였다. 현재 『오늘의문예비평』과 『작가와사회』 편집위원으로 활동하며 문학과 영화 평론의 대중적 읽기와 글쓰기에 대해 고민 중이다. 저서로는 영화평론집 『삼켜져야 할 말들』이 있다.

【원고 출처】

김필남, 「부산독립영화의 '결'-제15회 '메이드 인 부산 독립영화제'를 다녀와서」, 『예술부산』, 2013년 12월호의 내용 중 일부분을 참조하여 수정했다.

박 경 선 · 부경대 · 부산가톨릭대 강사

1961년 부산에서 출생하여 성장하였다. 2007년 부경대학교 대학원 국어국문학과에 입학하여 석사와 박사학위를 받았다. 2011년부터 부경대학교 강사로 활동하고 있으며, 2016년부터 부산가톨릭 대학에서도 강의하고 있다. 저서로는 『부산극단 '열린무대'의 공연사와 공연미학』이 있다.

박 소 영 · 부경대 · 부산교육대 강사

1985년 부산에서 출생하여 성장하였다. 2004년 부경대학교에 정치언론학부에 입학하였고, 고려대학교 대학원 국어국문학과에서 박사과정을 수료하였다. 현재 부경대 인문사회과학연구소에서 편집이사로 근무하고 있으며, 부경대학교와 부산교육대학교에서 강의를 하고 있다. 서울과 부산을 오가며 연극 등의 다양한 공연을 관람하면서 부산의 연극에 대해 고민하고 있다.

【원고 출처】

박소영, 「서울·부산의 연극공연축제 양상 비교」(발표 당시 제목: 「서울과 부산의 연극문화지형도 연구-연극공연축제와 문화인프라를 중심으로」, 『인문사회과학연구』제18-1호, 부경대 인문사회과학연구소, 2017.

선 선 미 · 훈민정음작은도서관장, 문학치유 전문강사

전남 장흥에서 태어나 부산 부경대학교에서 국어국문학 박사과정을 수료했다. 2001년부터 훈민정음작은도서관을 운영하며 책과 더불어 살아가고 있다. 문학(이야기)의 치유 기능을 인식하여, 현실과 문학적 환상을 조화시켜 상처받은 사람들의 공감과 변화를 일으키는 강의법을 창안하였다. 아동 복지 '드림스타트'의 독서치료 프로그램, 부산 지역 작은도서관에서의 문학치유 강연, 학부모 연수, 교사 연수, 기업 연수, 대학 강의 등 다양한 채널에서 융합적 문학치유의 방법을 널리 알리고 있다. 시집 『이 땅의 모든 선미에게』, 『아스피린 먹는 시간』이 있고, 문학치료 관련 저술로 『문학, 치유로 살아나다』가 있다.

신 근 영 · 고려대 강사

고려대학교 역사교육과 졸업. 동대학원 문화재학협동과정(현 문화유산학협동과정)에서 민속학 전공으로 석사와 박사학위를 취득하였다. 고려대학교 민속학연구소에서 연구원 생활을 시작하였고, 문화체육관광부 발주 『디지털 전통연희사전』, 한국학중앙연구원 발주 『한국학기초사전편찬사업-전통연희편』 및 『한국전통연희총서사업』 등에 참여하였다. 한국전통공연예술의 역사와 연행양상을 탐구하고 있으며 특히 근대 외래 공연예술의 유입과 반향에 큰 관심을 갖고 있다. 사회의 변화와 공연예술의 존재양상이 불가분의 관계에 있음을 염두에 두고, 개항장 부산의 도시성장과 공연문화의 변화과정을 즐겁게 알아가는 중이다.

【원고 출처】

신근영, 「근대 부산의 외래 공연 문화 인프라 연구-20세기 전후 부산의 외래 공연예술」(발표 당시 제목 : 「20세기 전후 부산의 외래 공연예술」), 『인문사회과학연구』제18-1호, 부경대 인문사회과학연구소, 2017).

이 주 영 · 연극평론가

1980년 서울에서 출생하였다. 현재 고려대학교 대학원 국어국문학과 박사과정을 수료하였다. 2012년 SPAF젊은비평가상, 2013년 『플랫폼』공연비평상을 수상하였고, 2014년 한국연극평론가협회에서 「근대라는 매혹」이란 제목의 주제비평으로 『연극평론』 2차 추천을 받았다. 연극평론가, 드라마투르그, 대학 강사 등으로 활동하고 있으며, 주요 논저로 『월경하는 극장들』(공저), 『전쟁과 극장』(공저), 『영화, 대동아를 상상하다』(공역), 「증명과 위장의 시대: 일제말기 국민연극과 연설의 정치학」(『한국연극학』), 「결혼이라는 불온한 제도: 일제말기 국민연극에 나타나 결혼」(『우리문학연구』), 「일제말기 조선영화와 연설의 정치학」(『문학과 영상』) 외 다수가 있다. 일제말기 극예술을 연구하고 있으며, 근대 문학 및 사회문화를 무대화한 작품에 관심이 많다.

【원고 출처】
이주영, 「서울·부산의 문화재단 지원 현황」(발표 당시 제목 : 「문화재단의 연극 지원 사업 연구-서울·부산문화재단을 중심으로」, 『인문사회과학연구』제18-1호, 2017.

정 미 숙 · 부경대 강사, 문학평론가

경남 창원에서 출생하여 합포만을 바라보며 성장하였다. 마산여고를 졸업하고 부산으로 대학 진학을 한 이후 내내 이곳에서 공부하고, 강의하며 살고 있다. 부산대학교 대학원에서 「한국 근대여성소설의 서술 시점 연구」로 박사학위(2000년)를 받고, 부산일보 신춘문예에 「여성, 환멸을 넘어선 불멸의 기호-서영은론」이 당선(2004년)되면서 문학평론가로 외연을 넓혔다. 부산대학교 여성연구소 책임연구원, 부산외국어대학교 만오교양대학교수를 이어 부경대학교 대학원에서 현대소설방법으로서의 문학치료를 강의하고 있다. 저서로는 『집요한 자유』, 『한국여성소설연구입문』, 『한강, 채식주의자 깊게 읽기』(공저), 『페미니즘 비평』(공저) 등이 있다.

【원고 출처】
정미숙 , 「부산지역의 소설과 매체에 관한 고찰」, 『인문사회과학연구』제18-1호, 부경대학교 인문사회과학연구소, 2017, pp.23-45.

전 찬 일 · 영화 평론가

서울대 독어독문과를 졸업(1985년)하고, 대학원에서 독어독문학 드라마 전공 석사 학위를 받았다(1987년). 석사 학위 취득 17년이 지난 2004년 동국대 연극영화학과 영화 전공 박사 과정에 들어가 2006년 수료했으나, 박사 논문은 계속 쓰지 않고 있는 중이다. 1993년 월간 '말' 11월 호에 리뷰를 쓰며 영화 평론 활동을 시작한 이래 줄곧 영화 평론가의 길을 걸어왔다. 다양한 특강들과 더불어 시간 강사, 객원 교수, 겸임 교수, 초빙 교수 등으로 대학 등에서 영화 강의도 병행해왔다. 1996년 출범 이후 줄곧 모더레이터 등으로 관여해오다 2002년 플래시포워드의 전신 격인 크리틱스초이스(Critics' Choice) 담당 비평가 중 1인으로 부산국제영화제에(BIFF) 합류해 2007년까지 프로그램 코디네이터로 활동했다. 1년의 휴지기 후 2009년 플래시포워드 담당 월드 프로그래머로 부산국제영화제에 전격 합류했다. 2011년부터 2년 간 한국 영화 담당 프로그래머로 활동했다. 2013년부터는 보직이 변경되어, 2년 간 부산국제영화제 아시아필름마켓 부위원장(Deputy Director) 직을 수행했다. 2014년 마켓 부위원장 외에 부산국제영화제 연구소장(BIFF Research Institute)을 겸하다, 2016년 12월까지 BIFF를 떠났다. 현재는 그 간의 영화 경험 등을 활용, 평론 외에도 영화를 비롯한 여러 분야의 문화성 프로젝트를 기획하는 일을 계획, 추진 중이다. 2017년 2학기 현재 광주 조선대학교 초빙교수로 조선대 대학원 문화학과를 포함해, 광주교대, 경희사이버대에 출강 중이다. 온라인 매체 아시아엔(The AsiaN) 및 월간 매거진N, 계간 공연과 리뷰(The Performing Arts & Film Review), 계간 쿨투라(CULTURA) 등에 기고 중이다. 저로 평론집 『영화의 매혹, 잔혹한 비평』(The Attraction of Cinema, The Cruel Criticism), 『문화현장에서 '오늘의 영화'를 읽다』(손정순 공저), 『전찬일의 세계영화사조론 1/2』(인터넷 및 CD 버전) 등이 있다.

정 진 경 · 부경대 강사, 시인

1962년 부산에서 출생하여, 성장하고, 살았지만 올해(2017년) 초 밀양으로 이사를 가서 전원생활을 하고 있다. 20대, 조흥은행(신한은행)에 근무하면서 야간에 동아대학교 국어국문학과를 다녔는데 1987년에 졸업하였다. 문학에 대한 열망이 시에 관심을 갖게 하였으며, 2000년에는 『부산일보』 신춘문예 시로 등단하였다. 현재는 시와 평론을 쓰면서 활발하게 활동하고 있다. 문무(文武)를 갖춘 장수가 병법에 능하듯 창작과 이론을 갖춘 시인이 되어야 시를 잘 쓸 수 있을 것 같아서, 2005년 부경대학교 대학원에 입학하여 현대시를 전공하였다. 시를 위해 시작한 학문이지만 학문 자체에 매료되어 '쭈~욱' 공부를 하여 2012년에 박사학위를 받았다. 현재는 부경대학교에서 학생들을 가르치고 있는데, 아직까지는 학생이 사랑스럽다. 연구서로 『후각의 시학』 있으며, 비평집으로 『가면적 세계와의 불화』, 그리고 시집으로 『알타미라 벽화』, 『잔혹한 연애사』, 『여우비 간다』 세 권을 상재했다.

【원고 출처】
정진경, 「부산의 시 인프라와 시문학제」(발표 당시 제목: 「축제로서의 시 인프라 방향성과 대중화 방안), 『인문사회과학연구』 제18-1호, 인문사회과학연구소, 2017.

부산의 문화 인프라와 페스티벌

초판 인쇄 | 2017년 9월 05일
초판 발행 | 2017년 9월 14일

(공)저자   구모룡 · 김남석 · 김만석 · 김필남 · 박경선 · 박소영
　　　　　　선선미 · 신근영 · 이주영 · 전찬일 · 정미숙 · 정진경

책임편집   윤수경

발 행 처   도서출판 지식과교양
등록번호   제 2010 - 19호
주　　소   서울시 도봉구 쌍문1동 423 - 43 백상 102호
전　　화   (02) 900 - 4520 (대표) / 편집부 (02) 996 - 0041
팩　　스   (02) 996 - 0043
전자우편   kncbook@hanmail.net

ISBN   978-89-6764-091-0   93810   정가 25,000원